U0618049

山东大学中文专刊

孙昌熙文集

第三册

怎样阅读《三国演义》

司空图《诗品》解说二种

鲁迅「小说史学」初探

社会科学文献出版社

SOCIAL SCIENCES ACADEMIC PRESS (CHINA)

本册目录

怎样阅读《三国演义》

一 这部书是怎样写成功的？ ⋯⋯⋯⋯⋯⋯⋯⋯ 9

二 过去广大人民为什么喜爱这部作品？ ⋯⋯⋯⋯ 14

三 今天怎样正确认识这部书？ ⋯⋯⋯⋯⋯⋯⋯⋯ 38

四 学习《三国演义》的艺术成就 ⋯⋯⋯⋯⋯⋯⋯ 78

司空图《诗品》解说二种

诗品臆说 ⋯⋯⋯⋯⋯⋯⋯⋯⋯⋯⋯⋯⋯⋯⋯⋯ 103

二十四诗品浅解 ⋯⋯⋯⋯⋯⋯⋯⋯⋯⋯⋯⋯⋯⋯ 145

鲁迅"小说史学"初探

一 我对"中国小说史学"的理解 ⋯⋯⋯⋯⋯⋯⋯ 189

二 鲁迅与《山海经》 ⋯⋯⋯⋯⋯⋯⋯⋯⋯⋯⋯⋯ 237

三 鲁迅与《世说新语》 ⋯⋯⋯⋯⋯⋯⋯⋯⋯⋯⋯ 260

四 鲁迅论唐传奇 ⋯⋯⋯⋯⋯⋯⋯⋯⋯⋯⋯⋯⋯ 310

五　鲁迅论《三国志演义》 ·· 328

六　鲁迅论《水浒》 ··· 345

七　鲁迅论《聊斋志异》 ··· 364

八　鲁迅与《儒林外史》 ··· 404

后　记 ··· 425

编后记 ··· 427

怎样阅读《三国演义》

目 录

一 这部书是怎样写成功的？ …………………………… 9

（一）以人民的文学艺术原料为源泉 ……………… 9

（二）也取材于正史、野史和笔记小说 …………… 10

（三）罗贯中的创造，毛宗岗的修改 ……………… 12

二 过去广大人民为什么喜爱这部作品？ …………… 14

（一）写出了旧社会农民群众的情绪和愿望 …… 14

（1）帝蜀思想与人民的愿望 ………………… 14

（2）"桃园结义"的积极意义 ……………… 18

（二）《三国演义》是农民起义军的一部战斗教科书…… 20

（三）惊险的场面，动人的故事 ………………… 21

（四）富有教育意义的正反面典型人物 ………… 22

（1）"好皇帝"刘玄德 ……………………… 22

（2）快人张翼德 …………………………… 25

（3）才能和智慧化身的诸葛亮 …………… 27

（4）乱世奸雄曹孟德 ……………………… 31

（五）长期的封建社会延续了这部书在社会生活中的
地位和作用 ……………………………………… 37

三 今天怎样正确认识这部书？ ……………………… 38

（一）要善于向封建性的积层去开采民主性的精华 …… 38

（1）作者诬蔑了农民起义，但也反映了当时历史的
真实 ……………………………………… 39

（2）作者有"英雄造时势"的观点，但也反映了人民
　　决定历史命运的力量 ……………………………… 40

（3）"合久必分，分久必合"的历史观也有
　　进步的一面 ………………………………………… 44

（4）作者的科学思想时时冲破了迷信的重雾 ……… 45

（5）不能让神话淹没在迷信之中 …………………… 49

（二）要深入钻研《三国演义》所揭示出来的一些
　　重大问题 …………………………………………… 51

（1）封建统治集团之间为什么经常爆发战争？ …… 51

（2）的确是一个人民"想做奴隶而不得的时代" …… 52

（3）统治阶级的腐朽生活建筑在人民的
　　血汗和白骨上 ……………………………………… 54

（三）《三国演义》里的战略战术是科学的 ………… 55

（1）曹操的军事天才 ………………………………… 56

（2）军事家孔明的指挥艺术 ………………………… 61

（四）怎样正确评价《三国演义》里的正面人物 … 69

（1）关羽是个忠义的化身吗 ………………………… 70

（2）刘备是个反面人物吗 …………………………… 75

四　学习《三国演义》的艺术成就 ………………… 78

（一）创造了历史真实与艺术真实相统一的创作原则 … 78

（二）创造典型人物的方法 ………………………… 80

（1）把人物放在残酷的环境里去考验 ……………… 80

（2）善于运用生活细节刻划人物性格 ……………… 83

（3）夸张的手法 ……………………………………… 85

（4）入骨的讽刺 ……………………………………… 87

（三）性格决定情节，情节表现性格 ……………… 88

（1）人物之间的矛盾和战争的变化发展决定了《三国
　　演义》的情节和结构 ……………………………… 88

（2）性格决定情节 …………………………………… 89

（3）情节是性格成长的历史 ……………………… 89

（4）作者怎样让人物登场 …………………………… 90

（5）作为情节脉络的伏线 …………………………… 92

（四）白璧微瑕——《三国演义》的艺术缺陷 ……… 93

（1）文白夹杂的描写工具 …………………………… 93

（2）过分的夸张 ……………………………………… 94

（3）这不能算作浪漫主义手法 …………………… 95

毛主席在他的《新民主主义论》和《在延安文艺座谈会上的讲话》等经典著作中，早就教导我们应该继承与发扬中国的灿烂的古代文化。他说："中国现时的新政治新经济是从古代的旧政治旧经济发展而来的，中国现时的新文化也是从古代的旧文化发展而来，因此，我们必须尊重自己的历史，决不能割断历史。"（《毛泽东选集》，第679页）因此，在党的正确领导下，人民始终尊重着自己的民族文化遗产，将继承自己的民族文化遗产的优良传统，作为发展新的人民文学的一个重要因素。

近几年来，特别是自从"红楼梦问题"的讨论展开以后，广大人民，尤其是青年，产生了阅读优秀古典文学作品的浓厚兴趣；特别是对于《红楼梦》《水浒传》《三国演义》等这些优秀的作品的兴趣更浓，从中受到了很大的教育，并学习了古人描写事物的本领和写作的努力。但是，也有些读者由于对这些作品研究、学习的意义、态度和方法等各方面还不够明确，因而就走了一些弯路：有的机关里，"学习《水浒传》以后，就产生了盲目模仿书中人物的偏向。如有的同志，自比黑三郎宋江，凡事以大哥自居；也有的自比鼓上蚤时迁，别人文件书籍一不小心就有不翼而飞的危险。更严重的是有的学习花和尚鲁智深，赤膊袒胸，对人动辄挥拳相向"（《文艺学习》1955年第4期，第26页）。当然偏差还不只这些，但却已足够说明：如何正确地对待古典文学作品，的确是一个重要的问题。

毛主席在《新民主主义论》中，早就对我们有过原则性的指示："中国的长期封建社会中，创造了灿烂的古代文化。清理古代文化的发展过程，剔除其封建性的糟粕，吸收其民主性的精华，是发展民族新文化提高民族自信心的必要条件；但是决不能无批判地兼收并蓄。必须将古代封建统治阶级的一切腐朽的东西和古代优秀的人民文化即多少带有民主性和革命性的东西区别开来。"（《毛泽东选集》，第679页）这个小册子，就是企图按照毛主席这一指示原则，试探着对《三国演义》这部文学名著，作一次较全面的分析，以便能够获得比较正确的认识，从而进一步去学习它。由于作者的水平不够，虽然大量参考了当前研究《三国演义》专家、学者们的许多论文，得到了很大的帮助，但错误肯定是难免的。因此，就迫切希望读者与专家们的批评、指正！

一 这部书是怎样写成功的？

（一）以人民的文学艺术原料为源泉

劳动人民创造了丰富的物质财富，也创造了丰富的精神财富。毛主席说："人民生活中本来存在着文学艺术原料的矿藏，这是自然形态的东西，是粗糙的东西，但也是最生动、最丰富、最基本的东西；在这点上说，它们使一切文学艺术相形见绌，它们是一切文学艺术的取之不尽、用之不竭的唯一的源泉。"（《毛泽东选集》，第 882 页）高尔基对劳动人民的口头创作的评价也是很高的："最深刻、最鲜明、在艺术上达到完美的主角典型乃是口头文学、劳动人民的口头创作所创造的。"并进一步指出："这种人民的口头创作是不断地和决定地影响到这些最伟大的书本文学作品的创造的。"（在第一次全苏联作家代表大会上的报告）我们的鲁迅先生也在肯定人民口头创作的刚健、清新和现实性的特色的同时，有力地指出它"偶有一点为文人所见，往往倒吃惊，吸入自己的作品中，作为新的养料"[《且介亭杂文·门外文谈（七）》]。《三国演义》的创作过程（或者说演化过程），就雄辩地证明了这个规律的正确性。它之所以成为伟大的古典现实主义文学名著，最大原因，就是作者罗贯中主要以民间所创造的三国故事及其典型人物，作为创作的基础，并予以提炼上升。

三国故事很早就流传在民间。根据唐代李商隐的《骄儿诗》

句"或谑①张飞胡，或笑邓艾吃"，知道至少在晚唐时代就已有讲说或表演的三国故事。根据宋代苏东坡的《东坡志林》所载："王彭尝云：'涂巷中小儿薄劣，其家所厌苦，辄与钱，令聚坐听说古话。至说三国事，闻刘玄德败，频蹙眉，有出涕者。闻曹操败，即喜唱快。'"不仅可以证明三国故事在北宋流行的盛况，而且对三国人物已有了鲜明的爱憎情感了。根据宋代孟元老的《东京梦华录》记载，则已知宋代民间艺人中已有了"说三分"（说三国故事）的专家。到了元代，三国故事更加发展和普遍流行起来，不仅在元曲里有很多三国戏（根据《录鬼簿》和《涵虚子》所记杂剧名目至少有二十种，而现存者还有四五种之多），而且有了可看作民间三国故事总集的，元至治年间刊印的一部《全相平话三国志》（《三国志平话》）。它足以说明唐、宋、元以来，五百多年中间众口流传的三国人物、故事，已经被创造丰富到了相当系统、完整和成熟的地步。这部《三国志平话》里的诸葛亮已经是一个智慧的化身，张飞则是全书中最有生气、最为可爱、性格非常鲜明的一个中心人物，并且拥刘反曹的倾向更是比较明显的了。

郑振铎先生认为：这部《三国志平话》到了罗贯中手里，大量地采取了它的描写动人的地方，还大加增饰，将原来一页的东西，变成了好几十页，例如刘备三顾茅庐的一段。而且由于《三国志平话》结构的宏伟，就给《三国志通俗演义》的骨架作了基础〔《三国志演义的演化》，《中国文学评论集（上）》〕。

（二）也取材于正史、野史和笔记小说

自然罗贯中所依据的材料，并不仅仅限于此书，陈寿的《三国志》，特别是裴松之的《三国志》注中所保留下来的那些丰富而有趣的吕布射戟、赵云辞亲等小故事，也给了他很大的帮助。但是罗贯中却并不完全为历史材料所局限，他为了发挥他的创作天才，为

---

① 谑——戏谑或调笑的意思。

了创造完整的典型性格，在一些细节的地方，他是宁肯服从于人民口头创作的材料，而违背史实的。例如鞭打督邮的故事，在《三国志》里本来是刘备的事，罗贯中在他的《三国演义》里则根据《三国志平话》的说法，创造成一个极其有声有色的张翼德怒鞭督邮的场面，突出了张飞这位快人做快事的反抗性格。至于作者以自己丰富的现实生活经验，巧妙地给这些旧材料吹进一股新的生命，也是很容易看得出来的。例如《三国志·魏书·武帝纪》关于官渡之战许攸来降的一节，裴松之所引《曹瞒传》，材料非常简单：

> 公闻攸来，跣①出迎之。抚掌笑曰："子卿远来，吾事济矣！"既入坐，谓公曰："袁氏军盛，何以待之？今有几粮乎？"公曰："尚可支一岁。"攸曰："无是，更言之！"又曰："可支半岁。"攸曰："足下不欲破袁氏邪？何言之不实也！"公曰："向言戏之耳。其实可一月，为之奈何？"攸曰："公孤军独守，外无救援而粮谷已尽，此危急之日也。今袁氏辎重有万余乘，在故市、乌巢，屯军无严备。今以轻兵袭之，不意而至，燔②其积聚，不过三日，袁氏自败也。"

而《三国演义》在第三十回所写曹操与许攸的一段对话，虽然采取了这个材料，可是作者不仅大加敷衍，增加了它的戏剧性，突出了人物的性格，而且语言也比原材料要浅显、简练、流畅得多：

> 时操方解衣歇息，闻说许攸私奔到寨；大喜，不及穿履，跣足出迎。遥见许攸，抚掌欢笑，携手共入，操先拜于地。攸慌扶起曰："公乃汉相，吾乃布衣③，何谦恭如此？"操曰："公乃操故友，岂敢以名爵相上下乎？"攸曰："某不

---

① 跣——不穿鞋，用脚踏着地。
② 燔——烧的意思。
③ 布衣——没有什么职位，一般的老百姓。

能择主，屈身袁绍，言不听，计不从，今特弃之来见故人。愿赐以收录。"操曰："子远肯来，吾事济矣。愿即教我以破绍之计。"攸曰："吾曾教袁绍以轻骑乘虚袭许都，首尾相攻。"操大惊曰："若袁绍用子言，吾事败矣。"攸曰："公今军粮尚有几何？"操曰："可支一年。"攸笑曰："恐未必。"操曰："有半年耳。"攸拂袖而起，趋步出帐曰："吾以诚相投，而公见欺如是，岂吾所望哉！"操挽留曰："子远勿嗔①，尚容实诉，军中粮实可支三月耳。"攸笑曰："世人皆言孟德奸雄，今果然也。"操亦笑曰："岂不闻兵不厌诈？"遂附耳低言曰："军中止有此月之粮。"攸大声曰："休瞒我，粮已尽矣。"操愕然曰："何以知之？"攸乃出操与荀彧之书以示之曰："此书何人所写？"操惊问曰："何处得之？"攸以获使之事相告。操执其手曰："子远既念旧交而来，愿即有以教我。"攸曰："明公以孤军抗大敌，而不求急胜之方，此取死之道也。攸有一策，不过三日，使袁绍百万之众，不战自破。明公还肯听否？"操喜曰："愿闻良策。"攸曰："袁绍军粮辎重，尽积乌巢，今拨淳于琼守把。琼嗜酒无备；公可选精兵诈称袁将蒋奇领兵到彼护粮，乘间烧其粮草辎重，则绍军不三日将自乱矣。"

（三）罗贯中的创造，毛宗岗的修改

罗贯中的这部在人民口头创作的基础上，参考了历史史料、野史和笔记小说，并加以创造成功的《三国演义》，是在元末明初完成的；但现在保存着的最早的一种，仅是明代的刊本了。这就是号称明代弘治刊本，而实是明代嘉靖年间所刻的《三国志通俗演义》。此后，又出了许多刻本，但据郑振铎先生研究的结果，

---

① 嗔——生气的意思。

认为："万历以后出现的诸本，与嘉靖本面目上有所不同，……然其不同究竟不过在面目上而已，内容实在是一无差别。"一直到清代的毛宗岗才对罗贯中的《三国志通俗演义》作了较多的修改。郑振铎先生把两书比较研究了之后说："毛宗岗氏的删改三国志通俗演义，……只不过是支支节节的删改而已，决不敢放胆去增饰，去改写；对于原文和内容几乎全无改动。"［《三国志演义的演化》，《中国文学评论集（上）》］

因此，这部毛宗岗改本的《三国演义》（亦即今天作家出版社出版的《三国演义》），基本上仍然是罗贯中的《三国志通俗演义》。

这就是《三国演义》简单的演化过程。并由此可知：三国故事已有几百年的发展历史。它在成长的过程中，不断地为人民所创造，所丰富；而且由于现实主义作家罗贯中，以其丰富的生活经验，相当进步的思想和深湛的艺术修养，把它整理、创造的结果，不论在思想性和艺术性上，就把它写成为一部富有时代精神的伟大的艺术作品。

二 过去广大人民为什么
喜爱这部作品？

（一）写出了旧社会农民群众的情绪和愿望

（1）帝蜀思想与人民的愿望

《三国演义》不是一部历史政治教科书，而是一部现实主义文学作品。作者以进步的政治观点和艺术观点，通过完整的艺术形象生动而深刻地反映了公元184年（即小说一开始所叙说的中平元年黄巾"造反"）到280年（即小说末回所叙说的太康元年吴主孙皓降晋）90多年中间的三个主要封建集团（蜀、魏、吴）的形成与灭亡史。描写了蜀、魏、吴三国的内外错综复杂的情况，由于政治的尖锐矛盾而演成的无数次的连接不断的战争；从而揭开了封建社会各阶级的生活的本质面貌及其关系。

《三国演义》之所以受到广大人民群众的欢迎和热爱，首先由于它是从人民创作的基础上上升起来的。既然人民参加了这一作品的创作，这里面渗透着人民的心血，就不可能不反映旧社会广大人民群众的情绪和愿望。何况，作为一个伟大的现实主义作家的罗贯中，他的立场是鲜明的，因而他的爱憎也是分明的，这首先就表现在他的《三国演义》这部小说里。通过它的艺术形象所流露出来的政治倾向性，很显然看出了作者同情人民、"拥刘反曹"、"帝蜀寇魏"的政治立场。因此就产生了所谓"正统"①

---

① 正统——统一天下、一系相承的意思。

问题。这个问题，如果单纯看作封建士大夫的封建思想，与人民的思想感情愿望无关，自然是不值得注意的，是没有什么人民性或进步的倾向性可言的。不过，如果进一步去探讨的话，就有一个新问题在等待着我们去解决：这就是，为什么作者的"正统"观念，对于三国人物的爱憎态度，会和人民取得了一致？即作者和旧社会广大人民都是"拥刘反曹"和"帝蜀寇魏"的，因而都是以蜀为"正统"的。自然这两者中间有着本质的不同：罗贯中尊蜀为"正统"的思想和人民承认蜀为"正统"的思想是不同的。虽然罗贯中是当时的一个进步的作家，但由于时代和阶级的局限，他还没有完全摆脱封建统治阶级立场，因而就必然带有封建的观点，以蜀为"正统"。并且他是站在拥蜀的立场来创作《三国演义》的。而人民的承认蜀为"正统"，则是站在人民的立场，主要是为了自己本身的利益，实现自己的愿望或政治理想，才来同情西蜀君臣，拥护西蜀君臣，赞美和喜爱西蜀君臣；反对曹魏君臣，看不起东吴君臣，至少是采取着漠不关心的态度；并且当蜀吴两国发生矛盾的时候，甚至还对吴产生了敌意。人民之所以这样，主要是由于刘备、诸葛亮等的爱民特点。斯大林同志就和德国作家艾米尔·路德维希说过，俄国农民领袖如斯杰潘·拉辛和普加乔夫等，"都是皇权主义者：他们反对地主，可是拥护'好皇帝'"（《斯大林全集》第13卷，第100页）。可见在封建社会里，这种观点或政治理想，在农民中间是带有极大的普遍性的。特别在长期的战乱中，人民迫切需要安定生活时，更是拥护"好皇帝"和"贤相"的。而且人民喜爱刘备、诸葛亮，认为他们是理想的"仁君贤相"，并不仅仅由于《三国演义》的宣传教育，而是早就有历史作根据的。象《三国演义》第四十一回，刘玄德携民渡江的那个突出的感人的场面，在《三国志·刘备传》里就是这样：

比到①当阳，众十余万，辎重数千两（辆），日行十余里。……或谓先主曰："宜速行保江陵。今虽拥大众，被甲②者少，若曹公兵至，何以拒之！"先主曰："夫济大事必以人为本，今人归吾，吾何忍弃去。"

就因为这样，他们才有被人民看作正面人物的资格，同时被承认为"正统"的可能。鲁迅先生说过："中国人向来就没有争到过'人'的价格，至多不过是奴隶。"他说，旧的中国历史只可分成两个时代："一、想做奴隶而不得的时代；二、暂时做稳了奴隶的时代。"三国时代显然正是人民"想做奴隶而不得的时代"，还不是鲁迅所鼓舞人民去"创造这个中国历史上未曾有过的第三样时代"（以上引文均见《坟·灯下漫笔》）。因此，只要不被屠杀，能够安定下来生产，得到比较和平的生活，这就是封建社会人民最大的利益。因此就拥护不杀戮自己并且爱护自己的统治者。人民之所以憎恨曹操，反对曹操，就因为他是个不仁不义、屠杀人民的刽子手。且不论曹操在历史上起过什么进步作用（如推行屯田制，对当时社会生产力起着一定的恢复作用等），但他对人民的残暴屠杀，欺诈毒狠的性格，则是有历史根据的。范文澜先生主编的《中国通史简编》第137页上说："曹操父曹嵩被谦部下抢劫杀死。曹操攻谦，屠彭城（江苏铜山县）等五县，杀男女数十万人，尸体投泗水，水壅塞不流。关中人民避李傕乱，流徙徐州，全数遭难。"所以人民因此而痛恨曹操，以刘备的爱民而拥护他。这就是人民评判统治阶级人物的最公平的标准。因此，尽管罗贯中的"正统"思想和人民的"拥刘反曹"的思想是不同的，但他同情人民则是肯定的，并且也是拥护"好皇帝"的。在这一点上来看他的帝蜀思想，就不是单纯的封建落后思想的表现，而是在一定程度上反映了人民的利益和要求，这就

①　比到——即及、到的意思。
②　被甲——即衣甲或穿甲之意。

带有了一定的积极意义。

何况，《三国演义》的成书是在元末明初。根据尚钺先生的《中国历史纲要》第 276—277 页上说："中国人民在元蒙统治者奴役压迫之下，本已忍无可忍，而元蒙的横征暴敛、贱钞的掠夺和人为的灾荒，在在加强了人民反抗的斗志。"因此，所谓"人心思汉"是必然的。而根据王圻的《稗史汇编》记载，说罗贯中是个"有志图王者"，可见在元末农民起义的高潮中，他不是个旁观者，而是一个有理想有抱负、和人民的民族革命有着血缘关系的人物。因此，站在民族解放斗争的立场上，来创作《三国演义》，来表现帝蜀的观点，这就和广大人民的思想又取得了一致。

在中国历史上，从曹操以来，到北宋以前的统治阶级，差不多都是采用篡夺方式取得政权的。统治阶级的史家为了本阶级的利益，总是以曹魏为"正统"的。而人民则恰恰相反，从三国以来就一直反对曹魏的。苏东坡的《东坡志林》的材料就可证明。而南宋高宗以后，因为偏安①江左，地近于蜀，中原土地全入于金。所以当时的大学者朱熹写了一部历史书——《通鉴纲目》，正式肯定了刘备是"正统"，而曹操父子是篡弑。统治阶级这种看法的改变，正表现了一种民族意识，和原来人民对刘备的固有看法取得了一致。而此时的南宋人民的帝蜀思想，也更增加了新的内容——民族意识。这种"帝蜀寇魏"的看法，就充分反映在三国戏，特别是被看作民间三国故事总集的《三国志平话》里。于是主要在人民口头创作基础上上升起来的《三国演义》，它所表现的"帝蜀寇魏"的"正统"思想就有了新的因素、新的生命。在《三国演义》中，尽管极力否定了曹操，把他创造成一个彻头彻尾的坏人典型，无处不在讽刺和鞭挞他。但是对于曹操以巨金赎蔡文姬归汉的这个小小插曲的描述却是庄严的，是透露着作者的民族意识的。罗贯中站在这一点上来尊蜀为"正统"，就

---

① 偏安——史称帝王偏处一隅以自安，未能统治全国者，谓之偏安。

和人民的思想感情统一起来。且因而使《三国演义》的思想性有了强烈的时代意义！

（2）"桃园结义"的积极意义

旧社会里的广大人民之所以喜爱和拥护蜀汉君臣，承认他们的"正统"，除了他们的爱民的特点符合了人民的根本利益之外，刘、关、张的结义及其对义的实践表现，也是一个原因。本来这在《三国志平话》里就已有了的，作者继承了这一传统的人民思想，从《三国演义》的第一回"宴桃园豪杰三结义"起到第八十五回"刘先主遗诏托孤儿"止，作者拿出了很大的篇幅，把它象一根红线似的贯串其中，而且大加发挥，抬得几乎高于一切，成了作品思想内容的一个重要组成部分。由于作者高超的艺术技巧，通过人物（刘、关、张）的生动具体的实践活动，放射了极大的感染力，因而不仅感动了历代广大读者群，而且在旧社会里产生了极大的影响。黄摩西《小说小话》说："小说感应社会之效果，殆莫过于三国演义一书矣。异姓联昆弟之好，辄曰桃园，……"（转引自孔另境编《中国小说史料》）可作明证。

刘、关、张结义的盟誓是：

> 念刘备、关羽、张飞，虽然异姓，既结为兄弟，则同心协力，救困扶危；上报国家，下安黎庶①；不求同年同月同日生，但愿同年同月同日死。皇天后土，实鉴此心。背义忘恩，天人共戮。

这个誓言不仅决定了刘、关、张的一生的主要行动，而且它的内容是封建思想、民族思想和民主、爱民思想等的复杂而矛盾的结合物。所以说它带有封建的反动性，就因刘、关、张把镇压黄巾军看作实践了"上报国家"的誓言。尽管刘备后来和黄巾军的刘辟、龚都等联合起来反抗过曹操（第二十六回），但总是镇压过

———————

① 黎庶——老百姓。

汉末的农民运动，打击了人民的正义事业。所以说它与民族意识相结合，是因为在元末，许多农民军往往以"结义"的形式来团结和组织自己的力量，来进行革命活动。所以说它带有民主思想色彩，是因为"同心协力，救困扶危"的思想是在小农经济基础上形成的朴素的民主观念。这在刘、关、张的具体实践上突出地表现出来。《三国演义》第二回，写刘备作中山府安喜县尉，"署县事一月，与民秋毫无犯，民皆感化。到任之后，与关、张食则同桌，寝则同床"。第十五回，写张飞因为酒醉误事，丢掉了徐州，把刘备的妻小也陷在吕布之手，因而"惶恐无地，掣剑欲自刎"时，玄德曾感情真挚地劝道："吾三人桃园结义，不求同生，但愿同死。"这种为了实践义可以不顾城池、妻小的行为，完全符合了或者说概括与具体化了旧社会人民所希望的道德标准。第七十三回，写刘备进位汉中王，封关羽为五虎大将之首，关羽"羞"与黄忠同列，不肯受封，费诗笑曰：

> 今汉中王虽有"五虎将"之封，而与将军有兄弟之义，视同一体，将军即汉中王，汉中王即将军也。岂与诸人等①哉？

这就不仅充分说明了一种君臣而又兄弟、兄弟而又君臣的小生产者的纯朴的民主平等的观念，也体现了封建社会中小生产者的理想的政权形式。

而这种义又岂只表现在刘、关、张三人之间的关系上而已，它还表现在与广大群众的联系上。孔明说的"蜀得人和"，刘备说他得孔明如鱼得水，关羽把赵云看作兄弟，等等，都是义在蜀集团中的具体表现。而刘备对陶谦三让徐州的态度；不乘人之危而袭荆州。在生活细节上，如对的卢马的处理等，则又是把义扩展到自己集团以外了。至于把义与爱民密切结合起来，所谓"下安黎庶""欲伸大义于天下""以天下苍生为念"的理想与实践，

---

① 等——一样。

则更是桃园结义的精华部分了。

在封建社会中，在封建统治集团中，在那种尔诈我虞①的情况下，为了金珠、玉带和一匹马，就可以杀丁原、降董卓的吕布式的无义人这样多；为了争取继承权和个人名利，不惜同根相煎的曹丕兄弟式的人这样多；因而也就愈加显得这种虽为异姓而恩若兄弟的结义之可贵。

因此，它就和封建统治阶级为了巩固自己的统治权所要求、所提倡的主奴关系的"义"，以及反革命的封建道会门的所谓"义"有着本质的区别！

（二）《三国演义》是农民起义军的一部战斗教科书

《三国演义》中所描写的桃团结义，表现了旧社会人民传统的理想的道德观，对于明清两代农民起义者团结自己、组织自己的力量去进行阶级斗争和民族斗争方面，起了很大的作用。而作者在描写三国各政治集团之间的战争时，表现出来的具有实际效用的战略战术，更给予农民起义军很大的帮助。据说张献忠、李自成、洪秀全初起"众皆乌合，羌无纪律，其后攻城略地，伏险设防，渐有机智……闻其皆以三国演义中战案为玉帐②唯一之秘本"（《小说小话》，转引自鲁迅《小说旧闻钞》），"张献忠之狡也，日使人说水浒、三国诸书，凡埋伏攻击皆效之"（《五色瓠》，转引自陈汝衡《说书小史》）。由此可见，《三国演义》的作者是真正具有作战经验，至少是战略战术的研究家的。就因为他把中国过去军事家的兵法通俗化，并以生动的战例来说明战争规律，因此，缺乏文化修养的起义农民的领袖们就把它当作一部军事教科书，并且在实践中不断地获得胜利。可见人民热爱这部书，就

---

① 尔诈我虞——即你诈我欺之意。
② 玉帐——即主帅所居之帐。

不是偶然的了。

（三） 惊险的场面，动人的故事

然而我们切不可忘记《三国演义》是一部文学作品。文学艺术的特征是艺术形象，是以艺术形象来感染和教育读者的。作为一个读者，在阅读的最初阶段，是在作品世界中享受，即读者为作品中的人物、故事所吸引、所感动，在不知不觉中就参加到那种火热的斗争生活中去，而且是站在正义的一方面，帮助自己所喜欢的，打击自己所憎恨的，所谓"闻刘玄德败，频蹙眉，有出涕者；闻曹操败，即喜唱快"的。因此，这种享受的过程，往往就是接受教育、提高自己的思想、培养自己的性格的过程。《三国演义》里的，无论是"正统"观念，或义的观念，都不是抽象的说教，而是通过许多正反面人物及关于他们之间的故事（情节）对读者放射出强大的感染力，激起和发扬读者们的正确的爱憎感，才在人民的享受过程中接受过来的。当然人民并不永远停留在享受的阶段，还要进一步去分析思考的，这就会理解得更深，收获更大。和喜欢创造故事一样，喜欢听故事，也是中国人民传统的良好习惯。赵树理先生在谈到他的创作经验时，就说过："人民喜欢故事，咱就增强故事性。"（也算经验）吴运铎先生也在他的《把一切献给党》里说过：

> 我想起儿童时候，矿山上常有一个盲人坐在街头的树荫下说书，弦子一拉，周围就集拢来一大群人。他那充满情感的声调，引起许多老人的叹息，青年的愤慨和孩子的好奇，我和二哥常常听岳传听到半夜，不肯睡觉。那些矿工们忘记了劳累，一直听到散场。

而从民间说书发展而来的《三国演义》的特点之一，魅人的原因之一，就是故事性或者说人物的行动性强。鲁迅先生说：

"三国时多英雄，武勇智术，瑰伟①动人，而事状无楚汉之简，又无春秋列国之繁，故尤宜讲说。"（《中国小说史略》第15篇《明之讲史》）我们试看：美髯公千里走单骑、刘备入赘东吴等不都是引人入胜的故事吗？张飞长坂桥头喝退曹军、诸葛亮的空城计、曹孟德的献刀等，不都是激动人心的惊险场面吗？

（四）富有教育意义的正反面典型人物

但是，人物在小说里是唯一重要的，如果没有美髯公，哪来的千里走单骑？如果不是美髯公，也不会千里走单骑。自然，故事（情节）是创造人物的重要手段，所有《三国演义》里面的令人难忘的艺术形象——典型性格，都是通过故事（情节）和作为情节发展的重要环节的一连串的富有戏剧性的场面表现出来的。

（1）"好皇帝"刘玄德

人民为什么喜爱刘备？为什么把他看作一个"好皇帝"？就因为通过他的一系列的脍炙人口的故事，使人认识到他是一个封建时代精明的政治家。他的善于识别德才兼备的部属的才能，"善善而能用"，爱贤若渴的作风，且不用说他的斋戒熏沐三顾茅庐去延请诸葛亮的有名的感人的故事了；就是他和徐庶之间所发生的一个小故事，也可突出地表现出来。当徐庶离开了"徒有虚名，盖善善②而不能用，恶恶③而不能去"的刘表而行歌于新野街市上的时候，就立即受到刘备的重视：待为上宾，拜为军师。后来徐庶中了程昱之计，将要离去，使玄德如失左右手的时候，玄德严词拒绝了孙乾损人利己的献策。他说："使人杀其母，而吾用其子，不仁也；留之不使去，以绝其子母之道，不义也。吾宁死，不为不仁不义之事。"（第三十六回）以及长亭饯别，伐林

---

① 瑰伟——亦写作瑰玮，奇伟的意思。
② 善善——第一个善字是作动词用的，即喜欢好人。
③ 恶恶——第一个恶字是作动词用的，即憎恨坏人。

望友。作者所细致而深刻表现出来的刘备这种舍己为人的仁义胸怀、光辉人格，怎能不使读者和当时在座诸将一同伤感呢！如果不是善忘的读者，便会回忆起：当日曹操在白马为袁绍所困，采用的程昱的假云长之手杀刘备，解白马围的那条一箭双雕的毒计（第二十五回），哪能不加倍地敬爱刘备而痛恨曹操及其集团呢！刘备的爱贤的例子是多的，而他知人善任的才能，例如对马谡，有时还超越了孔明。具有这样胸怀和作风的刘备，而且有远大政治理想的刘备哪能不爱民，并且成为他的最大特点之一呢！因此，刘备爱民的故事和感人的场面，也就几乎充满了全书，成为《三国演义》的主要内容之一。而这些故事一方面是作者根据史实，而更是吸取了人民的传说加以集中概括，扩大和夸张所创造出来的一个理想的爱民的封建社会中的"好皇帝"。

我们试举几个突出的例子吧。当县吏猜透督邮向刘备作威，无非是索取贿赂时，玄德说："我与民秋毫无犯，那得财物与他。"（第二回）也就因为这样，人民才拥护他并为他抱不平。第十二回，写陶谦第三次让徐州，玄德还要推辞时，因为人民刚刚遭了曹操军的一场空前的大屠杀，真是血海冤仇，记忆犹新，所以"次日徐州百姓拥挤府前拜哭曰：'刘使君若不领此郡，我等皆不能安生矣！'"人民这种坚决拥护刘备的态度，正反映了他平日保护人民生命财产的爱民事迹。因此，一切"纵兵掠民，人人嗟怨"的军阀如韩暹、杨奉之流，就必然也是刘备的敌人，就得把他们杀掉（第十七回）。刘备依附刘表住在新野不久，农民就为他作歌："新野牧，刘皇叔，自到此，民丰足。"（第三十五回）所以每当刘备为人民的敌人击败时，就有人民作依靠。如第十九回，写玄德为吕布击溃，与孙乾往依曹操，"途次绝粮，尝往村中求食。但到处，闻刘豫州，皆争进饮食"。第三十一回，写玄德又为曹军打垮，"玄德败军不满一千，狼狈而奔"到汉江时，"土人知是玄德，奉献羊酒"。也许有人怀疑土人献酒可能是迫于势力，未必就是竭诚欢迎刘备。因为就在同一回里，曹军击破袁绍军于仓亭时，也"有土人箪食壶浆①以迎之"的。毛宗岗对这问题也表示过意见："前老人献酒于曹操是畏其胜，今土人献酒于玄德是怜其败。胜时之酒易得，败时之酒难当。"我以为这是很好的回答。作者在第四十一回所写的"刘玄德携民渡江"那个伟大的场面，也可看作对刘玄德爱民行为的一个重大考验。当时曹操率五十万大军，分作八路来攻樊城，情势不能不算危急的，孔明教玄德："可速弃樊城，取襄阳暂歇。"而玄德首先想到的是人民：

> 玄德曰："奈百姓相随已久，安忍弃之？"孔明曰："可令人遍告百姓：有愿随者同去，不愿者留下。"先使云长往江岸整顿船只，令孙乾、简雍在城中声扬曰："今曹兵将至，孤城不可守，百姓愿随者便同过江。"两岸之民，齐声大呼曰："我等虽死，亦愿随使君！"即日号泣而行。扶老携幼，将男带女，滚滚渡河，两岸哭声不绝。玄德于船上望见，大恸曰："为吾一人而使百姓遭此大难，吾何生哉！"欲投江而死。左右急救止。闻者莫不痛哭。船到南岸，回顾百姓，有未渡者，望南而哭。玄德急令云长催船渡之，方才上马。

因此，就造成了这样一种困难情况："玄德同行军民十余万，大小车数十辆，挑担背负者不计其数。"只能"日行十余里"。而曹军则是精选的五千铁骑，以一日夜三百里的速度在追赶。当时众将劝玄德"暂弃百姓先行"，玄德泣曰："举大事者必以人为本，今人归我，奈何弃之？"反观曹操追玄德至长坂坡时对人民是什么态度呢？那真是宛如虎入羊群："二县百姓号哭之声，震天动地；中箭着枪，抛男弃女而走者，不计其数。"从以上强烈的对比描写中，可见刘备的爱民行动是经受得起考验的，他之所

---

① 箪食壶浆——箪，盛饭用的竹筒；浆，酒。箪食壶浆：一竹筒食物，一壶酒：表示犒劳的意思。

以成为人民理想的皇帝，甚至人民以自己的理想和品质补充和丰富起刘备的品质来体现自己的愿望，不是没有理由的。而且作者也的确有意识地处处在他的小说中拿刘备的爱民和曹操的害民作鲜明的比较的。玄德自己就和他的谋士庞统说过：

> 今与吾水火相敌者，曹操也。操以急，吾以宽；曹以暴，吾以仁；操以谲①，吾以忠；每与操相反，事乃可成。若以小利而失信义于天下，吾不忍也。（第六十回）

甚至到后来，刘备在人民的心目中，竟成了一个被崇拜的偶像了，他入川时："百姓扶老携幼，满路瞻观，焚香礼拜。"（第六十回）这就难怪人民自始至终，要承认刘备的"正统"地位了。

（2）快人张翼德

张飞是人民最喜爱的人物之一，张飞不是一个英明的政治家，也不是一个聪明的军事家；但是人民爱他的是非分明，不避权贵，敢于反抗，嫉恶如仇，坚强不屈，而又直爽纯真，英勇豪迈的英雄性格。这个性格的产生不是偶然的。在长期的封建社会里，不公平的事实在太多了，被剥削、被压迫、被侮辱与被损害的劳动人民实在太多了。因此，在人民中间，就产生出这样一种性格。而在民间艺术里就被创造成功为一个深刻、鲜明而又完美的典型。这是人民多少年来，以集体力量创造出来的一个代表中国人民传统的优良性格，是具有人民性的。在张飞的一生的行动里，充分地体现了被压迫的人民的情绪和愿望。

在《三国演义》里，张飞一出场，就给读者这样一个"身长八尺，豹头环眼，燕颔虎须，声若巨雷，势如奔马"（第一回）的与众不同的，令人深刻难忘的印象。果然，不久，他就因见卢植受屈便要救，见董卓无礼便要杀，略无一毫算计，真是当时的第一快人。就是作者写到这里，也禁不住要赞美说："安得快人

---

① 谲——欺诈的意思。

如翼德，尽诛世上负心人。"在第二回，写张飞怒鞭督邮，就因为督邮是害民贼，以为"此等害民贼，不打死等甚！"这是被侮辱、被压抑了很久的愤怒的复仇的火焰的喷发，也正是代表了广大被压迫、被剥削的人民的衷心愿望。这是反抗的呐喊，革命的行动！这就是义的主要内容！

张翼德不仅痛恨压迫者、剥削者，而且仇视见利忘义、反复无常、极端自私自利的人物。这就是为作者所创造，为张飞所憎恨和蔑视的一个典型人物——吕布。张飞骂他是三姓家奴，几番要杀他，主要因为"吕布本无义之人，杀之何碍？"（第十三回）他在古城要杀关羽（第二十八回），在成都痛责刘备（第八十一回），就因为他重视这个他认为是神圣而不可触犯的义。

不错，张飞的性格的另一面是鲁莽的、急躁的，因而常常犯错误，给自己集团带来很坏的后果，象因为夺吕布的马，引起吕布的进攻小沛；尽管翼德是理直气壮的："我夺你马你便恼，你夺我哥哥的徐州便不说了。"可是没有考虑当时敌我双方实际力量的过分悬殊，便任性盲动起来，最后便不得不连小沛也放弃了（第十六回）。但是伴随着张飞这一性格上的缺点，却另外有一种可贵的性格上的特点：那就是勇于认错，敢作敢当的负责精神。例如失陷了徐州和刘备的妻小，便要以自己的性命来赔偿（第十四回）。此外，象对于庞统前倨后恭的态度（第五十七回），这一方面说明张飞性格的现实性和礼贤下士的特点，同时也与勇于认错的这种直爽性格分不开。因此，也就非常尊重严颜那样的和自己性格具有同样特点的人物。当张飞用计捉住严颜，因为恨这位倔强勇敢的老将军不肯投降，本来决意要杀的，因"见严颜声音雄壮，面不改色，乃回嗔作喜，……亲释其缚，……低头便拜"（第六十三回），就是最典型的例子。

其实张飞并非单纯鲁莽，也粗中有细。如徐州活捉刘岱（第二十二回），巴郡生擒严颜，瓦口隘击破张郃（第七十回），在在都说明了张飞的智慧的心灵，也是性格的最可爱处。但我们却不能因此便完全否定张飞性格的鲁莽特点。象在长坂桥头，横矛立马喝退曹军时，虽能计设疑兵，但曹军一退，便慌忙地拆断桥梁，便是失算。正如毛宗岗所批评："马尾树枝是翼德巧处，拆断桥梁是翼德拙处，莽人使乖到底是莽。"（第四十二回）

　　和张飞的鲁莽、急躁性格相联系的，还有时常对士卒暴而少恩的严重缺点。正如孔明所告诫的："勿得恣①逞②鞭挞士卒。"（第六十三回）而这种狂暴性格特点又常常是和他的心地光明、不用心机的特点相结合着的，正如玄德所告诫他的："朕素知卿酒后暴怒，鞭挞健儿，而复令在左右：此取祸之道也。今后务宜宽容，不可如前。"果然张飞终以此死于范疆、张达之手（第八十一回）。

　　张飞性格中的这些缺点，显然是肯定的，但却也成为人们认识错误、汲取经验的一面明镜。

　　张飞性格中的这些缺点，也正如他性格中的许多优点一样，也是封建社会中的产物，反映了农民和手工业者的特点。因而，通过作者高超的艺术手法所创造出来的这个典型也就最丰富、最有现实意义，成了最受人民喜爱的人物之一。

　　（3）才能和智慧化身的诸葛亮

　　几乎占去《三国演义》二分之一的文字，使用了六十几回的篇幅来描写的诸葛亮，是家喻户晓、妇孺皆知的人物。旧社会的人民，可以不知道贾宝玉，可没有不熟悉天才的军事家、政治家和科学家的诸葛亮的。诸葛亮在《三国演义》里是个最活跃的人物，是全书的灵魂。而在广大人民的心目中，他是聪明和智慧的最高标准，封建社会广大人民的才能和智慧的化身。"三个臭皮匠，合成一个诸葛亮"，这句话赞扬了集体智慧的巨大作用，同时也对诸葛亮作了最高的歌颂与赞美。其所以如此，不是没有理

---

　　①　恣——任意。
　　②　逞——肆行。

由的。

汉末群雄割据，逐鹿中原，不知鹿死谁手之际，年青的诸葛亮却能分析天下大势，掌握了事变的规律，判定了天下行将走向三分的局面，而且适应这种局势为刘备指出了建立基业的新方向，定下了联吴拒曹的统一战线政策。如果不是个具有远见的英明的大政治家，能做得到吗？然而英明的判断，是靠实践过程中的主观努力来证明的。孔明在实践自己的政治路线或者说在逐步实现自己一生的行动纲领时，并不是一帆风顺的，是在艰难困苦中，在不断的残酷考验中获得实现的。而他的才能和智慧也在不断的锻炼中丰富起来，并从而树立起了他的威信。孔明初出茅庐，我们就看到了他在艰苦的环境中受着考验。孔明以新野弹丸①之地，数千人之众，来抵抗夏侯惇的十万大军就已够困难的了。而自己的内部对他也是勉强支持的：象关、张是在向他刁难与嘲笑之后才勉强听令的；甚至平日以师礼待他的玄德，也正是唯一信任和支持他的人物"亦疑惑不定"（第三十九回），这就更增加了他实现自己的预见的困难。然而孔明终于克服了困难，获得了胜利，证明他真是个英杰，并从而表现了孔明的坚毅不拔的意志与决心。

赤壁之战是决定三国鼎立局面的一个关键性的战役，是孔明实现自己的政治路线和军事路线，为刘备集团建立基础的关键；然而也正是给予孔明的一个更重大的更加残酷的考验。

刘备在长坂坡惨败以后，孔明为了恢复和发展自己集团的力量，为今后的政治斗争开辟根据地——荆州，需要马上联合东吴酝酿一次大战来解决问题，这是当时唯一的一条道路。孔明告诉玄德说：

> 曹操势大，急难抵敌，不如往投东吴孙权以为应援，使

---

① 弹丸——弹弓所用之丸，在此处作为小的譬喻。

　　南北相持，吾等于中取利，有何不可。（第四十二回）

这个如意算盘虽然打得很好，但是却有无限的困难在那里等着他。譬如，首先曹操就恐怕刘备结连东吴共同抵抗他，便采用了荀攸之计：

　　　　遣使驰檄江东，请孙权会猎于江夏，共擒刘备。分荆州之地，永结盟好。孙权必惊疑来降，则吾事济矣。（第四十二回）

这就给孔明联吴求援的打算以致命的威胁。其次，东吴孙权固然从心里是不愿降曹操，愿意和刘备联合起来共同破曹操的，但却想独吞荆州。而且因为刘备军力的微薄并不予以怎样的重视，这就是联合上的矛盾。最后，在东吴内部也有严重的矛盾，降曹派（即主和派）与联刘派（即主战派）斗争得非常激烈，而且主和派势力很大，影响得孙权拿不定主意。这又是一个对孔明的很大威胁。然而孔明终于经过复杂的斗争：舌战群儒，智激周瑜，坚定孙权……克服了重重的障碍，实现了自己的愿望，燃起赤壁战火来。孔明的这种洞察生活的能力，应付事变的能力，改造环境转危为安的能力，充分地说明了他的绝世奇才与无穷的智慧；不知道启发了多少读者的智慧，帮助了和丰富了多少读者的斗争经验！

　　孔明在参加赤壁之战的过程中，不仅具体地表现了他是杰出的军事天才，更具体地表现出他是一个高瞻远瞩的、杰出的外交家、政治家。这不仅表现在他鼓动孙权组成抗击曹操的联合战线工作上，且表现在他竟公开提出他的“荆、吴之势强，而鼎足之形成”（第四十三回）的政治企图，从而掌握着主动权和领导权；而在和周瑜的周旋过程中，始终掌握住有斗争、有团结的高度政治原则，服从了最高的利益，坚持了联吴破曹的统一战线，使刘备获得了政治上的巨大胜利，完成了自己的最伟大的计划：奠定了三分天下的基础。因此，就使读者觉得，当初孔明端坐于东吴幕下，对着江东的那一群或则"坐议立谈，无人可及；临机应变，百无一能"，或则"惟务雕虫①，专工翰墨，青春作赋，皓首穷经，笔下虽有千言，胸中实无一策"（第四十三回）的腐儒小人们的一场嬉笑怒骂，真不能算是骄傲。因而数百年来，孔明就成为人民最赞扬的人物、理想的英雄、智慧的闪光，是完全可以理解的。

然而孔明的这个伟大的典型性格，正和张飞的一样，决不是作者笔下偶然爆发的一个火花，而是一个社会的产物。从他在《三国志平话》里就已是个智慧的典型看来，他是中国人民把自己在长期封建社会里积累起来的斗争经验，集中到孔明身上，创造成功的一个智慧化身，因而他就永远和旧社会广大人民有着不可分割的血缘关系。因而他就不仅是个军事家、政治家，"事无大小，皆亲自从公决断"（第八十七回）的爱民贤相，而且在道德品质上的表现，也成为封建社会中的典范：他把取西蜀建功劳的机会让给庞统；他从不居功自傲，尽管他"功盖三分国"，而一旦街亭失败，就决不原谅自己，自请降级三等，还要求部下"但勤攻吾之阙②，责吾之短"（第九十六回）。在封建社会里，这种自我批评欢迎批评的精神是罕有的、伟大的，因而也是最可宝贵的。他挥泪斩马谡（第九十六回），情感是多么深厚真挚，公私何其分明；他贬李严而用其子（第一百零一回），其光辉人格真可以照人肺腑。

孔明就是这样一位才能、智慧与可贵的道德品质相密切结合的，巨大的理想的为人民谋福利的人物。

《三国演义》里面的这些正面人物，是艺术上的光辉成就，他们的智慧、勇敢、有正义感和英勇不屈的鲜明性格，在长期封

---

① 雕虫——古人轻视辞赋的雕辞琢句，说它是"雕虫小技"。

② 阙——过失的意思。

建社会中被爱好与学习的结果，在形成我们宝贵的民族性格传统上，就起了很大的作用。而《三国演义》里面的一些否定形象，也由于作者在艺术上创造的成功，既表现了人民对于封建统治阶级丑恶本质的强烈的憎恨，更鼓舞起人民的反抗斗争的意志，引起了人民对美好生活的向往。

（4）*乱世奸雄曹孟德*

在《三国演义》里面，被创造得最成功，可以说在中国文学史上绝无仅有的巨大反面典型，就是曹操。

这是一个具有无穷贪欲和权势欲的封建阶级的阴谋家和野心家。他的性格，真象是"狮子似的凶心，兔子的怯弱，狐狸的狡猾"（鲁迅：《狂人日记》）。这个性格是中国长期封建社会的产物。他吸收了历代封建统治阶级的许多反动经验，成为封建统治阶级的典型代表；另一方面，是被压迫、被剥削、被侮辱和被损害的封建社会里的广大人民，长期地对统治阶级所特有的欺诈、残酷、丑恶的暴行的观察、身受和深刻理解而集中、创造出来的一个丑恶化身。因而他就比董卓要高明得多：他的凶恶残暴的性格并不随便暴露，而是最善于玩弄两面派手法的。这是统治阶级长期积累下来的最有用的经验，统治人民最高明的手段。曹操继承下来并结合着自己的经验予以发展：他把一切罪恶都放在"仁慈""宽大"等假面的掩盖下进行，从而获得他个人、家庭及其集团的利益。

在小说的一开始，读者从他欺叔、骗父的行为中，便看到这种欺诈性格的萌芽。在汉末"天下人心思乱"的时代，曹操听到汝南许劭说他是个"乱世之奸雄"，竟非常之高兴，这真是象毛宗岗所说的："喜得恶，喜得险，……喜得不怀好意，只此一喜，便是奸雄本色。"他初进宦途，便装出一副"正人君子""能吏忠臣"的面孔，作为继续飞黄腾达的政治资本。例如：他初做洛阳北都尉，便不避豪贵，敢于棒责当时最有权势的中常侍蹇硕的叔父。（以上见第一回）果然不久，就更以镇压黄巾有功入京晋升典军校尉等官。当董卓专权，威胁到汉家的政权，而他自己仅仅是一名骁骑校尉时，竟敢谋刺董卓，在大臣王允、县令陈宫的眼里竟成了一个"天下忠义之士"（第四回）。然而一杀吕伯奢便立即暴露出了他多疑、狠毒的性格，第一次被摘下了"忠、义、善"的假面。正如作者所说："设心狠毒非良士，操卓原来一路人。"（第四回）但陈宫并未给他声扬。他仍然可以"忠义"的假面，作为政治资本发矫诏，会合起十七镇诸侯来讨董卓，并从此逐步发展起自己的势力来。

曹操为了谋取更大的资本，当汉献帝被当作一个篮球似的被抢来夺去的时候，他抢先以武力弄到了这个傀儡皇帝，以便挟天子以令诸侯。第十四回，曹操使刘备攻袁术，以便自己从中取利的所谓"驱虎吞狼之计"，刘备明知是曹操之计，却碍于"王命不可违"，不得不硬着头皮去上圈套。所以后来曹操的许多敌手，都骂他"名为汉相，实为汉贼"，就是想极力打碎他这个假金牌，解除自己的束缚。

当曹操自己的势位还不够巩固的时候，他是极尽其所谓"宽大容忍"之能事的，他可以忍受祢衡的侮辱，演一出"击鼓骂曹"（第二十三回），他从袁绍的图书中发现秘密文件时，竟焚毁不问（第三十回）。这种对部下的"信任""同情""原宥"的"大方"行为，正是他牢笼人心、巩固自己内部的极端阴险的表现。试看他后来势力愈来愈巩固的过程中，特别在消灭了最大的敌人袁绍以后，如果有人随便对他有一点反对的意见，不就立即不再"容忍"了吗？孔融仅仅劝他不要进攻刘备，他就残酷地屠杀了孔融的全家。甚至，就是平日对他忠心耿耿的亲信们，在这时候，也被一脚一脚地踢开了。第六十一回，写为曹操效劳多年、屡建大功的荀彧（我们应该记得：第三十回，写曹操与袁绍相持于官渡，"军力渐乏，粮草不继，意欲弃官渡退回许昌"的时候，得到荀彧的支持，因而获得胜利的事情吧！），因为不同意曹操封魏公，加九锡，便迫使他服毒自杀。第六十六回，因荀攸不同意自己做魏王，便用一句话吓煞荀攸。这都是些"高鸟尽，良弓藏；狡兔死，走狗烹"的残酷寡恩的典型事例。而当耿纪等五人谋杀曹操的事件被镇压下去以后，曹操想把余党一网打尽，竟想出了这样一条"妙计"：

> 曹操于教场立红旗于左，白旗于右，下令曰："耿纪、章晃等造反，放火焚许都，汝等亦有出救火者，亦有闭门不出者。如曾救火者，可立于红旗下；如不曾救火者，可立于白旗下。"众官自思救火者必无罪，于是多奔红旗之下。三停内只有一停立于白旗之下。

这正中了曹操的"妙计"，真是"杀之有名"矣，于是：

> 操教尽拿立于红旗下者。众官各言无罪。操曰："汝当时之心，非是救火，实欲助贼耳。"尽命牵出漳河边斩之，死者三百余人。（第六十九回）

这真是曹操的一个"宁肯错杀一千，不让漏网一个"的"得意杰作"。曹操的残暴、凶恶的狰狞面貌在这里已被暴露无遗了。

而对于人民，曹操一开始就是以镇压黄巾军起家，屠杀人民，劫掠人民发财，两手沾满人民鲜血的刽子手。

在第十回，曹操假"替父报仇"之名，抢占徐州，屠杀人民，劫夺财帛的暴行，在《三国演义》里面许多军阀当中，真可说是一次"超群绝伦"的惊人事件。"操令但得城池，将城中百姓，尽行屠戮，以雪父仇"，甚至"发掘坟墓"。陈宫问他：

> 今闻明公以大兵临徐州，报尊父之仇，所到欲尽杀百姓……州县之民，与明公何仇？

曹操只好答非所问，但还是继续屠杀下去。如果真是"报父仇"的话，听到吕布攻破他根据地的消息时，应该"义无反顾"，可他非但立刻考虑到"兖州有失，使吾无家可归矣，不可不亟①图之"，尤其可鄙的是，曹操竟采用了郭嘉之计，"正好卖个人情与刘备，退军去复兖州"。兄弟之仇还不反兵呢！居然把"父仇"当"人情"来出卖！曹操"宁教我负天下人"的自私原则，原来也可以应用到他父亲身上。所以说曹操攻陶谦只是为了抢徐州，杀戮和劫掠人民，可再看如下一件事实：当曹操在鄄城听到刘玄德领徐州牧时，大怒曰："我仇未报，汝不费半箭之功，坐得徐州！"便不肯再卖"人情"，而是立刻传令起兵，冲着刘备去"报父仇"了（第十二回）。这就是曹操的"孝"，这就是封建统治阶级"孝"的本质！

曹操和吕布争夺兖州时，"正值济郡麦熟，操即令军割麦为食"，"还将村中掳来男女在寨内呐喊"，当"山东一境，尽被曹操所得"以后，山东人民成为自己的剥削对象时，他才"安民修城"（第十二回）。曹操的这种公开屠杀和抢掠人民的暴行，随着他的势力逐渐扩大，随着他的政治野心逐步获得实现，并且逐渐感觉到人民愈来愈反对他的时候，他才逐渐以"爱民"的假面来掩盖起来。例如，曹操在抢得傀儡皇帝汉献帝之后（第十四回），于建安三年装模作样地奉皇帝之命"出征"张绣，农民害怕他，"逃避在外，不敢刈麦"。这对于号称"与民除害"的"王师"来说的确有些丢脸，于是他就小题大做地或者说装腔作势地下令："大小将校，凡过麦田，但有践踏者，并皆斩首。"可是正在他得意自己的杰作时，没想到自家就破坏了军令，"践坏一大块麦田"，真是没有法子，只好"割发权代首"（第十七回），勉强地应付过去。曹操于仓亭再度击破袁绍以后，因为当地的老百姓教育了他，并奉承了他几句，说他是真人，有坐皇帝的希望，搔着了他的痒处，他又装腔作势地"号令三军：如有下乡杀人家鸡犬者，如杀人之罪"（第三十一回）。这种"有时贱人如鸡犬，有

---

① 亟——急的意思。

时贵鸡犬如人"的权诈手段是模糊不了人民的耳目的。人民清楚地认识到：他的杀戮人民的残酷的刽子手性格并未随着他的一连串的军事上的胜利而有丝毫的改变，只不过是使用更加"高明"的手段罢了。试看，就在他下了"贵鸡犬如人"的命令不久，在追击袁谭的道路上，因"天气寒肃，河道尽冻，粮船不能行动"时，他就要"本处百姓敲冰拽船"了。因为百姓闻令而逃，他就大怒"欲捕斩之"。这不就又现出本相来了吗！在逼得没法生活的时候，人民是敢于反抗的："百姓闻之，乃亲往营中投首。"于是曹操就使用比过去更加精明其实是非常笨拙的掩耳盗铃的手段，假惺惺地仿佛很为难地说道：

> 若不杀汝等，则吾号令不行；若杀汝等，吾又不忍；汝等快往山中逃避，休被我军士擒获。（第三十三回）

这样一来，老百姓被捉住杀了，只能自怨倒霉，因为自己没藏好，不该被军士擒获。而曹操自己则是宁肯破坏军令也"不忍"杀百姓的。可惜百姓并没有感激他的"仁慈"与"宽大"。我们再继续看罢。当他追到南皮和袁谭作战时：

> 郭图谓谭曰："来日尽驱百姓当先，以军继其后，与曹操决一死战。"谭从其言。当夜尽驱南皮百姓，皆执刀枪听令。次日平明，大开四门，军在后，驱百姓在前，喊声大举，一齐拥出，直抵曹寨。两军混战，自辰至午，胜负未分，杀人遍地。操见未获全胜，乘马上山，亲自击鼓，将士见之，奋力向前。谭军大败，百姓被杀者无数。……操引兵入南皮，安抚百姓。（第三十三回）

先杀后"抚"，这就是曹操一贯对百姓表示"仁爱"的手段。

曹操有时还很会替人民的生活"着想"。曹操既定冀州，由于消灭了一个许多年来严重威胁着自己的敌人，又获得了钱粮充

实的州郡，一时高兴竟摆起一副"慈悲"的面孔下令："河北居
民遭兵革之难，尽免今年租赋。"（第三十三回）可惜这个假面是
维持不久的，一旦打了败仗，例如从赤壁溃退下来，没有粮食的
时候，他就会又现出强盗的本相，命令"军士往村落中劫掠粮
食"去了（第五十回）。

就因为曹操专门以权谋、机变、奸伪、残暴……的手段夺取
政权，驾驭部属，来维持他的统治剥削地位。因此，他就多疑、
猜忌，最怕别人看透和揭露他的秘密。作者在第七十二回中，详
细地举出了对曹操父子忠心耿耿的杨修的被杀原因，正是生动地
让读者看见了曹操性格的这一方面！

苏联惊险小说家阿富捷因柯在他的《底萨河畔》中，曾成功
地创造了一个否定的艺术形象——彻头彻尾的恶棍克拉尔克。说
这个特务："就是在极端危险的时刻，他也能向你微笑。"又说：
"他内心痛苦的时候能笑；他心里高兴的时候能哭；他对他所想
杀害的人能誓言爱他。"我看拿克拉尔克和曹操相比，恐怕还要
逊色。试想想吧，当曹操从赤壁一路败退下来的时候，逐步走上
了孔明所设下的重重陷网：乌林遇赵云，葫芦口遇张飞，华容逢
关羽。不都是险些丧了性命，狼狈到极点，痛苦到万分的时候
吗？但每次刚一脱险，他就在马上仰面或扬鞭哈哈大笑（第五十
回）。当曹操进攻袁绍，一个胜利接着一个胜利，最后占领了久
已垂涎的冀州时，他应该扬鞭哈哈大笑了，可是他却"亲往袁绍
墓下设祭，再拜而哭，甚哀"（第三十三回）。

所以说曹操是个大奸雄，彻头彻尾坏到骨子里去的流氓恶
棍，在中外古今文学史上少有的反面典型，是一点也不夸张的。
因而人民认识了曹操的性格，也就认识了所有封建统治阶级甚至
包括反动资产阶级的本质面貌。人们读了《三国演义》之后，会
痛恨一切具有曹操性格的人，直到今天还骂坏人是曹操，可见这
个典型创造的成功，它的教育作用之大之久了吧！

毫无疑问，在《三国演义》里的四百多人物中，人民当然不

仅仅喜爱或憎恨前面分析过的几个人物。譬如说：雄姿英发，风流俊赏，多才多艺而又心胸狭窄的顾曲周郎；具有政治远见的鲁肃，也是使人喜爱的。奸诈残酷颇肖乃父的曹丕；以及号称龙头的名士华歆同样也激起人们的憎恨；但为篇幅所限，就不再分析了。

（五）长期的封建社会延续了这部书在社会生活中的地位和作用

由于《三国演义》在思想性和艺术性上的成功，它在长期的中国封建社会里，被广大人民作为理解封建社会的政治生活、战争生活，学习认识人生，分辨义和奸、美与恶，拥护什么、反对什么的生活教科书。反过来，也正因为长期的中国封建社会以及几十年的半殖民地半封建的社会，也延长了这本书在社会生活中的地位和作用。鲁迅先生在1935年就曾指出这点来的：

> 伟大的文学是永久的，许多学者们这么说。对啦，也许是永久的罢。但我自己，却与其看薄凯契阿，雨果的书，宁可看契诃夫，高尔基的书，因为更新，和我们的世界更近些。中国确也还盛行着三国志演义和水浒传，但这是为了社会还有三国气和水浒气的缘故。（《且介亭杂文二集·叶紫作〈丰收〉序》）

这就又引出了一个新的问题。

三　今天怎样正确认识这部书？

前面我们举出很多旧社会人民爱好《三国演义》的理由，而今天新中国的人民对这部书的看法和态度，就与过去的人民有极大的不同。《三国演义》里有些为旧社会人民所喜欢的东西，就不一定为生活在新社会里并且接受社会主义教育的人民所喜欢了。这主要是因为它虽能体现旧社会人民的情绪和愿望，但不能完全反映新社会人民的情绪和愿望。象前面所说的以蜀汉为"正统"的观念、桃园结义（尽管它有被肯定的部分）等就不是新社会劳动人民所需要的。而被当作"好皇帝"崇拜的刘备、被当作忠义化身来尊崇的关羽等，在这一角度上，就不是新社会劳动人民所喜爱的了。

自然这并不意味着：我们只肯定《三国演义》在过去对人民的贡献；而它在今天的价值要削弱了，甚至已经丧失了它的光辉。恰恰相反，作家出版社校订注释的《三国演义》出版以后，受到了广大人民的重视，产生了极浓厚的阅读兴趣。这是因为它包含着不朽的客观真理，生活真理；而它的成功的艺术创造仍能激起我们美的享受，强烈地感动着我们。但我们阅读的态度和方法却与过去的人们有所不同了。我们在被它的艺术光辉震撼之后，就必须以新的社会观点和艺术观点，通过对它的典型人物的具体分析和研究，予以正确的评价，该批判的批判，应继承的继承。

（一）　要善于向封建性的积层去开采民主性的精华

《三国演义》肯定是一部伟大的古典现实主义文学作品，但却也充塞着不少的封建落后成分。这首先是由于罗贯中受到历史时代和阶级的限制，他的世界观就不可能是完全进步的，而且仅有的进步因素也是有限度的。因此他的矛盾的世界观就在这部书里充分地流露出来，这是一方面。此外，这部书的主要内容虽然是从劳动人民中来，是从人民生活中本来存在的丰富的文学艺术原料中提炼上升起来的，但是劳动人民的创作中也有封建落后成分。例如《三国志平话》一开始，固然指出了洛阳的御花园的修建者，"非干王莽事，□是逼迫黎民移买栽接，亏杀东都洛阳之民"，这真是最可珍贵的民主性的精华，可是紧接着叙述的那个司马仲相断狱的故事中就不免带有落后成分。这是劳动人民受到封建落后思想影响的结果。鲁迅先生就曾提出过："他们间接受了古书的影响很大，……每每拿绅士的思想，做自己的思想。"（《而已集·革命时代的文学》）而这些糟粕也往往为作者所采取。还有一种情况：统治阶级总是千方百计地把人民爱好的作品，特别通过一些文人的评点窜改工作予以歪曲，以便利用来巩固自己的统治权。例如，他们从三国故事中的"崇刘黜①曹"，可以提倡一姓相传的正统思想；以及吹捧关羽的忠义；等等。因此，民主性的精华在《三国演义》中虽是占主导地位，《三国演义》的总倾向虽是进步的，但是其中封建性的糟粕却常常象深厚的成层一样把某一些民主性的精华压埋起来。因此，《三国演义》就具有自己的特点：它的某些民主思想不是象水浒那样直接地表现出来，有如炎炎赤日自射光芒，而必须等待深山探宝的读者去钻探去开采。

（1）作者诬蔑了农民起义，但也反映了当时历史的真实

在《三国演义》里，作者对于农民革命的态度显然是反动的：作者诬蔑起义的农民队伍——黄巾军"望风烧劫"（第二回），"劫掠良民"（第十回），还呼之为"贼"。而对于一些镇压

---

① 黜——贬斥的意思。

农民起义的军阀们，却称之为"英雄"。尽管对黄巾军的这种描写是不多的，但却很明显地看出了作者所站的阶级立场，及其思想中所存在的封建因素。

但是我们如果仔细深入分析研究，就可以从作者的这些不多的描写中，找到一些新的积极的东西。

作者在《三国演义》的一开始就写：灵帝崇信"十常侍"，才造成了"朝政日非"的局面，"以致天下人心思乱，盗贼蜂起"（第一回）。又借郎中张钧的口指出："昔黄巾造反，其原皆由十常侍卖官害民，非亲不用，非仇不诛，以致天下大乱。"（第二回）作者复借司徒陈耽之口说："天下之民，欲食十常侍之肉。"（第二回）就因为人民生活在人间地狱里，对于统治剥削者痛恨到了欲寝其皮而食其肉的程度，因此一听到张角起义的号召，就必然的"四方百姓，裹黄巾从张角反者四五十万"（第一回）。

由此可见，尽管作者的思想是敌视或不了解农民起义，然而却暴露出封建统治阶级内部的黑暗和腐败，因而加强了对农民的压迫与剥削，导致了农民起义的必然性。这就深刻地反映了当时历史变化发展的真实。

（2）作者有"英雄造时势"的观点，但也反映了人民决定历史命运的力量

封建统治阶级的历史学家都是主张"英雄造时势"的，《三国演义》主要描写的对象是英雄人物及其事业。很明显地看到作者罗贯中是有"英雄造时势"的观点的。但是，如果我们仔细阅读分析一下，就看到某一英雄人物的成功，是有其历史的必然性的。作者的确给了许多足够说明英雄赖以成功的客观条件的。

尽管孔明在《三国演义》里是最符合人民理想的英雄人物，尽管他是才能和智慧的化身和风云人物，然而作者却描写了他的出场是适应了当时历史发展客观情势的要求，并且有力地描写了如果孔明得不到广大人民和将军特别是士兵们的拥护与支持，他是什么功业也建不成的。《三国演义》里，不止一次地揭示出由

于孔明的爱民，因而获得人民支持的故事。例如在第八十七回，写孔明在成都：

> 事无大小，皆亲自从公决断。两川之民，忻乐太平，夜不闭户，路不拾遗。又幸连年大熟，老幼鼓腹而歌，凡遇差徭，争先早办。

这是孔明南征孟获，六出祁山，使司马懿畏蜀如虎的基本条件之一。在《三国演义》中，关于孔明惜军的故事也有不少。例如，他南征回来，首先"奏准后主，将殁于王事者之家，一一优恤"（第九十一回）。而第一百零一回，写孔明对司马懿作战当中，正需要兵力的时候：

> 长史杨仪入帐告曰："向者丞相令大兵一百日一换，今已限足，汉中兵已出川口，前路公文已到，只待会兵交换；见存八万军，内四万该与换班。"孔明曰："既有命，便教速行。"众军闻知，各各收拾起程。忽报孙礼引雍、凉人马二十万来助战，去袭剑阁，司马懿自引兵来攻卤城了。蜀兵无不惊骇。杨仪入告孔明曰："魏兵来得甚急，丞相可将换班军且留下退敌，待新来兵到，然后换之。"孔明曰："不可。吾用兵命将，以信为本，既有令在先，岂可失信？且蜀兵应去者，皆准备归计，其父母妻子倚扉而望；吾今便有大难，决不留他。"即传令教应去之兵，当日便行。

就因为孔明肯替士兵着想，所以士兵就肯支持他战胜了多于自己几倍的敌人。

在《三国演义》所描写的许多武将中，尽管他们是力敌万人的英雄，如果没有士兵的帮助，他们就会毫无能为。例如关羽，他是喜欢只带五百名校刀手来作战的（第五十三回的战黄忠、第四十九回华容截曹操都是如此）。可是当他和东吴吕蒙作战的时候，中了吕蒙之计，军心尽变，只剩下三百余人时，关羽就不但恢复不了荆州，连自己的生命也保存不住了（第七十六、七十七回）。我们还记得第四十二回，写张翼德大闹长坂桥，单骑喝退曹操数十万大军，应该是作者表现个人英雄最突出的场面了吧？然而作者却并未单纯归功于张翼德的三声大喊，而是着重地指出了张翼德这次成功的三个根本原因：由于张翼德事先设下了疑兵，所以文聘"见桥东树林之后，尘头大起，疑有伏兵，便勒住马，不敢近前"；等到曹仁、李典、夏侯惇、夏侯渊、乐进、张辽、张郃、许褚等都来到之后，又因为过去在博望、新野遭到过孔明的两番火攻，又恐是"诸葛亮之计，都不敢近前"；等到曹操亲自来到观察情况时，回想起"向曾闻云长言：'翼德于百万军中，取上将之首，如探囊取物。'今日相逢，不可轻敌"等等原因，才"颇有退心"。因此，刘玄德才争到一口喘息的机会，比较安全地退守江夏。这种例子实在多得不胜枚举，现在只特别指出：西蜀的后期，五虎大将先后凋零，而孔明仍然能够取得多次战役的胜利，维持了西蜀几十年的独立局面，除了孔明的联吴政策的成功而外，有力地证明了人民、士兵群众的力量！

在《三国演义》里的许多地方都透露着人民群众是历史创造者，而不是什么个人英雄决定一切的倾向。罗贯中虽然不是自觉地理解到这点，但他却看到了起义农民领袖和封建统治阶级的领袖们对于人民群众力量的充分认识和依赖，这就或多或少地反映了人民群众在历史发展过程中所起的决定性的作用，反映了历史发展的基本规律。

黄巾军领袖张角的决定起义，就因为他知道：

> 至难得者，民心也。今民心已顺，若不乘势取天下，诚为可惜。（第一回）

在汉末的许多封建军阀的矛盾与战争中，《三国演义》清楚地告诉我们：人民拥护谁，谁就成功；人民反对谁，谁就得最后垮台。而人民拥护他们的条件，象前面已提到过的：最主要的就是得符合人民的利益。刘备所说的"举大事者必以人为本"（第四十一回）这句名言，凡是聪明的野心家都懂得的。刘备爱民，因而始终得到人民的拥护与支持，所以他在多次的失败中，终于能奠定了蜀汉基业。这是作者所一再极力描写了的。曹操在初期虽是个屠夫，但经过屡次事实的教训，他逐渐知道得设法笼络民心，才能打天下了。这也是作者所极力描写了的。作者还描写过：曹操虽然是个屠夫，但他是害怕人民的。在第十二回，写曹操听到刘备领徐州牧，本来要"克日起兵，去打徐州"的，但听到荀彧说"徐州之民，既已服备，必助备死战"，便不得不暂时放下了进攻刘备的念头。在第三十三回，写曹操为了追击袁谭，在严冬强迫人民敲冰拽船，引起人民反抗的事件，一方面表现了曹操的伪善，同时也揭露了曹操畏惧人民的心理。在第十五回，写孙策初定江东时，江东人民：

> 初闻孙郎兵至，皆丧胆而走。及策军到，并不许一人掳掠，鸡犬不惊，人民皆悦，赍①牛酒到寨劳军。策以金帛答之，欢声遍野。……江南之民，无不仰颂。由是兵势大盛。（着重点为引者所加）

因此，后来孙策的怒斩于吉，决不是偶然的，正是反映了军阀与农民起义领袖争取人民的矛盾（孙策不是明白地说过吗："汝即黄巾张角之流。今若不诛，必为后患。"）的结果。军阀是要人民的，否则他就要完蛋；而于吉深得东吴将领、官吏特别是人民的拥护，孙策哪能不杀于吉呢！

那些残民以逞的军阀们如董卓及袁绍兄弟等之所以最后败亡，不是由于他们的军官部队少，主要是由于丧失了人民拥护的基础。在第十七回，写袁术在遭到曹操的攻击时，他的部属杨大

---

① 赍——付给的意思。

将告诉他：

> 寿春水旱连年，人皆缺食；今动兵扰民，民既生怨，兵至难以拒敌。

于是袁术只好乖乖地渡淮逃难。而第三十一回，人民自己就指出"袁本初重敛于民，民皆怨之"，因此败亡。

《三国演义》关于这方面的描写自然还不够多，但光是这些，就足够说明作者已经认识到人民的巨大的对历史所起的决定性的力量了。

（3）"合久必分，分久必合"的历史观也有进步的一面

在《三国演义》的一开始就写道：

> 话说天下大势，分久必合，合久必分。周末七国纷争，并入于秦。及秦之后，楚汉分争，又并入于汉。汉朝自高祖斩白蛇而起义，一统天下。后来光武中兴，传至献帝，遂分三国。……

在全书的最末一段，又总结似的写道：

> 自此三国归于晋帝司马炎，为一统之基矣。此所谓"天下大势，合久必分，分久必合"者也。

这虽然不是罗贯中的《三国志通俗演义》所有，而是毛宗岗所加，但它已流行在旧社会里好几百年，是《三国演义》的有机构成之一部分，而且起过影响，因此，也应该在此加以讨论。

毫无疑问，这个历史观是所谓"一治一乱"的历史的循环论的。荣孟源先生在他的《历史人物的评价问题》一书的第9页上说："地主阶级很怕社会发展，改变了自己剥削和压迫农民的制度，于是极口否认历史的发展，玩弄循环论的把戏。近年来资本主义制度日趋没落，资产阶级为了掩蔽这一事实，也和封建地主

阶级一样，竭力宣传历史循环论。"不过这种历史观总比封建统治阶级的另一种历史观"万世一统"要进步得多。而且值得我们特别注意的是：《三国演义》里有好几处流露了反对"万世一统"的看法。例如在第十一回，写曹操从徐州回师救兖州：

> 操指吕布而言曰："吾与汝自来无仇，何得夺吾州郡？"布曰："汉家城池，诸人有分，偏尔合得！"

第六十六回，写关云长单刀赴会时，周仓曾对索荆州的鲁肃说：

> 天下土地，惟有德者居之。岂独是汝东吴当有耶？

陈涌先生在他的《〈三国演义〉简论》里，在指出循环的历史观的落后性的同时，认为它的"深刻的合理的地方就在于它看到了社会生活是在不断的变化与推移，看到了各种社会力量不断的斗争或者联合。而对于这点如果更加以解释，那么所谓'分'，正是由于社会矛盾的展开，所谓'合'，则是由于矛盾暂时得到缓和。这种观念无疑是反映了历史运动的规律的"（《文学研究集刊》第 1 册，第 29 页）。这个意见是值得我们重视的。

（4）作者的科学思想时时冲破了迷信的重雾

在《三国演义》里面最多而且最落后的成分是：宿命论和报应思想。

如第四十九回，写孔明派关羽去华容道截击曹操。

> 玄德曰："吾弟义气深重，若曹操果然投华容道去时，只恐端的放了。"孔明曰："亮夜观乾象，操贼未合身亡。留这人情，教云长做了，亦是美事。"

而在第七十八回，却写曹操病重，群臣劝他"设醮修禳"。

> 操叹曰："圣人云：'获罪于天，无所祷也。'孤天命已尽，安可救乎？"

便非死不可了。第一百三回，写孔明向上天祈寿，被魏延将主灯扑灭。

> 孔明弃剑而叹曰："死生有命，不可得而禳也！"

作者接着说："正是：万事不由人做主，一心难与命争衡。"而作者写的西蜀的谯周更是一个典型的宿命论者。至于报应思想：大的政治事件如第一百十九回，写曹丕篡汉，而司马炎亦篡魏。作者不仅在描写这两次篡位的态度上有所不同，而且认为这是司马炎"与汉家报仇"。在第一百十七回，作者以为刘禅的降司马昭正如当日刘璋的降刘备："试观后主临危日，无异刘璋受逼时。"小的事件如第六回，写孙坚藏了玉玺，曾对袁绍、刘表起誓说："吾若有此物，死于刀箭之下！"后来攻刘表时，"坚体中石、箭，脑浆逆流，人马皆死于岘山之内"（第七回）。果然应了誓。曹操杀了吕伯奢一家九口（第四回），张闿又杀了曹嵩全家老小四十余口（第十回）。反之，关羽、孔明死后成神，即为忠义的结果。象这样的例子是很多的，这些都说明作者存有浓厚的善有善报、恶有恶报、天道好还的报应思想。这种思想是封建统治阶级的思想，宣传这种思想对他们是有利的。这就是封建士大夫喜欢《三国演义》的主要原因之一。官僚地主家庭不准子弟读《西厢记》《红楼梦》，因为它们"海淫"；也不许读《水浒》，因为它"海盗"；而独独允许读《三国演义》，官家且有刊本（鲁迅先生的《小说旧闻钞》中引古今书刊上有"都察院：三国志演义"可以证明）来鼓励发行，就因为它是一部所谓"托之因果，以寓劝惩"的书。清人章学诚的话最可作为代表，他对《三国演义》的评价就是："故衍（演）义之属，虽无当于著述之伦，然流俗耳目渐染，实有益于劝惩。"（鲁迅：《小说旧闻钞》，引章氏的《丙辰札记》语）

　　《三国演义》所反映出来的这种浓厚的宿命论、报应思想，无疑与作者的世界观里面的落后成分分不开；但作者在吸收材料，特别是在利用《三国志》的史实以及裴松之注的材料时，受到的影响也极大。例如第一百零八回，写诸葛恪死前的许多怪异，主要就是采自《三国志·吴志·诸葛恪传》及裴松之注中的材料，由作者稍加剪裁润色而成的。把两者加以比较，便很容易看得出来。作者甚至由于采用这样的材料，有时竟失掉了所谓"劝惩"的目的。例如第九回，写董卓伏诛前的种种怪异：车折轮、马断辔，狂风、昏雾，童谣，还见道人"手执长竿，上缚布一丈，两头各书一'口'字"。作者写这些怪异有什么目的呢？难道是为了要董卓醒悟到自己有危险，使王允的连环计最后遭到失败吗？

但是我们说过的，作者的世界观是矛盾的，既有落后成分，更有进步成分；所以就在作者宣传这些落后的东西的同时，他的进步的科学思想的光芒竟时时冲破迷信的重雾透射了出来。例如第八十回，写曹丕篡汉时，献帝听了许芝的图谶之说，竟大叫：

> 祥瑞图谶，皆虚妄之事；奈何以虚妄之事，而遽欲朕舍祖宗之基业乎？

这真是一语道破历代封建统治者几千年来欺骗人民的鬼把戏！是多么一针见血地教育了旧社会的人民。第六十八回，写左慈掷杯戏曹操，把曹操吓出病来以后，于第六十九回即借管辂的口揭破："此幻术耳，何必为忧。"第八十六回，写秦宓回答了张温的天问之后，接着就问张温：

> 昔混沌即分，阴阳剖判；轻清者上浮而为天，重浊者下凝而为地；至共工氏战败，头触不周山，天柱折，地维缺：天倾西北，地陷东南。天既轻清而上浮，何以倾其西北乎？又未知轻清之外，还有何物？愿先生教我。

这种善于发现矛盾，大胆怀疑，追求真理的科学思想，在当时真是杰出的、可宝贵的，能给读者以极大的启发。

作者在《三国演义》里，不仅把孔明描写成一个杰出的政治家、军事家，而且也注意了孔明的科学思想，因而把他创造成一位科学家。他写孔明的天道观是："天道变异不常。"（第九十一回）当谯周以西蜀的屡见灾异为理由，劝孔明不要伐魏强与天争时，孔明回答说：

> 吾受先帝托孤之重，当竭力讨贼，岂可以虚妄之灾氛，而废国家大事耶？（第一百零二回）

关于孔明能呼风唤雨等的故事，也不应完全看作美丽的神话，仔细研究起来，其中也反映了一定的科学根据。而且作者自己就在小说里透露出来，例如"草船借箭"成功以后，孔明对鲁肃说：

> 为将而不通天文，不识地理，不知奇门，不晓阴阳，不看阵图，不明兵势，是庸才也。亮于三日前已算定今日有大雾。（第四十六回）

这是一点也不夸张的。这是他掌握住了长江冬天的自然变化的规律，因而就能够利用它来为战争服务。

作者的科学思想还表现在他重视解除人类痛苦的医学上。他根据《三国志·华陀（佗）传》和裴松之注的材料，突出地歌颂了华佗的高明的医术。在关于华佗的许多的医病有名的故事中，有些在当时看来是不可能的，因而也是神奇的。但有些却已为现代进步的医学手术证明是完全合乎科学的了。例如，华佗要把曹操的脑袋用利斧砍开取出风涎的医疗头风的方法。但在当时的曹操听来却以为"脑袋安可砍开？"，把他当作要乘机为关羽报仇的敌人捉拿下狱。一代神医就这样死在狱中。通过这个故事，作者把曹操写成不仅是一个屠杀人民的刽子手，同时也是个毁灭科学的恶棍。今天的读者还可以从这个惨痛的故事里，看到它反映出了如下一个新的问题：在华佗看来，医术是应该治病救人，不分畛域①的，他可以医救东吴的周泰，可以医救西蜀的关羽，当然也可以医救北魏的曹操。可是血腥的事实说明：在那个封建统治集团之间存在尖锐的矛盾和残酷的斗争的时代，是不允许没有政治立场，单纯以医术救人的华佗存在的。恐怕华佗至死还没觉悟到这点，而作者却继华佗之死，写出了这样一个极其耐人寻味的小故事：华佗临死把自己一生的学习与实践经验积累起来的，当时中国医学上的结晶品——青囊书，传授给了吴押狱之后，却遭到吴押狱妻子的一把火。她的理由是：

> 纵然学得与华陀一般神妙，只落得死于牢中，要他何用？（第七十八回）

读者完全可以理解到作者写到这里时的沉痛心情：在混乱的政治局面下，医学不但得不到发展，甚至都得不到保存。

（5）不能让神话淹没在迷信之中

《三国演义》固然从《三国志》和裴松之注等材料里吸收来一些落后的成分，但也从民间那里吸取来一些神话。因此就不能让神话淹没在迷信之中，必须把它挑选出来。那么迷信与神话的区别在哪里呢？周扬同志在《改革和发展民族戏曲艺术》中谈到过这个问题：

> 无论是神话或迷信，本来都是反映了古代人们对于世界的一种幼稚的认识，一种对于超自然的力量的信仰；但两者的意识却有不同。因为并不是凡涉及超自然力量的，都是应该唾弃的迷信；许多神话对于世界往往采取积极的态度，往往富于人民性，而迷信则总是消极的，往往是反映统治阶级

---

① 畛域——范围或界限的意思。

的利益。这种区别最突出地表现在对待命运的态度上面。神话往往表现人们不肯屈服于命运，并在幻想形式中征服命运。相反地，迷信则恰恰是宣传宿命论，宣传因果报应，让人们相信一切都由命定，只好在命运面前低头。由于对命运的看法不同，因而对于作为命运主宰的神话就采取了不同的态度。神话往往是敢于反抗神的权威的，如孙悟空的反抗玉皇大帝，牛郎织女的反抗王母；迷信则是宣传人对于神的无力，必须做神的奴隶和牺牲品。因此，神话往往是鼓励人努力摆脱自己所处的奴隶地位而追求一种真正的人的生活，迷信则是使人心甘情愿地安于做奴隶，并把奴隶的锁链加以美化。①

据此，则人民加在孔明身上的那些祭风之类的故事，就带有了神话的性质。因为这正表示人民要征服自然，要自然为自己服务的勇敢的幻想。此外，"马跃檀溪"的故事也应作如是观。而在艺术方法的运用上，则是浪漫主义②的手法。

尤其应该注意的是，象第一回，作者所描写的张角从南华老仙那里接受了《太平要术》，因而能书符念咒、呼风唤雨等带有神话色彩的故事，因为能和农民起义结合起来，就成为起义农民领袖们把它作为向群众宣传和组织群众的必要手段。这些在封建社会中常见的事实，文学作品（包括《三国演义》）把它写出来，这正是作品反映了农民起义的特点，因而就不能和"关公显圣"来同等看待，而是有着积极的现实斗争意义的。

从《三国演义》中所存在的这些情况看出，的确它的糟粕所积累起来的岩层是深厚的，然而被这些积层所压盖起来的民主性的精华也是丰富的。但是《三国演义》里面的民主性的精华也并非全部被压盖着，绝大部分还是直接地突出地表现着的。

---

① 《文艺报》1952 年第 24 号。
② 浪漫主义——是文学艺术中的一种创作方法，它的特征，简单说来，是用理想和现实对立，表现作家自己对周围现实的不满和反抗，以及对未来的向往。

（二）要深入钻研《三国演义》所揭示出来的一些重大问题

在中国古典现实主义文学作品中，能够提出具有普遍的人民意义的重大问题，时代的基本矛盾，通过对于一些人民英雄，特别是农民起义军的英雄们的描写，歌颂人民对封建统治阶级的英勇的反抗斗争，反映人民的情绪、愿望和理想，象《水浒传》那样，固然是富有人民性的作品；而一部主要是通过对于封建统治阶级的一群人物，不管是为人民所喜爱、所拥护的正面人物或者是为人民所憎恨、所反对的反面人物的描写，同样也透露出阶级之间的矛盾，同样也反映人民的情绪、愿望和理想，同样也是富有人民性的作品。《三国演义》便是属于这样情况的一部作品。

（1）封建统治集团之间为什么经常爆发战争？

《三国演义》的主要内容，象我们已经说过的，是描写三国时代的政治生活、阶级矛盾，特别是封建统治阶级内部的矛盾和斗争。几个不同的政治集团之间的矛盾发展，最后终于爆发起来的战争的唯一原因，就是为了抢夺政权，满足自己的切身利益。因此，今天这几个集团联合起来了，明天又分裂了。今天还进行着剧烈的战争的两个集团，明天又忽然杯酒联欢，言归于好的现象，也是主要以自己集团的利益为转移的。他们只有过一次大联合，那就是对农民起义军——黄巾军的镇压。这也是因为他们之间的利益一致。他们共同的真正的敌人只有一个，那就是起来反抗他们的农民起义军。

《三国演义》第五回，所描写的曹操组织起来的所谓十七镇诸侯的"义师"，是在"扶持王室""并赴国难"的漂亮的名义上联合起来的。可他们的真正的目的，则是想在这次对董卓的作战中，获得某些利益，从而发展自己的势力。所以组织起来不久，袁术就和孙坚有了矛盾。孙坚仅仅在对董卓的作战中取得了一点小小的胜利，袁术就害怕：

> 孙坚乃江东猛虎；若打破洛阳，杀了董卓，正是除狼而得虎也。（第五回）

因而不肯供给粮草。结果孙坚险些丧了性命。孙坚正坐在劫后洛阳的瓦砾丛中叹息"帝星不明，贼臣乱国，万民涂炭，京城一空"表示他对汉室忠心耿耿、"不觉泪下"的时候，因为意外地得到玉玺，便要"速回江东，别图大事"（第六回）。而盟主袁绍亦因与孙坚争玉玺，动起武来。紧接着曹操、公孙瓒去了；刘岱与乔瑁也火并起来。于是堂而皇之的，"义师"就这样虎头蛇尾地烟消云散了，并且开始了互相残杀。

封建统治阶级内部的斗争，不仅产生在各集团之间，而且为了极端的个人利益，可以把"父仇"当人情来出卖，即使亲兄弟之间，也可以变成寇仇。君臣之间，同样也表现了极端的不信任。曹操专以权诈驾驭部下这是有名的了；甚至以"鞠躬尽瘁，死而后已"的孔明都不止一次地遭受到刘禅的猜忌（第八十五回、第一百回）。在封建统治阶级内部里，把夫妇关系也当作了政治斗争的有力工具：王允的连环计、刘备的入赘东吴便是典型的例子。作者对于上述封建统治阶级的生活，通过一系列的高度艺术的描绘，于是封建统治阶级奉为"神圣"不可侵犯的所谓"三纲五常"——用来欺骗人民的面纱，在作者辛辣的笔锋下，被彻底地粉碎了！

（2）的确是一个人民"想做奴隶而不得的时代"

就因为封建统治阶级内部之间在不断地互相残杀，结果就经常把人民陷入水深火热之中，过着地狱般的日子。我们曾经一再指出过曹操屠杀人民的暴行，现在再看看董卓的"杰作"吧！董卓迁都长安时命令：

> 李傕、郭汜，尽驱洛阳之民数百万口，前赴长安。每百姓一队，间军一队，互相拖押。死于沟壑者，不可胜数。又纵军士淫人妻女，夺人粮食。啼哭之声，震动天地。如有行

得迟者,背后三千军催督,军手执白刃,于路杀人。卓临行,教诸门放火,焚烧居民房屋。

而董卓还得意地说:"吾为天下计,岂惜小民哉。"(第六回)董卓被诛以后,他的余党:

李傕、郭汜但到之处,劫掠百姓,老弱者杀之,强壮者充军;临敌则驱民兵在前,名曰"敢死军"。(第十三回)

魏司徒董寻曾在给曹叡的表中,描写过军阀们在战争中杀人的"成绩"。单就魏国的情况看来就已经是:

伏自建安以来。野战死亡,或门殚①户尽,虽有存者,遗孤老弱。(第一百零五回)

其他各国的情形也不会好到哪里去吧?

而这些杀人的刽子手们,为了树立自己的淫威,或为了满足自己的兽性的"娱乐",竟任意制造大流血事件。曹操的滔天罪行,不再于此重复了。单看董卓吧:

董卓……尝引军出城,行到阳城地方,时当二月,村民社赛,男女皆集。卓命军士围住,尽皆杀之,掠妇女财物,装载车上,悬头千余颗于车下,连轸②还都,扬言杀贼大胜而回;于城门下焚烧人头,以妇女财物分散众军。(第四回)

卓尝设帐于路,与公卿聚饮。……适北地招安降卒数百人到。卓即命于座前,或断其手足,或凿其眼睛,或割其舌,或以大锅煮之。哀号之声震天,百官战栗失箸,卓饮食

① 殚——尽的意思。
② 连轸——轸,指车尾。连轸指车头车尾相连,车子很多的意思。

谈笑自若。（第八回）

这些血海深仇，人民是永远也忘不掉的。

（3）统治阶级的腐朽生活建筑在人民的血汗和白骨上

军阀们的统治权力是从人民的鲜血泊里建立起来的，自然他们的政府就成了支持自己的奢侈、荒淫、腐朽的生活，向人民榨取血汗的唯一工具。董卓在

> 离长安城二百五十里，别筑郿坞，役民夫二十五万人筑之；……内盖官室仓库，屯积二十年粮食。选民间少年美女八百人实其中。金玉、彩帛、珍珠堆积不知其数。（第八回）

魏主曹叡

> 在许昌，大兴土木，建盖官殿；又于洛阳造朝阳殿、太极殿，筑总章观，俱高十丈；又立崇华殿、青云阁、凤凰楼、九龙池，命博士马钧监造，极其华丽，雕梁画栋，碧瓦金砖，光辉耀日。选天下巧匠三万余人，民夫三十余万，不分昼夜而造，民力疲困，怨声不绝。（第一百零五回）

这就不仅暴露了统治阶级的穷极奢华、纵欲无度的腐朽生活，更强有力地控诉了封建统治阶级残酷剥削和侮辱人民的罪行。人民的血汗，甚至成山的白骨筑起了封建统治阶级的光辉耀日的宫殿；人民的粮食霉烂在他们的仓库里，……而人民自己所得到的则是："皆食枣菜，饿莩①遍野。"（第十三回）"剥树皮掘草根食之。"（第十四回）甚至"人民相食"（第十二回）。而统治阶级则认为这种剥削是"天经地义"！西蜀主簿杨颙曾说：

> 夫为治有体，上下不可相侵。譬之治家之道，必使仆执

---

① 饿莩——因饥饿而死的人。

耕,婢典爨①,私业无旷,所求皆足,其家主从容自在,高
枕饮食而已。若皆身亲其事,将形疲神困,终无一成。岂其
智之不如婢仆哉?失为家主之道也。(第一百零三回)

这真是封建统治阶级的一套"绝妙"的剥削哲学。且不讨论
《三国演义》的作者是自发地或半自觉地看到了这些,但《三国
演义》就是这样真实而深刻地揭露了封建社会中阶级之间的尖锐
矛盾。

这就强有力地形象地说明了:封建统治阶级内部各集因之间
为什么要不断地爆发战争!封建社会里的农民为什么要接连不断
地起义!

(三)《三国演义》里的战略战术是科学的

《三国演义》在思想上教育了人民,鼓舞起了人民的反抗统
治阶级的斗争意志,更传授给人民在阶级斗争中取得胜利的宝贵
经验——战略战术。我们曾经指出过,过去的农民起义军领袖们
学习它,并且应用在战争中是收得实效的。而现在看来也仍然值
得研究学习。

战争是解决矛盾的最高形式。但战争不是孤立的。毛主席
说:"只要有战争,就有战争的全局。""研究带全局性的战争指
导规律,是战略学的任务。研究带局部性的战争指导规律,是战
役学和战术学的任务。"(《毛泽东选集》,第 172 页)在战争中,
精于战略战术的军事专家,不仅总是能够取得决定性的胜利,而
且能够转弱为强,以居于劣势的兵力战胜占有绝对优势的敌人。
《三国演义》的作者创造了三个军事家的典型:孔明、曹操和司
马懿。通过他们在战争中的指挥艺术,《三国演义》给了读者在
战略战术的运用上以无数生动的实例。

---

① 典爨——担任做饭或掌灶之意。

　（1）曹操的军事天才

　在三国初期，特别在孔明出场以前，我们主要看见了曹操的军事活动。

　当所谓"义师"瓦解，十七镇诸侯互相残杀的战争开始以后，曹操在消灭了许多军事集团，特别是最后击垮了他的最大劲敌袁绍，发展成为当时最大的军事集团的过程中，表现了他的杰出的战略战术。

　曹操夺得了汉献帝这个傀儡皇帝，并迁都到自己的根据地许昌之后，威胁他（其实他也主动地想消灭他们）的敌人首先就是刘备和吕布。正如曹操自己所说：

> 刘备屯兵徐州，自领州事；近吕布以兵败投之，各使居小沛，若二人同心引兵来犯，乃心腹之患也。（第十四回）

　曹操和众谋士讨论的结果，是他决定在敌人中间制造矛盾，并从而利用矛盾。先用"二虎竞食之计"不成，又改用"驱虎吞狼之计"使刘备进攻袁术，造成吕布袭徐州的机会。这就不仅使刘备、袁术、吕布三个军事集团之间有了矛盾，而且削弱了刘备，同时解除了自己所受的威胁。曹操就紧紧抓住这一有利的时机，和刘备暂时联合起来要首先消灭吕布。因为临时张绣和刘表来攻，又改用收买政策，对吕布"加官赐赏，令与玄德解和"（第十六回），并因而得到一个意外的收获——吕布与袁术增加了矛盾。于是曹操在结束了抵御张绣、刘表的战争之后，就结连孙策（时已与袁术有了矛盾），并发动吕布、刘备去消灭袁术。然而无论如何，曹操在此时的处境是困难的，他的敌人太多，他的许昌常常遭受到攻击。当他刚刚攻下袁术的寿春，张绣、刘表就又乘机第二次来攻了。于是曹操就不得不停止进攻袁术，并敷衍住吕布，密令刘备监视着吕布，再回师对付张绣、刘表。这时袁绍便又想乘虚来袭许昌，曹操又不得不赶回来。在这极端困难、四面受敌的复杂情况下，曹操并没有慌乱失智，而是明确知道他的最大敌人并严重威胁着他的安全的是袁绍,曾说:"袁绍如此无状,吾欲讨之,恨力不及。"(第十八回)于是他就在许多敌人,亦即许多矛盾当中,提出这个重要问题来慎重考虑,并把眼前的和今后的情况结合起来仔细分析研究,定出战略方案,以便争取主动,打开当前的困难局面,从而有计划、有步骤地消灭敌人。他的有名的谋士郭嘉在分析袁、曹两方的具体情况之前,首先指出在战争中,不仅斗力也斗智,而且这是一个很重要的取得胜利的因素。郭嘉说:

> 刘、项之不敌,公所知也。高祖惟智胜,项羽虽强,终为所擒。(第十八回)

然后进一步就双方首领的性格和作风来进行分析:

> 绍繁礼多仪,公体任自然,此道胜也;绍以逆动,公以顺率,此义胜也;桓、灵以来,政失于宽,绍以宽济,公以猛纠,此治胜也;绍外宽内忌,所任多亲戚,公外简内明,用人惟才,此度胜也;绍多谋少决,公得策辄行,此谋胜也;绍专收名誉,公以至诚待人,此德胜也;绍恤近忽远,公虑无不周,此仁胜也;绍听谗惑乱,公浸润①不行,此明胜也。公有此十胜,于以败绍无难矣。(第十八回)

然而根据当时的情况,却还并不急于向袁绍进攻,因为"徐州吕布,实心腹之患"。所以郭嘉就提出了远交近攻的策略,紧紧抓住"今绍北征公孙瓒"的时机,

> 我当乘其远出,先取吕布,扫除东南,然后图绍。……否则我方攻绍,布必乘虚来犯许都,为害不浅也。(第十八回)

---

① 浸润——此为"浸润之谮"的省语,意思是时时利用谗言去诬害别人,以达到自己的目的。

于是曹操一面约会刘备联合进攻吕布，同时，

> 奏封绍为大将军太尉，兼都冀、青、幽、并四州。（第十
> 九回）

劝诱他北攻公孙瓒。曹操既解除了后顾之忧，便能够以全力乘间
消灭吕布，不仅去了心腹之患，还把刘备软禁在许昌（第二十
回），收到了一次很大的战果。然而曹操却并未一刻放松对袁绍
的警惕。因为听到袁绍击破公孙瓒得了瓒军，声势甚盛，而又有
并袁术军的可能；于是曹操一时心慌，竟让刘备带兵去截击袁
术，铸成了"放龙入海，纵虎归山"的一个大错误。果然刘备既
击溃了袁术，也袭取了徐州（第二十一回），并且与袁绍联合起
来，重新组成威胁曹操的势力。事情发展到这里，袁、曹的关系
便逐渐紧张起来了。袁绍也曾与自己的参谋团分析过双方的情
况，然而谋士们的分析彼此之间有着极大的片面性和矛盾性，且
各固执己见，因而产生了严重的意见分歧。而袁绍既不能根据这
些纷歧的意见，通过分析、综合、批判、吸收，作出全面的正确
的判断，又见不到自己集团的缺点，即田丰所分析的"兵起连
年，百姓疲弊，仓廪无积"，特别是忽视敌人的优点，即沮授所
分析的：

> 制胜之策，不在强盛。曹操法令既行，士卒精练，比公
> 孙瓒坐受困者不同。

却只欣赏自己的优点，采用了许攸、荀谌的"明公以众克寡，以
强攻弱"的片面主张，便决定起兵（以上均见第二十二回）。
　　曹操这方面却不如此。曹操虽然害怕袁绍的强大力量，但却
掌握着袁绍的许多致命弱点："袁绍武略之不足。"再经过孔融与
荀彧对袁绍方面优缺点的辩论，曹操就同意了荀彧的分析。

> 绍兵多而不整。田丰刚而犯上，许攸贪而不智，审配专

而无谋，逢纪果而无用。此数人者，势不相容，必生内变。颜良、文丑，匹夫之勇，一战可擒。其余碌碌等辈，纵有百万，何足道哉！（第二十二回）

荀彧这个分析之所以使孔融默然无语，使曹操大笑，就是因为他能够从敌人的表面优势，寻找出其脆弱的本质；特别是从袁绍参谋团的矛盾上，获得"必生内变"的预见，这分析的确是深湛的。果然事情的发展就是：袁绍因谋臣不和，不图进取；而绍又心怀疑惑，于是就只和曹军相持于官渡，形成了军事上的胶着状态（第二十二回）。使曹操有回过头来攻击刘备的机会。曹操在军事上的每一行动，都是事先经过全盘考虑，作了周密的布置之后才开始的。所以他在攻击刘备之前，为了避免遭受张绣、刘表第三次乘虚袭他的许昌，就派人前去招降。虽然遭到刘表的拒绝，但是张绣的投降，因而就使刘表丧失了进攻力量，这就是曹操在战略上的又一次胜利。并且因之兴起了攻刘表定江汉的野心。这当然还不是时候，故谋士荀彧以为：

　　袁绍未平，刘备未灭，而欲用兵江、汉，是犹舍心腹而顾手足也。可先灭袁绍，后灭刘备，江、汉可一扫而平矣。（第二十三回）

荀彧这个新的比过去更加远大的战略计划正符合了曹操的野心。但曹操知道先灭袁绍是错误的，所以他决定先攻刘备，因为：

　　备乃人杰也。今若不击，待其羽翼既成，急难图矣。（第二十四回）

　　袁绍虽然屯兵官渡，随时可以袭击许都，可是曹操和郭嘉都摸透了袁绍的性格："事多怀疑不决。"而其参谋团又不团结，各怀妒忌，暂时不会动的。于是就决定趁"刘备新整军兵，众心未服"的时机去击破他，果然一战而定徐州（见第二十四回）。

随着一连串的胜利，曹操周围的敌人都先后被消灭或削弱了；曹操的力量不仅大加扩充，而且可以全力来对付袁绍了。而袁绍前既坐失趁曹操进攻刘备时袭击许昌的良机，而等到曹军力量已经雄厚，并已联合新兴起的势力孙权为外援来对付自己，情况已起了很大的变化的时候，才起倾国之兵，向官渡进发，来与曹操决战；当时袁军虽有七十万，超过曹军的十倍，但在战略上却早已犯下了严重的不可挽救的错误！

官渡之战是三国初期许多战役中一次最大的战役，也是袁、曹双方具有决定性的一次战役。因而在行动之前，双方又各自作了一次周密的研究。在袁绍方面，谋士沮授根据双方情况的分析是：

> 我军虽众，而猛勇不及彼军，彼军虽精，而粮草不如我军。

因而他的意见是：

> 彼军无粮，利在急战；我军有粮，宜且缓守。若能旷以日月，则彼军不战自败矣。（第三十回）

这意见却被袁绍拒绝了。在曹操方面的军事会议上，荀攸根据新的情势分析的结果与沮授不谋而合，因而提出了急战的方案。在战争初期，由于袁绍军占有了人力、物力上的绝对优势，因而曹军并未得到便宜。但是"战争的胜负，主要地决定于作战双方的军事、政治、经济、自然诸条件，这是没问题的。然而不仅仅如此，还决定于作战双方主观指导的能力"（《毛泽东选集》，第180页）。曹操在这次作战当中，就是在充分地利用和发挥自己的优点，利用和扩大敌人的弱点上积极地作了主观的努力，终于夺取了战争的主动权，化劣势为优势。而袁绍则恰恰不知道利用自己的优点，不知道补救自己的弱点，甚至不断地制造自己的缺点和错误，最后陷于劣势。

袁绍既拒绝沮授的建议，盲目地决定了速战，这就给敌人以充分利用自己优点的机会。但在战争初期，袁绍的优势还是存在的。而且当战争发展到相持阶段时，曹操的弱点逐渐暴露出来了。如果袁绍能够及时抓住曹操的"军力渐乏，粮草不继"这个时机，积极进攻，战争的前途还是很有希望的；可是袁绍反而退军三十余里，接着还遭了曹操的一次烧粮。袁绍虽然采用审配的意见，用心保护自己屯粮重地乌巢，可惜派了个性刚、好酒，而又虐待士卒的淳于琼去，这就伏下了严重的危机。这时袁绍曾获得曹军粮尽的可靠情报，毫无疑问这是击败曹军的一个绝对有利的机会，如果采用了许攸的献策，分兵两路进击的话，即使擒不住曹操，而击溃曹军是完全可能的。但是袁绍多疑信谗，反而逼使许攸降了曹操，把自己的胜利和秘密双手送给了敌人。战争发展到这里，袁绍的失败已是必然的了。

曹操的往乌巢烧粮是多少带些冒险性质的，但是，世界上没有任何一件真正的事情是不经过冒险而完成的。何况曹操的冒险是有根据的，是为了解除自己的危机，争取有利的属于成功性质的冒险。正如曹操自己说的：

> 许攸此来，天败袁绍。今吾军粮不继，难以久持；若不用许攸计，是坐而待困也。彼若有诈，安肯留我寨中？且吾亦欲劫寨久矣。（第三十回）

结果就把袁绍的最大的优势之一——粮多——取消了。曹操又趁袁绍军心惶惶之际，用计分散其兵力。至此，战争中的一切优势全归曹操，得一鼓而破绍，胜利地结束了这一重大战役。这就是曹操以弱胜强的天才的战略、战役、战术的具体表观！

（2）军事家孔明的指挥艺术

等曹操彻底消灭袁绍，并以战胜余威，利用矛盾定了辽东（第三十三回）之后，就又准备进行其巨大战略的第二步：南征刘备、刘表、孙权，实现其统一中国的野心。这就引出了三国历

史上有名的决定了鼎足三分局面的赤壁之战。于是，作者就开始
了对于伟大的军事家孔明的战略、战术的描写。

　　孔明的出场是在曹操消灭了袁绍，开始了南进的重要环节
上。因此，他的有名的"隆中决策"，是在新的政治情势下，在
历史发展的新阶段上被提了出来的。它是刘备未来发展的新方向，
也是孔明一生的政治上、军事上的斗争纲领。同时也成为《三国演
义》从第三十八回到第一零四回中，关于战争描写的总提纲。

　　第三十九回，孔明要玄德谢绝刘表去为黄祖报仇，就是他实
践联吴政策的第一步。而在第五十回，玄德、孔明趁现成巧取了
荆州之后，这就给联吴政策伏下了危机，虽然这是必不可免的，
但却给了曹操破坏孔明的统一战线的机会；在这种似乎无法克服
的矛盾中，孔明终于天才地把统一战线巩固了起来。而孔明之所
以能够开辟和巩固他的统一战线，这一方面靠了他的杰出的才能
和主观的努力，而更重要的则是孔明最善于利用对他有利的许多
客观条件。例如，鲁肃这位为孙权所信任的政治家，尽管他是为
东吴集团谋利益的，但他对联合战线的看法，始终是和孔明一致
的。他坚决主张东吴联刘抗曹，并坚定了孙权的抗曹的意志；并
且在一定程度上对周瑜几次想借故杀害孔明的行动起了劝阻作
用。因此，就对孔明联吴政策的实践，在客观上起了很大的帮助
作用。孔明应付事变的能力，还表现在他善于克服对自己不利的
条件方面：周瑜的狭窄性格特别成为巩固统一战线的最大障碍。
孔明为了创造对统一战线的有利条件，消除这些障碍，不惜处处
退让（当然是有原则的）。从参加赤壁之战起直到周瑜的死，孔
明和周瑜的斗争往往是被迫应战的。孔明所使用的一系列的拖延
交还荆州的外交手段，足够说明孔明的这种苦心。周瑜死后，孔
明之所以肯冒着那样大的生命危险去哭周瑜，就是为了解除宿
怨，巩固统一战线。孔明入川之前是那样郑重地要求关羽执行他
的"北拒曹操，东和孙权"（第六十三回）的政策。并且为了西
蜀的更大利益，孔明有时可作极大的让步。例如，当曹操拿到汉

中，西川百姓"一日之间，数遍惊恐"（第六十七回）的时候，他便割长沙等三郡给东吴，从而解除西川的威胁。在孔明极力想尽一切办法来加强与东吴的联合时，我们看到曹操集团一贯破坏孔明统一战线的阴谋活动。例如，第五十六回，写曹操利用周瑜和孔明的矛盾，加强了挑拨。而司马懿更是一贯破坏这条战线的"专家"：他第一次献计让曹操与东吴讲和并联合起来攻荆州不成（第七十三回），又第二次献计，要曹操劝诱孙权攻荆州，以解樊城之危（第七十五回）。这就说明孔明的统一战线政策的正确和重要性，说明统一战线的成功和巩固，就是孔明在政治上和军事上的最大胜利！除了关羽及刘备一度破坏它而外，孔明始终是坚守不渝的。特别是在刘备攻吴失败，西蜀元气大伤之后，孔明的这个政策的重新实现，在维持疲弊的益州，抵抗曹魏的进攻上，是起了巨大的作用的。较突出的例子如，第八十六回，写吴蜀的重新通好，不仅使曹丕不安，且使孔明有力量南征孟获。（当然孔明并未对东吴麻痹大意，第八十七回，写孔明是这样警惕着的："东吴方与我国讲和，料无异心；若有异心，李严在白帝城，此人可当陆逊也。"）孔明说：

> 吴若通和，魏必不敢加兵于蜀矣。吴魏宁靖，臣当南征，平定蛮方，然后图魏。魏削则东吴亦不能久存，可以复一统之基矣。（第八十六回）

孔明虽然这样打算，其实荆州既失，刘备又惨败于猇亭彝陵之后，西蜀已丧失进攻中原、统一中国的力量。因此，这个时候的统一战线已经不是用来作为积极进攻的保证，而是仅收防御之效了。试看孔明南征归来，听到司马懿驻守西凉等处就大惊说：

> 曹丕已死，孺子曹叡即位，余皆不足虑，司马懿深有谋略，今督雍、凉兵马，倘训练成时，必为蜀中大患。不如先起兵伐之。（第九十一回）

《前出师表》上也说：

> 益州罢敝①，此诚危急存亡之秋也。（第九十一回）

《后出师表》上交代得更加明白：

> 先帝虑汉贼不两立，王业不偏安，故托臣以讨贼也。以先帝之明，量臣之才，故知臣伐贼，才弱敌强也。然不伐贼，王业亦亡。惟坐而待亡，孰与伐之？（第九十七回）

因此，孔明在"安居平五路"（第八十五回）以后，就是采用的以攻为守的积极防御战略，这就是《三国演义》所描写的有名的"六出祁山"。这几次大的战役，不仅表现了孔明的正确的战略，且亦显露了他的杰出的战术。孔明的军事指挥艺术和他的惊人的智慧、科学上的发明创造，主要就是通过这几次有名的战役突出地表现出来的。因而也就丰富了孔明的性格。

在孔明一生的用兵里，表现出了几个最大的特点。

第一就是谨慎。在任何战争中，如果主帅表现了骄兵和急躁，是非失败不可的。《三国演义》里供给的这样的生动的例子实在太多了。著名的象关羽的失荆州，陆逊就是利用了他的骄傲轻敌的性格的。曹操的赤壁惨败，就是由于他过去一连串的胜利冲昏了头脑。夏侯渊死于定军山（第七十一回）、张郃死于木门道（第一百零一回）都是由于急躁。而孔明则是一贯谨慎！这是孔明性格的最大特点之一，也是他用兵的最大特点之一。在孔明首次伐魏时，就突出地表现了这个特点：他没有采用魏延出子午谷奇袭长安之计，而是"从陇右取平坦大路，依法进兵"（第九十二回）。而这且为敌人司马懿所深悉：

> 诸葛亮平生谨慎，未敢造次行事。若是吾用兵，先从子

---

① 罢敝——即疲弊的意思。

午谷径取长安，早得多时矣。他非无谋，但恐有失，不肯弄险。（第九十五回）

就因为这样，所以后来由于用人不当，马谡失了街亭，牵动了整个战局的失败，迫于情势，不得不冒险使用空城计时，才能使司马懿作出错误的判断：

亮平生谨慎，不曾弄险，今大开城门，必有埋伏，我若进兵，中其计也。（第九十五回）

事后孔明也说：

此人料吾生平谨慎，必不弄险；见如此模样，疑有伏兵，所以退去。吾非行险，盖因不得已而用之。（第九十五回）

第二，作为一个军事家不仅要懂兵法、懂天文和地理，更要成为个性心理学专家。孔明是善于掌握对方性格心理而决定战术的。这是《三国演义》里面的许多军事家的共同特点，而孔明在这点上则更加突出。曹操的性格特点是多疑的，所以孔明在汉中对他作战时，就充分利用疑兵。玄德曾问孔明："曹操此来，何败之速也？"孔明回答说：

操平生为人多疑，虽能用兵，疑则多败。吾以疑兵胜之。（第七十二回）

当然这与当时作战的地理形势特点也是分不开的。但这更加说明孔明不是孤立地运用战术，而是结合各方面的实际情况，经过分析研究，才决定自己的行动的。

第三，斗智不斗力。善于以少胜多，以弱制强，本是孔明作战的特点。而孔明于街亭失败以后，更总结了自己的经验：

昔大军屯于祁山、箕谷之时，我兵多于贼兵，而不能破

贼，反为贼所破：此病不在兵之多寡，在主将耳。今欲减兵
省将，明罚思过，较变通①之道于将来；如其不然，虽兵多
何用？（第九十六回）

这就肯定了斗智的重要性。斗智一方面要靠天才，同时，更要求
有足够的客观条件。这就是要求：充分了解情况，达到知己知彼
的程度，然后才能运用智慧，经过分析判断，作出正确的行动计
划。特别重要的是，必须看得远和抢先一步走，所谓"智在人
先"，才能战胜敌人，甚至指挥敌人！试看，孔明固然有智慧，
而司马懿亦有智慧，于是胜利就取决于争取时间上：谁能抢先一
步走，谁就有胜利的把握。孔明与司马懿的斗智过程，给了我们
许多这样生动的事例。第九十九回，写司马懿引兵十万到祁山和
孔明作战时，他的作战计划并不坏，只是因为孔明抢先了一步，
走在他头里，就使他遭到了失败。而第一百零二回，写司马懿占
北原渭桥，孔明虽然在起初失败了，可紧接着，孔明运用观察与
判断力，识破了郑文的假投降，就将计就计打了一个漂亮的胜
仗。将计就计是最高超的指挥敌人的战术，是智慧过人的杰出的
表现，因而也是最难的。

　　与前几个特点相联系的第四个特点，是孔明善于活用兵法。
《三国演义》作者最讨厌的是教条主义。他所创造的马谡就是一
个被作为批判对象的教条主义者。马谡只会背诵古兵法上几句什
么"凭高临下，势如破竹"，什么"置之死地而后生"，却从来不
顾及实际情况加以具体地、灵活地运用，结果街亭一役，使孔明
打了一个大败仗，险些做了司马懿的俘虏！作者通过几个不同人
物对"背水为阵"这一战术的不同的实际具体运用的描写，也尖
锐地批判了兵法上的教条主义者，同时也歌颂了孔明的杰出的军
事天才！第三十一回，写曹操用它破袁绍于仓亭；第七十二回，

---

① 变通——随宜变动、不拘恒常的意思。

写徐晃用它，却败于赵云、黄忠之手；同回，写赵云见曹操自领兵
来战，便退守汉水之西；同回，写孔明来战曹操，却又亲渡汉水，
背水结营，结果打了一个胜仗。从以上几个战例，读者可以充分体
会到：使用"背水为阵"的战术（当然并不仅仅限于这一战术），
如果不顾及时间、地点和条件，是非打败仗不可的。曹操之所以
用它胜袁绍，不是因袁非曹操对手，而是曹操把"背水为阵"与
"十面埋伏"密切结合起来使用。王平批评徐晃的错误是：

> 昔者韩信料敌人无谋而用此计。今将军能料赵云、黄忠
> 之意否？（第七十一回）

这就是不看对象而盲目使用的结果。赵云注意到了作战的对手，
并顾及了自己兵力不足，因而决定退守汉水以西，等待增援，这
是赵云性格的精细处。而孔明之所以复渡汉水，敢于背水结营，
是因为依靠了许多优越的条件，而且自己的智慧是超越了曹操
的："曹操虽知兵法，不知诡计。"（第七十二回）这都是值得兵
家深刻体会的！

孔明善于把古兵法结合实际情况予以灵活地甚至可以说创造
性地运用，可说已达到了神化之境。第四十九回，写孔明在华容
设伏，竟不拘常法，命令关羽

> 于华容小路高山之处，堆积柴草，放起一把火烟，引曹
> 操来。

他之所以这样做，就因为曹操深知兵法。后来曹操见到火烟
之后，果然这样分析：

> 岂不闻兵书有云："虚则实之，实则虚之。"诸葛亮多
> 谋，故使人于山僻烧烟，使我军不敢从这条小路走，他却伏
> 兵于大路等着。吾已料定，偏不教中他计！（第五十回）

曹操的这个分析判断是正确的，可惜遇到的对手是孔明，是不能按一般兵法原理来作判断的。而孔明却是掌握住了曹操的性格心理特点，灵活地运用了最一般的兵法，取得了胜利！再如玄德攻吴，犯了"包原隰险阻①屯兵"的兵法大忌，遭到陆逊的火攻而惨败的事实，教训了许多西蜀的将官（第八十四回）。可是后来孔明南征孟获时，却偏偏命令部队"依山傍树，拣林木茂盛之处，与我将息人马"（第八十八回）。就因为作战对手是孟获。第一百回，写孔明退兵用"减兵增灶"之法，迷惑住司马懿，得以安全退却，就因为作战对手是优秀的军事家。

《三国演义》所写的许多战役，之所以表现了没有一个战役和别的战役完全相同的特点，是因为作者以其丰富的军事知识和经验知道：战争的情况永远不会相同。因为时间、地点和条件的特殊性，就决定着不同的指导战争的规律。因而也就在艺术上表现了这个写实的特点。

《三国演义》的作者集中地通过曹操、司马懿和孔明在战争中的指挥艺术，突出地发挥了军事上的战略、战役、战术的丰富经验。除了我们在上面的几点肤浅的分析之外，对如下的一些宝贵的军事知识，例如，大的战役多以火攻取胜，对强敌必须断其粮道，战术上声东击西、分兵埋伏，以及如何进攻、防御和退却等，间谍在军事上收集情报的作用，等等，都是值得学习研究的。

而我们更应该注意：《三国演义》所描写的战争主要是封建社会里各个统治集团之间的战争，而不是阶级之间的战争。因而它的战略战术就和《水浒传》里所描写的有所不同。这就是为什么农民起义的领袖们，象李自成、洪秀全等把《三国演义》和《水浒传》拿来一块研究学习的原因。

此外，《三国演义》的战略战术固然为军事家所重视，值得

---

①　包原隰险阻——隰，阴湿的地方。这句的意思是：包括了高原、低湿和险阻的地方。（采用作家出版社《三国演义》注）

批判研究学习；而对于一般读者说来同样也是有用的。这是因为：它能启发人们的智慧，使人学会在日常工作和生活中，对复杂的事件或问题作怎样的观察、思考和研究；经过科学的分析与判断，就能在错综复杂的情况下，作出正确的结论来指导自己的行动，获得预期的效果。

（四）　怎样正确评价《三国演义》里的正面人物

阅读《三国演义》如果忽略它在战略战术方面的成功描写，固然会是一个损失；然而我们不能忘记：《三国演义》并不是一部军事书，而是一部古典文学名著！因此，罗贯中在《三国演义》里描写战争是为了描写政治情势的变化发展，而对于三国人物在作战中的指挥艺术的描写，固然表现了作者的军事上的丰富经验，但这种描写也正是他用来创造人物性格的重要方法之一。因而我们站在研究文学的立场上，学习作者描写人物的艺术成就，分析人物、评价人物，接受教育，仍然是我们唯一的首要的目的。

旧社会里的人民热爱《三国演义》里面的正面人物，并积极地、无条件地向他们学习。例如：

> 李定国初与孙可望并为贼，蜀人金公趾在军中，为说三国演义，每斥可望为董卓、曹操，而期定国以诸葛。定国大感，曰："孔明不敢望，关、张、伯约，不敢不勉。"自是遂与可望左。及受明桂王封爵，自誓努力报国，洗去贼名，百折不回，殉身缅海，……（鲁迅：《小说旧闻钞》引《燕下乡脞录》卷10）

但在今天，我们对于这些人物既不应该盲目崇拜，也不应该粗暴地否定。我们是根据当时的历史条件，即当时的具体历史环境，对人物的思想、行为来评价的。我们要公正地指出他们的缺点，肯定他们的优点。特别是他们那无穷的智慧，他们维护正义，为反对不公正和阴险狡诈的恶行而进行的斗争，英雄气概，大胆敢为等的可贵品质，直到今天还强烈地感动着我们，鼓舞我们去跟旧社会遗留下来的丑恶代表作斗争；但他们却是和今天新社会里的英雄人物有着本质的区别，因而我们反对象前面所提到过的那机械的摹仿。其实就是学习社会主义现实主义作品中的正面人物，也不应该庸俗化。古典文学中的英雄人物（包括《三国演义》里面的）的可珍贵的道德品质肯定是值得借鉴、吸收的，但却只能作为今天培养共产主义精神的一种补品。正如鲁迅先生所说的："留其精粹，以滋养及发达新的生体。"（《且介亭杂文·论"旧形式的采用"》）这就是我们对这些英雄人物所采取的正确态度。

（1）关羽是个忠义的化身吗

在《三国演义》里面，值得我们仔细研究评论的是关羽。这个人物一方面由于作者怀着崇敬的心情来创造他，同时历代封建统治者一再给他涂抹反动色彩，用来麻醉人民，就使关羽成为一个极端复杂而矛盾的人物。据说他在

> 隋世已于荆州玉泉寺见灵迹。五代时，蜀王令赵忠义画关将军起玉泉寺图，见益州名画录，知五代时已盛行关象。宋崇宁间，帝敕天师张虚靖召关羽破蚩尤，复盐池，见灵，遂封崇宁真君。（孔另境编《中国小说史料》引《老圃丛谈》）

这就很可能影响了《三国演义》的作者对关羽这个人物的创造，想使他超凡入圣了。而《三国演义》书成以后，封建统治阶级皇帝们更把关羽神化了。例如，明朝

> 万历四十二年乃遣司礼李恩，捧旒袍封大帝，……乾隆刊三国志竟强改陈寿原文，易其谥①法，……（孔另境编《中国小说史料》引《老圃丛谈》）

---

① 谥——人死后，就其生时行迹，而为之定称号，目的在于劝善彰有德。谥法，死而以行为谥之法。

因而就给人民群众以极大极坏的影响。

作者在关羽的一出场,首先介绍他是一位为了人民的利益而反抗势豪的侠客。而作者更以横扫千军的笔力,创造了关于关羽的一系列的有声有色的惊险场面:温酒斩华雄、刺颜良、诛文丑、单刀赴会,以及可敬的侠义行为——义释黄汉升等,这就大大地突出了关羽的英雄豪迈的性格。而关羽的"刮骨疗毒"所表现的坚忍精神,以及"水淹七军"所表现的武勇智术,更为读者所津津乐道。然而作者创造关羽这个人物的中心思想却是极力想把他塑造成一个忠义化身,引起读者崇拜的人物。写他在下邳之役不以身殉而投降,是为了"留有用之身"既可保护刘备妻小的安全,且可慢慢打听刘备的消息,"如知何处,即往投之"(第二十五回)。关羽到许昌之后,不独不为曹操的名爵、金银、美女所软化,而且处处表现他对刘备的忠实,誓不背"桃园之约":

> 一日操见关公所穿绿锦战袍已旧,即度其身品,取异锦作战袍一领相赠。关公受之,穿于衣底,上仍用旧袍罩之。操笑曰:"云长何如此之俭乎?"公曰:"某非俭也。旧袍乃刘皇叔所赐,某穿之如见兄面,不敢以丞相之新赐而忘兄长之旧赐,故穿于上。"操叹曰:"真义士也!"然口虽称羡,心实不悦。(第二十五回)

此外,还有接受曹操赠马的一个细节,也表现了关羽对刘备的忠义:

> 操不悦曰:"吾累送美女金帛,公未尝下拜,今吾赠马,乃喜而再拜,何贱人而贵畜耶?"关公曰:"吾知此马日行千里,今幸得之,若知兄长下落,可一日而见面矣。"操愕然而悔。(第二十五回)

最后关羽终于挂印封金,经历了"千里走单骑"艰难而曲折的道路，回到了刘备的集团，证明了关羽对"桃园结义"的誓死不背。这种"财贿不足以动其心，爵禄不足以移其志"的性格，不知赢得了旧社会多少读者的崇敬。

然而关羽这一行为却也产生了一系列的严重错误，这首先表现在他对于"义"的实践上。我们知道，桃园结义，如果和广大人民的利益相结合，它才是有价值的。刘备集团的主要敌人是曹操，就因为他是人民的敌人。因此，关羽在许田射猎之时，欲杀曹操（第二十回）是正确的。然而关羽后来投降了曹操，关羽对于"义"的看法，就产生了质的变化。关羽的投降，表面看来，或者听张辽说来是忠于"义"，其实本质上却是放弃了反对曹操的立场，同时也是与结义兄弟们走上了相反的道路的。所以，后来张飞在古城相会时，当面斥责他"你背了兄长，降了曹操，封侯赐爵"（第二十八回）是完全应该的。因为关羽所实践的"义"，表现了无原则性，至少是对"义"的内容有两个极为矛盾的看法，因而就为曹操所利用。当曹操接受了关羽的"三事"退军三十里，荀彧怀疑关羽有诈，曹操说"云长义士，必不失信"（第二十五回）就是很好的说明。如果关羽还把曹操看作敌人，那么"兵不厌诈"，是完全可以"失信"的。而云长竟亦遵守，可见云长此时所遵守的"义"已经和"桃园结义"的"义"，毫无共同之点了。至少对"义"的认识是混乱的。因此，也就一再为曹操所利用：尽管关羽拒绝了曹操的金银美女、高官厚禄，不为曹操所利诱软化，一心思念玄德，是值得钦佩的，可他总是"深感丞相厚意"，随便走了是过意不去的，"要必立效以报曹公，然后去耳"（第二十五回），而且在给曹操的信里还说：

其有余恩未报，愿以俟之异日。（第二十六回）

这就使曹操不仅利用他去杀刘备，而且在华容道上得以保全了自己的性命。我们看当时云长的心理吧：

　　云长是个义重如山之人，想起当日曹操许多恩义，与后来五关斩将之事，如何不动心？（第五十回）

终于放走了曹操。此时，在关羽的思想上是这样的：只要有人看得起自己，对自己有过好处，即使他是自己集团的敌人、人民的敌人，也应该报恩，甚至要"拼将一死酬知己"；而且这样做就认为是实践了"义"。这真是敌我不分到了极点！哪里知道：就因为关羽实践了这个私人恩怨的"义"，便严重地损害了集团的义，因而也就违背了广大人民的利益！云长对于"义"的看法的混乱，自己却不懂得，所以他在投降了曹操并为之解白马围以后，却于玄德军败当阳长坂之际，忽然埋怨玄德：

　　曩日猎于许田时，若从吾意，可无今日之患。（第四十二回）

就不难理解了。如果认为关羽从曹操那里回到自己的集团之后，在思想上已经有了进步，就是说他只有一个为自己集团的利益而斗争的"义"了，那是极不妥当的。因为在华容道上遇见曹操，为什么不想起"曩日猎于许田时"，也不想起当阳长坂惨败之时，却只"想起当日曹操许多恩义"？很显然，他的思想里始终存在两种极端矛盾的"义"，而且个人私恩必报的思想占着上风！

　　关羽不仅在华容道上放走了曹操，而且屡次破坏孔明的联吴政策，以致荆州不保，且引起了后来刘备的猇亭彝陵之败，使西蜀只能局促西南一隅。所以关羽死后，孔明批评他：

　　平日刚而自矜，故今日有此祸。（第七十八回）

　　而关羽这种思想性格很明显地是个人英雄主义逐步得到顺利发展的结果。从温酒斩华雄起，中经刺颜良、诛文丑、过五关斩六将、三江口保驾（第四十五回）等一系列的成功，都给这种性格以发展机会。此后的要入川与马超比武，特别是等到单刀赴会时，我们看吧：

> 关平曰："鲁肃相邀，必无好意！父亲何故许之？"

> 云长笑曰："吾岂不知耶？此是诸葛瑾回报孙权，说吾不肯还三郡，故令鲁肃屯兵陆口，邀我赴会，便索荆州。吾若不往，道吾怯矣。吾来日独驾小舟，只用亲随十余人，单刀赴会，看鲁肃如何近我。"

> 平谏曰："父亲奈何以万金之躯，亲蹈虎狼之穴？恐非所以重伯父之寄托也。"

> 云长曰："吾于千枪万刃之中，矢石交攻之际，匹马纵横，如入无人之境，岂忧江东群鼠乎？"（第六十六回）

我们从这段对话里，看到关羽骄傲自大的性格已发展到何等惊人程度！他的政治嗅觉已麻痹到何等惊人程度！在吴蜀关系已发展到剑拔弩张的时候，他不是去设法消灭矛盾，而是一味地耀武扬威，火上浇油。这种思想性格恶性发展的结果是当曹操劝诱孙权联合共攻荆州，诸葛瑾主动地来找他"求结两家之好"，"并力破曹"，要把他从行将爆发的火山上往下拉的时候，他却全不想到孔明临行前"北拒曹操，东和孙权"的千叮万咛，全不以荆州为重，而是勃然大怒：

> 吾虎女安肯嫁犬子乎！不看汝弟之面，立斩汝首！再休多言！（第七十三回）

这种自视甚高、自命不凡的英雄主义，还几乎惹起了自己内部的矛盾来。当刘备封他为五虎大将之首，云长居然也生了气，说：

> 翼德吾弟也；孟起世代名家；子龙久随吾兄，即吾弟也：位与吾相并，可也。黄忠何等人，敢与吾同列，大丈夫终不与老卒为伍！（第七十三回）

这不仅是怒得无理,且竟骄横到不肯受印;如果不是费诗及时点醒了他,几乎忘记了"桃园结义"!

就是这种性格破坏了孔明的统一战线,就是这种性格为陆逊所利用(第七十五回),终于最后断送了荆、襄九郡和自己的性命(他的麦城死节,还是可贵的),给西蜀带来了一连串的不应有的而且是永远无法补偿的严重损失!

(2)刘备是个反面人物吗

在《三国演义》的许多正面人物中,除却关羽以外,被作为"好皇帝"典型来创造的刘备也不是没有缺点的。现实主义作家罗贯中并没有把刘备写成一个十全十美永远不犯错误的人物,因而就把这个人物创造得更加真实而生动。

不错,刘备是个仁义素著,不肯乘人之危取人之地的人。象对陶恭祖让徐州的态度,对刘表是不肯"执其子而夺其地"(第四十回)。可是,当他占有荆州,初步建立基业以后,就垂涎益州了。只是碍于刘璋是他同宗的关系,"不忍相图";可是终于采纳了庞统的建议:"若事定之后,报之以义,封为大国,何负于信?"(第六十回)入蜀,得了涪关之后,在劳军会上,居然问庞统:

> 今日之会,可谓乐乎?

当庞统批评他

> 伐人之国而以为乐,非仁者之兵也。

时,玄德居然以武王伐纣故事自许(第六十二回)。而益州既定,玄德竟

> 欲将成都有名田宅,分赐诸官。

如果不是赵云反对:

> 益州之民,屡遭兵火,田宅皆空,今当归还百姓,令安

> 居复业，民心方定；不宜夺之为私赏也。（第六十五回）

很可能铸成大错，惹出乱子来。很明显，随着情况的变化、环境的变迁，玄德的仁义爱民的特点，开始有了一些变化。当然并没有恶性地发展下去，并且都得到及时的纠正，但却暴露出刘备所具有的封建统治者们所共有的特点。此外，刘备对于孔明的态度也是有变化的：当他依附荆州刘表，寄人篱下，初得孔明之时，真是言听计从；特别是军败于当阳，计穷于夏口，求救于东吴时，对孔明更是百依百顺的。可是一旦当他占有荆（此时他还以貌取人，不肯重用庞统）、益，并且登上皇帝宝座以后，就摆出皇帝架子来，坚持伐吴，一意孤行，连孔明的话也不听了。态度不能不说是专横的。甚至自己在用兵上犯了严重的错误，马良建议他"将各营移居之地，画成图本，问于丞相"时，他竟自满地说：

> 朕亦颇知兵法，何必又问丞相？（第八十三回）

这真是被胜利冲昏头脑，骄矜之至了。直到被陆逊烧得惨败之后，才清醒过来，后悔不及地对马良说：

> 朕早听丞相之言，不致今日之败！今有何面目复回成都见群臣乎！（第八十五回）

在永安宫病榻上对孔明托孤时，更作了沉痛的忏悔：

> 朕自得丞相，幸成帝业，何期智识浅陋，不纳丞相之言，自取其败。悔恨成疾，死在旦夕，嗣子孱弱，不得不以大事相托。（第八十五回）

这应该是"人之将死，其言也善"了吧？但他接着却对孔明说：

> 君才十倍曹丕，必能安邦定国，终定大事，若嗣子可辅，则辅之；如其不才，君可自为成都之主。

即使这些话是出于真诚的，但却把一个准备"鞠躬尽瘁，死而后已"的孔明吓得

> 汗流遍体，手足失措，泣拜于地，叩头流血。（第八十五回）

至于为人民所传诵的"桃园结义"，也只有和为民除害的正义行动结合起来的时候，才是可珍贵的，才是为人民所重视和学习的。如果一旦局限在刘、关、张三人中间的利益，并因之损害了人民利益的时候，尽管表现得无比忠诚，甚至是感人的，例如，当关羽遇害之后，刘备"一日哭绝三五次，三日水浆不进，只是痛哭，泪湿衣襟，斑斑成血"（第七十八回），还说："朕不为弟报仇，虽有万里江山，何足为贵。"（第八十一回）群臣劝阻不听，竟起倾国之兵伐吴，结果兵败将亡，大损蜀国元气。不但破坏了西蜀人民的和平生活，而且使人民遭受不应有的大量死亡；这就把义气变成不足称道的为人民所反对的"小义"了。

但我们绝不能忽略总的倾向，便草率得出结论说：刘备是个反面人物！

四 学习《三国演义》的艺术成就

封建的、资产阶级的"学者"们是看不起《三国演义》的，是向来不把它看作文学作品的。可是，人民却几百年来就热爱着它。这不仅由于它的丰富的人民性、进步的倾向性，也由于它的惊人的艺术成就、强大的艺术感染力，永远震撼着读者的心弦！

（一）创造了历史真实与艺术真实相统一的创作原则

罗贯中基本上是站在人民的立场，以拥刘反曹的政治倾向来进行创作的，因而，他就必然要以蜀国君臣为写作中心，因而在材料的取舍上就有非常明确的标准。而他又是一位想象力极其丰富、创造力异常雄伟的作家，于是在这位天才的笔下，就创造出了历史真实与艺术真实、思想性与艺术性都达到了一定高度统一的，中国古典文学中的著名的历史小说来。

我们曾一再指出过，这部作品的取材来源主要有两方面：一类是陈寿《三国志》和裴松之的《三国志》注；另一类是大量的民间关于三国故事的传说。再经融化并以作者自己丰富的现实生活经验及艺术天才创造的。

作者在大的历史史实上面，是绝对忠实的：尽管作者写曹操在作战中屡次临于绝境，却总是绝处逢生；司马懿父子尽管中了孔明之计，在上方谷受难，却并没有被烧死；姜维的假投降，尽管是个巧计，却并未能挽救了西蜀的灭亡。……这就是《三国演义》历史真实的特点。这是不是就损害了作者的倾向性呢？恰恰相反，正是通过上述的虚构和夸张最后归结到历史真实的艺术方法，有力地表现了作者的倾向性，从而反映了人民的情绪。何况三国史上的许多巨大的史实本身，无须作者的艺术处理就已符合了作者和读者的意愿了呢！然而在许多细节方面，作者为了服从自己的立场观点，为了服从艺术特征，服从人物性格的真实、完整，完全有修改历史的自由。例如，把本来是刘玄德怒鞭督邮的快举，送给快人张翼德，这我们在前面已指出过。此外，根据《三国志·费诗传》的材料，刘备因为费诗劝他不要做皇帝，竟把费诗给以降职的处分。可是，在《三国演义》第六十六回里，作者却极力描写：刘备受到以孔明为首的群臣的包围，再三劝进，才不得已而登上皇帝宝座。这就是为了保证刘备仁义性格的艺术完整。还有，作者为了突出曹操的多疑、欺诈和凶狠的性格，在裴松之《三国志》注里，关于曹操杀吕伯奢全家的故事，本来有好几种说法的。一种是对曹操有利的传说，《魏书》讲董卓发表曹操做骁骑校尉，"太祖以卓终必败复，遂不拜就，逃归乡里，从数骑过故人成皋吕伯奢。伯奢不在，其子与宾客共劫太祖，取马及物。太祖手刃，击杀数人"。这是说曹操为了抵抗强暴，保护自己的财物，才不得已而开杀戒，并非由于曹操的多疑。再一种说法是，曹操虽然疑心杀人，却还不至于赶尽杀绝；曹操的坏还是有限度的。这就是《世语》讲的："太祖过伯奢，伯奢出行，五子皆在，备宾主礼。太祖自以为背卓命，疑其图己，手剑，夜杀八人而去。"第三种说法是孙盛《杂记》里讲的："太祖闻其食器声，以为图己，遂夜杀之。既而叹曰：'宁我负人，毋人负我！'遂行。"这就是对曹操最为不利，而最能表现他的性格特点的说法了。作者不仅选择了第三种材料，而且又加以渲染，写他赶尽杀绝地故杀伯奢以后，还说出了"宁教我负天下人，休教天下人负我"的骇人听闻的话。这就完全达到了作者所欲创造的曹操的性格本质要求，获得了光辉的艺术成就！同时也就体现了他的政治倾向性。

在采用人民口头创作方面，尽管它是《三国演义》的主要材料，而且连倾向性也受到《三国志平话》的影响，但是也有很多大的修改与删除。而其标准则是既服从于历史的真实（例如，《三国志平话》里说刘、关、张曾"都往泰山落草"，作者就不采用），而又服从于人物性格的要求（例如，《三国志平话》把庞统写成个妖道，说张飞因为听到百姓诉说庞统不仁，"张飞持剑入衙。至天晚，听得鼻息若雷。张飞连砍数剑，血如涌泉。揭起被服，却是一犬"，这显然是歪曲庞统这个人物的，因此，作者在《三国演义》第五十七回里，就改写成"耒阳县凤雏理事"那样一篇好文章）。而更重要的则是创造：这还不仅是在原有基础上予以扩大、修饰和润色，而且作者把自己从封建社会的现实生活中，观察、体验和提炼出来的素材（特别在细节方面），以艺术手法充实和丰富了三国的真实人物和故事。

（二）创造典型人物的方法

几乎可以说：没有典型就没有现实主义。而《三国演义》最成功的就是在真实人物的基础上创造典型的成功。在《三国演义》里四百多个性格鲜明的人物中，很多是被创造成为典型性格的。在前面我们已经简略地分析过几个典型人物的性格特点及其思想性了。现在我们则试图进一步去挖掘作者对典型人物的创作方法。

（1）把人物放在残酷的环境里去考验

我们曾经说过《三国演义》反映的是三国时代各种各样的矛盾。而它的人物就是生活在这封建社会的各种各样的矛盾之中，亦即这些人物生活和成长在这种错综复杂的社会关系里面。于是我们看到作者如何把他的人物安置在各种尖锐矛盾的处境中进行考验——创造他们的性格的方法：我们曾经简略地分析过赤壁之战所给予孔明的残酷的考验，从而看到了他认识生活、创造生活的能力，不愧被人誉为才能和智慧的化身。而这次战争对于孙权也是一个巨大的考验：孙权在诈称一百万的曹操大军的压境之下，在自己集团内部主战、主和两派的矛盾和斗争环境里，充分地表现出了当时孙权的患得患失、踌躇不决的这个统治者的独特性格。再如刘玄德入赘东吴的故事，也是对玄德性格的一个极大的考验。这个政治性的婚姻本来是反映孙权与刘备这两个政治集团的尖锐矛盾的，虽有孔明的锦囊妙计，刘备还是冒着天大的危险去的。试看玄德与孙权第一次见面时

> 立德更衣出殿前，见庭下有一石块。玄德拔从者所佩之剑，仰天祝曰："若刘备能够回荆州，成王霸之业，一剑挥石为两段。如死于此地，剑剁石不开。"（第五十四回）

的一段心理活动，就说明虽然他提心吊胆地过日子，但却能为了自己集团的前途，在冒险、在坚持、在斗争；可是一旦入赘已成事实，而且在乔国老与吴国太的保护之下，生命已转危为安；特别是孙权改用"糖衣炮弹"的战术：

> 即日修整东府，广栽花木，盛设器用，请玄德与妹居住；又增女乐数十余人，并金玉锦绮玩好之物。

由于环境急剧的改变，这位"起身微末，奔走天下，未尝受享富贵"的玄德竟有些支持不住了，他表现了封建统治者的"果然被声色所迷，全不想回荆州"的一般性格（以上并见五十五回）。然而玄德毕竟与一般的封建统治者不同，他终能放弃了东吴的声色玩好逃回荆州，去继续开拓他的"王霸之业"，丝毫也没有感激孙权的"厚遇"。玄德这个特点与关公就有所不同。当关羽投降了曹操，曹操同样也想以封建统治阶级的，把人民的血汗变成的享乐生活"小宴三日，大宴五日；又送美女十人，使侍关公"（第二十五回）来麻醉他，收买他；而关羽在这方面是经得起物质生活的考验的，临去时，丝毫也没有象玄德那样"蓦然想起在

吴繁华之事，不觉凄然泪下"（第五十五回），而是充分地表现了正如曹操所羡慕的"云长封金挂印，财贿不足以动其心，爵禄不足以移其志"（第二十七回）的那种"富贵不能淫"的英雄气概。然而关羽却在另一方面感激曹操待他的许多"恩义"，终于在另一种场合里——华容道上，放走了曹操。关羽和玄德的不同的思想性格，在近似的情况中被考验的结果，表现得是如此鲜明突出！

《三国演义》的作者不独善于把人物放在尖锐的矛盾中、复杂而残酷的环境中来进行考验，并且还随着具体环境的变化发展，来塑造人物性格的变化和成长，来充分地、全面地创造典型性格。我们在前面分析和评论关羽和刘备的性格时已涉及一点，现在我们看到作者在创造曹操的性格时同样也注意到：曹操的性格是愈来愈奸诈凶狠（前面已分析过，此处从略）；在政治上也逐渐腐化起来；而在战争上也愈来愈胆小怕死了。当他的势位还不够巩固的时候，连自己的政敌刘备都不杀，以便作为延揽人才的幌子。可是当他的势力愈益巩固，特别是"自破马超回，傲睨得志"的结果，在政治上便开始了腐化。第六十回，作者写西蜀的张松是想向曹操兜售西川的，可是曹操怎样对待他呢？

> 张松候了三日，方得通姓名。左右近侍先要贿赂，却才引入。

而见面之后，仅仅因为张松人物猥琐和言语冲撞，便把他乱棒打出，同时也就打掉了一个西川。而在生活上亦愈见腐化：当他一做了魏王，便要建筑宫殿。

> 魏王宫成，差人往各处收取奇花异果，栽植后苑。（第六十八回）

在作战方面，也因势位的关系，处处表现得害怕吃苦、心疑胆怯、愈来愈爱惜性命。这首先表现在得陇不敢望蜀（第六十七回）。当西蜀后来进取汉中时，经过刘晔的劝说，他才自往救援。却又大闹排场：

> 操骑白马金鞍，玉带锦衣。武士手执大红罗销金伞盖。左右金瓜银钺，镫棒戈矛。打日月龙凤旌旗。护驾龙虎官军二万五千，分为五队，每队五千，按青、黄、赤、白、黑色。旗幡甲马，并依本色，光辉灿烂，极其雄壮。（第七十一回）

这哪里象个去拼性命的样子呢？这就难怪他在作战中表现出一切多疑、心怯惜命的丑态了。当曹操狼狈逃回阳平关时，孔明回答玄德的问题时说："操平生为人多疑，虽能用兵，疑则多败。"果然曹操最后"被魏延射中人中，折却门牙两个"（第七十二回），"急急班师"，"晓夜奔走无停；直至京兆，方始安心"（第七十三回）。

（2）善于运用生活细节刻划人物性格

善于运用细节表现人物性格，也是《三国演义》作者的艺术手段之一。然而作者却并不是使用一些偶然的、琐碎的可有可无的细节，而是选择最生动、最典型、最能突出人物性格特征的细节。这样的例子很多，例如：

> 操恐人暗中谋害己身，常分付左右："吾梦中好杀人；凡吾睡着，汝等切勿近前。"一日昼寝帐中，落被于地。一近侍慌取复盖。操跃起拔剑斩之，复上床睡；半晌而起，佯惊问："何人杀吾近侍？"众以实对。操痛哭，命厚葬之。人皆以为操果梦中杀人。（第七十二回）

作者仅仅通过这一"梦中杀人"的细节，就突出地表现了曹操的伪善、多疑心情和凶狠的性格特征。再如蜀后主刘禅是一个典型的昏庸、麻木、老实的皇帝。作者通过一个"乐不思蜀"（第一百十九回）的细节，便生动而突出地表现了刘禅的这一主要性格。

而尤其引起读者注意的是：作者在运用这种富有特征的细节时，往往不是孤立的，而是把它组织到能够决定人物一生命运的巨大事件之中，构成一个有血有肉的情节，表现巨大意义的。例如，袁绍在和曹操的几次战争中，作者描写袁绍每次发动对曹操的正式进攻，都不是由于客观有利的时机或情势，而是往往为家庭的生活琐事所决定。象第二十二回，写袁绍进攻曹操时，正如田丰所说"兵起连年，百姓疲弊，仓廪无积"，根本缺乏起兵条件；可是袁绍却因为与自己家庭有三世通家之好的郑玄的一封私信，情面难却，便草率起兵帮助刘备。第二十四回，写当玄德再度求救于袁绍时，当时对袁绍说来，正如田丰所说：

> 今曹操东征刘玄德，许昌空虚，若以义兵乘虚而入，上可以保天子，下可以救万民。此不易得之机会也。

可是袁绍却因为小儿子患疥疮，愁得"形容憔悴，衣冠不整"，甚至不想活着，当然没有心绪起兵了。田丰批评得好：

> 遭此难遇之时，乃以婴儿之病，失此机会，大事去矣，可痛惜哉！

等到小儿子的癣疥之疾已愈，且又值春暖花开，袁绍身心愉快，再向曹操发动攻势时，曹操早已攻破徐州，而且"操兵方锐"了。因此，袁绍就必然吃了个大败仗，同时伏下了后来官渡惨败的种子。通过这些细节正生动而深刻地反映出袁绍的确是个"多谋少决""专收名誉""是非混淆"的十足无用之人。

恩格斯曾指出："现实主义是除了细节的真实之外，还要真实地再现典型环境中的典型性格。"（《给哈克纳斯的信》）而罗贯中创造人物的方法，正是符合了这一创作原则。因而《三国演义》中为什么有那样多的光辉的典型形象，就完全可以理解了。

（3）夸张的手法

我们在分析作者创造人物的方法中，还看到作者善于使用集中和夸张的方法。他为了创造曹操这个坏在骨子里的人物，他把正史、裴注以及民间传说中所有可以利用来丑化曹操的材料，并予以选择、改造和扩大之后，集中和概括在曹操身上，从而突出曹操的性格特点。曾经举出过的，曹操杀吕伯奢全家的故事就是典型的例子。作者虽然写曹操是个天才的军事家，却夸张地写他一生打了多次败仗，而且都是狼狈不堪，死里逃生的。为了节省篇幅，引用张松给他作的充满了讽刺性的一个总结吧。当曹操当着他的文武群下，对张松吹嘘自己的武功说：

> 吾视天下鼠辈犹草芥耳。大军到处，战无不胜，攻无不取。顺吾者生，逆吾者死。汝知之乎？
>
> 松曰："丞相驱兵到处，战必胜，攻必取，松亦素知。昔日濮阳攻吕布之时，宛城战张绣之日，赤壁遇周郎，华容逢关羽，割须弃袍于潼关，夺船避箭于渭水，此皆无敌于天下也！"（第六十回）

张松的每一句话，都给曹操重新放映出一个狼狈不堪的镜头。因而张松遭到曹操乱棒打出，就不是偶然的！

作者对于孔明的歌颂，同样也是采用了集中和夸张的手法的。他把正史、裴注以及民间传说中有关孔明的材料，经过选择、改写和扩大之后，都集中、概括在孔明身上，来铸造人物的鲜明性格。例如，孔明和刘备的第一次会面，本来有两类材料可用：一类是《魏略》和《九州春秋》上的记载（说孔明自动地去求见刘备，而刘备反而因为他年轻不重视他）；另一类是《三国志·诸葛亮传》出师表上的自述。（"先帝不以臣卑鄙，猥自枉屈，三顾臣于草庐之中，咨臣以当世之事。"）第一类材料显然是在给孔明的人格抹灰；而第二类材料不仅是真实的而且是符合孔明的性格的。我们知道，作者对于曹操和孔明性格的创造都是使用的集中、夸张的手法，但态度不同，一个是丑化，一个是赞美。因此，作者为了正确表现孔明的淡泊、爱民的特点，就采用了《诸葛亮传》的材料，并且根据人民的愿望（《三国志平话》里所写的正是刘备三顾孔明），便夸张地写出了三顾茅庐那样一篇千古至文。此外，作者对于孔明的智慧及其军事天才，也是这样处理的。如刘备娶孙权妹妹的故事，在《三国志》里本来是孙权因为敬畏刘备，"进妹固好"的；可是作者在《三国演义》里却添枝加叶地敷衍成那么一个曲折复杂、惊险、艳丽而又变化万端的动人故事，来夸饰孔明的锦囊妙计。就是作者所描绘的那个有名的"草船借箭"故事，在《三国志平话》里本来是周瑜的，而罗贯中却移花接木地集中到孔明身上，并加以夸大渲染。在《三国志》里，击败曹操于赤壁的是刘备，而《三国演义》作者却采用了《三国志平话》的情节，让孔明成为"赤壁鏖兵"的主角。

作者为了突出孔明的智慧高人一等，还使用了许多人物来衬托他，但不是采用的鹤立鸡群的笨拙方法，而是采用的"人外有人，天外有天"的技巧。赤壁之战，周瑜虽然表现了自己的军事天才，然而却终逊孔明一筹；作者也没有把曹操写成一个呆瓜，他甚至在一些关键性的问题上（例如庞统献连环计问题），远远超过了周瑜的。他只是偶然走慢了一步，又没有料到冬天会刮东南风，才失败在孔明和周瑜的手里；这就强有力地衬托出孔明惊人的智慧和杰出的才能，所谓"出类拔萃"的人物。而这手法归根到底还是属于夸张。

然而尽管如此，作者为了忠实于艺术，增强人物的真实性，并没有把孔明夸张到令人难以信服的程度。孔明在《三国演义》里并不是一个十全十美的、头上戴着光圈的圣象，也是有缺点的：作者虽然写他是个高出曹操、司马懿多少倍的军事家，但还是有束手无策和吃败仗的时候，除了最大的一次街亭失败（第九十五回）之外，第九十七回，写孔明用尽了一切方法，竟拿不下一个小小的陈仓来。第一百零二回，写司马懿虽然屡吃败仗，畏蜀如虎，往往仰天长叹："孔明有神出鬼没之机。"（第一百零一回）然而渭滨一战却击败了孔明。就因为孔明是人而不是神，才"智者千虑，必有一失"。第一百零三回，作者对于孔明的辛辛苦苦的官僚主义作风，也进行过批评，在在都说明罗贯中现实主义的特色！

（4）入骨的讽刺

作者创造反面典型与夸张相结合的另一手法，便是讽刺。鲁迅先生解释讽刺的特点说："我想：一个作者，用了精炼的，或者简直有些夸张的笔墨——但自然也必须是艺术的地——写出或一群人的或一面的真实来，这被写的一群人，就称这作品为'讽刺'。'讽刺'的生命是真实；不必是曾有的事实，但必须是会有的实情。所以它不是'捏造'，也不是'诬蔑'；既不是'揭发阴私'，又不是专记骇人听闻的所谓'奇闻'或'怪现状'。"（《且介亭杂文二集·什么是"讽刺"?》）而《三国演义》作者所运用的讽刺手法，不仅是严肃的而且带有含蓄性的。如第七十一回，写曹操和杨修共猜"黄绢幼妇，外孙齑臼"字谜的一个细节：

> 操问琰曰："汝解其意否?"琰曰："虽先人遗笔，妾实不解其意。"操回顾众谋士曰："汝等解否?"众皆不能答。于内一人出曰："某已解其意。"操视之，乃主簿杨修也。操曰："卿且勿言，容吾思之。"……上马行三里，忽省悟，笑谓修曰："卿试言之。"修曰：……操大惊曰："正合孤意!"众皆叹羡杨修才识之敏。

作者的这段描写，表面看来是在赞美曹操的聪明颖悟，实质上则是入骨三分的绝妙讽刺！正如毛宗岗所论："多应是老贼油嘴。若既晓得，何不写在掌中如孔明、周瑜之互写火字者，而乃虚言合我意耶。读书者莫为他瞒过也。"他如第十七回，写曹操因自犯军令，马践麦田，因而"割发权代首"的描写，也是对曹操的绝妙讽刺。毫无疑问，作者对曹操的性格的创造上使用的讽刺手法最多，但他对于一切喜欢使用假面具的人也并不轻易放过。例如我们曾经提到过的，第六回，对孙坚含着忠贞的眼泪，藏起玉玺，急急回江东，"别图大事"的描写，也是这种手法。作者还以同样手法，描写了曹丕受禅的一幕喜剧，作者让曹丕说的一句"舜禹之事，朕知之矣"（第八十回）有名的话，把自唐尧虞舜以来，为封建历史家所称颂和大书而特书的所谓"禅让"① 的本质，赤裸裸地放在广大人民面前，给以狠狠的嘲弄！

（三）性格决定情节，情节表现性格

在《三国演义》里，我们看到人物与情节有着这样一种关系：人物的性格决定了情节发展变化，而情节则也负有表现性格的任务，同时也是性格成长的历史。

（1）人物之间的矛盾和战争的变化发展决定了《三国演义》的情节和结构

在《三国演义》里，我们看到各政治集团的领袖们为了个人和自己集团的利益，彼此之间永远产生着矛盾，常常爆发战争；而战争的产生、变化、发展和结束，就决定了《三国演义》里的主要情节。《三国演义》里面的政治和军事上矛盾、斗争情势，是复杂的而又互相制约着、变化着、发展着的；永远是一个矛盾引导出或孕育起另一个矛盾；旧的矛盾解决了，新的矛盾又产生出来。因而《三国演义》的情节就不仅是波澜壮阔的，而且是错综复杂、有机的变化发展的，这就构成了《三国演义》的雄伟而严密的结构。作为整个《三国演义》的一个主要情节的是：汉末群雄割据，互相残杀，经过官渡之战和赤壁之战，就决定了三国鼎立局面，而三国纷争的结果，为晋所统一。这个大的轮廓，我们在分析曹操和孔明的性格，特别是分析他们的战略战术时，就已看见这个雄伟情节的复杂、变化和发展的规律了。现在我们不

---

① 禅让——天子让位于贤者。

妨再举一个例子加以说明：当赤壁之战结束，刘备集团巧取荆州之后，孙权与刘备两个集团之间产生了矛盾并且逐步紧张起来。当刘备利用张鲁和刘璋的矛盾引兵入川之后，孙权就想乘机来取荆州；可是又遇上曹操来报赤壁之仇。本来就要爆发的孙、刘之间的战争，却忽然转变为吴、魏之间的战争。而刘备集团就利用这个机会攻占了西川。这就是矛盾和战争之间的变化、发展决定情节的鲜明例证。

（2）性格决定情节

然而，我们应该注意：尽管作者是根据历史发展的规律，构成了他的作品的波澜壮阔、错综复杂的情节，但他却在不违背这一总的客观规律的原则之中，要求着艺术创作的自由。他以相当高度的艺术手段，以人物性格与情节的辩证统一表现了文艺的特征；并以文艺这种特殊的形式再现现实——反映三国历史的矛盾、变化、发展的客观规律，时势造英雄、英雄造时势的历史发展规律；从而创造成功一部中国文学史上空前的、富有现实主义特点的历史小说。

象我们曾经分析过的，在袁、曹的多次战争中，都生动地说明性格、行动、战略、战术的有机关联性，这是多么深刻、生动和形象地证明了恩格斯所说过的："人物的性格不仅表现在他做什么，而且表现在他怎样做。"（《给斐·拉萨尔的信》）即人物性格决定情节的逻辑发展的必然性。在《三国演义》的好些地方，作者使用把许多矛盾集中在一个焦点上来考验人物性格并从而开展情节的方法。例如，当刘备新死，刘禅初立，作为丞相的诸葛亮正遭遇到严重困难的时候，曹丕发动五路大军进攻两川。这是对孔明性格的一个严重的考验，然而却也由此产生出无数的情节来：象邓芝的使吴，孔明的南征孟获，……而这种性格与情节的有机结合与发展，正反映了历史的进程，三国鼎立局面的继续。

（3）情节是性格成长的历史

《三国演义》不仅生动地说明了性格决定情节，同时也说明了在情节的变化发展中表现了性格的变化、发展：情节是性格成长的历史！当关羽保护玄德老小，死守下邳城，曹操因为素爱云长武艺，欲得之以为己用，当时以曹操占绝对优势的兵力，并有了劝降的说客，在一般情况下要一个人投降是可能的；但云长过去的性格是"义气深重，必不肯降"的。这就势必要引出一个新的情节来。谋士程昱根据关羽这个性格特点，定下了一条计：

> 差刘备手下投降之兵，入下邳，见关公，只说是逃回的，伏于城中为内应；却引关公出战，诈败佯输，诱入他处，以精兵截其归路，然后说之可也。（第二十五回）

这时，如果关羽坚不出战，这个预定计策，亦即预定的情节，就会产生新的变化，关羽的"义气深重"的性格也将会向更高处发展；然而由于关羽忍耐不住夏侯惇的辱骂，结果就走上敌人所设下的一条绝路，亦即按照敌人预定的情节发展下去了。如果是张飞处在这个环境里，按照他的性格一定不是突围就是战死，决不会走第三条道路的。而关羽虽也准备仗忠义而死，但是听了张辽的"三罪"之说，思想性格上起了一个新的质的变化，提出了"三约"投降了曹操。于是就产生了后来：斩颜良、诛文丑、挂印封金、过五关、斩六将、古城会等一系列的情节，并随着这些情节的发展，逐步培养起了关羽的骄横的性格，犯下了一系列的不可挽救的错误。这就不仅说明了性格与情节的密切关联性，而更可看出作者是把个人命运和历史命运统一起来的现实主义的杰出的艺术创造。

（4）作者怎样让人物登场

《三国演义》的作者因为能很好地表现了性格与情节的有机的结合与发展，因而也就能把人物恰当地组织到错综复杂的、多变化的情节中去。作者对于四百多个人物，特别是一些重要人物在情节中的登场问题上，也表现了他的艺术天才。今以《三国演义》主要人物之一的孔明的登场为例：《三国演义》里的许多重要人物，如刘、关、张、曹操等在第一回里就全部登场。而孔明却迟至第三十八回才正式出面。其所以这样，一方面是由于历史的真实，另一方面则可看出作者在历史真实的基础上艺术创造的天才。孔明的登场是在政治情势的发展中，在情节的发展中一步一步地逼出来的。从第一回开始到第三十八回的孔明的正式登场，作者用了很大的篇幅来描写刘、关、张等为创立基业而作的不懈的斗争；但却始终东奔西逃地立不住脚，扎不下根。司马徽指出其根本原因是刘备的"左右不得其人"：

> 关、张、赵云，皆万人敌，惜无善用之之人。若孙乾、糜竺辈，乃白面书生，非经纶济世①之才也。（第三十五回）

因此，求贤就成为刘备集团中当时最迫切需要解决的问题。于是为了适应新的政治形势的需要，担任新的斗争任务，孔明就非出场不可了。由此看来，作者在《三国演义》第三十七回以前，所描写的许多人物及其矛盾、斗争（情节），未尝不可以说成是孔明出场的远因或前奏。正如孔明自己在草庐中所分析的，他只有在这个时候登场，代表他的政治远见、伟大政治抱负的"隆中决策"才能成为及时的符合实际需要的东西，以及成为此后情节发展的总纲。然而孔明却并未贸然登场，而是先有司马徽的隐约介绍，以及在才学、谋略上已取得刘备集团信任的徐庶的推荐。作者这种绘声绘色的艺术感染力量，就使孔明不仅引起刘备殷勤三顾的决心，且在读者心目中也塑造起了一个巨大的渴望一见的形象。

刘备第一次往访孔明：只赏鉴了一番隆中景色，遇见了孔明的友人，容貌轩昂、丰姿俊爽的崔州平。第二次往访：只欣赏了一番雪后隆中景象，遇见孔明更多的友人，白面长须的石广元、

---

① 经纶济世——经纶，是整理丝，借喻规划政治。济世，是救世。（采用作家出版社《三国演义》注）

清奇古貌的孟公威，并在隆中草堂，会见了孔明之弟诸葛均，归途中还遇见了孔明的岳父黄承彦。作者对于这些人物从内心到外表的描写，应看作间接地描写了孔明；因为根据这些人物的声音笑貌，在刘备的心目中，在读者的想象中：孔明可能是容貌轩昂、丰姿俊爽如崔州平，可能清奇古貌如孟公威，也可能是一位

　　　暖帽遮头，狐裘蔽体，骑着一驴，后随一青衣小童，携
　　一葫芦酒，踏雪而来（第三十七回）

的老者。虽然都不是，但在读者的脑海中却塑造起了一无限丰富的、完美的孔明形象，而且愈来愈深刻，鲜明，美好！

　　直到第三次往访，孔明才在家，却又午睡不醒；闷得张飞要到屋后去放一把火烧掉茅庐时，孔明才起来和刘备第一次草堂会见。他一出场就放射出智慧的光芒，不仅使刘备集团有了灵魂，飞速地发展起来，而且成为《三国演义》中（从第三十八回到第一百零四回）能够利用事变发展规律，争取主动，决定情节的变化发展的最突出、最光辉的人物！

　　（5）作为情节脉络的伏线

　　《三国演义》的错综复杂、波澜壮阔、变化万端的情节中，是以人物为其灵魂，细节为其血肉，而以伏线或线索为其脉络的。在许多次的战争中，很明显地我们看到"细作"或"探子"是起着相当大的作用的，而它对情节的发展变化也起着锁链的作用；这种例子在《三国演义》里是俯拾即是的。此外，许多用来表现人物性格的细节也常常同时起着伏线的作用，帮助了情节的有机发展。例如，第九十五回，街亭之失，牵动了孔明在祁山整个战役的失败；而街亭之失，马谡是负主要责任的，因为他犯了军事上的教条主义。而马谡这个致命的缺点，并不是作者临时硬给他添上去的，早在第八十五回，在白帝城君臣托孤的重大场面中，作者曾非常自然地插入一个细节：刘备要孔明注意马谡这个人的性格是"言过其实，不可大用"的。而孔明在当时似乎并未

怎样留心这点。而作者更在第八十七回，写马谡向孔明献征心策，在第九十一回，写他向孔明献反间计，不断得到孔明的信任；同时也培养起了马谡的骄傲自大，因此，街亭之失就成为必然的发展。再如第三十九回，"荆州城公子三求计"这个细节，表面看来，这样一个无关重要的细节，作者竟费了那样多的笔墨，似乎有些节外生枝，可是这个细节正是后来"刘豫州败走汉津口"的有力伏笔。如果刘备没有这点资本，他和东吴的联合就会更加困难（第四十二回）。如果没有刘琦的存在，后来刘备拖延归还荆州，就缺少一个有利的条件（第五十二回）。

毛宗岗在《三国演义》读法里曾指出《三国演义》作者的这个艺术特点："善弈①者下一闲着于数十着之前，而其应，在数十着之后。文章叙事之法亦犹是已。"这个譬喻是颇有道理的。

（四）　白璧微瑕——《三国演义》的艺术缺陷

（1）文白夹杂的描写工具

作者在艺术语言的创造上，由于抓住了人物性格的特点，进行描写的结果，不论在作者的语言和人物的语言方面都获得了成功。但由于作者使用的不是象《水浒》那样的活的口语，而是以文言白话夹杂，并且文言成分占很大比重的描写工具，就不能不算一个缺陷。其所以如此，我以为固然由于作者自己在使用白话语言的锻炼上还不够，但《三国志》和裴注等这些材料也颇影响了他。在《三国演义》中，好多地方是把这些材料直接引用过来的。例如有名的"隆中决策"就差不多是照抄《三国志·诸葛亮传》的。由于过多地搬用了原文，再加上作者又有意识地在统一作品的风格，那就必然会形成"文不甚深，言不甚俗"的"雅俗共赏"的特殊文体了。不过，在许多地方，特别是在人物的语言方面，也能看出作者试图突破这种束缚的。例如，第五十四回，

---

①　弈——围棋。

写吴国太与孙权的一段对话：

> 　　孙权入后堂见母亲。国太捶胸大哭。权曰："母亲何故烦恼？"国太曰："你直如此将我看承得如无物：我姐姐临危之时，分付你什么话来？"孙权失惊曰："母亲有话明说，何苦如此？"国太曰："男大须婚，女大须嫁，古今常理。我为你母亲，事当禀命于我。你招刘玄德为婿，如何瞒我？女儿须是我的！"权吃了一惊，问曰："那里得这话来？"国太曰："若要不知，除非莫为。……"权曰："非也。此是周瑜之计。因要取荆州，故将此为名，赚刘备来拘囚在此，要他把荆州来换；若其不从，先斩刘备，此是计策，非实意也。"国太大怒，骂周瑜曰："汝做六郡八十一州大都督，直恁无条计策去取荆州，却将我女儿为名，使美人计；杀了刘备，我女儿便是望门寡，明日再怎的说亲？须误了我女儿一世！你们好做作！"

这段对话不仅把国太这位老太太写得栩栩如生，在语言上也非常活泼新鲜，真可说是活的语言了。可惜这样的语言还是不够多的，因而未能获得语言上的彻底胜利。

（2）过分的夸张

《三国演义》作者在人物创造上，也有时存在缺点。我们曾指出，使用夸张的手法来描写人物，是作者的艺术特点之一。但有时他过分地或不恰当地夸张到失掉现实的依据时，就会损害人物形象。例如，作者为了表现刘备爱民的特点，所谓仁义素著，因而受到广大人民的热烈拥护对，竟不能令人信服地写猎户刘安

> 　　闻豫州牧至，欲寻野味供食，一时不能得，乃杀其妻以食之。（第十九回）

作者虽意图极力夸张玄德，却无意中对人民作了严重的歪曲的描

写，因而也就在一定程度上损害了玄德。作者的这种描写是不通人情的，非真实的，是拙劣的，因而也就是过分的、有害的夸张。

（3）这不能算作浪漫主义手法

作者在情节的发展上，有时也表现得不自然和不真实。例如，写孔明南征，在第五次生擒孟获之前，遇到四个毒泉阻挡，情节发展不下去时，作者不是让孔明去访问土人或寻求其他克服困难的办法，而是让孔明走最容易的道路，去拜求马援神庙，依靠土地神的指点解除了困难（第八十九回）。作者这种在人物的行动中，特别是遇上严重不能解决的矛盾时，乞援于神力的手法，正说明古典作家思想的局限性，因而使艺术创作上出现了败笔！

自然《三国演义》的艺术缺点还不只这些，尤其在主角孔明死去以后的十几回中，很明显地看出作者是在匆忙地结束自己的小说了。因而除了在极少的地方（如写刘禅的"乐不思蜀"的场面）写得还见生动而外，大部分都是材料的堆积，很难看到作者在艺术创造上的努力了！

尽管《三国演义》在艺术上存在某些缺点，却正如它的思想内容上的糟粕一样，只是白璧微瑕①，是不能掩蔽其光辉的。因之，无论在内容或形式上仍是一部异常优秀的古典文学名著，永远值得研究学习的。

在过去它是最受广大人民热爱的作品之一，在今后也永远是人民文学宝库里面的一件珍品；这是无可怀疑的！

1956 年 12 月 9 日

---

① 白璧微瑕——白璧以喻品质之美，微瑕以喻缺点；白璧微瑕，犹俗言美中不足。

司空图《诗品》解说二种

内容提要

　　本书包括解说司空图《诗品》的《诗品臆说》、《廿四诗品浅解》二种。《臆说》对《诗品》不仅做了较详尽的注释，并且从理论上加以阐述，大胆的做了发挥。《浅解》对《诗品》做了细密的诠释与串讲。两者均有独到之处。对学习和研究司空图《诗品》，具有很大的参考价值。

总目录

诗品臆说   （清）孙联奎

二十四诗品浅解   （清）杨廷芝

诗 品 臆 说

（清）孙联奎　著

《诗品臆说》序

  诗入司空廿四品，有唐三百余年，诗人盛矣，佳诗伙矣，而必有取于廿四品乎？诚以廿四品者：诗家之总汇，诗道之筌蹄；而不可不品其品，以为诗者也。况表圣本人品为诗品，而又不可不品其品，以为人者也。然则廿四诗品，技也而进乎道矣。钟自束发就傅，即授读此编。每苦其意旨浑涵，猝难索解，不得已而请讲于师席，师惟曰："久自能悟"。迄今四十余年，犹模糊而未得其指归也。庚戌冬，来摄淄川篆，邑文士乐与钟游，盖淄邑人文渊薮也。国初诸老，如：念东高司寇、豹岩唐太史及给谏孙树百诸前辈，领袖骚坛，名噪海内。迄今过其庐、读其书，慨然想见其为人，知其流风余韵，必有存焉者。观孙子星五《诗品臆说》一编而益信也。司空《诗品》脍炙人口，而注者颇鲜；盖言《诗品》之言，大是难也。星五乃能神与古会，识超笔先，司空氏所已言者，可申言之，司空氏所未言者，可代言之。是非星五之臆说，乃星五之注《诗品》，且不啻司空氏之自注其《诗品》也。盖笺注难，笺注而兼达其意旨则尤难。星五《臆说》其进于笺注，不啻什且百矣。盖形神之异致也。星五为树百裔孙。夙读树百先生《笠山诗选集》，见其风格遒上，直逼盛唐。其中多有与念东、豹岩唱和之作。星五承其家学，又盗沐遗徽于高唐诸前辈，故其说诗也：微而显，简而要，字斟句酌，言近指远。试一披读，油油然启人以呫毫拈韵之思而不能已。匡衡说诗，令人解颐。今星五说诗，令余首肯；而从前模糊未得《诗品》之指归者，今且昭然若发蒙也。噫！是真可嘉惠后学，令其品《诗品》

以为诗，且品表圣之品以为人品者已。爰为怂恿授梓，且弁数语于简端，以识来淄之获益良多云。

咸丰元年，岁次辛亥，夏至前五日。知淄川县事郑之钟问庵氏序。

《诗品臆说》序

昔司空表圣之论诗也，曰，梅止于酸，盐止于咸，而诗之味常在酸、咸以外。呜乎！识酸、咸者，鲜矣；而何有于酸、咸以外乎。然不求其味于酸咸以外，又乌足与言诗哉。此《诗品》之作所由来也。《诗品》之作，耽思旁讯，精骛神游，乃司空氏生平最得力处。有刘舍人之精悍，而风趣过之；有钟中郎之详赡，而神致过之。洵所谓不于盐、梅求味，而得味在酸、咸外者。然而知其说者，盖亦鲜矣。旧闻稚松老人诗品注解一书，购而未获。嗣以困于簿书，此道不讲，遂亦不复力求。迨倦游归来时，复萌象罔之想，而目穷浊水矣。岁庚戌，假馆于般阳李君星桥之半野园。有其旧西席孙子星五者，名下士，而不以名场热中者也。星五雅好著述，尤耽吟咏。一日，以所著《诗品臆说》见示，予受而读之，爱不能释。见其旁证曲喻，触类引伸，于诸品俱能深入显出，悠然有不尽者。盖司空氏游神于虚，而星五悟虚以神，亦可谓得味于酸、咸外者已。予未获睹星五之所为诗者何如，即其所以注《诗品》者例之，而诗之品亦概可想见矣。抑又闻之：表圣身处唐季，不求仕进，尝为生圹，日酣酒赋诗于其中，或有所馈遗，则置诸市门，听人尽取以为快。斯其立品之度越若何，乃知其本人品以为诗品，尤倜乎独远也。星五之为是说也，知必有品与品相印合者，则吾之所以契乎星五者，又不在语言文字间也。是为序。时道光三十年，岁在上章阉茂。小满前七日。夫于炼堂刘沄拜识。

自　序

　　昔者，司空表圣将以品诗，爰作《诗品》二十四首。其命意也，月窟游心；其修词也，冰瓯涤字。得其意象，可与窥天地，可与论古今；掇其词华，可以润枯肠，可以医俗气。图画象象，靡所不该；人鉴文衡，罔有不具；岂第论诗而已哉。然所以论诗者，已莫备于斯矣。昔钟嵘创作《诗品》，志在沿流溯源，若司空《诗品》，意主摹神取象。其取象明显者，"俯拾即是"也。乃或"妙机其微"，"如不可执"。亦或"御风蓬叶"，"握手已违"。苟非"绝伫灵素"，亦安能"神出古异"，"妙契同尘"哉。曩者，余以浮浅之资，按品读去，苦不能解；而又以陶靖节之不求甚解解之，遂奄忽至今。己亥秋，以《诗品》授徒，令其广所见闻。诸生悦之，乃强余解说。夫《诗品》，解也难，说之亦难。昔诗人蒋斗南先生，携有稚松老人注解诗品一帙，余求得其书，旋即失去，至今怏怏。兹缘诸生强请，不能解也，说焉而已；说亦不能，臆焉而已。爰就各首之所意会者，姑为笺注。其是与否，未敢定也。谚云："道三不着两"，其余《臆说》之谓矣。夫享敝帚者，或以千金；善抛砖者，亦能引玉。诸生暂存是稿，待质同人。倘蒙惠政，不必稚松，尽稚松也。《品》之言曰："离形得似，庶几斯人"。则且跂余望之矣。梦塘氏自记。

司空《诗品》目录

附录益都蒋斗南先生《诗品目录绝句》六章。不另列目录。

首　章

雄浑具全体。冲淡有余情。纤秾无不到。沉著便峥嵘。

二　章

高古非奇屈。典雅非铺张。洗炼陈言去。劲健力有常。

三　章

绮丽羞涂饰。自然若天造。含蓄色相空。豪放入高妙。

四　章

精神自满腹。缜密乃缠绵。疏野谢朝市。清奇别有天。

五　章

委曲诉衷怀。实境写情事。悲慨对酒歌。形容真得似。

六　章

超诣出神机。飘逸思旋转。旷达不知愁。流动如珠辖。

　　右，蒋先生《诗品目录绝句》六章。每品目，各标大意，足见先生婆心。读全品者，先将此六诗熟读、切记，不惟能挨记品目，而《诗品》大意，亦思过半矣。

　　　　　　　　　　　　　　　　　星　五识

二十四诗品

唐·司空图表圣撰
淄川孙联奎星五臆说
博山蒋健岐象乾
同学高僎谋叔升　参订

雄浑

　　《大风歌》云："大风起兮云飞扬，威加海内兮归故乡。安得猛士兮守四方。"高祖为人，气象近于雄浑，故其诗亦雄浑。项王为人，则雄肆矣。而《垓下歌》亦适肖之。○语无有不肖其人者：观刘、项初见始皇语，一浑、一肆，则知楚汉兴亡已决于此。语见《史记》。○雄浑实义，解详细注。

　　大用外腓，真体内充，返虚入浑，积健为雄。备具 [注] 万物，横绝太空，荒荒油云，寥寥长风。超以象外，得其环中，持之匪强，来之无穷。

　　大用外腓真体内充　腓，音肥。庇也。《诗》曰："牛羊腓字之。"外有所庇，必内有所主。故曰：大用外腓，真体内充。○文字意为体，词为用。沈浸浓郁，含英咀华，是外腓也。然非真体内充，则理屈词穷，何以大用外腓乎？故欲大用外腓，必先真体内充。"理扶质以立干"，是体；"文垂条而结繁"，是用。然此二语，只论"雄浑"大概。犹之先观刘、项气象也。下方自注。○凡物，有体有用。即以天地言，为物不贰，是体；时行物生，是用。**返虚入浑**　未有题目，理尚虚悬，此犹无极，故言虚。已有题目，约理入题，此犹太极，故曰浑。返而入之，即所谓"课虚无以责有，叩寂寞而求音"者也。**积健为雄**　理明，故词达；理直，则气壮。诠题处，无论虚、实，字字停妥，语语雄杰；积而为之，即所谓"群山万壑赴荆门"，又如"狭巷短兵相接战"者也。○"返虚入浑"，是认题。"返"字有心力。"积健为雄"是使笔。"积"字有笔力。**备具万物**　是浑。○葫芦中自有天地，"浑"固非一味含糊者也。**横绝太空**　是雄。○"入门下马气如虹。""雄"又非一味桀骜者已。**荒荒油云**　取象于云。荒荒，即浑沦意。荒荒油云，得"浑"之象矣。**寥寥长风**　取象于风。寥寥，即雄劲意。寥寥长风，得"雄"之象矣。**超以象外得其环中**　譬之用兵：再擒再纵，是超以象外；服德畏威，是得其环中。上句雄浑俱有。上句已立下句之影。上句是功，下句是效。下句"得"字已在上句中。○人画山水亭屋，未画山水主人，然知亭屋中之必有主人也。是谓超以象外、得其环中。表圣《诗品》大段"超以象外"者也。读者本此读之可矣。**持之匪强来之无穷**此示人以雄浑之所由也。强，勉强也。雄浑之气，即浩然之气，浩然之气，是集义所生者。养之以自然，故来之无穷。若勉强而袭取之，未有不立馁而败者，故为是之切嘱也。○此篇章法：首二句虚笼"雄浑"，次二句明点"雄浑"，以下六句分贴"雄浑"。或说理，或象象，颇具层次，末二句收结通篇，悠然不尽，且寓以勉励意。古人文字，不苟如是。以下诸篇，章法不暇细注，读者类推可也。

　　〔注〕诸本均作"具备"。

冲淡

　　　冲，和也。淡，淡宕也。晋陶渊明之人、之文、之诗，俱足当得"冲淡"二字。

　　素处以默，妙机其微。饮之太和，独鹤与飞。犹之惠风，荏苒在衣，阅音修篁，美曰载归。遇之匪深，即之愈稀，脱有形似，握手已违。

　　素处以默　默，静默也。冲淡人，断无不平素处以静默者。明道先生逐日端坐如泥塑神。**妙机其微**　静则心清。心清闻妙香。○机者，触也，契也。微，微妙。机其微，谓一触即契其微妙也。心通造化，自然妙契希微。○素处以默，妙已裕矣。以心之妙，触理之妙；以心之妙，触景之妙；此时之妙，乃妙不可言。○不曰机其微妙，而曰"妙机其微"，妙机，神理，与宣尼"己欲立而立人"，两个"而"字，及所谓"立之斯立"四个"斯"字，相仿。**饮之太和**　冲也。○素处以默，正是此事。元气在心，而又加以静养，故曰饮之太和。太和，曰"饮"，德可食，自和可饮矣。以上三句，是冲淡所以然处。**独鹤与飞**　淡也。○试看雉窜，何如鹤舞。○独鹤如何言与飞？与飞者，言与诗之淡宕而俱飞也。**犹之蕙风荏苒在衣**　蕙风，喻冲。荏苒，喻淡。荏苒，微弱也。《归去来辞》："风飘飘而吹衣。"此以蕙风在衣拟诗，其冲淡为何如者。二句冲淡妙喻。**阅音修篁**　此如曾点之风浴。○竹韵潇洒，竹致驺宕。篔筜谷中，诗人一游，粗野劲直之气，当俱化矣。竹林七贤，想俱无粗莽气。○音可"阅"乎？阅音，当即听香、读画之意。**美曰载归**　此如曾点之咏归。○众美而载之以归，必是言中有物，包蕴无穷。试看曾点言志，平淡之极，而夫子与之，固意其已具尧舜三代气象也。**遇之匪深即之愈稀**　深，艰深也。稀，稀微也。冲淡自不艰深；不艰深，得句便是天籁。即之愈稀，盖即"妙机其微"也。**脱有形似握手已违**　不着迹，不费力，乃许冲淡。袁简斋云："狮子搏兔用全力，终是狮子之愚。"反掉作结，题义愈醒。○凡诗文无有死做题面者。会家不忙，只以淡语写之，一语自可敌人千百。细玩陶集，当自得之。○二语与《超诣》篇"少有道契，终与俗违"语，一样笔法，一样用意；但彼处"违"字作"近"字讲，此"违"字作"远"字、"去"字讲。固自有别。

纤秾

　　纤，细微也。秾，秾郁也。细微，意到。秾郁，辞到。对粗疏及白干者看。

　　采采流水，蓬蓬远春，窈窕幽谷[注]，时见美人。碧桃满树，风日水滨，柳阴路曲，流莺比邻。乘之愈往，识之愈真。如将不尽，与古为新。

　　采采流水　采采，水之纹也。采采流水，水无不到。**蓬蓬远春**　蓬蓬，春气盛也。蓬蓬远春，春无不到。○采采，蓬蓬，活画"秾"字。"秾"不必都用字眼，只是道理既足，语言气味，自觉秾郁。昌黎之沉浸秾郁，岂专恃字眼哉。○人手取象，已觉有一篇精细、秾郁文字，在我意中，在我目中。文气摄人。信然。**窈窕幽谷时见美人**　窈窕幽谷，"纤"矣。时见美人，"纤"而且"秾"。○窈窕，深曲；幽谷，寂静。果有西子入吴，经过其中，如火如荼，艳光四映，虽山灵当为之喝采也。一笑。淡叙中加一字眼，便是幽谷美人。用颜色字眼更妙。**碧桃满树风日水滨** 碧桃，是"秾"。满树，则"纤"。风水与日，分观则"纤"。风水相遭，而又有旭日相照，不"秾"而"秾"矣。**柳阴路曲** 路曲，是"纤"。柳阴，则"秾"。**流莺比邻** 流莺，是"纤"。比邻，则"秾"。○余尝观群莺会矣：黄鹂集树，或坐鸣，或流语；珠吭千串，百梭竞掷；俨然观织锦而听广乐也。因而悟表圣《纤秾》一品。○学其品句，已足破俗。**乘之愈往** 乘兴而思也。构思如水银泻地，无孔不入。**识之愈真** 识，音志。思力既到，援笔识之，词有不愈真者乎。**如将不尽与古为新** 艳摘屈、宋，浓薰班、马，所不待言。妙在曲终不见，江上峰青。实能与古作相颉颃也。故曰："如将不尽，与古为新。"○"将"字"与"字，紧相贯注。《超诣》篇"如将白云，清风与归"，句法亦与此同。

〔注〕诸本皆作"深谷"。

沉著

沉著，对剽浮言。意思剽浮，故语不镇纸。斗南云："沉著便峥嵘。"信然。

绿林[注]野屋，落日气清，脱巾独步，时闻鸟声。鸿雁不来，之子远行，所思不远，若为平生。海风碧云，夜渚月明，如有佳语，大河前横。

绿林野屋 境，无些子喧嚣，是可思之地。**落日气清** 气，无半点氛浊，是可思之时。**脱巾独步** 于是沉思独往。佳在脱巾，脱巾便无头巾气。**时闻鸟声** 其时，他无所闻。诗肠鼓吹，正须乎此。**鸿雁不来之子远行** 尺素未达，所以致思。曰之子，则其人必非寻常人物，必非泛泛交情。**所思不远** 思之近。**若为平生** 思之切。○"所思"字，是通首关键。上六句，皆思，下二句，是思之极境。**海风碧云夜渚月明** 风举云停，千潭月印。空阔澄彻，直思到这样境地。**如有佳语大河前横** 有佳意，必有佳语；所谓词由意生也。佳语而有大河横阻，斯语无泛设。句句、字字，皆沉著矣。○贴皮贴骨，固非沉著，过炼伤气，亦非沉著。观"海风碧云"二句，而知沉著即在空灵中也。○此首：前十句，皆言沉著之思，尾二句，方拍到诗上。观"如有"二字可见。

〔注〕诸本多作"绿杉"。

高古

诘屈聱牙，岂为高古哉。高，对卑言；古，对俗言。邹平张萧亭先生《天马行》云："空山寂寂兮无声，忽萧萧而马鸣，挟风雨以御空，三匝余宫。"读此诗，可会高古之意。

畸人乘真，手把芙蓉，泛彼浩劫，窅然空纵。月出东斗，好风相从，太华夜碧，人闻清钟。虚伫神素，脱然畦封，黄唐在独，落落元宗。

畸人乘真手把芙蓉泛彼浩劫窅然空纵　此四句，取高古之象于人。"畸人"，指神仙而言。"乘真"，谓乘其真气而游。驾鹿乘龙，无非乘其真气。手把芙蓉，即仙人朝贡。泛彼浩劫，即仙人修炼，几历劫灰。窅然空纵，即修炼既成，始得凌虚蹑景，轻身飞渡之类。**月出东斗好风相从**　此二句，又取高古之象于月与风。莫高于月，亦莫古于月。月出而好风相从，如此风月，有卑俗气否？**太华夜碧人闻清钟**　此二句，又取象于山之高古，复以钟声足之。太华亦高亦古，于夜见山色之碧，更觉高古。且于夜而闻山间清钟，所谓令人发深省者。古韵，非俗韵也。**虚伫神素脱然畦封**　以上八句，俱取高古之象，至此方说到诗上。虚伫神素，即下"黄唐在独"。脱然畦封，即下"落落元宗"。但此用虚衍，下方指其事以实之。**黄唐在独落落元宗**　黄，黄帝时。唐，陶唐时。一肚皮黄唐，谁其作三代以下之想。神明于斯，畦封自去。畦封者，卑俗气也。心无卑俗，作为诗歌，得不落落元宗，立形高古乎。落，疏落。落落，疏落而又疏落。元宗，得元理之宗。落落元宗，犹言超超元箸。

典雅

典，非典故，乃典重也。彝鼎图书自典重。雅，即风雅、雅饬之雅。譬若女子，雅者，靓装明服，固是雅；即粗服乱头，亦仍是雅也。而举止端详，典重可知。说本渔洋。

　　玉壶买春，赏雨茆屋，坐中佳士，左右修竹。白云初晴，幽鸟相逐，眠琴绿阴，上有飞瀑。落花无言，人淡如菊，书之岁华，其曰可读。

　　玉壶买春赏雨茆屋　"一片冰心在玉壶。"壶有冰心，胸中那有俗气。胸无俗气，笔下那有尘氛。春，酒色也。吴谷人诗："沽春屐上街。"正用此典。○党家赏雪，羔羊美酒，夜醉销金，视此当有雅、俗之别。○玉壶，典矣。买春，尤雅。茆屋，典矣。赏雨，尤雅。○读此二语，宛如展看《东坡先生笠屐图》。**坐中佳士**所谓玉树临风也。坐中有不如意之客，真是恼人。**左右修竹**　竹之为物，最为典雅。不可一日无此君，为其雅也。可与上句连看。言坐中有佳士，正如左右之有修竹也。杜待云："修竹不受暑。"盖略无尘氛矣。**白云初晴**　对阴云、黑雾看。**幽鸟相逐**　对鸥鸣鹊噪看。莺歌燕语，自是不俗。鸥鸣鹊噪，如何可耐。上句与此句连读亦可。当白云初晴之时，而有幽鸟相逐之趣，亦未尝不典不雅也。○按：幽鸟即鸦也。鸦，古作雅。幽，即黑意。鸦纯黑色，飞时背上映日有光，故诗人恒用"鸦背"字。"相逐"，即雅逐之意。鸦必群飞，亦连飞。古语云："鱼鱼雅雅。"**眠琴绿阴上有飞瀑**　琴是雅物，又眠于绿阴，绿阴之上又有飞瀑。绿阴，非烈日也；飞瀑，非浊流也。二语高山流水，并有所寓。高山流水，典雅何如。此景，吾欲倩画工图之，惜尚未逢高手。**落花无言**　"花如解语还多事。"花至落而无言。物静典雅。○芳草落英，典雅令人可想。**人淡如菊**　人不淡，则如趋膻之蚁；反是，则淡中自寓高品。菊，花之淡而有品者也，人淡如之，其品当于九日东篱，采菊盈把之时遇之矣。○此句是人静典雅。**书之岁华其曰可读**　书之岁华，即书籍之古者。书籍愈古愈雅，若满架新书，直书肆耳。○有疑"书"为典谟训诰者。然何不曰："书之唐虞"，"书之商周"，而必"书之岁华"乎！"书之岁华"，抑又有辨：椠刻起于五代，五代以前之书，必是名人手录者，书古字亦古矣。书经岁华，典雅可知。此首，纯乎取象，惟末二句微与作诗比附；似诗到典雅，始可以读，特未明言耳。窃意：三百篇、汉魏六朝、以及韩、柳、欧、苏，历劫不磨，耐人讽咏玩味者，只是典雅耳。表圣之品，或者注意于此乎？

洗炼

　　不洗不净，不炼不纯，惟陈言之务去，独戛戛乎生新。

犹矿出金，如铅出银，超心炼冶，绝爱缁磷。空潭泻春，古镜照神，体素储洁，乘月返真。载瞻星辰，载歌幽人，流水今日，明月前身。

犹矿出金如铅出银　矿，如何出金？铅，如何出银？不求洗炼，难免夹杂。所以，以"超心""绝爱"直接下去。**超心炼冶绝爱缁磷**　精神全在"超心""绝爱"四字。○缁磷有何可爱？立心洗炼，是自立于坚、白之地矣。故不曰："不畏缁磷"，而偏说："绝爱缁磷"。**空潭泻春古镜照神**　春者，水之精神也。空潭而曰泻春，则澄清彻底可知。镜古则精聚，古镜而曰照神，则一无蒙翳可知。然，惟洗炼功极，乃有此境。**体素储洁**　曰白、曰坚，本质自好。**乘月返真**　炼气归神。○仙家炼气，出神游行，已而再返于身，谓"返真"。乘月返真，返真而乘月朗之时，其身与月，是一是二、是二是一，盖极形洗炼之极也。**载瞻星辰**　星辰无暗光。○一本作"载瞻星气"义同。**载歌幽人**　幽人无秽行。《易》曰"幽人贞吉。"○曰"载瞻"，曰"载歌"，是仰慕其洁之意。**流水今日明月前身**　抚我今日，有如流水，仰看明月，是我前身；渣滓去，而清光来，此时方见洗炼之效矣。○此等语，定非食烟火人所能道。

劲健

劲健，总言横竖有力也。通体松懈不足论已，一字失势，遂使通体无神。杜诗："群山万壑赴荆门。"易"群"字为"千"字，便不合调。不劲不健，故不合调。余可类推。说本简斋。

行神如空，行气如虹，巫峡千寻，走云连风。饮真茹强，蓄素守中，喻彼行健，是谓存雄。天地与立，神化攸同，期之以实，御之以终。

行神如空行气如虹　神，神韵。气，气魄。一篇文字，字如散钱，神、气则贯索也。神、气不能自行，而我行之，故曰行神，曰行气。神、气并行，不能相离。神完，则气愈盛。气盛，则神愈远。但神行无迹，故曰如空。气行，则磅礴郁积，无象而若有象矣。故曰如虹。虹，气之有象者也。**巫峡千寻走云连风**　巫峡而有千寻之高，是"健"。云走其上，而风连其中，是"劲"。神、气盛行，实有此象。**饮真茹强蓄素守中** 真曰饮真，见无时不真；强曰茹强，见无时不强。饮真茹强，蓄之于素；用真用强，守之以中；不中，则真为愚，不中，则强为戆。《孟子·养气》章，所以言"配义与道。"○饮真茹强，蓄素守中，即神、气之所以行处。下文"存雄"，盖指乎此。文不可以学而能，气则可以养而至。外强中枯，断不济事。孟子所以重养气也夫。**喻彼行健是谓存雄** "是"字指上文二句。存雄，体也。行健，用也。有健之体，方有健之用。天体本健，故运行自健。法天为诗，而存雄为体，体立而用自行，得不排山倒海，字字劲健乎。**天地与立神化攸同** "其为气也，至大至刚，以直养而无害，则塞于天地之间"。是天地与立。气本天地之气，以天地之气还天地，是神化攸同。**期之以实御之以终** 诚者，物之终始。诚则不息，不诚无物。文笔翯茸，只是心不实，而不足耳。

　　谈诗小技，然司空氏往往论及天地。如："天地与立，神化攸同"及"荒荒坤轴，悠悠天枢"等语，即终以"载要其端、载闻其符"。则欲人之因小技而窥天地也。《中庸》言至诚，而必推本于天地。表圣《诗品》其有见于此矣。谈诗岂小技哉！

绮丽

　　绮，则丝丝入扣；丽，则灿烂可观。既绮交而脉注，亦藻思而绮合，是谓绮丽。○斗南云："绮丽羞涂饰。"诗家多买胭脂，亦能见丽，然而东涂西抹，徒掩本色矣。篇中所注牡丹之喻，周公之喻，颇得绮丽之真。

　　神存富贵，始轻黄金，浓尽必枯，淡者屡深。雾余水畔[注一]红杏在林；月明华屋，画桥碧阴。金樽酒满，伴客弹琴，取之自足，良殚美襟。

　　神存富贵始轻黄金 牡丹，花之富贵者也，而其富贵实含于未吐未放之先。所谓神存富贵也。作者具此精神，吐语自丽。彼黄金者，固无权矣。**浓尽必**

枯　如剪彩为花。**淡者屡深**　牡丹未放，那得不淡，须看其放时何如耳。○陶集东坡云：渊明"诗质而实绮，癯而实腴，自曹、刘、鲍、谢、李、杜诸人，皆莫及也"。又，《扪虱新语》曰："文章以气韵为主，气韵不足，虽有辞藻，要非佳作也。昨读渊明诗，颇似枯淡，久而有味，东坡晚年极好之，谓李杜不及也，此无他，韵而已。"刘后村云："所贵于枯淡者，谓外枯而中膏，似淡而实美，若渊明、子厚之流是矣。"[注二] **雾余水畔红杏在林**　最丽者水，不丽者雾；雾开而水更丽矣，凡林皆丽，而有红杏出其中，得不更丽乎。二句串说亦可：水畔有林，林有红杏，而当雾余看之，更觉绮丽。**月明华屋画桥碧阴**　华屋加明月之照，画桥在碧树之阴，此等之丽，画工所难及。**金樽酒满**　金樽丽矣，而非酒满，则犹得丽之半也。金樽酒满，不言丽而丽可知。**伴客弹琴**　绿绮琴弹白云词，而又伴客弹之，若斯之丽，尚华靡者所不知也。一本作"侠客弹琴"，侠客不韵，何言丽。**取之自足良殚美襟**　取之自足，谓富贵吾所自有。良殚美襟，是吾艺既成，华美可观，自然快心乐意。○若使周公宴客，一切铺排筵席，定不向外人假借，其客亦断无乞儿相者。李、杜文章，光焰万丈，当日为之，岂尝向《兔园册》子检作料哉！诗中有字眼固丽，即无字眼亦丽，所谓秀在骨也。○陶诗："清歌散新声，绿酒开芳颜；未知明日事，余襟良已殚。"

〔**注一**〕诸本多作"露余山青"。

〔**注二**〕以上三段引文，原本多有讹误，皆据《陶靖节集》校改。

自然

　　自然，对造作、武断言。心机活泼，脱口如生，生香活色，岂关捏造。此境前则陶元亮，后则柳柳州、王右丞、韦苏州，多极自然之趣。

　　俯拾即是，不取诸邻，与道俱[注一]往，著手成春。如逢花开，如瞻岁新，真与不夺，强得易贫。幽人空山，过雨[注二]采蘋，薄言情悟，悠悠天钧。

　　俯拾即是不取诸邻　首句已将"自然"形尽，而以次句足之。○余最爱毛诗《苤苢》三章，脱口而出，平淡之极；而家室和平之象，令人于言外可想。后人獭祭成文，及模仿平淡者，固万不及一也。是岂非俯拾即是者哉。陶公四言诗，庶几近之。论者所以谓陶公诗宜自为一集，以其足以继三百篇也。**与道俱往着手成春**　道，即理也。若不论理，那得自然，故曰与道俱往。惟其与道俱往，故能著手成春。春以著手而成、无少作为，自然极矣。**如逢花开如瞻岁新**　花开，物自然；岁新，时自然。其著手成春也，如逢花开，如瞻岁新，自然之中又自然矣。**真与不夺**　顶上二句说。花惟真也，谁能夺之使不开。时惟真也，谁能夺之使不新。意真，故词自在流出，雅切不泛，不至如公家言，可使他题请去，是谓真与不夺。与，犹教也。言虽教之夺，而亦不能夺也。一本作"真予不夺"。**强得易贫**　暴富者不祥，盖暴富多由于强得也。强得有不易贫者乎？袭取者可鉴已。**幽人空山**　幽人所在自然，而居于空山，则更自然矣。古诗云："山中何所有，岭上多白云；只可自怡悦，不堪持赠君。"意境俱自然也。**过雨采蘋**　何时不可采蘋，而必过雨采之？非过雨，则采亦少趣。时闲而物荣，采之不容已矣。不容已，即自然也。此即"采采芣苢"之意。**薄言情悟悠悠天钧**　情悟者，悟上文诸譬之自然也。悠悠，即自然之意。悠则不迫，悠而又悠，则与天时之自然等矣。○初疑"天钧"为《钧天广乐》，虽与自然相关，然倒转"天钧"字作解，恐非品意。

〔注一〕他本皆作"俱道适往"。
〔注二〕他本多作"过水"。

含蓄

含蓄大约用比体。三百篇、《庄子》、《离骚》且勿论，子产美锦诸喻，庄辛幸臣一篇，皆不著一字而正意跃然。唐人官词、官怨诸篇，本是自己失宠而怨，偏就旁人得幸而欢者说，含蓄之法殆如是乎？亦有不用比体者，如"薛王沉醉寿王醒"，及"不待金舆惟寿王"，直就本事含蓄，亦殊绵邈。

不著一字，尽得风流。语不涉已〔注一〕，若不〔注二〕堪忧。是有真宰，与之沉浮。如漉满酒，花时反秋。悠悠空尘，忽忽海沤，浅深聚散，万取一收。

不著一字尽得风流　纯用烘托，无一字道著正事，即"不著一字"；非无字也。不著一字，即"超以象外"。尽得风流，即"得其环中"。语不涉己　己，本题也。语不涉己，即不著一字。若不堪忧　似乎无题，文法是反顿。下二句方正言之。是有真宰与之沉浮　"是"字指题目《含蓄》言，亦是总顶上文。○"真宰"，是题之真正主宰。与之沉浮，是与真宰相为离即。观龙灯之龙，曲屈蜿蜒、俯仰上下，无非为珠毬而设。如渌满酒　满酒，酵发汁溢之酒。酵不发，酒不遽出也。花时反秋　秋，即寒凉之意。春寒花较迟，花不遽放也。悠悠空尘忽忽海沤　悠悠，忽忽，即恍兮惚兮之意。尘在空中，沤浮海内，谁能于悠悠忽忽时，议拟而捉摸之耶。然犹目之曰尘，指之曰沤，而不得以他言也。此即"不著一字，尽得风流"之说矣。浅深聚散　浅深，竖说；聚散，横说。浅深、聚散，皆题外事也。四字总括众象，即下文"万"字。万取一收　万取，取一于万；即"不著一字"。一收，收万于一；即"尽得风流"。于此可悟宣圣一贯之旨。

〔**注一**〕诸本多作"涉难"。

〔**注二**〕诸本多作"已不"。

豪放

　　豪，乃豪杰，豪迈之豪；对龌龊猥鄙言。放，非放荡，乃推放，对局促言；即放乎四海之放也。惟有豪放之气，乃有豪放之诗，若无其胸襟气概，而故为豪放，其有不涉放肆者鲜矣。太白《将进酒》少陵《丹青引》诸篇，试一披读，当得其大略。

　　观化匪禁，吞吐大荒；由道返气，处得易〔注一〕狂。天风浪浪，海山苍苍。真力弥满，万象在旁。前招三辰，后引凤凰；晓策六鳌，濯足扶桑。

　　观化匪禁　观，洞观也，洞若观火。化，造化也。禁，滞窒也。能洞悉造化，而略无滞窒，是为观化匪禁。一本作"观花匪禁"。吞吐大荒　大荒者，大地也。胸罗星宿，然后可以吞吐大荒，奇语惊人。○"气蒸云梦，波撼岳阳"，语亦奇矣，视此"吞吐"，气概尚觉其小。○《山海经》："大荒之中有大荒山，日月所入处。是谓大荒之野。"[注二] **由道返气**　返，追回也。追回其气，而以道范之。"其为气也，配义与道"。粗豪、任性，两俱无之。○品中好用"返"字，如"返虚入浑"，"乘月返真"，"欲返不尽"，及"返返冥无"等语，俱用之。盖用力字也。**处得易狂**以反笔托正意。○人处得之时，便易于狂。"酒渴思吞海，诗狂欲上天"，语意未免太狂。○品中每以反笔透题：如《自然》篇："真与不夺，强得易贫"，笔法与此一律，妙在俱是先正后反，笔致跳跃。**天风浪浪海山苍苍**　有声有色。声，非寻常之声，声如天风之浪浪；色，非寻常之色，色如海山之苍苍。胸次磊落，眼界开阔，豪放到佳处，兴会淋漓，实有此境，真乐事也。○诗文一理：《阿房宫赋》中闻"明星莹莹"一段，及《滕王阁序》至中间"落霞孤鹜，秋水长天"一联，真乃天风浪浪，海山苍苍者矣。余可类推。至诗中此境，则不可枚举。○《沉著》篇"海风碧云，夜渚月明"二语与此二句一样兴会。**真力弥满万象在旁**　有真力以充之，上下四旁，任我所之；傍日月而摘星辰，何所不可。若无真力，比之飘蓬。○凡所应有，无不俱有，鬼斧神工，奔赴腕下，是之谓万象在旁。**前招三辰后引凤凰**三辰，日、月、星也。三辰、凤凰，万象之显且大者；前招、后引，便是在旁。**晓策六鳌濯足扶桑**　非六鳌不足鞭策，足征有胆；非扶桑不屑濯足，足征有识。妙在下一"晓"字：金乌乍跃，彩彻云衢。总言豪放之作，磊落光明，无一语不惊人，无一字不夺目耳。○相此二语，乃真放乎四海矣。腰缠十万，骑鹤扬州，想头未免于俗，惟此晓策六鳌，濯足扶桑，足以乘万里风破三千浪也。学者读此，不惟洗去尘俗万斛，且足长人无限志气。○语贵警策，以此等语作结，便如千钧劲弩，矢发弦收。又妙在语不欲尽。○"振衣千仞冈，濯足万里流"，已是豪语，对此仍觉"小言詹詹"。

〔注一〕诸本皆作"以狂"。

〔注二〕据《山海经广注》卷十六原文作"大荒之中，有山名曰大荒之山，日月所入，有人焉三面一臂，三面之人不死，是谓大荒之野。"

精神

　　人无精神，便如槁木；文无精神，便如死灰。谚云："死蛟龙不如活老鼠。"信然哉！

欲返不尽，相期与来，明漪绝底，奇花初胎。青春鹦鹉，杨柳楼[注一]台，碧山人来，清酒满杯。生气远出，不著死灰，妙造自然，伊谁与裁。

欲返不尽相期与来　返，收摄意也。心气乍一收摄，则精神为之一振，故不必收摄尽极，而心所欲言，景所欲绘，情为之往，自兴为之来。曰"相期"，实不相期而如相期者。**明漪绝底**　神凝秋水。○惟精故明，惟明故动；彻底澄清，又何待言。**奇花初胎**　精气内蕴。○"有人谁看未开时"，此咏牡丹句也。牡丹既开，精神自富，然其精神已裕于初胎时矣。凡花皆然，不惟牡丹。**青春鹦鹉**　物得时而精神愈旺。"春入鸟能言"，凡鸟皆然，不惟鹦鹉。**杨柳楼台**　物相称而精神益显。"绿杨深处是扬州"，得此渲染，扬州分外精神。**碧山人来清酒满杯**知己相逢，精神百倍。杜怀太白诗云："何时一尊酒，重与细论文"。其人未来，精神已萃。**生气远出不著死灰**　精神满腹，自然生气勃勃；生气勃勃，何处着得死灰。果能聚精会神，文字岂有死木槁灰者[注二]。○上文水、鸟、花、柳、楼台等物，皆生气远出者。则此二句，另讲固可，即顶上文说，亦可。**妙造自然伊谁与裁**文字不自然，精神不振故也，精神自能入妙。余尝爱杜诗"两个黄鹂"绝句一首，无一字不精神，无一句不自然。通首摸之有棱，掷地有声，又浑融无迹；则诚妙造自然，而不容人裁正者也。"精神"二字可不亟讲哉。

〔注一〕　诸本多作"池"。

〔注二〕　据《庄子》应作"槁木死灰"。

缜密

美人细意熨贴平，裁缝灭尽针线迹，斯缜密也。为诗而求缠绵周致，则不束不疏，便如薛夜来之神针，暗中摸挲，亦无疏漏处矣。

是有真迹，如不可知，意象欲出[注]，造化已奇。水流花开，清露未晞，要路愈远，幽行为迟。语不欲犯，思不欲痴，犹春于绿，明月雪时。

是有真迹如不可知　"是"字，指题目《缜密》言。○"落叶满空山，何处寻行迹?"〇苏若兰所织纵广八寸之回文锦,为字八百,得诗二百首。纵横返复,皆为文章,缜密极矣。非是有真迹,如不可知者乎? **意象欲出造化已奇** 有意斯有象,意不可知,象则可知。当意象欲出未出之际,笔端已有造化;如下文水之流、花之开、露之未晞,皆造化之所为也。造化何奇,然已不奇而奇矣。**水流花开** 水流,縠纹细密。花开,萼瓣纷敷,斯缜密象也。〇此句"水"与"花"各开说为妥。一本作"水流花闲"。**清露未晞** 露无偏队之处,当未晞时,何如缜密!以上二句,只言词意相生,略无罅漏。**要路愈远幽行为迟** "要"读平声,约也。约行之路甚远,是引而伸之。所行之步贵迟,是无欲速。幽行,细行,缓行也。语云:"急行无好步。"急行则不免有疏虞矣。纤徐为妍,欲妍者其纤徐乎? **语不欲犯思不欲痴** 虽欲引伸细行,然语不欲犯,思不欲痴。犯,犯复也。痴,呆滞也。词复意滞,岂为缜密。**犹春于绿** 春至,草木尽绿矣。春岂有不绿草木之处,为诗细针密缕,一线穿成,直如"蓬蓬远春",无有不到矣。**明月雪时** 月无不照之处,雪无不盖之区。上句"犹"字,贯至此句。又,雪月皆白,两相映合,其光更觉周到。轩豁呈露,缜密分光矣。

　　附注 白乐天《琵琶行》、《长恨歌》人所共读者,其缠绵周致,正合缜密一品。

　　斗南云:"近代试帖诗,于缜密中加以流丽,更觉出色。"盖缜密,非徒一味缠绵、略无骨鲠也。《记》曰:"缜密以栗"。可与此品末句相参。

　　〔**注**〕他本多作"欲生"。

疏野

　　疏野谓率真也。陶元亮一生率真,至以葛巾漉酒,已复著之。故其诗亦无一字不真。篇中"性"字、"真"字、"天"字及"率"字、"若"字,无非是"率真"二字。率真者,不雕不琢,专写性灵者也。

　　惟性所宅,真取弗羁。控物_{〔注〕}自富,与率为期。筑室松下,脱帽看诗。但知旦暮，不辨何时。倘然自适，岂必有为。若其天放，如是得之。

　　惟性所宅　性本如是，不可变更。**真取弗羁**　惟有真性，故有真情；有真情，故有真诗。一味率真，夫岂自羁。取者，他人取之也，诚能动物，焉得不取。**控物自富**　敝帚不直一文，而偏欲千金享之。是即控物自富之说矣。得句自爱，不问褒讥，其率真为何如乎。**与率为期**　时时率真，处处率真。○与率为期，犹言与率为伍。非期许之"期"也。期许，则伪矣。**筑室松下**　绝不择地。○"偶来松树下，高枕石头眠"，亦可倘然自适矣。此一句已足劳倪迂之手，而为诗人写照。○筑室松下，与"筑室于道"，当有霄壤之别。**脱帽看诗**　绝不修仪。○脱帽露顶，尚于王公之前，何况独自看诗。○搔首问天，当在此时；第未登华山落雁峰，不得呼吸帝座耳。**但知旦暮**　与造化者游。**不辨何时**　"不知有汉，无论魏晋"。**倘然自适**　优游自得，胸无芥蒂，行无罣碍。○"倘"字，当作"徜徉"之"徜"读。**岂必有为**　无为，所以自适也。若必有为，则门庭藩溷，皆着纸笔，岂不劳甚。**如是得之**　如是，总顶上文。如是得之，谓如是为诗，则得疏野之品矣。○人率真为好人，诗率真得不为好诗乎？惊风雨而泣鬼神，惟其真也。若贪多爱好，恐于"真"字说不去矣。

　　〔注〕诸本多作"拾物"。

清奇

　　清，对俗浊言。奇，对平庸言。如数日阴晦，几于闷煞，忽然天开日朗，万里澄空。不惟视前日阴晦之天，为清为奇，即视往日清明之天，为尤清尤奇。奇，乃奇特，非奇怪也。放翁句云："山重水复疑无路，柳暗花明又一村。"总于俗浊平庸中见清奇耳。

　　娟娟群松，下有漪流。晴雪满竹〔注一〕，隔溪渔舟。可人如玉，步屧寻幽，载瞻〔注二〕载止，空碧悠悠。神出古异，淡不可收。如月之曙，如气之秋。

　　娟娟群松下有漪流　娟娟，明秀意也。有松无水，奇而不清；有水无松，清而不奇；有水有松，清奇何如。○"明月松间照，清泉石上流"，诗亦可谓清奇矣。**晴雪满竹** 雪为晴雪，又满缀竹上；竹清奇，满竹晴雪又清奇。**隔溪渔舟** 渔舟，非估客船也，而又隔溪见之，真可入画。以上四句，物之清奇。**可人如玉步屟寻幽** 俗浊自不可人，可人自然如玉。以如玉之可人，虽臣门如市，仍臣心如水，而况步屟寻幽乎？步屟寻幽，则何异雪舟访戴。**载瞻载止** 是寻。凡言"载"者，是不一而足也。**空碧悠悠** 是所寻之幽。以上四句，言人之清奇，因见物之清奇。○人日戴天，而不知天之清奇；天之清奇，奇在悠悠之空碧，斯时寻者，盖已如天斯空矣。**神出古异淡不可收** 因载瞻而神出矣。神情飞越，出语不俗；不俗斯古异也。古异故淡，淡故不可以收，凡可收者，皆非古异者也。诗文至淡不可收，得非清奇也乎！须知"异"字，不是牛鬼蛇神之"异"；"淡"字，不是淡而无味之"淡"。**如月之曙如气之秋** 月色，秋气，岂可收者。将晓之月，初秋之气，殊觉清奇。索性又作两喻，令我忆广寒，清虚之府而不置也。诗入庸俗，断乎不解此境。

〔注一〕诸本多作"满汀"。

〔注二〕诸本多作"载行"。

委曲

委曲之致，余尝听水声蝉声而得之。为诗作文一味平直，岂复有意味乎。

登彼太行，翠绕羊肠。杳霭深玉，[注]悠悠花香。力之于时，声之于羌。似往已回，如幽匪藏。水理漩洑，鹏风翱翔。道不自器，与之圜方。

登彼太行翠绕羊肠 《国策》触詟说赵太后，本是欲长安君质齐，乃手挥目送，旁敲远击，绝不使直笔，绝不犯正位，委委曲曲，而未言之隐，自能令人首肯。此所谓登彼太行，翠绕羊肠者也。○羊肠者，羊肠坂也。其路委曲如羊肠。**杳霭深玉悠悠花香** 细玩玉理，殊觉幽深；试嗅花香，果是悠长。○"一语耐人十日思"，委曲故也。二句，体贴入微，比例精切。**力之于时** 此句就耕耘收获说，自春而夏，自夏而秋，费多少力，经多少委曲，然后得以粒食也。○本文何不曰"农之于时"？然劣矣。**声之于羌**　羌，羌笛也。"羌笛何须怨杨柳，春风不度玉门关"。又"此夜曲中闻折柳，何人不起故园情"。笛声婉转，最足感人。**似往已回**　流风回雪。○前人咏落花诗云："看他已逐东流去，却又因风大转来。"譬之于人，几乎失节，却又陡转，此际往回，不綦重哉。**如幽匪藏**　"泉声咽危石"，咽则如幽，究匪藏也。**水理漩洑**　水理，水之纹理也。春水谷纹生，漩洑，则旋转无直致矣。**鹏风翱翔**　"将翱将翔"。"抟扶摇而上者九万里。"**道不自器与之圜方**　上文十句，皆极力形容委曲之致。此二句，方说到诗上。仍是正喻夹写，以示委曲之方。道，诗道，与百工之道。诗不能自为委曲，委曲必经顿折而后见，犹木不能自为杯棬，杯棬必待造作而后成。故曰道不自器，与之圜方。圜，圆同。方圆一例。

文不委曲，意不能幽，理不能透，局不能紧，机不能圆。无论篇幅短长，俱要委曲。如《书》言："臣哉邻哉，邻哉臣哉！"后人袭其语曰："唐哉皇哉，皇哉唐哉！"语重而意不复，遂成绝世妙文。短简文尚宜委曲，长篇大幅，岂有一泻千里，略无波澜者乎？读古人诗，无论古风、律、绝，皆当求其顿折委婉处。因臆《委曲》一品，附识数语。

〔注〕诸本多作"流玉"。

实境

斗南云："实境写情事。"愚按：古人诗，即日、即事，皆实境也。

取语甚直，计思匪深。忽逢幽人，如见道心。清涧[注]之曲，碧松之阴，一客荷樵，一客听琴。情性所至，妙不自寻，遇之自天，泠然希音。

取语甚直计思匪深　"清晨登陇首"五字，羌无故实，此等直语，定非深思所得。然忌元杳，亦忌俚俗，故紧接下二句。**忽逢幽人如见道心**　诗固不涉理路，然亦怕落禅机，诗固自有道也。"幽人"即下文"二客"。荷樵，岂是"挂锡"？听琴，亦非"面壁"。荷樵、听琴，高甚、雅甚，逢此幽人，道在是矣。道心不如见乎？**清涧之曲碧松之阴一客荷樵一客听琴** 解已见上四句。实况、实境，真可入画。○实境不雅奈何？必如此二客，乃可形诸吟咏。**情性所至妙不自寻** 诗道性情，不性情，寻煞未必能妙，故友耿粖人元海曾得句云："明月不到处，泉声听更幽"，正是妙不自寻者。李长吉锦囊中物，岂一一自寻者哉？**遇之自天泠然希音** 此复申明上二句，而以余音收之。诗无强作之理，强作何能入妙？遇之自天，天者，情性，所至遇之，妙在不是自寻。"希"如"鼓瑟希"之希。泠然希音，即余昔"铿尔"意也。○此首论即景、即事则然，若应制、奉和，及述事诸体，另当别论。

〔**注**〕诸本多作"晴涧"。

悲 慨

陈子昂："前不见古人，后不见来者。念天地之悠悠，独怆然而涕下。"又，荆卿《易水》，项王《垓下》，魏武"横槊"。

大风卷水，林木为摧。适苦欲死[注一]，招憩不来。百岁如流，富贵冷灰。大道日丧[注二]，若为雄才。壮士拂剑，浩然弥哀。萧萧落叶，漏雨苍苔。

大风卷水林木为摧 大风卷水，其澜必狂；林木为摧，其巢必复；此大道所以日丧，而壮士所以弥哀也。○一起，突然而来，拉杂倾圮，光景不堪；不必尽读下文，已令人悲慨不胜也。吁！**适苦欲死招憩不来** "风萧萧兮易水寒，壮士一去兮不复还。"**百岁如流** 不死之药，难得也。天下岂有神仙，惜汉武临终方悟。**富贵冷灰** "楚人一炬，可怜焦土。"哀哉祖龙，荆棘铜驼，惜不得见于三十六年内耳。外此如唐人所咏："旧时王谢堂前燕，飞入寻常百姓家。"感慨系之，不独表圣为然矣。又如国朝人咏废园诗云："最是关心邻舍犬，隔墙犹吠折花人。"寓深慨于和平，其大雅正不减唐音。**大道日丧** 江河日下，望古遥集，此所以悲慨处。**若为雄才** 若，谁也。是自负语。即《孟子》"当今之世，舍我其谁"之意。**壮士拂剑** "看剑引杯长"，又谁击碎唾壶也？**浩然弥哀** "王郎酒酣拔剑斫地歌莫哀，我能拔尔抑塞磊落之奇才。"**萧萧落叶漏雨苍苔** 萧萧落叶，何如之时？

漏雨苍苔，何如之地？当有满自萧然感极而悲者矣。○此首中间八句俱写情，首尾俱以景喻，尾二句语不欲尽，更觉怆然。故善写情者，只言景而情已无不到也。

〔注一〕诸本多作"意苦若死"。

〔注二〕诸本多作"日往"。

形容

七十子摹宣尼德容，孟夫子写不能形状。画《云汉图》，人见之而觉热，画《北风图》，人睹之而乍凉。

绝伫灵素，少回清真。如觅水影，如写阳春。风云变态，花草精神；海之波澜，山之嶙峋；俱似大道，妙契同尘。离形得似，庶几斯人。

绝伫灵素少回清真　绝者，极力也。伫，留也。灵素，心神也。绝伫灵素，谓极力留心清真。物之清真，即物之神理也。极力留心物之神理，方得少回清真。少回者，不敢侈言尽回，谓少得仿佛也。绝伫灵素，方少回清真，为诗、为文，又安可率尔操觚乎？○读《洛神赋》，如见其形，如睹其影。当日为赋，苟非凝神静气，那能写照传神有如斯耶？**如觅水影**　觅影已难，况觅水中之影？既如之，则无不觅之矣。**如写阳春**　阳春难写，而以春时之物写之，则春见矣。**风云变态**　倏忽易状，变态无如风云。**花草精神**　咏《唐棣》者，善形"偏反"，花草精神，可以观矣。○"如觅"二句，言追摹入妙，达难显之情。"风云"二句，言体物至工，写难穷之状。真好形容。**海之波澜山之嶙峋俱似大道妙契同尘**　波澜，动也。嶙峋，静也。大道尽于动静。随物取象，摹神绘影，细入毫芒。"妙"如"妙机其微"之"妙"。妙契同尘，则化工，非画工矣。**离形得似庶几斯人**　形容处断不可使类土木形骸。《卫风》之咏硕人也，曰："手如柔荑"云云，犹是以物比物，未见其神。至曰："巧笑倩兮，美目盼兮"，则传神取照，正在阿堵，直把个绝世美人，活活的请出来在书本上涊漾。千载而下，犹如亲其笑貌。此可谓离形得似者矣。似，神似，非形似也。庶几斯人，言形容非斯人莫与归也。

超诣

诣，至也，即造诣。超诣，谓其造诣能超越寻常也。总言第一等为超诣。人品、文字皆有超诣，故诗以超诣为第一等。○"超诣"较"自然"更进一层，"自然"只在本位，"超诣"则意味无穷，更含绵邈于"自然"之外。春风沂水，不过当下言情，而夫子与点，直谓其具三代气象，较由、求、赤，岂非为超诣者乎？若夫子至圣，则又为群圣之超诣矣。○老杜云："陶、谢不枝梧，风骚共推激，紫燕自超诣，翠驳谁剪剔？"盖谓陶公与谢朓诗皆超诣也。又葛常之云："东坡拈出渊明谈理之诗有三，皆以为知道之言"。盖嘲风弄月，绘句摛章，虽工何补？若睹道者，出语自然超诣，非常人所能蹈其轨辙也。

匪神之灵，匪机之微，如将白云，清风与归。远引若至，临之已非；少有道契，终与俗违。乱山乔木，碧苔芳晖；诵之思之，其声愈稀。

匪神之灵匪机之微　神机出于才分，才分犹带刚气。化才分使自然，而又元箸超超。斗南云："超诣出神机。"盖谓出于神机之表也。**如将白云清风与归**　白云，清风，皆超妙者。清风将白云而与归，更超妙矣。归者，归太空也。太空冥冥，不可得而名，岂不更超乎？此喻，用心亦良苦矣。此喻较下诸喻，即为超诣。**远引若至临之已非**　其超妙也，如海上三神山，可望不可即。○一本作"远引莫至"，"莫"字死，不如"若"字活。二句，一推一揽，文法甚妙。远引若至，犹言"似可摹仿"；临之已非，犹言"究竟不象"。"临"，如"临帖"之"临"，虽是依样葫芦，毕竟死画坏模。后写《兰亭》，不如初写之佳。初写《兰亭》，盖超诣也。后人临摹，又何能及其万一乎？字如是，诗可知。束晳知此，《南陔》可以不补矣。**少有道契终与俗违**　不涉理路，不落言诠，如羚羊挂角，无迹可求。而言中之理，挪移不动，方是妙品。一落言诠，便不超诣；不超诣，便与俗近。"违"字当作"近"字解。○儒先诗，大假不脱性理，便是有道契者。老杜儒术自许，却不作头巾语。诗虽言志，然亦须脱去头巾气。○讲超诣者，尤易入禅机。"闻得木樨香，吾无隐乎尔，"谓参禅可，谓为诗不可。**乱山乔木碧苔芳晖**　木在山上，超矣；又乔木在乱山之上，更超矣。碧苔，妙矣；碧苔而映以芳晖，更妙矣。晖，曰芳晖，颇具神采，然却"淡不可收"，其超妙为何如乎！**诵之思之其声愈稀**　太羹、元酒，其味淡，虽淡而含至浓。朱弦、疏越，其音稀，虽稀而包众有。是在诵之思之者耳。

飘逸

　　昔人评陶渊明诗："如绛云在霄，舒卷自如；又如逸鹤任风，闲鸥戏海。"

　　落落欲往，矫矫不群，缑山之鹤，华顶之云。高人惠中[注一]，令色氤氲。御风蓬叶，泛彼无垠。如不可执，如将有闻。识者期之[注二]。欲得[注三]愈分。

　　落落欲往矫矫不群　"远性风疏，逸情云上"，是落落欲往。"翩若惊鸿，婉若游龙"，是矫矫不群。然惟落落欲往，是以矫矫不群。落落，就情兴言。不为事缚，情乃落落。矫矫，就笔性言。不为俗牵，笔乃矫矫。飘逸，神情气势如是。**缑山之鹤华顶之云**　此以物之飘逸作指点。自此以下数句内，俱含有落落矫矫之意。**高人惠中令色氤氲**　惠，和也。和于中，自韵于外。蕴藉风流，粗莽者无是致也。此又以人之飘逸作印证。纶巾羽扇，缓带轻裘，武乡侯、羊叔子，其是矣。**御风蓬叶泛彼无垠**　"御风而行，泠然善也"。况以蓬叶，轻妙之极。惟其轻妙，是以及远。泛彼无垠，夫岂有边际可限乎？然恐其泛而无归也，故紧接以下二句。**如不可执**　似乎捉摸不住。实处皆虚，如何可执？此句顶上说，是开。**如将有闻**　仍旧切题，此句是合。○此"闻"字，是得闻性道之"闻"，非泛泛耳闻也。**识者期之欲得愈分**　学者期于飘逸，更无他法，只是欲擒先纵，纵乃得飘逸之致矣。临了示人以飘逸之法，表圣婆心如见。

　　〔**注一**〕诸本多作"画中"。

　　〔**注二**〕诸本多作"已领"。

　　〔**注三**〕诸本多作"期之"。

旷达

　　旷，昭旷。达，达观。胸中具有道理，眼底自无障碍，故云旷达。旷达原非颓放一流。颓放，坏风也，其风基于原壤夷俟，曾晳倚门。滥觞于庄子，横溢于两晋，科头箕踞，荷锸便埋，托于旷达，而非旷达之真矣。"羡[注一]万物之得时，感吾生之行休。"旷达如陶公者可耳。

生者百岁，相去几何，欢乐苦短，忧愁实多。何如尊酒，日往烟萝，花复茅檐，疏雨相过。倒酒既尽，杖藜行歌[注二]，孰不有古，南山峨峨。

生者百岁相去几何　"一年又过一年春，百岁曾无百岁人。"**欢乐苦短忧愁实多**　晋潘岳《哀永[注三]逝文》："逝日长兮生年浅，忧患众兮欢乐鲜。"盖天地虽大，凶、悔、吝居其三也。此二句包括得一部《易》理。《古诗》云："人生不满百，常怀千岁忧。"渊明以五字尽之曰："世短意常多。"东坡曰："意长日月促。"倒转陶句皆是一意。**何如尊酒**　"何如"字转得有势。"浊醪谁造汝？一酌散千忧。"酒，犹兵也。床头一壶，可以自宽，亦足以自豪矣。**日往烟萝**　未知此生，当著几两屐。○其往也，不必双柑，应携斗酒。**花复茅檐**　如斯之地。○"今日花前饮，甘心醉数杯。"又杜云："随意数花须。"花须而随意数之，其萧旷何如。若看花满眼泪，在息夫人固无责耳。**疏雨相过**　如斯之时。○按："疏雨"或即是"旧雨"。故交曰旧雨。"最难风雨故人来"，此时相过，有客有酒，可与开拓万古心胸矣。若单就雨说，似少意味。此从相过字臆出，存参可也。**倒酒既尽**　惟酒无量，不必一饮一石五斗。○倒酒既尽，亦可归而谋诸妇矣。惟松江鲈鱼，不可必得耳。**杖藜行歌**　"登东皋以舒啸，临清流而赋诗。"杖藜行歌，何乐如之，吾意其时，不唱"大江东"，即诵《赤壁赋》。**孰不有古**　"浮生若梦，为欢几何？"古而无死，古之乐也，然孰能不作古人？○陶诗云："三皇大圣人，今复在何处？彭祖寿[注四]永年，欲留不得住。"又："纵浪大化中，不喜亦不惧，应尽便须尽，无复独多虑。"评者谓：陶公天资超迈，泰然委顺，不以死生祸福动其心，可谓知道之士。**南山峨峨**　阅尽古今，惟南山耳。《石鼓歌》云："人生安得如汝寿"，吾以移赠南山。

〔**注一**〕诸本多作"善"。

〔**注二**〕一本作"行过"。

〔**注三**〕原本缺"永"字，依《文选》补。

〔**注四**〕一本作"爱"。

流动

天地之化，往者过，来者续，无一息之或停；无他，流动故也。天地气运，一息不流动，则阴阳之患生；人身气血，一息不流动，则疾病之患生。苏子由曰："文者气之所形。"则知文章之有气脉，一如天地之有气运，人身之有气血，苟不流动，不将成为死物乎？《诗品》以《雄浑》居首，以《流动》终篇，其有窥于天地之道矣。

若纳水辂，如转丸珠，夫岂可道，假体如愚[注一]。荒荒坤轴，悠悠天枢。载要其端，载闻[注二]其符。超超神明，返返冥无。来往千载，是之谓乎！

若纳水辂如转丸珠 先取流动之象。○品中，凡言"若"、言"犹"、言"如"者，皆作诗者之能事如之也。前注遗漏，借注于此。**夫岂可道假体如愚** 流动之机，夫岂粗言所可道者，苟非假体如愚，岂足以识其本根乎！以下文将言天地，故此先曰：假体如愚。假，使也。使体如愚，无非凝神静气，如司马相如作《上林》《子虚》赋，"忽然如睡，焕然而兴"之意。**荒荒坤轴** 维地有轴。曰荒荒，则莫名其处。**悠悠天枢** 维天有枢。曰悠悠，似明指其区。**载要其端** 载，再也。要，求也。枢轴动物。枢轴即流动之端。**载闻其符** 流动即枢轴之符。此"闻"字是用力字，不就现成说。**超超神明返返冥无** 神明，流动之妙用。冥无，流动之根本。虽有最超之神明，仍一返之于冥无。○又，神明而曰超超，是超而又超。似应假体如愚，及载要、载闻等意。冥无而曰返返，是返而又返。似应坤轴、天枢及其端、其符等意。盖总言极力用心，返求根本意也，本立而道自生。识一本，而万殊可识矣。故有下文云云。**来往千载是之谓乎** 寒来则暑往，暑往则寒来；寒暑相推，虽极十二万九千六百年，亦无非如是矣。"是"字总承上文。

附注 总通编言：《雄浑》为《流动》之端，《流动》为《雄浑》之符，中间诸品则皆《雄浑》之所生，《流动》之所行也。不求其端，而但期《流动》，其文与诗，有不落空滑者几希，一篇文字，亦似小天地，人亦载要其端可矣。

〔**注一**〕 诸本多作"遗愚"。

〔**注二**〕 诸本多作"载同"。

《诗品臆说》终

校点后记

一

晚唐诗人司空图（公元八三七——九〇八年）的《廿四诗品》是探讨诗创作，特别是风格问题的理论著作。它不仅形象地概括地描绘出各种风格的特点，而且从创作角度深入探讨了各种艺术风格的形成。对诗创作、评论与欣赏等方面有相当大的贡献。这就使它既为当时诗坛所重视，也给后来以极大的影响。这部书对于今天发展社会主义文学艺术创作、实现艺术风格多样化的问题，也具有极大的参考价值，因而值得我们重视。

但《诗品》却是比较难读的一部书，如无注释，青年读者会特别感到困难。在大家迫切需要一部较好的注解《诗品》的书的时候，我们看到了清人孙联奎的《诗品臆说》（延庆堂藏版。以后简称《臆说》）。《臆说》对《诗品》不仅做了注释，还大胆地作了发挥，的确是剖文析理言多中的，给人启发不少。当然这部书也并非无瑕可摘，但在今天还没有比它更好的注释本出现时，介绍给读者看看，并非多余的事。

孙联奎，字星五，号梦塘居士，山东淄川人。作者未入县志，生平事迹不洋，只从本书的几篇序中知道他当过塾师，但家学渊源，是蒲松龄诗友孙树百的裔孙。他自己亦善为诗文，有较丰富的创作实践经验。他一生热爱读书，涉猎极广，并有较丰富的生活经验，因而大大帮助他：不仅能较详尽地注释了《诗品》，而且多有创见，能发司空图之所未发，这正是此书的可珍贵之处。

二

我们认为《臆说》不仅是一部比较好的注释《诗品》的书，同时又是一部研究《诗品》的著作。其所以不称"注释"而称"臆说"者，就因为有作者自己的独到见解在内。因而使人可以从中看到作者对《诗品》的比较深刻而全面的理解，同时也能略见作者的文学观。这就构成它的许多特色。试先略举其在注释方面的特色如下：

1 全面理解，探幽寻隐

对于一部著作做注释工作，不是简单地去查类书、翻字典就能做好的，而是必须首先全面掌握住原书的精神实质，有了全面而深入地了解之后，注释起来才不致望文生义，曲解原著。何况由于《臆说》的主要意图在"说"而非在"解"，所以作者十分注意对《诗品》作全面把握，深入探索其精神实质。他也知道只有做到这一步，才能系统而深入地进行诠释。因此，他一方面指出了《诗品》的特点是："昔钟嵘创作《诗品》志在沿流溯源，若司空《诗品》意主摹神取象。"（作者《自序》）同时又认为，《诗品》从一部整书到每一品，都具有完整的思想体系和结构。他说："总通编言，《雄浑》为《流动》之端，《流动》为《雄浑》之符。中间诸品则皆《雄浑》之所生，《流动》之所行也。不求其端而但期流动，其文与诗有不落空滑者几希。一篇文字，亦似小天地，人亦载要其端可矣。"（《流动》附注）《诗品》究竟有无完整的思想体系与结构，当代学者还存在着不同的意见，应该继续探索研究，但孙星五这种做法，却体现了他的研究精神和作注释的正确态度，应该是本书的一大优点。

因为《臆说》作者探索了《诗品》的特点，研究了它的思想体系，就使他能够较深入地理解到《诗品》原意。我们认为，他对《诗品》的理解和阐述，对司空图文艺思想的评论或发挥，还是比较正确、比较公允的，至少是能自圆其说的。比如他说："天地之化，往者过，来者续，无一息之或停；无他，流动故也。天地气运一息不流动，则阴阳之患生；人身气血一息不流动，则疾病之患生。苏子由曰：'文者，气之所形。'则知文章之有气脉，一如天地之有气运，人身之有气血，苟不流动，不将成为死物乎？《诗品》以《雄浑》居首，以《流动》终篇，其有窥于天地之道矣。"（《臆说：流动》）把一部文学论著看作一个活的整体，是作者宇宙观以及思想体系的具体体现，并进而阐发了司空图著述《诗品》意图的一个方面，作者这神做法也未尝不能给人以启发。

正因为作者对《诗品》下了一番深入探索功夫，因此每逢遇到一些比较费解的语句，就常能透过字面理解到它的实质。例如有人看到司空图喜欢用一些象"超以象外，得其环中"（《雄浑》）、"不著一字，尽得风流"（《含蓄》）等抽象性语言，来说明诗的创作风格等问题，于是就说，《诗品》基本上属于反现实主义的文学理论。其实，司空图是说的一种典型意境的特征，以及"虚中见实，实中求虚"的写作技巧。孙星五是看到了这一点的，如他诠释"超以象外，得其环中"道："人画山水亭屋，未画山水主人，然知亭屋中之必有主人也。是谓'超以象外，得其环中'。"（《臆说：雄浑》）这真是绝妙的领悟。

作者除了对《诗品》的思想内容作了全面、较深的钻研而外，还注意研究了《诗品》的表达形式，深入探寻其笔法特点，总结其规律，从而增强诠释的科学性，指点读者，提高阅读古籍的能力。如在《豪放》篇释"处得易狂"句云："以反笔托正意。人处得意之时，便易于狂。'酒渴思吞海，诗狂欲上天。'语意未免太狂。品中每以反笔透题，如《自然》篇'真与不夺，强得易贫'。笔法与此一律，妙在俱是先正后反，笔致跳跃。"再如："表圣《诗品》大假，'超以象外'者也，读者本此读之可矣。"（《臆说：雄浑》）如果不是对《诗品》有较深的理解，并且摸熟了司空图的表现方法、运用语言的特点，是不敢作这样大胆的结论的。作者用此等方法进行诠释的优点是：一方面使读者对《诗品》内容的理解更加全面、深刻，另一方面举一反三地帮助读者掌握司空图笔法的特点，去作独立思考功夫。

　　2 诠释多样，时有新解

　　作者博闻强记，具有较丰富的文学知识和一定的创作经验，因此在讲解《诗品》各品时，不独能较多地征引需用的材料，来作正面解释，同时针对《诗品》各品原文的各种不同的具体情况，创造性地运用了多样化的解说方法，帮助读者理解。我们试归纳几点说明如下。

　　第一种方法是善于设喻，启人深思。如对"登彼太行，翠绕羊肠"（《委曲》）这两句，并未诠释，只证引了一个典故作比喻："《国策》，触詟说赵太后，本是欲长安君质齐，乃手挥目送，旁敲远击，绝不使直笔，绝不犯正位，委委曲曲，而未言之隐，自能令人首肯，此所谓'登彼太行，翠绕羊肠'者也。"这就能使读者从巧妙而恰当的比喻当中，充分体会到原句的颇为含蓄的意旨。这种善于发人深思、留有余地的晓喻方法，正是作者的独创之处。

　　第二种方法是寓解释于欣赏。作者最懂得创作与欣赏的关系，除在理论上指导读者（如释《含蓄》的"花时返秋"句云："秋，即寒凉之意。春寒花较迟，花不遽放也。"这就是说，花不遽放，乃见含蓄。一切艺术表现，不能达到顶点，一到顶点，欣赏就不能再前进一步。以顶点摆在欣赏者的面前，就会剪掉了他的想象、再创造的翅膀。）而外，他还常常直接叙述自己对原文的感受，引导读者共同进行艺术欣赏，从而达到他诠释原文的目的。如释《典雅》篇"眠琴绿阴，上有飞瀑"句云："琴是雅物，又眠于绿阴；绿阴之上，又有飞瀑。绿阴，非烈日也；飞瀑，非浊流也。二语高山流水，并有所寓；高山流水典雅何如？

此景吾欲倩画工图之，惜尚未逢高手。"

第三种方法是寓诠释于创作。《臆说》的可贵之处，还在于从诠释中进一步去作多方面的发挥，真正收到了顺流开渠左右逢源之妙。司空图的《诗品》本来就有许多创作理论，而《臆说》作者又有一定的创作体验，因此，他常常从创作角度来诠释原文，不独收到事半功倍之效，而且阐发了司空图的创作理论。比如释《雄浑》篇"返虚入浑"句云："未有题目，理尚虚悬，此犹无极，故言虚。已有题目，约理入题，此犹太极，故曰浑。返而入之，即所谓'课虚无以责有，叩寂寞而求音'者也。"这里征引了周敦颐的太极图说，特别是用陆机《文赋》的话，从文艺创作角度，阐明了任何文艺作品，都有一个从"无"到"有"的构思酝酿过程。巧妙地解释了从字面上几乎没法解释的"返虚入浑"。特别当《诗品》涉及创作技巧问题时，就更加显示出《臆说》作者的真知灼见，常飞神采之笔。比如释"离形得似"（《形容》）一句，就巧妙地阐明了创作中的传神理论，他说："形容处断不可使类土木形骸。《卫风》之咏硕人也，曰'手如柔荑'云云，犹是以物比物，未见其神。至曰'巧笑倩兮，美目盼兮'，则传神写照正在阿堵，真把个绝世美人活活的请出来在书本上滉漾，千载而下犹如亲其笑貌。此可谓'离形得似'者矣。"这真是极生动极巧妙的臆说。

第四种方法，也是书中最常用的，是引证作品充实《诗品》单纯理论之不足。作者于各品作题解时，多能列举古代诗人的名句，帮助读者具体地理解各种风格的特征。比如对《清奇》一品作题解云："清，对俗浊言；奇，对平庸言。如数日阴晦，几于闷煞，忽然天开日朗，万里澄空，不惟视前日阴晦之天为清为奇，即视往日清明之天为尤清尤奇。……放翁句云：'山重水复疑无路，柳暗花明又一村。'总于俗浊平庸中见清奇耳。"（《臆说·清奇》）又如释《缜密》一品，除于文中征引许多作品之外，更在篇末加《附注》云："自乐天《琵琶行》《长恨歌》，人所共读者，其缠绵周致正合《缜密》一品。"这一方法的好处是：不仅使读者真正掌握了各种风格的特征，而且能具体运用《诗品》的理论去解决实际问题。

当然作者的诠释方法，并不止此数端，为省篇幅，不再一一列举。现在要指出的是：作者所采用的多种多样的诠释方法，是值得重视的，这是作者多年作塾师所提炼出来的讲解古书的极其宝贵的经验。

3 生动畅达，实事求是

《臆说》一书，一方面使人感到语言比较通俗、易懂；另一方面又因其在诠释时，巧于设喻和善于发挥，因而又觉得生动活泼，几乎到处是生花妙笔。如"流莺比邻"（《纤秾》）一句，并无深意，无须多加解释，但作者却忽来佳兴，作了极为生动的阐发："余尝观群莺会矣：黄鹂集树，或坐鸣，或流语，珠吭千串，百梭竞掷，俨然观织锦而听广乐也。因而悟表圣《纤秾》一品。学其品句，已足破俗。"（《臆说：纤秾》）这真是信手拈来，涉笔成趣，却又并非闲笔，而是以自己的生活经验巧喻了《纤秾》一格的特征。象这些地方真使人爱不释卷，味之不厌。

作者所使用的语言，虽力求生动活泼，饶有风趣，但在诠释的态度上却始终坚持实事求是的原则，绝无望文生义或模棱两可之语。于讲解当中，虽是广引众说，不主一家之言，但目的只有一个，就是只求诠释得明确、恰当和周密，并非以征引丰富自乐或借以吓人。比如给《沉著》篇作完题解后，又引："斗南云：'沉著便峥嵘。'信然。"有时也不怕对前人旧说加以诘难。也很启人深思。如《典雅》篇云："'书之岁华'，即书籍之古者。书籍愈古愈雅，若满架新书，直书肆耳。有疑'书'为典谟训诰者，然何不曰书之唐虞，书之商周，而必'书之岁华'乎？"（《臆说：典雅》）

作者既善于集众家之长，也从不掠人之美，每有征引必注明出处，除如上边直书某某人"曰"之外，又比如于《典雅》题解之后，特注明："说本渔洋。"这种态度，在今天看来也是值得称道的。

4 注释详尽，细心校勘

《臆说》之作，是为了教授生徒，所以作者对原文的诠释就不厌其详。既尽量征引需要的材料，又补充自己的心得以丰富原书，达到作者解说《诗品》的最高要求——使《臆说》与《诗品》相"神似"（作者《自序》）。

其诠释体例：于每一品中，先从解题入手，然后逐句逐字地加以解说，并作全文串讲，说明各段大意，分析全篇的结构组织，起承转合，使读者识层次而握全局。《雄浑》篇就是典型的例子。固然每篇串讲，其中难免也有欠妥或累赘之处，但这种深掘细剖、务求详尽、对读者负责的精神，是十分可取的。

同时在讲解时，还能照顾到各篇的前后呼应，如释《冲淡》篇"脱有形似，握手已违"二句之后，又云："二语与《超诣》篇'少有道契，终与俗违'语，一样笔法，一样用意。但彼处'违'字作'近'字讲，此'违'字作'远'字、'去'字讲，固自有别。"这样一加对照比较，不仅加深了读者的理解，而且使读者知道了古文同字异义的用法，注意了从比较分析中阅读《诗品》。

作者不仅诠释务求详尽，而且还做了注音与校勘工作。如释《超诣》篇，"远引若至，临之已非"之后，道："一本作'远引莫至'，'莫'字死，不如'若'字活，二句，一推一揽，文法甚妙。"虽说这里的论据尚欠充分，却体现了他对读者全面负责的精神。

《臆说》的优点当然不只上述数端，可是它也明显地存在缺点。从《臆说》中，显然可以看到作者思想里存有唯心主义成分，因此在解说当中：对《诗品》的思想局限和一些消极因素，不仅没能加以批判，有些地方甚至还加以阐发。如释《超诣》篇"少有道契，终与俗违"云："不涉理路，不落言诠，如羚羊挂角，无迹可求。而言中之理，挪移不动，方是妙品。一落言诠，便不超诣，不超诣便与俗近。"这样就把文学创作的艺术造诣神秘化了。这种观点显然受了王士禛神韵说的不良影响。因此，我们在阅读时应当取其精华，弃其糟粕。

同时，仅就《臆说》的注释方面检查，个别地方也有疏漏粗略之处。此外，正如作者《自序》中所说："解也难，说之亦难"；"不能解也，说焉而已，说亦不能，臆焉而已。"因此，确有论证解说不够充分，分析不够透彻之处。同时作者虽注意了对《诗品》的校勘工作，却还有某些不应由"手民"负责的错字，如释《自然》篇的"与道俱往"，各本皆作"俱道适往"，作者并未注意，而且作了解释。

《臆说》虽有上述诸缺点和局限，却瑕不掩瑜，仍不失为一部对研究《诗品》十分有益的参考书。作者孙星五仍不失为司空图的一位功臣。

三

前面说过，从《臆说》中我们也可以约略看到作者的文学观点。简单归纳起来，有以下几点。

1 文学与现实

古代真正具有文学修养的作家、诗人和评论家，没有不注意文学与现实之关系的。作者于《臆说》中亦曾多次论及。首先，他认为只有真实地反映了现实生活的作品，才能成为好的作品，比如他说："余最爱毛诗《苤苢》三章，脱口而出，平淡之极，而家室和平之象，令人于言外可想。"（《臆说·自然》）同时他更用自己观察现实生活的心得，说明文艺创作离不开现实世界。如前曾引过的，释《纤秾》"流莺比邻"句，就是显明的例子。他还认为：作家如果没有丰富多彩的现实生活作为基础，如果不作充分的酝酿、孕育工夫，是不可能创作出好作品来的。他说：

"诗无强作之理，强作何能入妙！……所至遇之，妙在不是自寻。"（《臆说：实境》）这正说明文学创作要有平素积累起来的生活基础，同时诗人要有自己的真情实感才能写出好诗。

诗人的激动的情感，创作冲动是感于物而生，所以他说："萧萧落叶，何如之时？漏雨苍苔，何如之地？当有满目萧然，感极而悲者矣。"（释《悲慨》）虽然情以物兴，作者的情却必须通过对事物的捕捉与描绘，才能体现出来，才构成一种情景交融的境界。所以他说："善写情者，只言景而情已无不到也。"（释《悲慨》）

正因为作者认识到诗是反映现实的，所以他认为从中可以窥见天地，认识人生，指出了文学对社会现实的认识作用。因此说："谈诗小技，然司空图氏往往论及天地，如'天地与立'……则欲人因小技而窥天地也。《中庸》言至诚，而必推本于天地，表圣《诗品》其有见于此矣。谈诗岂小技哉！"（《臆说：劲健》）

2 文学创作论

任何一种好的文学作品，都是个内容与形式的统一体。创作是从内容到形式的，并以内容为主宰，形式是为内容服务的。《臆说》作者孙星五在释"大用外腓，真体内充"时说明了这个道理："文字意为体，辞为用。沈浸浓郁，含英咀华，是外腓也。然非真体内充，则理屈词穷，何以大用外腓乎？故欲大用外腓，必先真体内充。'理扶质以立干'，是体；'文垂条而结繁'，是用。"（《臆说：雄浑》）但他认为形式也并非是消极的，它能反作用于内容。所以他又说："文不委曲，意不能幽，理不能透。"（《臆说：委曲》）

作者看到了每首好的诗都有一个好的意境。创作时，诗人必须以精炼美妙的语言写出情景交融的意境。所以他认为，只有做到真正的高度的情景交融，才能传景物之神，作品才具有巨大的感染力。他举例说："画《云汉图》，人见之而觉热；画《北风图》，人睹之而乍凉。"（《臆说：形容》）写景抒情如此，写人亦复如此。孙星五认为，描写不应单单要求形似，而要做到形神兼备。写人物必须是活的、有生命的，是这一个而非那一个。因此，他在释《形容》篇"离形得似，庶几斯人"二句时说："似，神似，非形似也。'庶几斯人'，言形容非'斯人'莫与归也。"（《臆说·形容》）而描写人物传神的重要方法，是画出人物的眼睛，比如前曾引述过的，它举《诗经·卫风·硕人》为例，指出"传神写照正在阿堵"（《臆说·形容》）。就正是说，必须把对象的独特神情把握住，并恰当地表现出来，才能写得栩栩如生，才能给人以真实感，也才能动人心弦。他并且指出，欲描写成功，还要有高度的艺术造诣，不过这也并非不可企及，关键在于勤学苦练，即所谓"惟洗炼功极，乃有此境"（释《洗炼》）。从这些论述可以看出，作者的文学理论、创作修养，水平是相当高的。

最后，孙星五认为，创作应当继承遗产，但切忌单纯摹仿。文艺作品之最宝贵处，在于独创。他举例证指出："初写《兰亭》，盖超诣也，后人临摹，又何能及其万一乎？字如是，诗可知。"（《臆说·超诣》）这是完全正确的，因为文学创作是在匠心独运而不是拾人牙慧。人与人之间的生活环境、教养、经历、习惯特点等等，根本没有绝对相同的。因此，只要经过勤学苦练，艺术地表达了作者真实的情感、深广的思想和个性特点，必然能够创造出独具一格的作品，形成创新意、铸新辞的完美的艺术作品。关键在于作者必须努力陶冶培养自己的思想性格，并寻找到最适合表现自己精神世界的形式。因此他进一步指明："不洗不净，不炼不纯，惟陈言之务去，独戛戛乎生新。"（《臆说·洗炼》）到这里就已经涉及风格问题了。

3 文学风格论

《臆说》作者认为：文学作品的风格，就是作者的人格在作品中的完满体现。他说："语无有不肖其人者。"就因为文如其人，所以不同的作者创作出来的作品，就出现了多样化的风格。

如"高祖为人气象近于雄浑，故其诗亦雄浑。项王为人则雄肆矣，而《垓下歌》亦适肖之"（《臆说：雄浑》）。

作者不独认识到一人有一人的风格，而且认识到杰出的作家还能表现多样风格的现象。如陶渊明，作者就指出他既是冲淡的（见释《冲淡》），又是疏野的（见释《疏野》），更"多极自然之趣"（见释《自然》）。当然大作家虽统多样风格于一身，但还是有自己的总风格的。因为《臆说》作者并不是专门在研究某一个作家风格问题，就不必去苛求他没有指出这一点来。

风格标志着一个作家或诗人创作的成熟，因此，并非人人都能创造出自己独特的风格来。但也并非长远不能做到。欲达到这一点，孙星五认为：首先必须"真体内充"，也就是说，要加强作者自己思想性格品质的修养。仍举陶渊明为例，他指出，就因为"陶元亮一生率真，至以葛巾漉酒，已复著之，故其诗亦无一字不真"（《臆说：疏野》）。但是光有个人的修养，有了自己独特的个性，还未必就能从自己的作品中找出自己来。作家的风格是怎样体现在作品中去的呢？孙星五回答说，是由于修辞立诚："人率真为好人，诗率真得不为好诗乎？惊风雨而泣鬼神，惟其真也。"（《臆说：疏野》）这是一。其二，他认为还必须做到使自己的情感意旨与相应的艺术表现形式有机地结合起来，即达到内容与形式的高度统一。如他诠释《劲健》风格时说："劲健，总言横竖有力也。通体松懈不足论已，一字失势，遂使通体无神。杜诗：'群山万壑赴荆门。'易'群'字为'千'字，便不合调。不劲不健，故不合调。余可类推。"这里作者确实看到欲形成一种独特风格，必须把意和辞完美地溶成一体。他也指出："有佳意必有佳语。"（《臆说：沉著》）但是只"有佳意"，如果缺乏足够的技巧，未必就能获得"佳语"，更说不上产生优美的艺术风格了。所以他认为必须加强技巧的锻炼。这就是前面所说的从结构到字句，作极力推敲功夫。他在诠释"流水今日，明月前身"时所说"抚我今日，有如流水，仰看明月，是我前身；渣滓去，而清光来，此时方见洗炼之效矣"（《臆说：洗炼》），就是要求作家从内容到形式达到炉火纯青之境，才有独创的风格。由此还可进一步看出，孙星五认为风格不是天生的，不是固定不变的，而是可以学习、可以发展、可以不断创新的。人的努力是决定风格发展变化的重要因素。正因为这样，所以他才认为关键在于陶冶洗炼之功。这一观点无疑是正确的。孙星五对于风格的这些意见，不仅说明他对《诗品》研究有素，而且也说明他自己对风格有较深的理解，因而才形成了一套比较完整的风格理论。

综前所述，可以看出作者的文学观点基本上是属于现实主义的。在许多基本问题上，他的看法是正确的。因此，对于他的文学理论应当珍视，应给予恰当的估价、认真的研究。

当然，前已指出，由于他思想中还有许多局限性，因而他的文学观点也就不可避免的存在着缺陷和错误。甚至在论点上有自我矛盾之处。比如，他一方面强调修养、锻炼，另一方面又过于推崇天才，就产生了"文不可以学而能"（《臆说：劲健》）的错误论点。再如，他一方面正确地解说："沉著对剽浮言，意思剽浮，故语不镇纸。"同时却又说："沉著即在空灵中。"（均见《臆说：沉著》）就不但是矛盾的，而且是在谈玄了。不过，虽有这些局限，却仍不失为一部好书。同时，我们也不应以今日的尺度去要求古人。但是，对于这些局限，读者却应该知道，对他的理论应当仔细鉴别，加以批判地吸收。

校点者　孙昌熙　刘淦
1962 年五一节前夕于山东大学

二十四诗品浅解

（清）杨廷芝　著

序

　　岁壬午，余摄篆崮山，与邑士论文，有为道杨生廷芝其人者：潜心训诂，博洽甚，尤长于韵学，尝笺唐诗。闻邑中通籍者，诗得其指授力居多。余耳其名，盖十余年于兹矣。迄余移宰不其，适广文赵子端甫，余同年友，又杨生里人也，称杨生綦悉且详。戊戌春，赵子以膺荐入都，遇杨生济南，遂为予延课诸孙。一日，出所著《诗品浅解》质余。余喜其逐句、逐字厘辨详明，表圣心源千载如相接焉。而杨生犹以就句诠释、言之无文为歉。余曰："唯唯否否。"此其所为深于文也。人亦有言，文有三诀：典、浅、显。杨生是解，自以为浅矣，余则谓典甚、亦显甚。孔子曰："辞达而已。"杨生顾何歉乎！急付剞劂，公诸同人，即以津梁后学可也。杨生性耿介，与人落落寡合。诗宗盛唐，制义力追成宏，外此别无嗜好；且深以不若人为耻，钳口不谈诗文。其有性相孚、志相合者，晰疑辨难终日不倦；始信赵子为予言者不谬。兹于《诗品》亦足见一斑云。

　　道光十八年，岁次戊戌，仲秋后一日。知即墨县事，桂林秦锡九拜撰。

自　序

　　余癸巳冬，适汶阳，构赵仁圃相国文统全稿，从甫萧师留幕中。邑朱敦甫先生闻见博洽，耄而好学，以文字交。一日出司空《诗品》嘱予曰："诗盛于唐，而《诗品》尤风雅之宗，浅学未易窥也。以表圣指事类形，罕譬而喻，寄兴无端，涉笔成趣；诚于钟嵘《诗品》《沧浪诗话》外，别抒心得，以树一帜。苟非深于诗者，不能得其言外意也。子盍为后生解之。"予学疏植薄，于诗学无能为役。承长者命，辞不获，而客邸又苦于无书可考，仅以鄙见参之二三同人，稍有所得，登之于简，取其浅而易知，非敢谓言之有当也。至其精微之蕴，洞见古作者蹊径，则心领神会之余，夫岂无得其深焉者？

　　道光乙未冬十月，蓬莱杨廷芝撰于岱麓浇花精舍。

长白钟云亭先生评语

　　《诗品》为吟咏家所珍，释注洵不可少。生所诠疏，颇见前人开合动荡之致。择焉必精，语焉必详；其将不懈，而及于古。

新唐书本传

　　司空图，字表圣，河中虞乡人。父舆，有风干。当大中时，卢宏正管盐铁，表为安邑两池榷盐使。先是法疏阔，吏轻触禁，舆为立约数十条，莫不以为宜。以劳，再迁户部郎中。图咸通末，擢进士，礼部侍郎王凝特所奖待。俄而，凝坐法，贬商州。图感知己，往从之。凝起拜宣歙观察使，乃辟置幕府。召为殿中侍御史，不忍去凝府。台劾，左迁光禄寺主簿，分司东都。卢携以故宰相居洛，嘉图节，常与游。携还朝，过陕虢，属于观察使卢渥曰："司空御史，高士也。"渥即表为僚佐。会携复执政，召拜礼部员外郎，寻迁郎中。黄巢陷长安，将奔不得前。图弟有奴段章者，陷贼，执图手曰："我所主张将军，喜下士，可往见之，无虚死沟中。"图不肯往，章泣下。遂奔咸阳，间关至河中。僖宗次凤翔，即行在拜知制诰，迁中书舍人。后狩宝鸡，不获从，又还河中。龙纪初，复拜旧官，以疾解。景福中，拜谏议大夫，不赴。后再以户部侍郎召，身谢阙下，数日即引去。昭宗在华，召拜兵部侍郎，以足疾固自乞。会迁洛阳，柳璨希贼臣意，诛天下才望，助丧王室，诏图入朝。图阳堕笏，趣意野耄。璨知无意于世，乃听还。图本居中条山王官谷，有先人田，遂隐不出。作亭观素室，悉图唐兴节士文人。名亭曰"休休"。作文以见志，曰"休，美也。既休而美具，故量才一宜休；揣分二宜休；耄而聩三宜休。又，少也惰，长也率，老也迂，三者非济时用，则又宜休。"因自目为"耐辱居士"。其言诡激不常，以免当时祸灾云。豫为冢棺，遇胜日，引客坐圹中，赋诗酌酒裴回。客或难之，图曰："君何不广邪？生死一致，吾宁暂游此中哉！"每岁时，祠祷鼓舞，图与闾里耆老相乐。王重荣父子雅重之，数馈遗，弗受。尝为作碑，赠绢数千，图置虞乡，市人得取之，一日尽。时寇盗所过残暴，独不入王官谷，士人依以避难。朱全忠已篡，召为礼部尚书，不起。哀帝弑，图闻不食而卒。年七十二。图无子，以甥为嗣。尝为御史所劾，昭宗不责也。[注]

〔注〕依四部丛刊《司空表圣文集》（吴兴刘氏本）及四部备要《新唐书》本传校正。

凡　例

一、《诗品》取神不取形，切不可拘于字面。如"金樽酒满"句，只言其不期绮丽而自绮丽，非必有樽有酒。若认以为真，则与起手"始轻黄金"上下矛盾矣。如"手把芙蓉"，"后引凤凰"等句，单论字面意旨何属？就题寻绎，不过一言其心貌俱古，一即楚狂歌凤之意。又如"萧萧落叶，漏雨苍苔"，若滞于景象，则古人无限精神如何传得出？此类甚多，在识其义而推广之耳。

二、古人用笔，说一面而面面俱到。须觑定其着笔处，而意旨自显然易见。分之随处皆圆，合之全体一理，不将二字分看，只以为海概好话，恐不免于误会。惟分训合训，顺其自然，于当分诠者分之，不得分诠者浑之，晓然于所以分，亦自晓然于所以合。

三、实义不可不发挥，而虚字尤不可不着眼。如《超诣》章"少有道气，终与俗违"二句，不从虚字着眼，安知不为合说乎。惟上句着重一"少"字，则知此句只可言超，不可言诣；下句着重一"终"字，则知此句只可言诣，不可言超。发挥实义者，实开之理也；着眼虚字者，虚合之理也。虚实开合，惟细心人微会之。

四、品中多有看似泛字而实非泛者，如"如将不尽"，"如有佳语"，"载瞻载止"，"诵之思之"等语，各就上下文神理会通、寻绎之，无一字泛设。

五、品中所用之字，多有与诸目相复者，非复也；各章所用乃指所说之一端，而各目则统就全体说。如《精神》章"妙造自然"，"自然"二字即专指精神说；且上文"不著死灰"，则此二字即从上文自在流出。谓即《精神》之替身字也可。

六、诸品多用形容之笔，而《形容》一则，特抽出言之，则以理当形容者非形容不能尽。至诸章之各为形容，即以二十四目移评诸目、诸章，未始不皆具其致。

七、品中所用"之"字，多有与故事字面相合，而意却各异者，不敢滥引。

八、品中用意深蕴之句，注解不敢从简；至理之显然易见者，一切从略。

九、古人著书未有自加音注者。门人缮稿之时增入，取便初学，不欲割去，故仍附刻。

二十四诗品大序

　　诗以言志，亦以见品，则志立而品与俱立。读三百篇，因其诗论其世，犹穆然想见其为人。唐至中、晚，颂美而流于谄谀，讥刺而失之轻薄，不可以为诗，安见其有品！司空表圣约定《诗品》二十四，倘亦有感于诗教之原，而欲人之于诗求品者，亦先有以养其志与？

二十四诗品小序

　　诗不可以无品，无品不可以为诗，此《诗品》之所以作也。予总观统论：默会深思，窃以为兼体用、该内外，故以《雄浑》先之。有不可以迹象求者，则曰《冲淡》。亦有可以色相见者，则曰《纤秾》。不《沉著》，不《高古》，则虽《冲淡》《纤秾》犹非妙品。出之《典雅》，加之《洗炼》；《劲健》不过乎质，《绮丽》不过乎文；无往不归于《自然》。《含蓄》不尽，则茹古而涵今；《豪放》无边，则空天而廓宇，品亦妙矣。品妙而斯为极品。夫品，固出于性情，而妙尤发于《精神》；《缜密》则宜重、宜严，《疏野》则亦松、亦活；《清奇》而不至于凝滞，《委曲》而不容以径直；要之无非《实境》也。境值天下之变，不妨极于《悲慨》；境处天下之赜，亦有以拟诸《形容》。超则轶乎其前，诣则绝乎其后；飘则高下何定，逸则闲散自如；旷观天地之宽，达识古今之变，无美不臻，而复以《流动》终焉。品斯妙极，品斯神化矣。廿四品备，而后可与天地无终极。品之伦次，定品之节序，全则有品而可以定其格，亦于言而可以知其志。诗之不可以无品也如是夫！

二十四诗品浅解

蓬莱杨廷芝祖洲手著
宜黄黄秩柄子驭重订

雄浑 _{大力无敌为雄，元气未分曰浑。}

大用外腓，真体内充，_{分起} 返虚入浑，_{承次句} 积健为雄。_{承首句} 具备万物，横绝太空，荒荒油云，寥寥长风。_{四句逆写} 超以象外，得其环中，持之匪强，来之无穷。_{四句顺写}

腓，符非切。胫腨骨健而形胖，力能担乎一身者也。外腓，言气体劲而用其宏也。内充，则包括一切。雄浑非偶然得也，必返而求之于虚。一物不著，自到浑然之地。学深养到，积之久，而壮健不已，是雄，岂可以伪为者哉！具，俱也。《关尹子》："一运之象，周乎太空。"荒荒，大貌。油云，生貌。寥寥，廓也，旷也。具备万物，万理具足。横绝太空，言其独往独来，横绝于太空，而非物之得与抗衡也。荒荒油云，浑沦一气。寥寥长风，鼓荡无边。《庄子》："冉相氏得其环中以随成。"注，虚静无为之处。超以象外，至大不可限制；得其环中，理之圆足，混成无缺，如太极然。按，象外之外，即象为外有边际，故曰超。外腓之外，所腓皆外无边际，故曰腓。二"外"字迥然不同。二"之"字上喻下正。一就物言，一就理言。言力为持之，不费勉强，逢源而来，有何穷尽？首二句补一笔；中四句，俱上句浑，下句雄。后四句，俱上句雄，下句浑。体必有用，用由于体；先后顺逆，亦循乎理势之自然，不得任意倒置。腨，市兖切。胖，步丹切，大也。

冲淡 冲而弥和，淡而弥旨。

素处以默，妙机其微。分起 饮之太和，冲 独鹤与飞。淡 犹之惠风，冲 荏苒在衣，淡 阅音修篁，冲 美曰载归。淡 遇之匪深，即之愈稀；分收起下 脱有形似，握手已违。反掉总结

默，犹言冲漠无朕也。素处以默，涵养者深。妙机，神妙之机也。微，则声色俱泯。饮，言得于内也。太和，阴阳会合之气也。惟有独鹤与之同飞，其意象亦未易仿佛矣。"与"字对人言。惠风，和气也。荏苒，本训展转，又与荏染同，柔意。曰"在衣"，言衣间微觉，余尚不必尽觉，则以气相感，意犹未浓。阅，历也。修，长也。篁，竹也。言自竹下过，明玕微动，其声清和，其美致有欲载之以归而不可得者；是谓太音，是谓声希。遇之匪深，冲何易测；即之愈稀，淡岂有迹。脱，犹若也。言若有形似，欲指其状，即一握手间，已涉迹象，非冲淡矣。

纤秾 纤，以纹理细腻言。秾，以色泽润厚言。

采采流水，蓬蓬远春，分起 窈窕深谷[注]，时见美人。二句承首句，写纤字 碧桃满树，风日水滨，二句承次句，写秾字 柳阴路曲，流莺比邻。二句回环 乘之愈往，识之愈真。二句题后分收 如将不尽，与古为新。跟上，进一层总结。

首二句形容，次意态，次景象，次神韵，次工夫，末究竟。

采采，鲜明貌。流水，指水波之锦文言。蓬蓬，盛貌。蓬蓬而韶华满目，无远弗至。山水之深曰窈窕。窈窕深谷，时见美人，言偶于幽杳之境，遥见绰约之度，其神何纤也！碧桃，华之秾者也，何况满树。风动日暄，其水滨荡漾之致，又何秾耶！路曲者，言路曲而阴，遂无不到也。流莺，言往来相续而如流然。莺不必纤，一往一来则纤。比邻，言莺之多。分而言之纤，合而言之秾也。上句秾中之纤，下句纤中之秾。柳阴繁密，路曲则深

细周匝。流莺隐约，比邻则并语缠绵。总二句言之：一言纤秾之神，一言纤秾之韵也。流莺，虽著意纤字，而下二字以比邻写秾字，已早于上二字生根矣。柳阴二字亦然。愈往者，乘其机，则可往而愈往。愈真者，识其形，则已真而愈真。纤，理绪难得，故云乘。秾，色相易见，故云识。不尽者，纤益求纤，秾益求秾；由纤而秾，秾归于纤；由秾而纤，纤尽于秾，则纤秾得中。光景常新，有与古无分也，而岂犹夫今之纤秾哉！或曰：据《洛神赋》"秾纤得中"，则美人，可说纤，亦可说秾。但按窈窕深谷二句，则只见其纤，而不见其秾。碧桃二句，若说上句属秾，而下句亦带定纤字，则水滨岂不与首句相重乎？若说此为纤秾合说，则此岂不与柳阴路曲相重乎？比，房脂切，并也。活字本平声。自王勃"天涯若比邻"句作去声，今多从之。

〔注〕一本作"幽谷"。

沉著 深沉确著。

绿林野屋，落日气清，二句指点逆起　脱巾独步，时闻鸟声。二句承上逆落　鸿雁不来，之子远行，二句沈　所思不远，若为平声　平生。二句著　海风碧云，夜渚月明，回环议论跌下　如有佳语，大河前横。跟上指点总结

绿林野屋，触目皆春。则"著"可作绿林观，可作绿林野屋观。落日气清，浮烟销尽。而"沉"可即落日想，可即落日气清想。林，一作"杉"，今依古刻本更正。巾，蒙首衣。脱巾，静为理会。独步，往来寻绎之状。脱巾独步，其意境非无据也；著何如之。时闻鸟声，是只闻鸟声而万念俱空，何静隔尘氛也；亦沉之至矣。鸿雁不来，则云山寥落。之子远行，不知所之，其虑沉矣。所思不远，当前即是。若为平生，言有如是人，乃若为平生之不忘者，其以实相与之，故有难以言传者。二句，一言确有其理，一言确有其人也。海风最著，碧云而被海风，风来云合，则不沉而沉。夜渚至沉，月明而在夜渚，彻底光明，则不著而

著。沉著亦非易言矣。二句，一言著中之沉，沉由著得；一言沉中之著，著由沉来。结言：人之佳语，如有此妙境，而大河前横，举目可得，随在皆然矣。

高古 高则俯视一切，古则抗怀千载。

畸人乘真，手把芙蓉，摹神分起串起 汎彼浩劫，窅然空踪。分承 月出东斗，高 好风相从，古 太华夜碧，高 人闻清钟。古 虚伫神素，脱然畦封，推原分收起下 黄唐在独，落落元宗。回应起处，推原赞美结。

中四句：二句高古之景，二句高古之致。

畸，居宜切。凡物之零余者，皆曰畸。畸人，见《庄子·大宗师》。乘，驾也。芙蓉，言其不尚雕饰也。"畸人者，畸于人而侔于天"；乘其真，而行神于空。手把芙蓉，则一尘不染，携无俗物。二句，一言其高迈，一言其古雅也。浩劫，《度人经》云："元始浩劫，部制我界。"汎，犹游历，言其超出三界，万劫而不磨也。窅然，隔远之意。空踪者，"前不见古人，后不见来者"，真是空前绝后，迥非近今可及。斗，宿名。月行之正道时，见于东。而月出于东斗之上也。好风相从，风自何时而始？有月便有好风，自有宇宙，则亘古相从，风与月俱古也。太华，西岳。夜碧，夜静则一碧无余，仰之弥高。人闻清钟，山之深者其钟清。清钟音古，人闻之而静绝尘氛，神游太古。二"人"字不同，"畸人"之"人"虚，凭空设想，犹言其高与天齐也；"人闻"之"人"实，旁面指点，犹言静者也。《品》中凡有叠见之字，可如此类推。又"相从"跟上句"月"字来，清钟亦暗跟上句来，但不必单指太华说。虚，空也。伫，立也，犹存也。言非有意求高，天真自得，其高无极。脱然，除貌。畦，町。畦封，聚土。言不规抚求古，脱尽时蹊，与古为新。黄唐，皆古帝。按：此当作高古看。落落，不相入貌。《老子·道德经》："落落如石[注]。"结云黄唐，高古而在独，则其高无匹，非人之所可及也；其古无古，非人之所得知也。落落然岂不为玄元之宗耶？

〔**注**〕《道德经》下篇三十九章作《珞珞如石》。

典雅　典则不枯，雅则不俗。

玉壶买春，典　赏雨茆屋，雅　坐中佳士，典　左右修竹。雅 白云初晴，典　幽鸟相逐，雅　眠琴绿阴，典　上有飞瀑。雅　落花 无言，典　人淡如菊，雅　书之岁华，其曰可读。咏叹总结

玉壶，酒器。春，春景。此言载酒游春，春光悉为我得，则 直以为买耳。孔平仲诗："买住青春费几钱"。杨万里诗："种柳 坚堤非买春。"诸如此意。曰"赏雨"，有化机之感，见自得之 趣。曰"茆屋"，无外物之牵，见幽居之情。佳士，气体端凝， 学深养道之人。修竹清韵，则左右宜人。三四句补，一以人言， 一以地言也。白云在天，舒卷自如。初晴，则新晴。锦绣大块文 章，何不典而典与？幽鸟相逐，其雅致若有与人相亲者。眠琴绿 阴，言琴之眠于绿阴也。庄而逸，静而正，其典贵类如此。上， 对绿阴言。瀑，蒲木切，飞泉也。泉声清，而道心亦清。落花， 则红雨乱落，水面回风；无言，则艳而不亵，静而不扰，其神致 又岂笔墨所能传？人淡如菊，萧疏出尘之字，就典雅说。岁华承 上喻言，而典雅之神毕见。"其曰"二字，见《檀弓》。盖拟议之 词也。曰"可"，则实见其典而且雅矣。读，玩索之意；言睹此 岁华之景而出以典雅之笔，殆有玩之不尽者乎？

以玉壶买春，采色璘瑞；于茆屋赏雨，清涤尘襟。坐中佳士， 其人则典重也。左右修竹，其地则清且幽也。白云初晴，天初霁 而云开，觉氤氲之气与日光辉映，其典融而化矣。幽鸟相逐，往 来亲人，毫无俗韵。眠琴绿阴，琴宜于阴，犹诗宜于典也。眠， 则藏深于内，无虚张气。上，犹言上头。上有飞瀑，声满清听， 雅韵移人。落花无言，文章满地，无字句处，其味弥长。人淡如 菊，古淡脱俗，雅秀可餐。如此，则一年好景君须记忆，庶几不 厌百回读耶？首二句设景分起；次分补；次六句亦是分配：二句

正面实写，二句议论，二句赞美；末二句咏叹总结。愚于分训合训，虽已于句旁注明，多未详其笔法，偶于此章拈出，余可类推。末二句，用鼎臣先生意。

洗炼　凡物之清洁出于洗。凡物之精熟由于炼。

如矿出金，如铅出银，翻论跌起　超心炼冶，绝爱淄磷。承上逆入　空潭泻春，洗　古镜照神，炼　体素储洁，洗　乘月返真。炼　载瞻星气，载歌幽人，分收起下　流水今日，明月前身。咏叹分结串结

按，邵长蘅《韵略：震韵》：磷，有平去二声。

矿，古猛切。铅，余专切。《潜夫论》："攻玉以石，洗金以盐。"《参同契》：白者银也，黑者铅也。知白守黑谓炼银于铅也。白居易银櫃诗，注，银匠洗银多以盐花梅浆也。金、银出于矿、铅，未洗炼者不足重也。冶，销也，铸也。超心炼冶，言其心之超而炼冶之无已时也。淄、磷，非美质也。洗磨功到，则不美者可使之美，不新者可使之新，虽淄、磷亦绝觉可爱。一作活字用："淄"所以染之使新，"磷"所以磨之使新。洗伐之功，深入无际，则新而益求其新，有令人最足爱者。二句神注结穴。空潭，净极。而晴光潋沱，泻得一片春意，一尘不染，益见其净。古镜，百炼镜也。照神，则精光照人，神魂毕见。体素，犹言本体之洁也。储，待也，储洁，新之弗新弗已也。返真，见《庄子》。乘月，乘夜之静气。返真，如养静家炼气、炼性，还其本始者是。载瞻二句，洗炼各至其极。《三五历记》曰："星者，元气之英、水之精也。"曰气，余光尚似有渍意。歌，长言之也，有叹想意。幽人，研炼功深人也。如《皇极经世书》："金百炼然后精。"人亦如此者。是人而曰幽，其静穆之神，盖不知几经煅炼矣。今日，犹当下也；就物初洗出之时说。前身，犹前生也。明月前身，前身即明月也。刷洗之新，有如今日；磨炼之明，自其前生。洗炼岂一日功哉！

载瞻二句若合说，《史记：天官书》："星者，金之散气。"幽

人就洗说，如林泉中人，自洁其身，一尘不染者是。末二句，流水当作"洁"字看，明月仍作"明"字看；言其洗炼之洁形于今日，不知其终于何日也；洗炼之明起于前身，亦不知其始于何时也。又，流水当作洗炼看，亦犹黄唐作高古看也。明月就洗炼说，如《淮南子》："水气之精者为月。"《酉阳杂俎》："月势如丸，其影日铄其凸处。"二句俱就现成者说。

鼎臣先生曰：绝爱淄、磷，非谓淄、磷之足爱，以洗磨功到，则不觉为淄、磷，只觉淄、磷之可爱，而非淄、磷者，更何待言哉？

劲健　劲则不敝，健则不息。

行神如空，行气如虹，即用处，形容分起。**巫峡千寻**，写劲字　**走云连风**。写健字　**饮真茹强，蓄素守中**。二句顺写推原　**喻彼行健，是谓存雄**。二句逆写指点　**天地与立，神化攸同**。二句咏叹分收　**期之以实，御之以终**。即体上，指明串点。

如空，言神之行，劲气直达，无阻隔也。如虹，极言其气之长无尽处也。巫峡千寻，悬崖峭壁，亘古长峙也。走云连风，大气流行，片刻不停。真者，精诚之至也。真而曰饮，则真气充周，坚不可破。强者，自有之强也。强而曰茹，则强力积实，间无可乘。素，本色也。蓄，聚也。素则无色之可改，蓄则常聚而不散。守，主守也。中，内也。《老子》："多言数穷，不如守中。"守则无一时妄动，中则无一时外驰。存雄，《庄子》："天地其壮乎，施存雄而无术。"注，守雌者道存，雄者非道也。天地终古，不敝其劲，可与之俱立。神化，流行不已，其健亦与之相同。期，犹要也。御，统驭也。二"之"字，一指心之理言，一指事物言。期之以实，则心无虚假，得其所以劲。御之以终，则功无间断，得其所以健。〇七句当著重"行"字，与前《雄浑》篇当重"积"字者不同。彼以养到力足，写"雄"字，此则以自强不息，写"健"字也。八句当著重"存"字，与前篇"为"

字不同。彼则"为"字从"积"字生出，乃言其所以"雄"；此曰"存"，盖言其"劲"则不敝也。

鼎臣先生曰：真者，真气。即天之所以生人，而人之所以为人者也。人无此真气，则不能配道义。是真气之为力最大，饮则充足于中，劲气直达，天下无不可举之事。强，义理之强也；茹则纳于内，不吐于外。人能日茹此强，则理直气壮，劲孰加焉。素，天然之质也，亦即太素之素。凡物之有采色者，久而必变，而惟蓄素则始终不变。中者，内之谓也。凡物之有待于外者不能久，人之自失其中者不能久，而惟守乎中，则无一时或失。夫不变者健也，不失者亦健也，皆不息之义也。

绮丽 文绮光丽，此本然之绮丽，非同外至之绮丽。

神存富贵，始轻黄金。推原翻撇起 浓尽必枯，承上翻转一层 淡者屡深。提一笔合 雾余水畔，红杏在林。二句分写 月明华屋，画桥碧阴。二句回环 金樽酒满，伴客弹琴。二句浑收起下 取之自足，良殚美襟。推原进一层，回应作结。

雾余四句，绮丽之景。金樽二句，一言绮丽之神，一言绮丽之致。

言能得富贵神髓，则不以世俗之绮丽为绮丽，而轻乎黄金也。三句，言内无底蕴，而欲外为袭取，则不得为绮丽，反必至于枯槁。淡者屡深，木质无华、无文，而天下之至文出焉。有味之而愈觉其无穷者，是乃真绮丽也。雾余者，雾已收而未尽收。雾谷霏微，余阴晦霭于水畔，则水气与雾气交映成文。枝头红杏，春色鲜明，而在林则灿烂满目。月明有耀照，华屋而五采纷披，则丽益精进于绮。画桥，雕绘；碧阴，落影；而四面光明，则绮必深造于丽。酒满不必金樽，而金樽酒满，精光辉映，不期其绮丽而自绮丽。此极言绮丽之出于天然，初非以黄金为重也。独自弹琴何绮丽之有？伴客则情文意美，虽不能名言其绮丽，而弦外之音，味外之味，其绮丽煞有可想见焉者。殚，尽也。结言：取之于己，得以自足，举凡世所未见之绮丽，无不可于美襟弹之。雾余句，或作"露余山青"。四字，似写绮丽之神，分训终与绮字影响，合训乱了章法。按："碧阴"，亦即桥影也，第丽之所以为丽者，则是碧阴横映，而四面益觉光明，类如雍陶诗"津桥春水浸红霞"意。

自然　自然则当然而然，不知其所以然而然。

俯拾即是，不取诸邻，直起　俱道适往〔注一〕，著手成春。二句指点　如逢花开，如瞻岁新，二句形容　真与不夺，强得易贫。二句断论　幽人〔注二〕空山，过雨〔注三〕采蘋，二句正写　薄言情悟，悠悠天钧。推原结

首言：随手拈来，头头是道。次言：己所本有，毫不费力也。俱，具也。《庄子》："道可载而与之俱也。"适，犹安也。言人具乎道，自安然而往也。著手句，言如画工之肖物，随手而出之。花未见其开而自开，岁不期其新而自新者也。真与不夺，自然与之，亦自然得之，非其所夺。强得而不自然者，亦终于失，亦安可不自然乎？幽，深也。深入空山，则胜境引人，玩奇，自不觉其远矣。过雨采蘋，蘋，生于雨，固自有之；适值过雨，偶尔采蘋，行所无事无成心也。薄言，随意指点，亦借其自然者以形容之也。天钧，本《淮南子》。天钧者，言天体之转运，亦如陶人转钧然。结言：情真开悟，悠悠然若天钧之转者，果孰使之然哉？

〔注一〕一本作"与道俱往"。

〔注二〕诸本都作"幽人"。

〔注三〕他本多作"过水"。

含蓄　含，衔也。蓄，积也。含虚而蓄实。

不著一字，尽得风流。串起　语不涉己〔注一〕，若不〔注二〕堪忧。开合串下　是有真宰，与之沉浮。如渌满酒，花时返秋。四句分

写　悠悠空尘，忽忽海沤，浅深聚散，万取一收。总论推原，回应作结。

　　不著一字，其意已含，犹扫一切也。尽得风流，则蓄之者深，犹包一切也。语不涉己，言其语意不露迹象，有与己不相涉者。若不堪忧，是本无可忧，而心中之蕴结，则常若不胜其忧然。是有真宰，主乎其内，与之沈浮，出浅入深，波澜层叠，包孕何限。是不但于真宰见其含，于沈浮见其蓄，曰是有，亦即言其含非无实；曰与之，亦即言其蓄由于内也。"之"字指理说。语不涉己四句：上二句开，下二句合；而上二句，又上句开，下句合；下二句亦然；所谓开中又有开合，合中又有开合也。又所谓道理无开合，文法有开合也。渌，漉也，渗也。满酒，言含得于内也。秋，去秋也，而于花时一返而求之，旧者除而新者生，则知其蓄之有素矣。《楞严经》："空生大觉中，如海一沤发。"尘飞于空，悉归笼罩，无意于含而自含；海沤忽发，气积于中，不期其蓄而自蓄。收，会归也，或浅或深，或聚或散，博之虽有万途，约之只是一理，含蓄岂有尽哉！

　　〔注一〕诸本多作"涉难"。

　　〔注二〕诸本多作"己不"。

　　豪放　豪迈放纵。豪以内言，放以外言。豪则我有，可盖乎世；放财物无，可羁乎哉！

　　观花匪禁，吞吐大荒。形容分起　由道返气，处得以狂〔注〕。补分承　天风浪浪，海山苍苍。四句分写　真力弥满，万象在旁。前招三辰，后引凤凰；四句形容分收　晓策六鳌濯足扶桑。推开分结串结

　　禁，天子所居。禁花，非人之所得观。观花而既匪禁，无往而非兴到之所，亦无往而非可观之花，豪孰甚焉。大荒，《文选》注，谓海外。今据《山海经》：盖海外之外也。大荒而吞且吐焉，放亦极矣。禁，一作虚字解，言观花而匪能禁，毫气无阻。观花一作"观化"，言观天地之化育，而非有限制，义理之豪，非犹

夫人之豪也。由道返气，言气集义而生，豪之所由来也。处得以狂，言其实有所得，则自狂也。由道返气，就内言；处得以狂，就外言。浪浪，流貌。天风浪浪，盖喻言浩气流行也。苍苍，犹渺茫也。海山苍苍，气象万千无远不到也。真力弥满，则塞于天地之间。万象在旁，举凡天地间之所有者，亦只视为左右之陈列而已。三辰，日、月、星也。招，手呼也。前招三辰，玩一"招"字，则声撼霄汉，手摘星辰。引，引而进之也。凤凰，不与群鸟伍，而今且无不可引，则进退维我，不可方物矣。策六鳌，豪之至；濯扶桑，放之至；亦其胸怀浩荡不啻云开日出，海阔天空；故晓策六鳌，濯足扶桑。"晓"字贯下二项，就意境说；与上二句就气象言者不同。

　　〔注〕一本作"易狂"。

　　精神　精合于内，神见于外。

　　欲返不尽，相期与来。推原串起　明漪绝底，奇花初胎。二句精
青春鹦鹉，杨柳楼台〔注〕。二句神　碧山人来，清酒深杯，二句合说
生气远出，不著死灰。浑收起下　妙造自然，伊谁与裁。咏叹结

　　精，由于聚，人欲返而求之，则有不尽之藏。神，得所养而心之相期者，遂与之以俱来。《初学记》："水波如锦文曰漪。"鹦鹉而当青春，益以能言。楼台而杨柳掩映，则奕奕清华。绝底、初胎，精之始也。青春、杨柳，神之发也。绝底，则一阳初动之处；初胎，则物尚未生时也。明漪，以精深言；奇花，以精秀言。鹦鹉以神气言，楼台以神采言。碧山人来，缥渺如仙，精神何限。深杯，或作"满杯"。"深"与"清"字对，不言满，而满在其中。有清酒又酌深杯，如七贤八仙之辈，其精神飞越何如耶！"清"字、"深"字是从人一面用意，全为精神二字出力。与前"金樽酒满"，"金"字、"酒"字只从物一面传神，全为绮丽二字设色者不同。"清酒"移于《绮丽》不可，"金樽"移于《精神》尤不可。生气远出，言物有生气则精神迸露，远出而射

人。死灰，全无生气，物若著之，便少活相。有生气则无死灰，夫何从而著之？此自然之妙用，造于化境，而人力不与，伊谁得而裁之？死灰，见《庄子》。

备参

首二句若合看，一言精神之体，一言精神之用。言欲返于内，则精聚神藏，自有不尽之蕴；而相期于心，则精酣神足，莫停"与来"之机。次句，"相期"指心之理言。"与"字，跟上"相期"。来，所谓意到笔随也。

〔注〕诸本多作"池台"。

缜密 缜，缕也，结也。密，稠也，秘也。缜现而密隐。〇缜，章忍切。

是有真迹，如不可知，开合分起 意象欲出〔注一〕，造化已奇。推原分承 水流花闲，清露未晞，二句形容 要路愈远，幽行为迟。二句实写 语不欲犯，思不欲痴，二句串写。以上六句分写 犹春于绿，明月雪时。指点分结、串结。

是有真迹，不得形似。如不可知，理可微会。意象欲出，则不显而显。造化无毫发之疏；天固无在不露其缄，人终何自而窥其蕴？则奇莫奇于此矣。而外此，尚何密之可言？水流于花闲，有花以闲之，迹象亦自显然。晞，干也。日未出之先，与日既出之后，密无可见，惟于将晞未晞之际，若有若无，消息微密，深领之，自知其妙。要路，犹正路，必经之路也。幽行，深入于密。要路之所以愈远者，等无可躐；幽行之所以为迟者，境匪易臻。犯，触也；与"复"相似。缜而有绪则易犯。不欲犯，欲其条理不紊，语意之不相复也，则缜中有密。痴，犹痴肥之痴。密而难分则近痴。不欲痴，是一出于精致，而不涉于痴，则密中有缜，然是遂足为缜密乎？春于绿，万物一色，种种有迹，缜固由密而得。明月雪时，"月"、"雪"雨〔注二〕物，上下交融，密亦由缜而来。无缜非密，亦无密非缜，是又不第不犯不痴而已。缜密之义，其谓是与？"花闲"，俗误作"花开"。"水流花开"，其上文是"空山无人"，句乃开中之合，与此毫无干涉；且"空山无人，水流花开"，乃东坡《罗汉赞词》，岂东坡犹抄写旧语？各依题看自知。芝忆弱冠时，受诗于王熙止夫子。曾记其讲《冬岭秀孤松》题，宜扼重"冬"字；《原隰黄绿柳》题，原隰当指两处说，各依其上下文看，当自得之。今注《诗品》即师其意，不敢凿也。夫子吾邑名宿，家学渊源。八岁能试帖，壮益肆力于古。淳古真朴，有盛唐大家遗意。陶冶后进，多成就。爱芝尤深。口授《漏天岩》五古一首，末云："我来适忧旱，白谷资灌溉；念彼傅岩老，临风增慨喟；夜归闻檐溜，恍如碧山对"。夫子谢世已久，遗编搜辑无从。芝得闻者，复忘却前半。因志于此，以寄无穷之思云。以闲之闲，去声。

〔注一〕 他本多作"欲生"。

〔注二〕 "雨"字疑为"两"字之误。

疏野 脱略谓之疏，真率谓之野。疏以内言，野以外言。

惟性所宅，真取弗羁。推原分起 控物〔注〕自富，与率为期。分承筑室松下，脱帽看诗。二句写野字 但知旦暮，不辨何时。二句转疏字 倘然适意，岂必有为。二句分收 若其天放，如是得之。推原、赞美结。

五句野之高，六句野之雅，七句疏之简，八句疏之略。

以取不为礼法拘也。控，引也。物，万物。控物，则无物不有；自富，则充裕不迫。盖其缜密之熟，极于活脱，故罗罗清疏，迥不犹人耳。率，率真。期，当也。与率为期，有质而无文，则谓之野。松下，山林之地也。筑室于兹，独出乎尘世。真莫真于诗，看则率真以求其真。脱帽，正任其性之自然，流露于不知不觉处。故但知旦暮之早晚，而外此举非所知，即时有寒暑而亦不辨矣，则亦焉往而不疏哉。中四句：上二句写野字，下二句写疏字；疏则必野，野由于疏；顺逆有法，并非倒乱无章。适意，言其性好疏旷也。岂必有为，言其不就羁束、不事修饰也。

天放，天然放浪也。如是得之，言是乃得乎疏野之宜然。

〔注〕诸本多作"拾物"。

清奇 <small>清洁，奇异。</small>

娟娟群松，下有漪流。<small>开合串起</small>　晴雪满竹，<small>清</small>　隔溪渔舟。<small>奇</small>
可人如玉，清步屟寻幽，<small>奇</small>　载瞻〔注一〕载止，空碧悠悠。<small>二句清
之奇</small>　神出古心〔注二〕，淡不可收。<small>二句奇之清</small>　如月之曙，如气之
秋。<small>形容、总结</small>

前六句清奇之状，后六句清奇之神。

深涧之中，有娟娟然幽深且远者，非群松乎？其气清，其神
亦清。"流"不必定为松下所宜有，何况于"漪"？而兹乃风来松
下，水面成文，若有独见其异者。竹清雪满，竹则益清；而晴雪
之满乎竹，则清而尤清。"竹"一作"汀"、一作"林"。平土有
丛木曰"林"，水际平地为"汀"，皆不必从。靠溪见舟，何奇之
有？远隔乎溪，而见夫舟之匪去匪来、或行或止，若见若不见，
飘摇欲仙矣。可人，言其最惬人意也，与《礼·杂记》微异。
《春秋繁露》："君子比之玉，玉润而不污，是仁而至清洁也。"
又，《晋书》："裴楷清通，……风神高迈，……时谓之玉人。"五
句言其清姿可人，直比于玉焉。屟，登山屟也；言奇秘于幽，欲
不寻焉，而不得步屟以寻之，则无奇不探矣。载瞻载止，空碧悠
悠，载瞻而或远望其气，载止而或近观其色；天浮空碧，其清虚
杳然而莫知其极，清亦奇矣。神，谓神奇。古心者，自然之天真
也。淡，谓平淡；不可收，犹言不得遽欲收效也，神奇出于自然
之天真，则奇非可以有意求矣。凡物之有迹者可收，境之有尽者
可收。淡则不著色相，不落边际，神奇之极归于平淡，平淡之至
便是神奇，愈出愈奇，则不得而知其何以奇，又乌得而知其何以
神耶？奇亦惟见其清光之常存耳，其可收乎？一说"神"谓精
神。不可收，犹收拾不来，不可摸拟而袭取之。同此精神。而精
神出于本然之古心，则无奇之奇乃为至奇。其予人以易识者，即

其予人以难窥者也。吾恐虽欲抑之不可得而抑矣，奇何清耶。淡，以气象言，与前《冲淡》章以旨趣言者不同。曙，东方明也。明则清，而月出于曙则奇。秋高气爽，气，则时未秋而气已秋。结言："如月之曙，如气之秋"，玩两"如"字，是紧接上文"空碧悠悠""淡不可收"语意说。惟清故奇，惟奇益清。清奇之象，有非言语所能传，故借月之曙、气之秋以形之；然则曙、秋之清其奇也，不矫然特异哉！其清奇不浑然胥化哉！

〔注一〕诸本多作"载行"。

〔注二〕一本作"古异"。

委曲　委则任人，曲则由己。

登彼太行，翠绕羊肠。分起　杳霭流玉〔注一〕，委　悠悠花香。曲　力之于时，委　声之于羌。曲　似往已回，委　如幽匪藏。曲　水理漩洑，委　鹏风翱翔。曲　道不自器，与之圆方。推原分结、串结。

太行，山名。羊肠，太行山陂通名。登彼太行，随路是求。翠绕羊肠，喆屈不直。杳霭，犹言其气之杳冥也。流玉，谓玉水记〔注二〕方流无波不折也。悠悠，远貌。花气袭人，悠悠然无远不到，无微不入。凡我之所得举，皆曰力。时，用之之时也。言力之于其用时，轻重低昂，无不因乎时之宜然。羌，楚人语词。此作实字用，言其随意用之，而无不婉转如意也。如"羌无故实"，若直云"无故实"，则索然少味，惟用一"羌"字便觉曲曲传神。一说"羌"即羌笛之"羌"，言羌笛之声曲折尽致也。亦通。七、八句极力摹拟，言往反于回，乃似往而已回者委耳；幽近于藏，乃如幽而匪藏者曲也。《吴越春秋》："禹……登宛委山，发金简之书。案金简玉字，得通水之理。"漩，似宣切，回泉也。波浪回旋之貌。洑，洑流也。水之理漩洑无定，随乎势也。鹏风，见《庄子》羊角风注，旋风也。翔，回飞。不自器，不自拘于物也。道不自器，委心以任之，彼为政；与之圆方，曲折以赴之，我为政。

〔注一〕一本作"深玉"。

〔**注二**〕"记"疑为"泛"之误。

实境 此以天机为实境也。

取语甚直，计思匪深。翻论起 忽逢幽人，如见道心。二句实指点 清涧〔注〕之曲，碧松之阴。二句境正写 一客荷樵，一客听琴。二句境摹拟 情性所至，妙不自寻。二句实推原 遇之自天，冷然希音。应上咏叹结

中八句：四句言实有其境，四句言境出于实。

六句题面，六句题意思、意境。首言：语之取其甚直者，皆出于实，计其意境不为深远，当前即是。三句实有之情，四句实有之理。清涧之曲，境之深；碧松之阴，境之幽；荷樵时，行则行，境之动；听琴时，止则止，境之静。清涧二句，就境写境；一客二句，就人写境。情性所至，无非是实。妙不自寻，盖言妙境独造，非己所自寻者也。自天，得之于天也。希音者，上天之载，寂然无声，实固尽出于虚耳。末句"之"字指境说。

〔**注**〕诸本多作"晴涧"。

悲慨 悲痛。慨叹。慨，去声。

大风卷水，林木为摧。分引起 适苦欲死〔注一〕，悲 招憩不来。慨 百岁如流，慨 富贵冷灰。悲 大道日丧〔注三〕，悲 若为雄才。慨 壮士拂剑，慨 浩然弥哀。悲 萧萧落叶，漏雨苍苔。指点形容，分结串结。

三、四分写，五、六议论，七、八推原，九、十串足。

适，犹正当也。丧，言道之不行也。若为，自信而故为自疑之词。弥哀，跟上"日丧"来。萧萧落叶，感秋而悲。漏雨苍苔，对此生慨。大风卷水，声不可闻。林木为摧，感且益慨。起手似有"北风"、"雨雪"之意。三句言正当极苦之时，若欲死然。招憩以遣忧也，招憩而不来可若何？百岁，非一日也。流而不反，荏苒以至于今。感叹之情何极。富贵热场，忽若冷灰，心

滋戚矣。大道之丧，日甚一日，悲悯之念，何日可忘；是亦若为雄才而不得志于时，亦束手而无策。则壮士于此，拂剑而慷慨不平，浩然弥哀不容已矣。萧萧落叶，漏雨苍苔，亦何时不悲，何时不慨，何时不悲慨交集哉！

〔注一〕诸本多作"意苦若死"。

〔注二〕诸本多作"日往"。

形容　形以体言，容以用言。形容，虚、实、死、活不同。按：形容本是静字，而此则动字也。

绝伫灵素，少回清真。推原起　如觅水影，如写阳春。二句摹拟
风云变态，花草精神；海之波澜，山之嶙峋；四句实写　俱似大道，妙契同尘。总上起下　离形得似，庶几斯人。回应起处，进一层结。

三、四句：一就静处说，一就动处说。风云四句：二句就虚处实说，二句就实处实说。伫，待也。灵素，江淹赋："偃傥远度，寂寞灵素。"少，与《孟子》："少则洋洋焉"之"少"同。言人能存心摹想，得见本来面目，而清真之气，不逾时来矣，此形容之未遽然也。觅，求也。水影，不著迹象，形容只在有意无意间，不即不离，可以无心得，而不可以有意求。故曰"如觅水影"。阳春，万物发育之初，春意盎然，必有造化从心手段，乃以形容得出。故曰"如写阳春"。嶙，离珍切。峋，须伦切。山崖重深貌。一云山有起伏也。风云、花草、山、海，体也。变态、精神、波澜、嶙峋，用也。风云之变态苍茫，花草之精神焕发，海之波澜无定，山之嶙峋不齐，此其千状万态之难以拟议者，非善于形容，乌能形容之尽致！尘，尘埃，扬土也。同尘，本《道德经》。言人与物无忤，犹尘与尘合，浑然无迹也。形容之妙，殆有与之相契焉。庶几斯人，言其离形得似，则庶为形容高手也。

超诣　超，卓也。诣，进也。

匪神之灵，匪机之微，翻撇分起　如将白云，超　清风与归。诣

远引莫至[注]，超临之已非，诣　少有道气，超　终与俗违。诣　乱山乔木，超　碧苔方晖，诣诵之思之，其声愈稀。咏叹合结

神者，阳之灵；神之精明者称灵。机者，动之微。灵莫灵于神，微莫微于机，而超诣，则高远精深，神不得以擅其灵，机不得以显其微也。"如"字总冒二项，"将"字单落"白云"，拟议指似之辞。"与"字应上"如"字，亦就人说。超诣何如将必白云？本自高妙，抑或清风与之同归，真有合上下而同流者。人所难至之境，不难远引而上之。有一境焉，初以为是，及到，已觉其非。进一境，不又有一境耶？少者，"少（幼）而徇齐"之"少"。少有道气，言自幼便有出人头地气象。终，即《易》："知终终之。"终与俗违，则造就非人所能及矣。斗方，故云方晖。沈约《咏月诗》："方晖竟户入，圆影隙中来。"乱山，巉岩，超也。而乔木干霄而上，直接长空，则超之至。碧苔，觇缕，诣也。而方晖竟户而入，不留余地，则诣之极。结云：品至超诣，其声稀矣。诵之，而推敲其超诣之音；思之，而寻释其超诣之义。已稀而愈求其稀，其超诣尚有止境耶？中八句：二句指点，二句正写，二句推原，二句形容。

鼎臣先生曰：天下至灵者神，至微者机；而衡以超诣，则匪独神之灵，非独机之微矣。

〔注〕诸本多作"若至"。

飘逸　飘洒闲逸，一竖一横。

落落欲往，矫矫不群，缑山之鹤，华顶之云。四句分起　高人惠中〔注一〕，令色氤缊。御风蓬叶，泛彼无垠。四句分写　如不可执，如将有闻。形容分收跌下　识者期之〔注二〕，欲得〔注三〕愈分。推原翻结

落落，见前。矫矫，高举貌。《前汉：叙传》："贾生矫矫，弱冠登朝。"若此，则有远举意，与"汉传"微异。群，《易：系辞》："物以群分。"疏："群党共在一处。"《列仙传》：周王子乔

好吹笙，作凤鸣。后，告其家曰："七月七日，待我于缑氏山头。"及期，果乘白鹤谢时人而去。高人，飘洒出尘人也。惠，顺也。《诗》："惠然肯来。"《毛传》："言时有顺心也。"中，心也。《史记·韩安国传》："深中隐厚。"氤氲，元气也。御风，本《列子》。蓬叶，陆佃云："草之不理者也，其叶散生，……遇风辄拔而旋。"缑山之鹤，凭虚而来，羽化登仙。华顶之云，卷舒自若。高人，顺其心之自然，无隔无阂，飘然意远。色根于心，则浑然元气之流露，非同作伪心劳也。泛彼无垠，任意逍遥，无入而不自得也。如不可执，言其势凌空，若上若下，有若捉不得然。如将有闻，言其深造自得，如道之将有闻也；何从容自如耶！期，待也。"愈分"二字，从"欲得"看出。结言：飘逸近于化，识者期之，亦惟是优游渐渍，以俟其自化而已。如有心求之，欲得其法于飘逸之中，愈分其心于飘逸之外，愈近而愈远，化不可为也。前八句：二句形容，二句指点，二句推原，二句正写。

　　〔注一〕诸本多作"画中"。

　　〔注二〕诸本多作"已领"。

　　〔注三〕诸本多作"期之"。

　　旷达　旷，空也。达，通也。

　　生者百岁，相去几何。欢乐苦短，忧愁实多，四句翻透　何如尊酒，日往烟萝，二句转合领下　花复茅檐，疏雨相过。二句旷　倒酒既尽，杖藜行歌〔注〕，二句达　孰不有古，南山峨峨。回应首句，点破，结。

　　花复二句言旷，则看空了。犹言不知何为功名富贵也。倒酒二句是达，则看透了。类如大行不加，穷居不损之意是。古，故也。有古，犹言自古皆死也。人生百岁，只瞬息耳，欢乐之日苦短，忧愁之事实多，何如乐以忘忧，日具尊酒往烟萝焉。花复二句，跟上"日往"来。花复茅檐，瞻物色之华，乐安居之况。疏

雨相过，有化机之感，无尘缘之牵，则无一时不乐也。倒酒既
尽，跟上"尊酒"来。杖藜行歌，又从花复二句推开说。言酒尽
而复行歌以为乐，则无一事不乐也。由是观之，安往而不旷，安
往而不达。且人生孰不有死，百岁相去几何，而惟南山得以长
存，则亦何必苦短？何必忧愁？欢乐者乐，不欢乐而亦乐，亦何
为而不旷达哉？

〔注〕一本作"行过"。

流动 流行，动荡。

若纳水輨，若转丸珠，翻衬分起 夫岂可道，假体如愚〔注一〕。
承上反透 荒荒坤轴，悠悠天机。二句转合分写 载要其端，载闻〔注
二〕其符。二句分顶跌下 超超神明，返返冥无。二句分顶推原 来往千
载，是之谓乎！指点结。

机，古韵不通，疑或以机徵音，虞羽音，开合相通，别自
有据。

二"若"字从翻面剔醒之词。輨，上声。水輨，即水车也。
纳置于水而流行不定也。转丸珠，言珠之圆转如丸也。夫岂可
道，甚言輨珠不足罄流动之义也。假体，輨珠之类也。如误以假
体之流动为流动，则非愚而如愚矣。坤轴，犹地轴也。地有三千
六百轴，名山大川，孔穴相通。天机，天之枢机。枢机不动，而
实所以宰乎群动者也。一说，天机，星名。一作"天枢"。义亦
通，但近滞。端，流之源也。符，动之根也。符，心符，指静
说。又，符亦有合符意，则就动与静对待说看。此"符"字当兼
虚实用。要其端，寻其源也。闻其符，言欲识其相符，而得其本
根也。神明者，变化莫测，周流无滞者也。冥无，静之极，冲漠
无朕者也。自其达于外者而言，迹象难求，超超于神明之上；自
其根于内者而言，静养无闲，返返于冥无之中。阅世生人，阅人
成世，未识其端自何开，未闻其符之何在。来往千载，则千变万
化，不拘于一；往古来今，不滞于时，其是之谓乎？流动岂易易

哉！按："是"字指上文说，本题似在个中，而本题却在言外，神妙之至。二十四目，前后平分两段，一则言在个中，一则神游象外。首以《雄浑》起，统冒诸品，是无极而太极也。《雄浑》有从物之未生处说者，《冲淡》是也。有从物之已生处说者，《纤秾》是也。第《冲淡》难于《沉著》；《纤秾》难于《高古》；惟以《典雅》见根柢，于《洗炼》见工夫。进以《劲健》，而《沉著》《高古》不待言矣。见以《绮丽》，而《冲淡》《纤秾》又不必言矣。故以《自然》二字总束之。又，从《自然》申足一笔，一言其万殊而一本，一言其左宜而右有。《含蓄》《豪放》，申上即以起下，但此非皮毛边事，故以《精神》提起；精神周到则《缜密》，《精神》活泼则《疏野》；而《缜密》恐失之板重，《疏野》恐失之径直；故又转出《清奇》《委曲》二笔，而以《实境》束之。境何往不实？指出《悲慨》《形容》；正见品无时不然，亦无物不有。申上《实境》即绾上《精神》，斯亦完密之至矣。后用推原之笔，写出《超诣》《飘逸》《旷达》三项。品直造于化境，而《悲慨》不足以介意，《形容》非仅以形似，收本段亦收上段。盖至此而变动不居，周流六虚，流动之妙，与天地同悠久，太极本无极也。《诗品》所为，以《雄浑》起，以《流动》结也。然则二十四品，固以《精神》为关键，以《冲淡》《纤秾》《缜密》等项为对待，以《自然》《实境》为流行，浑分两宜，至详且尽，其殆有增之不得，减之不得者与？见以之见，去声。

〔注一〕诸本多作"遗愚"。

〔注二〕诸本多作"载同"。

跋

芝少读司空《诗品》，爱其神味，获其意旨，参之同人，辄曰："可以意会，难以言传。"芝未赏深思，亦疑以为不落言诠；而于心终未释然。及后，总阅诸章，默会其意，窃觉：浑、分各宜，具有妙理；而其中句句著实，字字精细。除《自然》外，无一章不有分笔。如《形容》不可分，而"风云"、"花草"、"山"、"海"，就形言，"变态"、"精神"、"波澜"、"嶙峋"，就容言，仍不分而分。《实境》不可分，"如逢"四句，先实后境；"一客"四句，先境后实，亦不分而分。古人用笔用意，指示亲切，绝少囫囵、浑括等语。夫乃知，向之所谓"可以意会难以言传"者，亦谓古人深造、自得，可以意会于心，不可以言传于人；非谓义理难解，即可惜此以自诿也。而又恐不善学者，亦如芝之以"不落言诠"诬也，于是乎就品诠题，就题看品，浑写者无容偏倚，分写者不可挪移，管窥之见，谬为浅解。零星凑补，以便初学。岂敢谓于表圣之意旨必合哉！

道光十八年，戊戌之夏闰四月朔。蓬莱杨廷芝，识于不其鸭绿池边。

校点后记

一

清人杨廷芝的《二十四诗品浅解》（以下简称《浅解》），初有"道光庚子年新镌，桂林秦鼎臣先生鉴定，清远堂藏版"本行世。后经宜黄黄秩柄重订，乃又有"光绪乙未孟冬泠然阁印"本流传。今据重订本排印。

泠然阁本的重订工作，只是把清远堂本的旁批移入句下，眉批等与注释归在一起，阅读起来更加方便。而原有的错字漏字不但未减少，而且还漏掉和删掉清远堂本的两项材料：

一是作者写在《跋》之前的"补遗"：

《豪放》《列子·汤问篇》："渤海五山，根无所著，巨鳌十五举首载之。龙伯之国有大人，一钓而连六鳌。"

《超诣》原引《文选》注：门方，故曰方晖。凡庭宇之内，有垣墙相映，皆可曰方晖。"竟入户"三字不必泥。

乱山二句，一作极高，而乔木则所至愈高，超也；碧苔善入而方晖尤无微不入，诣也。一作乱山而有乔木，得地得势则超而诣；碧苔而有方晖，不即不离则诣而超。

二是原有时人的"题辞"三篇，泠然阁本只保留了长白钟云亭先生一篇，删去如下两篇：

古藤诗，各体俱佳，允称老手。至《诗品浅解》，在表圣以画笔绘诗情，清词丽句，不落言诠，要未可以艰深求之。所解逐句点醒，皆表圣意中所欲言。名曰"浅解"，非故作逊词，亦非尚留深意秘而不宣也。读者会心而已。大兴王镇识于登州考院。道光辛丑五月日。

表圣《诗品》凡学者无不抄度案头，其中诗情诗境，绘影绘声，惟在读者神悟而已。昔陶渊明"读书不求甚解"是以神悟而无待于解也。今杨茂才作《诗品浅解》，能逐字逐句而分析之，又从而连贯之，是能以神悟而得乎其深者，岂"浅"之云哉！其有裨于后学不少也。壬寅清明前三日，叙斋陈功识。

现在翻印泠然阁本，我们除在文字上做了所能做到的校补工作外，并在此补出这些被漏掉和删除的部分，使读者得见初本的面貌。

杨廷芝，字祖洲，山东蓬莱人。光绪八年所修《蓬莱县续志》卷十三《艺文志：序类》仅收其《二十四诗品浅解自序》，其他事迹不详。今据《浅解》序跋，知道他"潜心训诂，博洽甚，尤长于韵学"，曾为秦锡九"课诸孙"。是一位"性耿介，与人落落寡合"的教书先生。据陈功所作"题辞"，可能是个秀才。

杨廷芝虽然在《浅解》中也对司空图的文学观点作了某些探讨，但是这书的主要贡献，却在于诠释《诗品》，与孙星五《诗品臆说》（以下称《臆说》）以阐发理论为主，有根本不同。不过也应该看到：《浅解》对《臆说》也有一定的影响。比如最明显的就有两点：其一，司空《诗品》历来有许多版本，在字句上往往彼此出入很大，而这两本书则常常一致。其二，不仅在诠释文句上两本书往往有相同之处，而且在论述司空图的思想体系与文学观点上，也有相近之处。两书的作者都在山东，生活时代又近，《臆说》参考过《浅解》是完全可能的。孙星五所说的"蒋斗南先生携有稚松老人注解诗品一帙"（《臆说：自序》），我们猜测可能就是此书。

二

前边说，《浅解》一书最大特点是对《诗品》作了细密的解释与串讲工作。对它的成就和优点，提出我们的几点看法，就正于读者。

第一，观点与资料相结合。《浅解》虽然主要做的是注释及串讲字句工作，但注释也不是简单容易作的，必须观点与资料相结合，才能为读者切实解决问题。我们认为：作者的确是先对《诗品》作了比较全面的研究，才来注释的。这从他写的小序、凡例、《流动》篇附注及书跋当中就可以明显地看到。他较具体地探索了司空图的文学观点，并指出了《诗品》从内容到形式的一些特点。从《诗品》特点出发，他还告诉读者阅读《诗品》的一些方法。尽管观点或有错误，分析有时也散发一些八股气息，注释也未必尽当，但还是具有一定贡献的。特别值得肯定的，是他做注释工作的严肃认真的态度。他力求观点与资料相结合，切实对读者负责。

由于作者先从研究《诗品》出发，对全书有了全面理解之后才作诠释和串讲，因此一般都能达到解释清楚、明白易懂的要求。而且时有较深的体会，特别对一些较难理解的或容易忽略的词句，经过著者有心得的诠释，确能使人获益匪浅。比如释《绮丽》篇："金樽酒满，伴客弹琴。取之自足，良殚美襟。"说："酒满不必金樽，而金樽酒满，精光辉映，不期其绮丽而自绮丽。此极言绮丽之出于天然，初非以黄金为重也。独自弹琴何绮丽之有？伴客则情文意美，虽不能名言其绮丽，而弦外之音，味外之味，其绮丽煞有可想见焉者。殚，尽也。结言：取之于己，得以自足，举凡世所未见之绮丽，无不可于美襟殚之。"对这几句的诠释串讲，作者自己也认为满意，并有深刻体会。所以他在《凡例》第一条就说："《诗品》取神不取形，切不可拘于字面。如

'金樽酒满'句，只言其不期绮丽而自绮丽，非必有樽有酒。若认以为真，则与起手'始轻黄金'上下矛盾矣。"与此同时，遇有特别的关节紧要之处，更注意细加指点，决不苟且囫囵而过。比如《高古》篇中并出二"人"字，作者指出："二'人'字不同，'畸人'之'人'虚，凭空设想，犹言其高与天齐也；'人闻'之'人'实，旁面指点，犹言静者也。《品》中凡有叠见之字，可如此类推。"对于难读的字，书中还加注音。这一切，都说明作者无时无地不为读者着想。

第二，注意解释的严密和完整。诠释的严密和完整，是本书的一大优点。作者于每一品，先作题解，次示句法，最后对正文加以诠释。这样就能使读者一步一步、层次分明地把握每品的意旨。比如对第一品《雄浑》作题解说："大力无敌为雄，元气未分曰浑。"概括地给读者一个初步印象。其次，指示全篇所用句法，使读者明确全文的结构梗概，获得深入理解的关键。该篇指出，首二句"分起"；次二句"承"前；又次四句"逆写"；末四句"顺写"作结。最后再经过逐句逐字地解释和串讲，读者就能极为清楚地把握到文词、字义和全品意旨。通观《浅解》全书，都是如此做法。孙星五《臆说》虽也注意了这点，但未能十分严格地贯彻到底。又因为他着意于理论的发挥，个别地方就有诠释不够严密之处。比如《悲慨》篇题解，《臆说》作者并未解释，只引了陈子昂诗句及一些古人的具有悲慨风格的篇目。这样做的好处是，可以使人形象地把握到悲慨一品的特点。但是，如果遇到一位文学史知识较少的读者，理解起来就会感到困难。当然《臆说》这种诠释方法也有其独创性，不容抹煞。

《浅解》在诠释上也并不泥于一格，有时在词句解释之后，还作全篇串讲，如释《悲慨》篇云："大风卷水，声不可闻。林木为摧，感且益慨。起手似有'北风'、'雨雪'之意。三句言正当极苦之时，若欲死然。招憩以遗忧也，招憩而不来可若何？百岁，非一日也。流而不反，荏苒以至于今。感叹之情何极。富贵热场，忽若冷灰，心滋戚矣。大道之丧，日甚一日，悲悯之念，何日可忘；是亦若为雄才而不得志于时，亦束手而无策。则壮士于此，拂剑而慷慨不平，浩然弥哀不容已矣。萧萧落叶，漏雨苍苔，亦何时不悲，何时不慨，何时不悲慨交集哉！"这简直是把《悲慨》一品发挥成一篇抒情散文了。

第三，引证丰富，注意校勘。在解释当中，作者力求多引一些例证，并介绍一些不同论点，以广读者耳目，从而更深入地理解《诗品》。比如《典雅》篇释"玉壶买春"句云："玉壶，酒器。春，春景。此言载酒游春，春光悉为我得，则直以为买耳。孔平仲诗：'买住青春费几钱。'杨万里诗：'种柳坚堤非买春。'诸如此意。"通过征引这些诗句，就使读者对"玉壶买春"理解得更形象些、更深刻些。此外，为了使读者真正理解《诗品》原意，并证明自己解释的正确，作者还往往介绍不同于自己的说法，并加以评论。如《流动》篇释"天机"云："天机，天之枢机？枢机不动，而实所以宰乎群动者也。一说，天机，星名。一作'天枢'。义亦通，但近滞"。此外，作者还非常注意校勘订正工作，使读者不至为各种版本不同的字句所迷乱。如释《缜密》篇"水流花闲"句，作者说："'花闲'，俗误作'花开'。'水流花开'，其上文是'空山无人'，句乃开中之合，与此毫无干涉；且'空山无人，水流花开'，乃东坡《罗汉赞词》，岂东坡犹抄写旧语？各依题看自知。"作者所论断虽未必都有说服力，但说明作者注释之前，是广泛参考各种版本并加考证，然后才提出定见进行注释的。

三

"尽信书，不如无书。"《浅解》虽然着重在解释并以此有了特点，但有些解释也并不完全令人满意，甚至反映了作者思想上的错误。现略举几点，提请读者注意。

第一，由于作者思想中存在着比较严重的唯心主义观点，因而他对《诗品》就往往作了极其错误的发挥。比如，他有时把文学创作、文学风格的形成说得玄而又玄。书中常常喜欢用一些近似神秘的语言来"说明"问题，结果使本来可以理解的句子，反而弄得令人不可思议了。兹举释《形容》篇"如觅水影"句为例。原句本是企图用譬喻以阐明观察与描写事物，必须细致入微，始显事物的精神本质。正如《臆说》所解："觅影已难，况觅水中之影？既如之，则无不觅之矣。"（《臆说·形容》）但是《浅解》作者却说："觅，求也。水影，不著迹象，形容只在有意无意间，不即不离，可以无心得，而不可以有意求。"这样就使人感到文学创作成了神秘莫测的事。这样解说，不但于《诗品》无功，且在有意无意中给它披上了神秘的外衣。

《浅解》的成功之处，主要是对词义字句的诠释，作者遇到文艺理论方面的问题，往往就显得无能为力了。在这一点上，远不如《臆说》。比如《自然》篇的题解，《臆说》中结合文学创作，不仅生动地说明了《自然》一品的特点，而且结合作家作品，提供了丰富的例证。而《浅解》却只说："自然则当然而然，不知其所以然而然。"这样就不仅死于字面的诠释，完全无视了司空图是在讨论诗创作的风格，而且明显地宣扬了极其错误的不可知论。

第二，《浅解》作者的思想方法是非常机械的，这一缺点甚于《臆说》。《浅解》把各品题目的两个字，几乎一律生硬地分割开来解释。更严重的是，作者完全有意识地这样做，而且作为一个研究心得提出来。他说，二十四品目中，"除《自然》外，无一章不有分笔。如《形容》不可分，而'风云'、'花草'、'山'、'海'就形言，'变态'、'精神'、'波澜'、'嶙峋'就容言，仍不分而分。《实境》不可分，'如蓬'四句，先实后境；'一客'四句，先境后实，亦不分而分"（《浅解·跋》）。我们认为，《诗品》二十四品目，为了讲解方便，有些题目可以分开诠释。但是作为一种风格或意境，每一品都应作为一个统一的整体来进行研究。正因为作者的思想方法过于机械，所以书中许多地方的具体诠释，也就往往牵强附会，甚至错误。比如《沉著》篇"鸿雁不来，之子远行"两句。联系起来看，"鸿雁不来"明显是说，渴望远行之人的书信，其思念之情是沉著的。这是对《沉著》风格作的形象性描绘。但是《浅解》作者却认定这句是专"写沉字"。勉强解释的结果，是既失原意，也无益于读者。

第三，《浅解》为了帮助读者理解，虽然还找出了一些《诗品》中所用典故的出处，但往往只说，语出某书某篇，或只引来原话，并不进一步去解释，因而引用材料虽多，常常不但生僻难懂，无补于理解，反而使人感到多余。如释"灵素"，引江淹赋就是（《浅解·形容》）。而且常由于征引不当，还造成许多不应有的混乱，比如《高古》篇释"浩劫"：引《度人经》云："元始浩劫，部制我界。""浩劫"本不难解，经此一引，反增迷惑。此类征引，不限一处，殊不必要。

同时，书中引文时有漏字错字，个别地方甚至有失原意，有时所引书名也不完整。这一切表明作者引文没有翻检原书，只凭记忆，甚至任意窜改，不能不说是作者注释工作上的一大缺点。这类地方，此次排印时，已尽可能予以补正。

《二十四诗品浅解》优点不少，缺点和错误也很多，但它仍不失为一本有参考价值的书。它不仅以对《诗品》原文的注释详赡取胜，而且解释亦时有独到之处，为《臆说》所不及者。今附刊于《臆说》之后，供读者参考，以补《臆说》之不足。至其解释有与《臆说》不同之处，也未尝不可以因参考比较而有新得。

最后，在校点《臆说》与《浅解》两书过程中，得山东大学殷孟伦教授的许多帮助，特在此表示感谢。

校点者 孙昌熙 刘 淦
一九六二年六月，诗人节之次日于山东大学

鲁迅"小说史学"初探

目　录

一　我对"中国小说史学"的理解 ……………………… 189

　（一）鸟瞰《中国小说史略》 …………………… 189

　（二）鲁迅为什么讲授中国小说史 …………… 190

　（三）从《中国小说史略》看鲁迅的"小说史学" … 193

二　鲁迅与《山海经》 …………………………………… 237

　（一）从爱好到研究 …………………………… 238

　（二）从中国神话之不发达说到《山海经》的性质…… 241

　（三）《山海经》神话传说与鲁迅创作 ………… 245

三　鲁迅与《世说新语》 ………………………………… 260

　（一）一部中国早期特有的古典文言短篇志人小说

　　　　之代表作 ……………………………… 260

　（二）鲁迅研究《世说新语》的硕果 ………… 270

　（三）鲁迅所受《世说新语》的影响 ………… 290

四　鲁迅论唐传奇 ………………………………………… 310

　（一）唐人始有意为小说 ……………………… 310

　（二）唐传奇实唐代特绝之作 ………………… 319

五　鲁迅论《三国志演义》 ……………………………… 328

　（一）鲁迅论《三国志演义》的思想倾向性……… 328

　（二）鲁迅论《三国志演义》史实与虚构的关系…… 332

　（三）鲁迅论《三国志演义》人物典型的艺术塑造…… 337

六　鲁迅论《水浒》 ……………………………………… 345

　　（一）鲁迅论《水浒》好汉是"侠之流" ………… 345

　　（二）鲁迅论《水浒》好汉作为"侠之流"的特点 … 352

　　（三）《水浒》为谁"写心" ……………………… 357

七　鲁迅论《聊斋志异》 ………………………………… 364

　　（一）研究《聊斋志异》的过程 ………………… 365

　　（二）《聊斋志异》体现了继承与创新规律 …… 371

　　（三）深入开掘《聊斋志异》的艺术经验 ……… 381

　　（四）学习发扬《聊斋志异》的艺术经验 ……… 401

八　鲁迅与《儒林外史》 ………………………………… 404

　　（一）一部讽刺名著的诞生 ……………………… 404

　　（二）主旨之探索 ………………………………… 407

　　（三）"诚微辞之妙选，亦狙击之辣手矣" …… 410

　　（四）继往开来 …………………………………… 418

　　（五）社会主义社会的啄木鸟 ………………… 423

后　记 ………………………………………………………… 425

一 我对"中国小说史学"的理解

（一）鸟瞰《中国小说史略》

任何事物都有自己的特点，人们往往通过它的特点来认识它。鲁迅的名著之一《中国小说史略》具有独特的丰满的内涵：在时间上，它纵贯古今小说；在空间上，它横联世界小说。因此，我们要想具体把握它，必须从鲁迅与中国优秀文化传统之关系的角度，探索鲁迅不仅是位伟大的从事科学评价中国古典小说及其发展规律的史学家，而且是位敢于继承和创新的中国现代文学作家，特别是以小说创作为代表的主将和旗手，从而使中华民族自神话以来汹涌奔流的小说长河万古常新。

必须指出：新文化并非自天而降，必有所继承。鲁迅客观、科学地整理研究中国古典小说，"从倒行的杂乱的作品里寻出一条进行的线索来"（《中国小说的历史的变迁》开首语），并加品评，号召大家（自己首先带头）有选择地改造它，且吸吮其乳汁，从而创作新小说。而鲁迅的小说，也因此成为历久不凋的典范，真是"问渠那得清如许？为有源头活水来"。当然鲁迅小说创作之根是深埋在时代活土里的——不这样也是不可能的。文学是时代的产物，但没有各个时代作品的积累与内在流动，即不断继承，借鉴而创新，便形成不了小说史。所以鲁迅很注意新文化承传的这支接力棒或熊熊火炬，小说史才得以源泉滚滚，不舍昼夜。他还充分认识到：文学革命并不割断历史，是促其新生或对旧作品的新评价。

如果说源头活水是承传与革新，是中国小说发达史的基因、主干，是纵贯古今的流脉，那么，从外国的作品、理论，经过选择而引进，加以改造和消化，则成为滋养本体的养料，这便是横联世界。所以鲁迅在搜集、整理和研究中国小说的过程中，总是作世界性的宏观考察，他从不忽视中外文学相互影响的关系。他看到中国小说的发展是一个民族的事，但又与世界相联系，始终在与世界相联系中前进，从而形成了东方体系。《中国小说史略》（以下简称《史略》）的伟大及其世界文学性的内涵，正在于此。

在研究工作中，只有独具慧眼，才有独创。鲁迅之所以能写出体大思精，富有特点的小说史来，绝非偶然。因为他既是社会科学家又是革命作家，又是学者和不断接受先进学说的思想家。现代文学中的大文豪都是作家而兼学者，是文坛、讲堂的主持者。所以不论是创作上还是学术上，都能融古今中外于一炉，而又独铸富有民族特征的新产品（创作或学术专著）。鲁迅则是新文坛的主将、旗手。《狂人日记》是现代文学史上的第一个“实绩”，《史略》是“五四”以来研究古典小说的第一座丰碑，是革命性与科学性相结合的名著，而且它体精论宏，富有指导性，直到今天仍然是这一研究领域的灯火。

而他对古典小说的评价之公允深切，将永久地指导着当时和后来的广大读者。

（二）鲁迅为什么讲授中国小说史

关于这个问题，鲁迅作过两次科学性的回答：第一次是在1923年10月7日，在为《史略》排印本所写《序言》中指出：“中国之小说自来无史。”第二次是1924年7月在西安讲学时，于讲稿《中国小说的历史的变迁》（此后简称《变迁》）的开端语中说：中国小说遗产里堆积着许许多多“倒行和杂乱的作品”，因而要整理出一条线索来。鲁迅的回答是真实的，愿望是伟大的。这是一个空前宏伟的工程，要付出巨大的劳动，但为了增加中华民族的光辉,他自信地把这艰辛的任务担在自己的肩上。

《史略》是开山之作。如无五丁之力,是很难完成任务的。鲁迅在编写和讲授本课程之前,就有深厚的素养,也可以说有足够的准备的。

鲁迅在 1920 年到北京大学教小说史课,曾有一个小插曲:北京大学原请周作人开小说史,他有自知之明,乃推荐鲁迅去。因知鲁迅自小嗜读旧小说,坚持不懈,积累甚丰。此外,鲁迅在日本留学期间,也读了些世界进步小说(包括日本作品),还注意外国人的作品评论(其实一些好的祖国的书评遗产,如卧闲草堂本《儒林外史》的评点就颇影响鲁迅)和一些文学史理论著作,如勃兰兑斯的著作就颇影响了他,这在《摩罗诗力说》中就反映了出来。更学习和运用当时的新学科——比较文学。梁启超的新小说理论也对他产生过影响。……这些都和鲁迅后来开小说史课有着密切的关系。

鲁迅是位伟大的爱国革命家,当他阅读外国进步小说并加以研究消化吸收时,他不能不想到祖国古典小说,且进行思考:由于儒家向来不重视小说,它长期被排斥在文学领域之外,因而从古神话开始,就大量散失。欲研究古典小说,就不得不先做大量的钩沉工作。而这工作是不易进行的,不仅需要博览群书(主要是工具书),在文学方面也要有真知灼见,尤其要有新的学识,而鲁迅恰恰具备了这些方面的全面、精湛的修养,并胸有此志。于是,他在 1909 年回国后便按部就班,先从搜集整理材料开始,到 1912 年辑成《古小说钩沉》书稿。同年为本稿作序,发表于《越社丛刊》第一集。序独到之处有三点:第一,打破对小说的传统旧观念。第二,指出小说产生的原因。第三,小说在文学史上的地位和作用。由此可见,鲁迅心目中似乎已有一部中国小说史了,而《史略》乃其实践之成果。因此完全可以说,《古小说钩沉》已用新观点、新方法开辟了五四时期古典小说整理研究之先河。

　　自然，鲁迅在讲授小说史之前，也见过中外少数文学史家所著的《中国文学史》，其中也讲到小说，但却都是"真伪不辨，论述简陋"（《史略·序言》），且均无"史"的概念。独鲁迅的《史略》是中国第一部小说史，而且建立了"中国小说史学"。这就是鲁迅讲授中国小说史课程的重大目的之一。

　　鲁迅开创中国小说史的伟大意义还在于古为今用。像他创作现代小说一样，总是坚持密切联系实际或从现实斗争出发的原则。他著述《史略》的主要动机，是与五四新文化运动相结合，或者说是在小说领域里向儒家（特别是道学家）思想进攻的一个偏师。

　　儒家思想从宋代理学（甚至更远一些）开始就渗入到一些小说中去，并且向具有进步思想的小说进攻。因此，鲁迅在《史略》中，在小说前进路上，理出两条——真、善、美与假、恶、丑——路线的斗争。鲁迅《史略》建立这种新的结构形式，鲜明地揭发出中国古典小说领域的反动力量，同时更显示出新的民主力量之不可战胜性；就是这个力量推动着中国古典小说的发展，而且奔流向前，即从神话传说开始，中国小说便有一个战斗传统。同时也给五四新文学家和读者们敲起警钟：中国古典小说并不全是优秀的像《儒林外史》那样可以阅读受益，也有好多宣传封建思想的像《儿女英雄传》之类的书。鲁迅更担负起为古人翻案（如为曹操）、为古典小说昭雪（如把被道学家看作海淫之书的《红楼梦》向广大读者评荐）的担子，把古典小说抬进文苑。

　　还应指出：鲁迅虽重视中国小说在斗争中发展的规律来著《史略》，并且自己也参加批判道学家的斗争，但并不排斥这个战线之外诸作（如"狭邪""侠义"等）。他的"史"的重要观念之一，就是重视从文艺（小说）发生学到生态平衡的这个规律，坚持从小说看社会、识人生的理论。因而他从许多角度，全面考察古典小说，吸取整理论述，使他的《史略》内容既丰富又科学化。于是这部专著真正展现了中国小说发展的全貌，让读者井然有序地窥见了政治、社会史，游泳在漫长的、坎坷的不幸人生滚滚长河，追逐思潮流转……更从侧面理解了中华民族精神。总之，鲁迅希望读者多多睁开眼睛，看看五花八门的小说世界。

然而鲁迅并非主张在《史略》里良莠不分，兼收并蓄，他有自己的立场观点和目的。犹如作家进行创作一样，他可以自由地向生活里选取题材，但却根据自己的创作动机。鲁迅创作的《高老夫子》和《肥皂》，主角是流氓赌棍和伪善者，然而在现代小说史上却是名著。因此，在小说史里，实践了文艺生态平衡论，正是《史略》特色之一。鲁迅著《史略》目的之一，就是以科学的标准对古典小说重新评价，以便在小说史上重排座次（包括被告席位）。这就有理由把古典小说抬进文苑，把小说史作为一门新学科，并把从神话以来到"五四"开始的新小说，看作一个整体。鲁迅讲授与编著《史略》的目的之一，是为新小说创作寻根溯源。新小说创作总得有个源头，它只是中国小说发展史上的一个新阶段。"抽刀断水水更流"，它要沿着战斗的传统奔流，一部小说史主要就是总结的继承与革新的作品变迁过程。鲁迅在《坟·论睁了眼看》中指出：所继承的是能照耀国民精神前途的灯火，而没有冲破旧思想，缺乏新精神之作，便不能继承。新文化"大抵发达于对于旧支配者及其文化的反抗中"（《集外集拾遗·〈浮士德与城〉后记》）。中国古典小说，对于新小说创作有影响，但继承的是什么呢？原来它有个遗传的基因，那就是能发光的国民精神和长期积淀下来的可贵的艺术经验。这是《史略》的重要内容之一，也是鲁迅著《史略》的动机之一。

（三）从《中国小说史略》看鲁迅的"小说史学"

鲁迅所研究的中国古典小说，特别是从"史"的角度，以新的观点、方法研究和解决的许多问题，如发展规律、评价标准等等内涵极为丰富，而又独成体系，因而鲁迅不仅著述了一部科学著作《史略》，而且建立起一门新的学科——"中国小说史学"。

1. 科学的历史分期原则

小说史主要是运用发展规律和评价标准科学地对历代作家作品作"史"的合理安排和精确的论述。小说史是历史，但它是小说的发展史。从宏观考察：作家的思想感情固然受自然、当时的政治社会生活以及思潮等外部诸因素决定性的影响，去创作他的作品；但由于这些外部条件的复杂性，特别由于作家创作的主观能动性，作品就不是由一个模子出来的铸件，而是成为各种品类和流派，并且存在着不断继承与革新的成长过程，使小说本身有相对独立性，各派汇流发展成为长河。这"史"虽与外部客观环境有着密切联系，是"史"的诞生、成长的黄土地，也是某一流派的墓场，而又孕育出了新品种，这就明显地显示了它在相对独立发展。它与外部环境的变迁，决不同步。它有较长久的生命力和广阔的普遍性，越是优秀作品，时与空对它几乎无能为力。有些流派可延续得比较长久，因此对中国小说史的分期，鲁迅于1930年11月25日夜，在给《史略》所作《题记》中，便对"当有以朝代为分之小说史"的主张，有所揶揄。

当然，鲁迅并不忽视朝代与小说之关系，唐代的传奇小说至宋衰亡，在《史略》里就大书特书。但鲁迅却更尊重小说自身的发展而划分史的阶段。有时甚至往往以作品为篇题。如第七篇《〈世说新语〉及其前后》，就概括六朝一个大时代。由于一种小说类型的变迁，一个朝代往往概括不了，因为它有个成长期，它的发展往往经历两朝以上，所以鲁迅就以时代为经，以品类为纬，作经纬交叉之篇题，如第十三篇《宋元之拟话本》、第十四篇《元明传来之讲史》等。因而，这种以时代为经、作品类型为纬的划分法，固然重视时代，而不以朝代划分，但却更尊重小说自身自然的发展阶段，从而建立起一个科学的小说发展分期的完整框架或者把它叫作"坐标"。由于这一划分原则是科学的，便为此后有的小说史家所继承与发展。

这个史的框架或坐标其实也是中国小说发展的总规律。只有依靠它，鲁迅才能把他考察、研究中国小说所寻找出来的许多其他类型的有机联系的规律充实和结构起来，从而形成了他的科学体系。

2. 古典小说的发展规律

我们认为：如果没有受读者欢迎的作家作品的延续，便不会有小说史。而小说又是怎样产生的呢？小说有一个产生它、影响它发展变化的变动不居的客观环境，这在前面我们已提出来了。这个环境激动小说作家的思想感情（有的顺应，有的逆反），便发而为作品。所谓"缘事而发"。鲁迅在《史略》里指出：小说起源于神话传说，这些人类最早的小说创作，最鲜明地反映出文学与大自然的关系。鲁迅在《史略》第二篇，即指出神话之产生来自对于大自然运动之不理解，然而具有征服自然的战斗性。还指出：六朝时代多产生志怪小说，则主要受佛、道两教之影响（《史略》第五、六两篇）。而清朝的武侠公案小说，则与当时的特殊的政治情势所影响到社会上产生的一种"乐为臣仆"的心理有密切关系（《史略》第二十七篇）。可见这些客观环境是文艺（小说）产生的唯一土壤。鲁迅后来（1927）总结说："我以为文艺大概由于现在生活的感受，亲身所感到的便影印到文艺中去。"（《集外集·文艺与政治的歧途》）他在《史略》里正是从发掘到这个文艺与现实的根本规律，进而唯物地阐释：为什么在特定时代环境里会产生一些特殊的小说？在这里鲁迅已掌握了"文艺生态学"。

作品诞生以后，要接受读者的筛选（由于有些读者的欣赏水平和低级趣味，有些坏作品可能不但保留下来或竟继续大量生产）。那些优秀之作，本身既有较久的艺术生命力，同时因通过继承与革新的规律延续其生命。这是一个有相对独立性的规律，但总受到那个文艺与现实规律的支配：虽然在继承与革新的过程中，会起很大变化，从总体上看却始终受影响。如《水浒传》之后有《后水浒传》、《水浒后传》，而后又有武侠公案小说。这固然与作家的立场思想、创作个性有关，也有继承与革新，而主要则是受时代的政治风云、社会变迁，以及社会思潮的影响。

继承与革新这一小说发展规律却万万不能忽视，其内涵是异常丰富的。鲁迅通过对历代小说内容的研究，用比较与联系的方法，挖掘出了士大夫创作本身所呈现出来的这一规律的复杂性，如清《聊斋志异》与唐传奇的继承与革新之关系，且形成一个流派，特名之为"拟古派"。同时，鲁迅又经过对小说内容性质的研究，运用比较的方法，发现了不同性质的两种小说：士大夫创作和民间创作。这两类性质对立的小说既是矛盾的却又相互影响，于是鲁迅从中发现了一个在小说史上极为重要的发展规律，说明了数千年来中华文化赖以不堕，中国小说因以发展的根本原因。

中国古典小说和世界上的一样，有两种：上层的与民间的。上层的士大夫文学单靠自身的继承与革新是困难的，特别是革新要有外来的养料，不然终会枯竭。鲁迅总结中外文学史上的经验，他发现一个重要规律：中国文学（包括古典小说）由于不断吸收民间文学和外国文学作为滋养品而获得生机，得以欣欣向荣，川流不息。这是鲁迅研究中外文学史，特别是自己的创作实践中的一个大发现。中国民间文学不但刚健、清新、有力，而且是民族文学特征的基础。鲁迅自小热爱民间文学艺术，并且有的成为他的创作素材，如《社戏》、《女吊》等。还由此奠定了他的小说富有民族风格（见《南腔北调集·我怎么做起小说来》）。

基于对民间文学决定性地使士大夫文学（小说）起死回生的作用的这一科学认识，并作为指导思想，于是他科学地整理了中国小说史上这一复杂现象和丰富的资料，而加以论述和评价，便成为《史略》的也是代表中国小说史的一个突出的特点。

在《史略》中，民间小说（话本）与文人小说发生密切关系而产生长篇小说的现象，占有极大分量。鲁迅在《变迁》第四讲：《宋人之"说话"及其影响》把这一现象说得很清楚。"《大

宋宣和遗事》…就是《水浒》的先声。"并总结说:"总之,宋
人之'说话'的影响是非常之大,后来的小说,十分之九是本于
话本的。"这固然是指的长篇巨著,而作为中国文言短篇小说第
二高峰的《聊斋志异》也由于大量吸收了"四方向仁又以邮简相
寄"之民间故事传说而盛行不衰。作者蒲松龄因而被誉为短篇小
说之王。可见这规律的内涵极为丰富。

　　但鲁迅把它作为规律而正式提了出来,则是1934年的事。
他说民间文学"偶有一点为文人所见,往往倒吃惊,吸入自己的
作品中,作为新的养料。旧文学衰颓时,因为摄取民间文学或外
国文学而起一个新的转变,这例子是常见于文学史上的"(《且介
亭杂文·门外文谈》)。不过辩证论者的鲁迅早年在编著《史略》
时,却往往遇到一些复杂的情况:文人摄取民间话本改造充实出
现了长篇白话小说,这是宋以来短篇白话小说的大发展;但同时
在整理比较研究过程中也发现了文人的这些新著有问题,特别在
人物塑造方面。这些差异,鲁迅在《史略》或《变迁》中都已指
出。而把这一现象上升为理论、规律,则是在晚年的致友人信中
所指出的:文人对民间文学的这些"摄取"并非兼容并包,而是
自古以来就由于立场观点的不同,而有所"择取"和改造,因而
出现差异。这是鲁迅成为马列主义战士以后的科学结论。如说:
"歌、诗、词、曲,我以为原是民间物,文人取为己有,越做越
难懂,弄得变成僵石,他们又去取一样,又来慢慢地绞死它。"
(《鲁迅全集》第10卷,第175页)

　　而这个现象在中国小说史上也常出现,鲁迅都已作了或多或
少的评析,如宋江、孔明、唐僧等性格都有程度不同的被改造。
宋江后面专谈,这里谈谈唐僧。"话本"《大唐三藏取经诗话》虽
然是《西游记》的先声,但又颇不同:例如"盗人参果"一事,
在《西游记》上是孙悟空要盗,而唐僧不许;在"《取经诗话》
里是仙桃,孙悟空不盗,而唐僧使命去盗。——这与其说是时
代,倒不如说是作者思想之不同处。因为《西游记》之作者是士

大夫，而《取经诗话》之作者是市人。……"（《变迁》第四讲）这就是士大夫改造了民间文学。

尽管如此，但这个规律仍然是非常重要的发展规律。民间文学不仅向士大夫文学不断输入新血液，使之永不枯竭，而且因以保持和发展了民族特征。士大夫改造民间文学是必然的，否则就非士大夫文学了。不过大醇而小疵。士大夫对外来文学也同样加以选择改造，为本民族的文艺发达是有所贡献的。这应当是全世界各民族发展自己民族文化的普遍规律。至于如何正确运用这规律，鲁迅便提出了"拿来主义"。

一个民族要想发展自己的文化，屹立于世界并对世界文化有所贡献，那就必须引进有益于己的外来文化，并以"拿来主义"把关——把民族化之关！鲁迅留学日本时，就考察了外来影响的巨大作用。他在《摩罗诗力说》中，高度评价了摩罗诗人突出的政治倾向、战斗精神的创作之"力如巨涛，直薄旧社会之柱石。余波流衍，入俄则起国民诗人普式庚（普希金），至波阑则作报复诗人密克威支，入匈加力则觉爱国诗人裴象飞，其他宗徒，不胜俱道"。他翻译出版《域外小说集》的主要目的是："异域文书新宗，自此始入华土。使有士卓特，不为常俗所囿，必将犁然有当于心。按邦国时期，籀读其心声，以相度神思之所在。则此虽大涛之微沤与？而性解思维，实寓于此。"（《序言》）

由于鲁迅深刻研究并通过实践理解到中外文学之关系，特别是引进外国新作品，给本民族文化注入新血液，他便发现了在中国小说领域里存在的一个东方体系：印度——中国——日本。当时鲁迅虽然掌握资料不多，在《史略》里却能够展示出中国小说史的世界性质。鲁迅所发现的具体例证，仍然是吸收与改造，使之民族化。那典型的例子是"阳羡鹅笼"的故事［见《史略》第五篇《六朝之志怪书（上）》］。充分说明"志怪书中之印度影响"。而中国的唐传奇（张文成《游仙窟》）、宋元明之话本（如《大唐三藏法师取经记》、元刊本《全相平话》……）大批传入日本。中国本土反而散失，而日本也尘封已久。在鲁迅活着的时候，日本又大量"出土"。如"盐谷节山教授之发现元刊全相平话残本及'三育'，并加考索，在小说史上，实为大事"（1930 年鲁迅为《史略》所作《题记》），乃又返归故国，起了"回返影响"。

由于当时鲁迅掌握的中外小说交流的资料不多，所以《史略》里关于中国小说接受外来影响方面的讲述是粗略的。

但《史略》在讲述六朝时代的小说"阳羡鹅笼"的故事时，却鲜明地反映出：中国作家对于外来小说的态度和方法，也和对待自己民族的民间小说一样，都是选择与改造。而其根本原因，则是作家的（民族）立场思想，导致了民族化的改造。

作家们的立场思想不同，决定了对不同作品的吸收、选择与改造，而自己独创作品时，则表现了相互间的思想斗争。选择与改造，实质上也是一种思想斗争方式。这些复杂的斗争推动了小说史的发展：先进的创作思想及其作品在斗争中最终会获得胜利。这是一个与上述相联系的发展规律。

前面已经提到，鲁迅非常重视作家创作的主观能动性及其创作个性。客观环境并不能限制作家的创作动机，就是限定一个极小的题目，不同的作家也可以写出相异的作品来。譬如同是写月夜的自然环境，有人写"月白风清，如此良夜何！"却另有人写"月黑杀人夜，风高放火天"（见《准风月谈·后记》）。这些不同性质之作，就是两种创作倾向，是对立的斗争。产生斗争的关键就在于创作动机是为作家的立场思想所决定。所以同是描写梁山水泊的，既有《水浒传》，也有《荡寇志》，从而表现了尖锐的斗争。后者就是要把前者所代表的创作思潮流派加以扼杀，目的在"截流"。"截流"与反"截流"是一种斗争史；统治与突破更是一种重要的斗争史。这些对立斗争的发展史，在《史略》里充分体现出来，而发展的主导力量则是新的健康的作品。前进的、健康的思想是小说演变或者斗争胜利的重要原因。因为作家在其进步思想指导下，不断冲破种种阻力而创造出革新之作，小说史乃得以面貌常新。

但思想新颖之作并非常胜将军，每当旧思想一度得胜，杂草丛生，文坛便荒芜起来，小说史也就来到黑暗时代。但总有新的作品破壳而出，进步的新生力量有不可战胜性。象宋之白话小说便冲破了宋传奇之旧壳而显示它的无限生命力，而且在中国小说史上居主导地位，因为它代表了市民思想战胜了浸透儒家意识的宋传奇。

宋代白话小说之兴，当然有其政治、经济支配下的社会生活土壤，但从思想斗争角度去分析，它的新生与宋传奇之消亡，反映了进步思想的胜利。

鲁迅认为宋白话小说是中国小说史上的一朵新花，因为它不仅在语言上新，主要还是由于新作者（市民思想作者）创作了以新的题材、新的人物为特色的新作品。它以"主在娱心"（《史略》第十二篇）的创作动机，对抗"文以载道"，在广大读者支持下，它代替了儒家主劝惩的小说宋传奇。

这个斗争是复杂和曲折的，而且经过较长时间才取得最后胜利。宋理学家控制了传奇。理学家们"发明"了一个调和社会矛盾、欺骗性很大的创作手法：以"大团圆"作结局，为封建主义服务。宋传奇取代了进步的唐传奇。鲁迅用比较方法研究指出：唐传奇往往写社会悲剧，人物有反抗性，如蒋防之《霍小玉传》；而宋传奇则以"团圆"剧取代了悲剧。鲁迅研究发现并在《史略》中指出："团圆剧"的发明家是秦醇。他的《谭意歌传》就是抄袭《霍小玉传》的故事而归结"大团圆"："夫妻偕老，子孙繁茂。"（《史略》第十一篇）把谭意歌描写成一个封建主义贵族妇女典型——命妇。显然这是瞒和骗的儒家小说，是儒家文艺观"温柔敦厚"在小说领域的体现。（《变迁》第五讲）。其影响之大，波及明之才子佳人小说。

因此，这具瞒和骗的枷锁，必须加以粉碎，而第一个狙击手就是宋代白话小说。其冲击力则来自人民读者。鲁迅说："当时一般士大夫虽然都讲理学，鄙视小说（指白话小说），而一般人民是仍要娱乐的；平民小说之起来，正是无足惊讶的事。"（《变迁》第四讲）

在这里应该提出一个问题：鲁迅一向是主张文艺为人生的。为什么在这里肯定了白话小说的"娱乐"性质？我们认为鲁迅并不完全否定文艺的娱乐性。娱乐性本来就是文艺作品性格的一个侧面。但鲁迅主张娱乐中潜伏着功利性。他在《史略》第七篇，就曾指出《世说新语》的娱乐性，也指出它是一部政治入门书（《变迁》第二讲）。鲁迅对这一小说美学思想，后来在《帮忙文学与帮闲文学》中作了深刻的阐释。他认为，"为艺术而艺术"派在革命时期是有战斗意义的。他说："今日文学最巧妙的有所谓为艺术而艺术派。这一派在五四运动时代，确是革命的，因为当时是向'文以载道'说进攻，但是现在却连反抗性也没有了。"所以宋代白话小说的娱乐性是在反抗理学家的"劝惩"或"载道"（《集外集拾遗》），而且在"娱乐"之中也潜伏着功利性的。这在后面还要谈到。

如果说，宋代白话打头阵，那么第二次冲击儒家小说的则是《红楼梦》。鲁迅不论在《变迁》第六讲，还是在《坟·论睁了眼看》里，都充分肯定它的战斗性。说曹雪芹是文坛闯将，是从瞒和骗的佳人才子"大团圆"中杀出来的。说他能以自己的新思想，新艺术手法写出了社会悲剧，从而说明道学家统治的小说领域并不稳固。

然而进步的民主思想虽然总是战胜道学家思想，从而推动小说史的健康发展，但旧思想、旧事物的力量还是强大的，不但常常压抑新生力量，即使遭受新生力量的惨重打击而被战胜，却仍不肯悄悄灭亡，总是千方百计地挣扎和反扑；而且往往是改头换面渗透进新兴小说中来，一旦转化成主导一面时，小说史上便又出现衰落时代。如人情小说之末流，即才子佳人小说盛行时，新形式的"大团圆"便再度风行：公子落难，佳人爱怜，金榜题名，奉旨成婚。所以鲁迅慨叹中国小说史发展的曲折道路说："中国进化的情形"，"一种是新的来了好久之后，而旧的又回复过来，即是反复。……文艺之一的小说，自然也如此。"（《变迁》开端语）

但是新的总要不断地产生，而且总归胜利，是个不可改变的发展规律。"真的、善的、美的东西总是在同假的、恶的、丑的东西相比较而存在，相斗争而发展的。"（毛泽东：《关于正确处理人民内部矛盾的问题》）因此，鲁迅的《史略》并不忽视反动的作品，尤其那些具有一定坏社会影响的作品。它们是被作为优秀作品的对立面收进《史略》中来。在揭示斗争真实面貌的同时，鲁迅深刻认识到：古典小说中的糟粕（如武侠公案小说）所占分量之重，与社会影响之大、之久，万不可掉以轻心。因此鲁迅在把它们收进《史略》并与优秀之作比较的同时，加以批判消毒。

狗尾续貂，也是思想斗争的表现形式之一，更是一种反扑的手段。以《红楼梦》为例，自它问世以来，道学家文人便疯狂地反扑过来。那方法就是不断地大写续书，把悲剧换成"大团圆"，理学重新统治了小说界。所以，鲁迅后来慨叹说："自从十八世纪末的《红楼梦》以后，实在也没有产生什么较伟大的作品。"（《且介亭杂文·〈草鞋脚〉小引》）这话自然是指"五四"以前的创作情况。

但小说史上却又体现另一个欣赏规律：一些伟大的作品虽在某一时期受压抑以致被冷淡，而在另一时期却又轰动起来。《红楼梦》的民主思想和它的高超的艺术成就，在伟大的五四运动中又被重新发现，获得新的评价。鲁迅不仅给它以小说史上崇高地位，而且热情地向青年推荐。它那对道学家的战斗，追求婚姻自由的执着，激动了广大青年的心，于是被当作新文学作品一样来抢读了。

3. 小说史家评价小说之标准

在小说史里，没有孤立的、互不相关的作品。从这一视角，

"史"家才能寻找出许多规律。鲁迅发现小说史上的一些规律，如继承与革新并深一层发现流派等，主要是以比较方法、史的宏观，寻找出来的。而思想斗争（通过作品）的发展规律，则主要是以客观评价标准，去探索作品内容的结果。作品间之所以发生思想斗争，也是由于作家之间的思想对立及其复杂的评价标准不同。因此，小说史里就存在小说作家的标准和"史"家（指小说史家，后同）的科学评价标准。这两者有的一致，有的就大不一样。而"史"家的小说观念、小说史观，通过评价标准的具体实践表现出来。"史"家在论述中也反映出他的小说观念和史观以及评价诸因素。"史"家在评价任何一部作品时，都联系着对文艺诸规律的评价。"史"家不但用其标准衡量作家的继承（借鉴）与创新活动，而定其是非得失，并且对思想斗争规律的实际也可评说。一部小说史写得成功与否，主要是靠了"史"家的科学评价标准及其具体实践。因此，研究"史"家鲁迅的评价标准，就非常重要了。

但在研究它之前，最好先研究鲁迅的小说观念以及鲁迅所探索评论的中国小说观念的变迁史。因为观念不清，标准便无从谈起。观念本身就寓有评价因素。

不过鲁迅从未明确说过自己的小说观念，它是寄寓在研究评论中国小说观念变迁中的。

①中国小说观念之变迁

评价的主要对象是小说作家作品，尤其是后者。那么，什么是小说呢？首先"史"家有自己的观念，才能进行评价。但是中国小说史上关于这个问题的正确解答，却走过一段漫长的弯路。因而鲁迅在《史略》第一篇里的主要内容就是探索中国小说的观念及其演变（进化）的实际情况，并提出了自己对于小说的科学观念和对旧观念的评论；整理了中国小说观念变迁史，并与"史"的评价结合起来。

他探索评论了先秦以来史家的小说观念之变迁。以为《庄子·外物》的说法——"饰小说以干县令"，"与后来所谓小说者固不同"，而东汉桓谭《新论》之说——"小说家，合丛残小语，近取譬喻，以作短书，治身理家，有可观之辞"，鲁迅却以为始"近似"。然儒家史官以其"不本经传，背于儒术"，便一向不被重视。如东汉班固就说："小说家者流，盖出于稗官，街谈巷语，道听涂说者之所造也。孔子曰：'虽小道，必有可观者焉，致远恐泥。'是以君子弗为也，然亦弗灭也，闾里小知者之所及，亦使缀而不忘，如或一言可采，此亦刍荛狂夫之议也。"（《汉书·艺文志》）从此，小说被鄙视为"小道"，长期受到压抑。观《汉书》所录小说内容，是"杂"。鲁迅概括起来说："则此小说者，仍谓寓言异志。"（以上鲁迅话，皆见于《史略》第一篇）这就影响到和束缚了后来对小说正确观念之提出。但鲁迅以为"不真实"或虚构则是这时期小说的重要特点。他总结班固所录小说诸书说："大抵或托古人，或记古事，托人者似子（按指：诸子书）而浅薄，记事者近史而悠谬（按指：荒谬无稽，不能作为历史根据）者也。"（《史略》第一篇）鲁迅总结出这点极为重要，对后世产生有益影响。到了宋欧阳修撰《新唐书·艺文志》（简称《新唐志》）时，反映了史家兼文学家在小说观念上的解放，发生了一次突破性的变革。欧阳修《新唐志》中的小说类，收有六朝时代产生的"志神怪者十五家一百十五卷，……明因果者九家七十卷"。这些书在欧阳修以前的诸家史书中，"皆在史部杂传类与耆旧高隐孝子良吏列女等传同列"，也就是说，这些书原都作为历史（真人真事）看待的，这种观念唐已开始动摇，至欧阳修干脆在《新唐志》中把志怪书一律作为虚构的小说对待。所以鲁迅大书而特书："至是始退为小说。"（以上均见《史略》第一篇）这在小说观念上的确是个巨大的变革。这种打破六朝以来的把"志神怪"、"明因果"之书当作历史的旧观念，一律视为虚构之书的新观念，应该溯源到汉以来把小说视为虚构的短书、寓言的观点。发展到唐、宋，特别是宋代文人史官，冲开迷信的烟雾，把六朝人坚信为史的神怪之书，完全看作虚妄荒诞无稽之谈，且被引进一向被视为内容"悠谬"的小说领域，于是中国小说观念乃起了一个巨大的变革。唐人传奇小说作家只是有意识地去虚构他的小说，在其笔端虽随意驱使人鬼神仙，却还没有公然否认志怪之书为历史；至宋代文人史官乃以史笔判决其为虚构且定为小说类。从此，小说不仅内涵丰富扩大，更重要的是在性质上，从尊重史实而破除迷信和崇尚虚构了。开始了真正的小说创作，并进入了自觉创作的时代。小说创作不再是"史实"的记录，而是人物情节的虚构。小说家不再是史家，有了自由创作的权利，去艺术地表现主题思想，展示艺术才华。

突破旧观念的原因，是迷信思想的削弱，小说创作实践的要求，"有意为小说"，即有意识地创造。而发难者则是唐传奇小说家，功不可没！鲁迅在1935年所写的《六朝小说和唐代传奇文有怎样的区别？》主要就是分析的这种突破。真正的小说之出现，旧观念便必然被打破。但新生的小说之地位仍然"卑下。贬之曰'传奇'"（《史略》第八篇）。这也应该是小说的一个观念，小说观念是复杂的，史的观念虽已被粉碎（自然这是顶重要的），但仍残留或者新生了一些小说观念。

由于历代小说观念之不同，且影响到内容与艺术等方面之变化，小说史家才能据以区别各代小说之情况及特点，并得以评价作品的主题思想与艺术水平，评价各派小说观念（主劝惩与主娱乐）之优劣及其对小说史和社会之影响等。

自秦汉小说以来，观念与评价便有机联系着，如因评价而生观念："小道"是种评价，也是观念。于是观念中寓有评价，小说即被长期压抑着，不能蓬勃发展。

宋传奇的地位有所抬高，因儒家利用它来作"载道"之具。宋白话小说出现以后，就产生两种观念：传奇主劝惩，白话小说主娱乐。"史"家的鲁迅肯定了娱乐派的革命性，否认劝惩派之作是小说，鲜明地体现了鲁迅的小说观念，也是他的标准之一。

可见观念寓有批评，而小说史家的，则是最高权威。

鲁迅本来是最重视作品的社会教育效果的，他创作小说之揭出下层社会的病苦，目的是引起疗救的注意，反对"消闲"的。但他肯定重娱乐，与他的"为人生"并不矛盾。因为文艺本身具有娱乐性的成分，读作品是一种美感享受，而宋白话小说特别具有娱乐性；鲁迅从"史"的视角，又肯定它是新生事物，富有战斗力，即它以"主娱乐"反封建主义的"文以载道"。鲁迅的这些观点，在《史略》第十二篇《宋之话本》中就已透露出来。鲁迅把唐俗文学同宋之通俗小说作比较之后，认为两者并没有继承关系，相反，在思想艺术上是处于对立地位的。他说，宋之通俗小说与"唐末之主劝惩者稍有殊"，而主娱乐。这个观念的产生与当时的经济基础有密切关系，"宋都汴，民物康阜，游乐之事甚多，市井间有杂伎艺，其中有'说话'"中小说一目。鲁迅说：话本"小说之体，在说一故事，而立知结局"。可见主娱乐绝非偶然，是听众的要求，他们到技艺场来寻娱乐而不是听劝惩，于是宋白话小说大兴。

这说明小说性质方面的观念的内容极为复杂，而鲁迅加以肯定或批判的小说观念都和他的批评标准相联系。

白话小说由短篇发展为长篇小说，多为历史小说，是以史为本，以虚构为枝叶，是内容观念的又一变迁。再发展为人情小说（世情书）——虽反映现实而全属虚构的长篇，小说观念又起变迁。鲁迅对历史小说评价不高，而"对人情小说"肯定较大，直到评价《红楼梦》对旧内容和形式之突破，认为是"五四"以前古典小说之最高峰。在在说明：鲁迅自己的小说观念和相关的评价标准，既有机运用而又正确深刻。

由此可见，鲁迅在其《史略》的第一篇即探索中国小说观念之演变史，实即探索中国小说史，探索中国小说创作思潮斗争史，也就是探索中国历代各阶级阶层对小说之理解与评价，以观小说价值之升沉史。而鲁迅则用自己最新的小说科学观念为武器，站在最高点上作"史"的观察、评价和总结，作为他论述中国小说发展史的纲要。

②评价标准

只要有作家就有自己的小说观念和评价标准。只要有读者就有他自己的小说观念和评价标准。可见评价标准无人不有，经常寓于创作与欣赏之中。但因立场思想、文艺观点不同，就千差万殊。但客观科学标准则只有一个，即小说史家鲁迅的。因此，我们在这里只探索鲁迅评价古典小说的标准。

鲁迅的家教是允许读小说的，而且是作为文学修养之助。由此奠定了他对小说的正确观念：并不把小说视为"闲书"，而是文学作品。

鲁迅留学日本时期最突出的标准，是反帝反封建的爱国主义。他多次提到热爱东欧的作品（如《我怎么做起小说来》）并在创作上受到巨大影响（《集外集拾遗·英译本"短篇小说选集"自序》）。他认为好的作品不仅是叫喊与反抗的，而且为了解放被压迫者，应有"不克厥敌，战则不止"（《摩罗诗力说》）的斗到底的精神。

这自然是对外国进步作品的评价标准。而当他回国并讲授中国小说史课程时，也把它融进他评价古典小说的标准之中。

鲁迅从爱国与为人民的利益、从小说观念与"史"的视角、与五四运动相联系——从现实的战斗出发，并作为基础，建筑起他完整性的评价标准。

一曰：真实地反映了现实社会人生

鲁迅一向主张小说要"为人生"，"并且必须改良这人生"（《我怎么做起小说来》）。文艺作品是现实生活的变形，它只有忠实于现实生活，才能真实地作出艺术反映（变形的作品），才能产生有益的社会效果。即如鲁迅所做的："我的取材，多采自病态社会的不幸的人们中，意思是在揭出病苦，引起疗救的注意。"这个文艺的全部功能，也就是它的根本价值。因此现实生活是检验作品是否真实的根本标准。所以鲁迅力诋瞒和骗的"大团圆"之作，把它看作国民劣根性的表现之一（《坟·论睁了眼看》）。他在肯定唐传奇的写实性（《变迁》第四讲）之外，大力批判宋传奇的"大团圆"（《史略》第十一篇）；而对"世情小说"之末流的才子佳人小说的"大团圆"的结局公式也批判不遗余力（《变迁》第五讲）。并以与现实生活对比的方法，批判《三国演义》里有许多人物失真，并从而挖掘出失真的根本原因是作者不忠实于生活的创作动机（《变迁》第四讲）。

只有那些真实地写当时社会现实生活的作品，才有时代感，并随着时代的嬗递、作品的变革，才有历史感。所以鲁迅于1925年对瞒和骗的歪曲现实之作，作了极为严厉的批判，写了著名的《论睁了眼看》。在批判"大团圆"的同时（在《阿Q正传》的结尾也讽刺了"大团圆"），结合现实的创作情势，号召作家们睁开眼睛正视现实人生，真诚地、深入地看取人生，写出他的血和肉来。鲁迅不仅肯定了《红楼梦》的价值在写真实，更重要的是写出了普遍存在的人生悲剧。这才是旧社会人生最真实的内核，所以鲁迅的两本现代小说集，就是以悲剧为主调，有的且以喜剧形式加强、加深悲剧内容，如《阿Q正传》就是，从而充分体现出鲁迅的小说观念的一个因素。因此，"娱乐性"并非鲁迅评价的标准。因为娱乐的不一定是真实的，主娱乐的作品的革命性只限于特定的时机。纯娱乐而无所为之作，不是含泪的微笑，如《笑林》之类（《史略》第七篇），亦无足取。

把现实人生写活而寓有深意之作，是中国古典小说之秀，从而汇成小说史之主流（自然鲁迅并不轻视曲折反映现实人生问题的积极浪漫主义之作，如《聊斋志异》之类的作品）。从志人小说《世说新语》发展到清代，以《红楼梦》为代表的"人情小说"其所以受到鲁迅的高度评价，就因为作者们敢于正视和鞭挞病态社会，符合了鲁迅的这个根本的首要的标准。《世说新语》从繁密叶间洒落下几点阳光，"唐传奇大抵描写时事"（《变迁》

第四讲），宋代白话小说的"取材多在近时"，"多为时事"（《史略》第十一篇）之作。特别值得称许的是在宋代理学盛行，白话小说作者在钳制言论的政治环境中，敢于正视现实，敢于冲破禁锢而说真话，是要有极大魄力的，岂只"主娱乐"而已。所以鲁迅极为重视这个战斗传统。而鲁迅之所以否定宋传奇，是因为当时"忌讳渐多，所以文人便设法回避，去讲古事"。而且从事"封建说教"，"把小说变成修身教科书，还说什么文艺"（《变迁》第四讲）。

由此可见，强调写真实这个评价标准不仅能发现伟大作品（如《红楼梦》），而且有极大的反封建主义作用，能积极配合当时的新文化运动，也大有益于新文学创作，是理论革命和新文艺理论的奠基石。

鲁迅用这个标准彻底批判了宋以来中国小说创作的瞒和骗的"大团圆"模式，把这种创作思想提高到作为一种国民劣根性来批判。他说：在这瞒和骗的路上，"就证明着国民性的怯弱、懒惰、而又巧滑"（《论睁了眼看》）。

既批评了主观臆造以至歪曲历史人物的《三国演义》，也批评了那种身处现代而仰慕往古，仿《世说新语》的假古董。续《世说新语》者极多。这是一股以今作古的创作逆流（《变迁》第二讲），是一种对现实生活的歪曲。作者不仅这样写小说，而且明代人还在生活上这样做，"误明为晋"因而大吃苦头。如袁宏道就是典型。（《集外集·选本》）

这仍然是鲁迅批判的那些"反复的"、"倒行的"东西，又借一种新形式出现了。它既与以《聊斋志异》为代表的"拟古派"（《变迁》第六讲）存异，也与历史小说有本质的不同。历史小说是从现实出发，选取相应的历史题材为主干，允许虚构的演义小说。其特点是以特定的历史精神，古为今用。鲁迅写的就是这样。而那些续《世说》之作，则是作者把现实心造成六朝时代的幻影来写的。"拟古"则是指一种小说流派，在中国小说史上源远流长，占比重较大的流派。如《史略》第二十一篇：《明之市人小说及其后来选本》、第二十二篇：《清之拟晋唐小说及其支流》等。这后一派鲁迅以《聊斋志异》为代表，并作阐释说："所谓拟古者，是指拟六朝之志怪，或拟唐人之传奇而言。"（《变迁》第六讲）蒲松龄受志怪与传奇之影响而创作《聊斋志异》，他自己并没有声明，而是鲁迅运用继承与创新的规律，用比较研究的方法发现了这一流派。它是"拟古"而非"泥古"，可以比较唐传奇中之《枕中记》与《聊斋志异》中之《续黄粱》，便可认识到两者之间是继承关系，后者只用其框架而立足现实，缘事而发，故多独创。完全是小说史上的一种健康发展，是值得重视的一个流派。它继承了唐传奇干预生活的精神，而以志怪为血肉，虽曲折地反映了现实，然而是真实的，所以得到鲁迅的赞赏。

"真实"不是照搬生活，而是作家的主观创造。作品是现实生活的艺术变形，渗透着作家的思想感情，甚至生命。鲁迅于《变迁》第六讲里，在表现真实问题上，比较《三国演义》与《红楼梦》时，赞美后者"所叙的人物，都是真的人物。……自有《红楼梦》出来以后，传统的思想和写法都打破了"。说明作家主观创造之重要性。因此，进一步检验作品的主题思想如何就异常重要了。

二曰：支持战斗之作，批判投降之书

"文学是战斗的。"（《叶紫作〈丰收〉序》）但要看作家的思想性格。当然，只要是个心地公正，就是和平诗人如陶潜者，一旦遇见不平，也会写出"刑天舞干戚，猛志固常在"的金刚怒目式的诗来［《且介亭杂文二集·"题未定"草（六）》］。鲁迅从小就受到社会不公平的待遇，产生反抗之心；他的复仇性格使他敢于向旧社会战斗。随着思想的进步，战斗力愈强。留学日本时期，从反帝反封建的爱国主义出发，他创作《斯巴达之魂》，即已表现此种文学（小说）观。他推崇以拜伦（G. Byran）为首的摩罗诗人，即因其"立意在反抗，指归在动作"。并钦佩其"不克厥敌，战则不止"的战斗到底的精神。他还寻求和嗜读敢于呐喊和反抗的俄国、波兰以及巴尔干诸小国作家的作品。由此可见，战斗精神是鲁迅精神之一重要成分，也是他评价作品主题思想的重要标准之一。

由于战斗与反抗精神与儒家的"中庸之道"思想，以及"温柔敦厚"的诗教相对立，因而在中国文学史上，长期不被鼓励，或受压抑。然而，地下火在运行，和平孕育着战斗。因此，鲁迅一方面向祖国引进反抗与战斗之作，作为中华民族文化的营养，同时在中国文化史里挖掘和发扬战斗传统。特别在诗歌中发现了这个传统。诗人们不仅"有时也说些下层社会的苦痛"（《英译本"短篇小说选集"自序》），而且时有叫战之声（《花边文学·古人并不纯厚》）。

鲁迅发现作为小说、诗歌源泉的神话传说中颇多反抗压迫与征服大自然之作。如不怕杀头的形（刑）天、复仇女神精卫等。此后，志怪书中的《三王塚》、不怕鬼的故事《魏定伯》等，不仅发展成为一个战斗传统，且影响极深远。鲁迅就曾把这些作为题材，演义而为历史小说，如《补天》、《铸剑》、《奔月》等。但这一传统远不如诗歌，直到唐以前还未汇成巨流，向社会挑战、对旧事物和旧思想进攻的，无论浪漫的还是现实主义之作，为数毕竟不多。我们在前面稍稍提了一下：志人小说《世说新语》，由于作者对上层人物的残忍罪行与腐朽生活，采用了欣赏的态度，只能在客观上起些暴露作用，而非战斗。唐传奇敢取时事为题材，写爱情悲剧，宣传复仇主义，但为数不多。鲁迅只能作披沙拣金功夫，如在《义山杂纂》中鲁迅认为中有"能穿世务之幽隐"者（《史略》第十篇）。

宋开始出现瞒和骗的传奇，改《霍小玉传》之悲剧为"大团圆"。但明朝却已出现了反封建婚姻制度之作，如白话短篇小说集"三言"里的《陈多寿生死夫妻》。中经《儒林外史》控诉王玉辉逼女殉夫之大悲剧，已形成一股巨流，一直影响到五四时期杨振声教授之《贞女》。

讽刺批判科举制的小说《儒林外史》出现之前，《聊斋志异》已开始讽刺举子荣辱得失之复杂心理，以及科举之弊害，但极不彻底。迨《儒林外史》出，才正式向旧日社会挑战，不仅讽刺了道学成堆的儒林，主要集中批判了科举制度和婚姻制度，而艺术上又多独创，因而被鲁迅誉为讽刺小说之典范，嗟叹后世（自然是指五四运动以前）无复有真正讽刺之书。评价之高，不仅反映了鲁迅对这一流派的珍视，而且看出他对讽刺小说观念之深切与评价标准要求之严。鲁迅后来写了几篇著名的关于讽刺艺术创作论文，是结合自己的创作经验，从《儒林外史》的贡献中总结出来的。因而《儒林外史》获得鲁迅"战斗的"评价标准的最高分。

也正由于此，那些长篇白话小说，无论是浪漫主义的《西游记》、《镜花缘》，还是现实主义的《官场现形记》……都不能称作讽刺小说。属于"神魔"体系的吴承恩的《西游记》，作者虽"取当时世态"作为"讽刺揶揄"的对象，但秉性"善谐剧"，描述每多"解颐之言"（《史略》第十二篇），不是严肃的战斗。鲁迅在《变迁》第五讲里，否认其为讽刺之书。认为"至董说的《西游补》则成了讽刺小说，与这类没有大关系了"。

鲁迅评李汝珍的《镜花缘》说："其于社会制度，只有不平"，但作"诙谐"之语（《史略》第二十五篇）。其创作动机，只在显露其博物多识而已。故鲁迅只认为是一部显露才学之书。

晚清的《官场现形记》之类的著作，虽有战斗性，但取材多失实，思想落后，艺术性又差，大大削弱了其战斗力。因而只有谴责而无讽刺，鲁迅只能称之为"谴责小说"。

以上诸例说明：鲁迅的"战斗"标准极高，而他认为战斗力最强、最能击中旧社会要害的是讽刺小说，因而对它要求更严，也最珍视。但在中国小说史上讽刺作品较少，因而他也爱"吉光片羽"。他总是不疲倦地做发掘工作，并取得巨大成绩。这我们在前面已提到过了。

五四新文化运动之际，鲁迅站在前沿阵地上，从宏观角度，以朴素的辩证观点把中国古典小说分为民主精华与封建糟粕两大类。他既热爱和支持战斗之作，就必然要全力鞭挞那些宣传投降和奴才主义之书。前者如《水浒传》，后者便是武侠公案小说。

检验一部小说的内容实质，不是看它表面的描写，而是深挖其主题思想。自《水浒传》诞生以来，读者就有不同的评价，并流行着不同的版本。既有坊间本，也有官版。这说明了它的复杂性。那么它究竟是一部什么性质的小说呢？

1920 年，提倡新文学运动的胡适，发表了《水浒传考证》，吹捧这部小说"比《左传》、《史记》还要重大得多"。鲁迅受其影响也采用了其中一些材料甚至观点。然而两人研究学术问题的立场、观点和方法毕竟不同，因而研究结果，差异很大。

一个起义军集团，并未失败，却走了投降的路，不能不令人怀疑。鲁迅运用小说史上的一个重大的发展规律，解决了《水浒传》的主题思想的实质。前面提到过，鲁迅发现文学史（小说史）上文人总是选择、吸收和改造民间文学而著作。这有积极的一面，如《西游记》，吴承恩在人物上虽稍有改动，但是基本成功的名著（《史略》第十七篇论述较详）；但也有本来积极战斗的民间文学，一经文人改造，不免有些变质了，《水浒传》就是其中的一部。四个版本《水浒传》中的首领宋江都是"仁义长厚"。而鲁迅却发现民间文学中的宋江则是"勇悍狂侠"，恰恰是梁山群雄的统帅性格。而在文人著作的《水浒传》里竟是"仁义长厚"，显然是文人的改造，目的是为他率领群雄投降作张本。可见文人改造宋江性格是颇费了一番心血的。

一部作品的内容是战斗的，还是投降倾向，主角的思想性格起着巨大的作用。《水浒传》无论怎样劫富济贫、抗拒官军、除暴安良、秋毫无犯……它的主角（领袖）却素怀投降之心，而又终成事实，那么这部作品的战斗性也就极为有限了。于此，我们存疑了多年的一个问题——为什么明嘉靖中有都察院刻本《水浒传》也就恍然大悟了。

鲁迅对这部表面描写反抗官府，攻城夺池，而骨子里却意存投降的《水浒传》存有高度警惕。根据许广平的回忆，当年鲁迅在课堂上，讲授这部小说时，把它比之为吃人的老虎（《鲁迅回忆录》，第33页）。鲁迅在1929年写的《流氓的变迁》中，便针对当时的政治情势，对《水浒传》大张挞伐。

自然，鲁迅并不全部否定此书，对梁山好汉们的反抗政府为民除害的一面，还是肯定的，并惋惜群雄之上当被杀说明投降是死路一条。

投降主义后来发展为奴隶主义。清代的政治形势成为产生奴才主义小说的土壤。侠义公案小说兴起以后，续书长期不绝，吸引了广大读者。鲁迅指出，这种书的共同特点是："凡侠义小说中之英雄，在民间每极粗豪，大有绿林结习，终必为一大僚隶卒，供使令奔走以为宠荣。此盖非心悦诚服，乐为臣仆之时不办也。"（《史略》第二十七篇）《水浒传》流派至此，那种反抗官府的精神完全丧失，只剩下奴才相了。然而续书愈出愈多，读者兴味不减。鲁迅在《变迁》第六讲里慨叹说："我们对此无多批评，只是觉得作者和读者都能够如此之不惮烦，也算是一件奇迹罢了。"

鲁迅不仅检查作品之主题思想，而且深挖作家的创作动机。文学是战斗的，但必须为了改革社会痛苦的人生而战斗，文学不是为一己复仇或祸人的工具，是为鲁迅的又一标准。

三曰：是"私怀怨毒"，还是"公心讽世"？

鲁迅的创作是战斗的，因为要"改良这人生"，而且要"引起疗救的注意"，只有有了这一社会效果，才有战斗的意义。这就是他的创作总动机。所以鲁迅首先强调作家必须是革命者，至少是思想进步、道德高尚，才能为广大受苦难的人民说话、为改造社会而斗争。鲁迅把有这种创作意图的作家称为有"公心"。对那些不关心社会人群生活，甚至为了个人利益，大写坏人心术的作者，鲁迅根本不认为是作家。他对于那些为个人，尤其"假小说以施行诬蔑"（《史略》第八篇）的人，表示了深恶痛绝。创作是干净、高尚而神圣的工作，作家是净化人类灵魂的工程师。优秀小说是超越时空限制的，不能随意亵渎，即使为了个人的报仇雪恨也绝不允许。

作者从个人目的出发，他的创作即使暴露了个别人物及其家庭的丑恶，只是社会上的个别丑恶，缺乏代表性，其社会效果也是有限的。鲁迅认为明代人情小说之较佳者，虽"描写时亦深刻，讽刺之切，或逾锋刃，而《西游补》之外，每似集中于一人或一家，则又私怀怨毒，乃逞恶言，非于世事有不平，因抽毫而抨击者矣"（《史略》第二十三篇）。由于作者不是针对特定政治社会的腐败和黑暗而进行批评和要求改造，对人生、社会之改革无补，因而艺术价值也就有限。鲁迅评价作品的价值，向来以它的社会有益效果的大小为准。他自己的创作，就是向社会选取大多数人的切身问题为题材，铸成典型，引起读者的普遍注意。这种创作动机就是出于"公心"。他曾给杨霁云去信说："我的杂感集中，《华盖集》及续编中文，虽大抵和私人斗争，但实为公仇，决非私怨。"又说："为了远大的目的，亦非因个人之利益而攻击我者，无论怎样的方法，我全都没齿无怨言。"（《鲁迅译著书目》）这是何等的胸怀！真是高山仰止！他作品的万丈光芒，就是从这里发出来的。

"私怀怨毒"之作，即使所攻击的是社会蠹虫，杀伤力也不大。而作者又只是得到自己的满足，因而价值不高。鲁迅认为《金瓶梅》作者似有此种倾向（《史略》第十九篇）。但因仇家西门庆恰恰有类型性，所以，"著此一家，即骂尽诸色"。但终因其取材于仇家，创作动机不纯，意境不高，艺术一般，而非上品。

但鲁迅又指出：作者虽有"公心讽世"的创作动机，而思想一般，甚至保守，创作态度又不严肃，艺术修养又不高，这样作家的作品，亦非上流。《钟馗捉鬼传》"虽近于呵斥全群"，"然辞意浅露，已同嫚骂"（《史略》第二十三篇）。而晚清小说《官场现形记》、《二十年目睹之怪现状》等虽攻击当时政治腐败，有反帝情绪，却主张恢复旧道德；在艺术上笔无藏锋，因而只能作为"谴责小说"看。可见只有"公心讽世"是不能保证写出上等作品来的。那为什么《儒林外史》是第一流作品呢？

吴敬梓虽受时代和阶级的局限，不可能要求根本改变封建制度，却难能可贵地敢于反对封建科举制度，血泪控诉杀人的婚姻制度，还让小说中的先进人物以实际行动向旧礼教示威；尤其可贵的是他独创的攻击道学家的讽刺艺术：著名的那一段范进席上吃大虾圆子的细节描写，受到鲁迅高度评价："无一贬词，而情伪毕露，诚微辞之妙选，亦狙击之辣手矣！"（《史略》第二十三篇）对后世影响深远。

吴敬梓的创作动机，是"对世事有不平"，"而抽毫""刻划伪妄"，寻根到科举制度；"抨击习俗"，重点在吃人礼教。使黑暗王国中闪出一线光明，此方谓"秉持公心"。

如果一部小说只是为了发泄"私怨"，恶言秽语，冷嘲热骂，不仅无益于读者，更是对艺术的亵渎！然而这种不良的创作倾向，虽非主流，却在中国小说史上源远流长。而尤其严重的是，竟在读者中产生了一种错误的观念：把讽刺小说看成是济私攻讦之具，使小说丧失了它的社会教育作用。

鲁迅严肃指出：这股恶流滥觞于唐传奇，《白猿传》即开诬蔑人之端（《史略》第八篇）；而《周秦行纪》又开假小说进行政治陷害之风（《史略》第十篇）。严重影响了读者的心理。形成这种阅读心理的原因也是多方面的：由于六朝以来，志怪或志人小说都有一个重历史真实的传统，唐传奇作者虽强调独创虚构人物情节，但其文体则承袭了传记文学（《史记》）的结构，具有鲜明的史传形式。读者本来就认为小说所写是真人真事，而每遇讽刺之作，更是要加以推测甚至考证了。这严重破坏了作品的社会教育效果：读者把"私怀怨毒"之作与"公心讽世"之书相混淆，一律看成攻讦之作，与己无关，便可隔岸观火，不自反省（《文艺与政治之歧途》及《答〈戏〉周刊编者信》），形成了中国接受美学领域的一股浊流。

怎样清除它呢？除了揭发与批判这股不正之风外，鲁迅认为就是拿出具有高思想境界与高艺术水平的作品，作为榜样来影响和逐步纠正读者的错误观念。单是向读者宣传小说是虚构出来的观念，还是不够的。应该宣传典型观并传授如何创造人物典型的艺术经验，以鼓励作家和教育读者。鲁迅留学日本时期，已经是一位文学理论、批评家，但在北京各高校讲授小说史时，却不大讲文艺理论（后期讲《苦闷的象征》了），也较少发表这类文章。不过在《史略》里却使我们读到他的典型论。他评论"西门庆故称世家，为缙绅，不惟交通权贵，即士类亦与周旋，著此一家，即骂尽诸色"（《史略》第十九篇）。

批判作者把小说作为济私攻讦之具，纠正读者的错误观点，鲁迅从《史略》开始做这一工作，苦口婆心，一生不倦。他在1927年写的《文艺与政治的歧途》中提出作者和读者应该共同烧在作品里面。在1934年的《答〈戏〉周刊编者的信》里，于批判读者"隔岸观火"的同时，教导作家应当怎样创造典型，把读者也烧在里面，使他们自我反省的问题。从而阐发了艺术典型和创造典型的重大社会意义和作用。1936年所写《"出关"的"关"》，发展了马克思主义文论的典型观，而又结合中国优秀传统，在民族风格典型化上，做出了卓越的贡献。

鲁迅提出了杂取种种人合成一个的典型化艺术手法，同时指出：即使取用真人真事为模特儿，如果艺术手腕高明，也可以创造出艺术典型来，从而发生巨大的社会教育作用。因为在读者的心目中，是艺术典型，而不是现实里的哪一个人。

由此可见，在"秉持公心"创作的前提下，作家创作人物的方法及艺术手腕之重要。而且不仅是创造人物，更积极影响作品内容的构思。鲁迅时常说的"选材要严，开掘要深，"以及"表现的深切"等，就是重视了艺术经验能加深作品内容的巨大作用，及其相对的独立性。因而这是鲁迅的又一评价标准。

四曰：看人物塑造有否新成就

由长期积累起来的民族艺术经验而产生的辉煌灿烂的艺术成品，向为鲁迅所珍视。从目六朝志怪、志人小说为史，发展到唐传奇的有意为小说；从记录"史"实，产生创造意识的自觉：这是一个巨大的飞跃。唐传奇借用传记体（描述生活的纵剖面，而非横剖面，这是中西短篇小说在体裁上的显著差别。"五四"以后，受到外来的影响，才开始变化），虚构人物情节的艺术创作经验已走向成熟。这些经验，鲁迅通过各时代的小说名著，不断加以研究总结，亦从小说史的视角，对各时代小说进行评价。鲁迅不再讲授小说史而逐步成为马克思主义文论家以后，仍不断探索祖国成功的创作小说的艺术经验，如称赞《世说新语》里的人物创造得成功。而其成功的秘诀之一，便是"画眼睛"，并且承认影响到自己的创作。

鲁迅的这个标准的要求也是高的，否则就看不出作品通过艺术功能所收到的社会教育效果，就无法序列其恰当的小说史地位。像《金瓶梅》、《钟馗传》等由于艺术性较差，就不得列为上品。这在前面已提到了的。前面也提过：鲁迅一贯批判"瞒和骗"的东西。他对作品的第一个要求就是达到艺术真实。而真实首先表现在人物身上。人物原型是现实生活里的人，不论使用浪漫主义还是现实主义创作方法，无论怎样虚构，必须服从现实生活的规律。就是孙悟空或猪八戒也扎根在现实中。他们"有人情"，"通世故"（《史略》第十七篇），在现实生活中可以找到许多类似他们的思想性格的人物。小说中的人物不能违反现实生活人物的本质精神，只是现实人物的艺术变形，可以使其高些、美些（丑些）和丰富些或突出性格的某一方面。这是因为作者把选取来的题材，以艺术手腕，加以"缀合，抒写，只要逼真，不必实有其事也"（1933 年 12 月 20 日致徐懋庸）。这创造出来的是个典型（变形），然而作者"所据以缀合，抒写者，何一非社会上的存在"。（同上）所以鲁迅总是把作品中的人物同现实中的人物作比较研究，以检查作家笔下的人物创造得是否真实。鲁迅在评价《红楼梦》时，认为写实的艺术手腕越高，才能写出"真的人物"①（《变迁》第六讲）。

用这一标准衡量起来，鲁迅发现中国古典小说，特别是长篇小说中的人物创造，有几种不良倾向。

第一种，作家从主观意图出发，任意创造人物。鲁迅虽重视作者创造人物的主观能动性，却反对不顾现实人物实际的那种主观随意性。鲁迅研究发现现实人物的性格往往是复杂的（当然有主导的一面），这个特点早在六朝时代的《世说新语》里就已反映出来。作者所描写的华歆，就是成功的典型人物。而《三国演义》的作者却"只是任主观方面写去，往往成为出乎情理之外的人"（《变迁》第四讲）。即"欲显刘备长厚而似伪，状诸葛之多智而近妖"（《史略》第十四篇）。对于曹操的描写也失真。鲁迅说："曹操他在政治上也有他的好处。"（《变迁》第四讲）并且肯定他是政治家。后来鲁迅在《三闲集·魏晋风度及文章与药及酒之关系》里曾赞誉了曹操。

文艺源于生活，既然生活中的人物是复杂的，就不应把他写成单纯的。艺术品是现实的升华而不是扭曲。象《三国演义》作者那样的塑造人物的方法，"描写过实，写好的人，简直一点坏处都没有；而写不好的人，又是一点好处都没有。其实这在事实上是不对的，因为一个人不能事事全好，也不能事事全坏"（《变迁》第四讲）。

第二种不良倾向，是"高、大、全"的塑造法。清代文康的《儿女英雄传》就是代表。其主角十三妹，由于作者想把她写成一个儒家思想培养起来的"完人"，不是塑造性格，而是搞"拼盘"偶像，违反了艺术集中、概括、个性化的规律，破坏了性格结构的合理性，"遂致性格失常"（《史略》第二十七篇）。

与上述二者相反的，是曹雪芹和吴敬梓的塑造人物的方法，鲁迅不仅加以充分肯定，而且把它当作成功的艺术创作经验载入他的史册。

鲁迅肯定《红楼梦》冲破了"瞒和骗"的"大团圆"而写社会悲剧。它撞碎了主观臆造的塑造人物的方法。"敢于如实描写，并无讳饰，……其中所叙的人物，都是真的人物。"它打破了传统的思维模式和表现手法，以现实主义创作方法，创造了悲剧典型："真的人物"。我们从鲁迅的这个评价标准的实践运用过程中，清晰地看到了人物创造艺术的发展史，是充满革新、战斗精神的。

鲁迅重视作品艺术性的相对独立性，但更认为艺术性之真正价值在于很好地为主题思想服务。《红楼梦》之艺术贡献在于大量刻画人物（宝、黛）心理而且采用直叩心扉法，因而塑造得真实而深刻，又敢于大胆描写青年男女真挚爱情并归结为悲剧。而此悲剧之产生乃在于道学家贾政坚持执行了封建婚姻制度，故极为深切动人，控诉力量极大。因而道学家们给它加上种种罪名，禁止阅读，而鲁迅却结合五四运动的革命精神，力排旧说，把它作为火种推荐给青年群众。让它重新发挥战斗力量，复活中国古典小说名著。这正是鲁迅《史略》运用评价标准的目的之一。

鲁迅对于《儒林外史》也是这样。不仅给了它小说史上的崇高地位，而且向当时广大读者郑重推荐了它，并加以保卫。因为当时新文学运动的重要人物如胡适就对它评价不高，甚至认为它不是讽刺小说。后来，鲁迅在《且介亭杂文二集·叶紫作〈丰收〉序》里说："《儒林外史》作者的手段何尝在罗贯中下，然而留学生漫天塞地以来，这部书就好象不永久，也不伟大了。伟大也要有人懂。"就是指的这件事。

吴敬梓是创造讽刺艺术的圣手。如果艺术手段不高，《儒林外史》的战斗力量就不会那样大，他本人也成不了"狙击之辣手"。鲁迅说作者"工于表现"。他创造了一种讽刺小说的特殊艺术手法:对被讽刺的对象,善于作客观而"宛曲"的描写,常能选择一个典型的细节,深入揭示人物性格本质。这就是我们一再提到的那个范进吃大虾圆子的细节,它给鲁迅以深刻印象,且终生不忘。在1935年,鲁迅写的《论讽刺》中,还提出这个"画眼睛"艺术的生命力。说范进这个伪君子,"和这相似的情形是现在还可以遇见的"。

中国小说史上塑造的几个著名的道学家典型,一个是《红楼梦》里的贾政,另一个则是《儒林外史》里的王玉辉。都是封建婚姻制度的忠实执行者。贾政一手制造了宝、黛爱情的悲剧;而王玉辉则亲手杀死了自己的亲生女。贾政在《红楼梦》里活动量很大,而吴敬梓则只寥寥几笔便活画出了一个儒服的凶手。

五曰:余话

在我们探索完了鲁迅的评价古典小说作家作品之后,还想补充几句话,算作结束语吧。

第一,鲁迅对优秀(或伟大)的小说作品,根据标准通过分析而给以赞誉,并给以适当的历史地位。而对于那些杂草或毒菌,他的批评则是一种消毒剂和控制力。如果把毒品比作老虎,则其评价标准便是铁栏栅[《准风月谈·关于翻译(上)》]。因此,鲁迅敢以文艺发生学的眼光,把凡是有社会影响的而又长期存在的毒菌(《野叟曝言》之类)收进他的《史略》里来,从而体现了新与旧、好与坏、美与丑作品之间的斗争和生态平衡。这样,中国古典小说的真面貌才得以呈现,且从纵横港汊中见其主流;读者在古典小说领域里,作山重水复、柳暗花明之漫游时,不仅不迷失方向,而且满载而归。

第二,鲁迅对于中国古典小说,运用其评价标准是实事求是、严肃认真的。他心目中最理想的小说,是《红楼梦》、《儒林外史》。但在历代诸作品中,像这样的书毕竟太少,因而他对一些小说并不作全面要求,经常采取"一分为二"的方法,如果一部书内容不怎么样,只要有艺术成就也值得重视。鲁迅的文艺思想是发展变化的，但有一点他始终坚持着，即十分重视艺术独创。文艺批评也主张独创而不是固定于一个老模式。这在《史略》里也充分表现出来：他对古典小说的分析评论从来就是多变化的。其所以重视艺术独创，就因为艺术（小说）是以艺术手段把握世界。没有艺术形象也就没有文艺。他在《史略》里固然坚持实践这种文艺观，而到晚年（1935）评论司马相如时，仍说：此人"文学史上也还是很重要的作家。为什么呢？就因为他究竟有文采"（《且介亭杂文二集·从帮忙到扯淡》）。说明鲁迅前期文艺思想中这一观点是完全正确的。因而在《史略》里运用这个观念评价某些特殊作品也是正确的、有贡献的。如《聊斋志异》的思想性虽属一般化，而其艺术创造杰出。鲁迅就不仅重视其浪漫主义特色，而对其艺术独创的成就，作了大量的分析、探索和总结，并肯定了其历史地位。就是像《荡寇志》那样思想反动之书，鲁迅也未将其思想污水与艺术婴儿一起泼掉，而称其艺术可以赶上《水浒传》。

第三，披沙拣金，集腋成裘。由于中国古典小说长期受压抑、摧残，发育不良，硕果较少，因此采用了沙里淘金法。如《夜谈随录》实为抄袭之作，文辞亦粗陋，但因其"记朔方景物及市井情况特可观。"（《史略》第二十二篇）就是因其有点新鲜的记闻，《史略》也提到了它。再如《三国演义》写人虽大部分失真，而关羽则是成功的。对吴承恩的《西游记》也称赞它对"当时世态"有揶揄之处（《史略》第十七篇）。鲁迅的这种既求全璧而又掇捡散珍的辩证态度与方法，是值得重视和学习的。如果一律求全责备，虽有几株名花，却无杂花生树，也无幽草野渡，亦非游览胜地。

第四，略谈鲁迅评价古典小说标准之运用与当时及其以后的读者之关系问题。

鲁迅讲小说史和出版《史略》固然要寻找古典小说之发展诸规律，并通过评价给小说作家安排座次，但其评价的内涵极为丰富。鲁迅的评价标准还担负着对古典文艺批评的斗争：他批评罗贯中创造刘备、孔明等人物的失败，就是间接批评毛宗岗父子对《三国演义》人物的吹捧；他还为了解除《红楼梦》的禁锢，同道学家强加给《红楼梦》的诬蔑之辞（也是一种文艺批评）作斗争。但他的评价标准之运用，根本目的还是为了当时及其后来的读者的利益。其实前面那些评价实践也仍然是为了当前及其后来的读者。或者说，鲁迅是为这些人写《史略》。他以新的评价标准进行古典小说评价，是《史略》的重要内容；是为了让当前及后来读者阅读起来心中有数。鲁迅深知：作品只是一堆白纸上的许多印刷符号，是死的；但当读者拿起它来读的时候，它才活了起来，转化成活的人物形象，展开生活画面，向读者发出信息，传达原作者的主观意图，影响读者，亦即产生社会效果。五四时期的作品是这样，沉睡了若干年的古典小说也是这样。因此，鲁迅《史略》的最大特点是：既重视小说作家作品，更教育和爱护读者，与他同时代的读者。注意读者阅读小说作家作品的趣味和反应，更批评他们不正确的观念和态度。譬如说鲁迅批评了喜读武侠公案小说的人，以及那些对《红楼梦》采取敌视态度的人；批评过去读者的阅读欣赏的偏向，正是为了当前读者的利益。而评价优秀小说作品，不仅仅是赞誉，而是结合当前学术新成果而阐发新义，并指导阅读；批判有不良倾向的作品则是给当前读者打预防针。他之所以能做到并且做得好，则因他是五四运动的主将和旗手，有先进思想作指导。他的评价标准是革命与科学相统一，是为当时广大读者而创造的阅读小说的指南针。因此，鲁迅对历史上某些作品已有的评价，往往针锋相对。譬如《红楼梦》就背着"不好"的名声，青年人是藏在抽屉里读的，而鲁迅则结合"五四"精神把它彻底解放，让它参加了反对封建婚姻制度的斗争阵线。

4. 把被儒家占领的小说阵地夺回来

利用小说宣传儒教，是儒家占领小说阵地的主要目的。譬如说，为了宣传妇女"守节"，便在"说部书上……记载几个女人，因为境遇上不愿守节，据做书的人说：可是他再嫁以后，便被前夫的鬼捉去，落了地狱；或者世人个个唾骂，做了乞丐，也竟求乞无门，终于惨苦不堪而死了！"（《坟·我之节烈观》）宣传"嫁鸡随鸡"的礼教信条，则有两本小说组成一组连续故事："一女愿侍痼疾之夫，《醒世恒言》中还说终于一同自杀的；后来改作的却道有蛇坠入药罐里，丈夫服后便全愈了。"（《论睁了眼看》）前一组"守节"故事是威胁，这后一组便是瞒和骗了。这自然不是文学。而中国小说史上之所以很少出现伟大作品，和长期作为封建社会精神支柱的儒教统治垄断创作有直接关系。所以鲁迅在北大讲小说史，可以说是他参与领导五四新文化运动向封建文学战斗的有机组成部分。他不仅揭发批判儒家小说毒汁，而且不断挖掘隐蔽之作，坚持战斗了一生。就是逃到国外去的佳人才子之作，他也把它追捕归案，鲁迅批评说："那些书的文章也没有一部好，而在外国却很有名。一则因为《玉娇梨》、《平山冷燕》有法文译本；《好逑传》有德、法文译本，所以研究中国文学的人们都知道，给中国做文学史就大概提起它；二则因为若在一夫一妻制的国度里，一个以上的佳人共爱一个才子便要发生极大的纠纷，而在这些小说里却毫无问题，一下子便都结了婚了，从他们看起来，实在有些新奇而且有趣。"（《变迁》第五讲）。

鲁迅对儒家思想之批判、挖掘与追捕，目的在于为伟大作品的诞生收拾产床，扫清道路；然而它非常顽固，不大容易挖尽、根绝。它总是通过种种渠道（大量出版）传递下来，以致影响新作家的创作，或者说牢固地寄生在当代作家头脑里。如社会主义新时期的新作《新星》虽轰动一时，却是一部新的"清官小说"。至于永久写不完的武侠题材，也正方兴未艾。伟大作品的诞生要有许多条件，但同旧思想、旧制度彻底决裂则是个根本动力。从鲁迅在《史略》里总结《红楼梦》等名著的结论，使我们懂得：作者的思想境界不高，不能彻底反封建主义，就不能创造伟大小说！而反封建主义思想，首先用马克思主义这把利刀，深挖自己头脑里隐蔽极深的儒家思想残余，特别是宋元以来的理学。

儒家思想的统治小说领域，鲁迅认为"自汉朝以后，言论的机关，都被'业儒'的垄断了。宋元以来，尤其利害"（《坟·我之节烈观》）。小说领域也不例外，且很典型。不过手段稍有不同：开始是排斥、压抑、打击，后来就长期利用霸占起来，偶然有破壳而出的新事物，很快就被儒者之徒压制下去，再把小说创作引向死胡同。所以鲁迅在《史略》里告诉我们：儒家既是扼杀中国小说发展的凶手，又是长期统治小说领域的霸主。

作为小说萌芽的神话与传说，因受儒家的排斥而有散亡（《史略》第二篇）。从汉代开始为儒家所垄断的史书，因为小说"不本经传，背于儒术"，不准进入"艺文志"。因而连书目有的也保存不下来。后来由于某种目的"著录"了文言小说，而白话小说却"史志皆不录"（《史略》第一篇）。

但是，小说还是在曲折地生长。于是儒家改变政策，变高压为利用，把小说作为宣传儒教的工具，采用了从偷偷地渗透到公开的统治。像北齐以宣传投降主义著称的大儒颜之推，他写《冤魂志》就"引经史以证报应"（《史略》第六篇）。宋代理学大兴，宋传奇不仅"篇末垂诫"，且往往"结以'团圆'"（《史略》第十一篇），"把小说（指传奇）也多理学化了"（《变迁》第四讲）。成为纯粹的"载道"之工具。后来儒家更看上了白话小说之普及性、宣传性的社会效果大，更公开利用起来。如以"名教中人"自称的作者所写《好逑传》，以"大团圆"为特色的"佳人才子"小说的产生，就是典型的例子。它歌颂封建制度，美化科举，"凡求偶必经考试，成婚待于诏旨"（《史略》第二十篇）。极力宣传儒家的教育思想。它既尊崇礼教，鼓吹"一夫多妻制"，又表彰女子"节烈"。真是歌颂"吃人"的典型儒家小说。道学家只强迫妇女"守节"，他们自己并不遵守这一信条。道学家魏子安不但自己经"常出入狭邪中"，还以"佳人才子小说定式"

写了"狭邪小说"《花月痕》，且以才子韦痴珠自况（1925 年版
《史略》第二十六篇）。其实作者何尝有"才"？鲁迅说《花月
痕》"本不必当作宝贝书"（《热风·望勿纠正》，1924 年）。还有
的道学家借小说以自显其"才学"，如夏敬渠的《野叟曝言》，但
其书"意既夸张，文复无味"。只是暴露其"悖慢淫毒心理"而
已。所以鲁迅说，"欲知当时所谓'理学家'之心理"，则是一本
好材料（《史略》第二十五篇），但非小说。

　　然而，理学家文人有的也很聪明，他们知道那种赤裸裸的
"劝惩"之作，找不到读者，收不到效果，因而他们采用了极其
高明的手法：披起反道学家的外衣，宣传理学之实质。这就是纪
昀的《阅微草堂笔记》。它特别打着批揭道学家的"不情"的旗
子，曾一度把以反儒为己任、战斗极为猛烈的鲁迅也瞒过了。鲁
迅不仅在《史略》第二十二篇里予以充分肯定，且为之辩护，批
评"世人不喻，晓晓然竟以劝惩之佳作誉之"。而在《变迁》第六
讲里，又给了作者和这部书以高度评价。可见鲁迅受骗之深。而这
个骗局之被鲁迅揭穿，并进而发现纪昀连民族思想也出卖给清朝
统治者，是鲁迅成为马克思主义者之后的事（《且介亭杂文·买
〈小学大全〉记》）。

　　由此可见，发现和肯定一部好小说，固然不易，而发现一部
坏书也难！尤其是经过伪装的坏书。鲁迅的挖掘批判儒家小说，
是《史略》的战斗内容的核心；而《阅微草堂笔记》居然从他的
眼底漏网，如果不是后来掌握了马克思主义，这个大骗局就永不
会揭穿！

　　有人曾肯定胡适的整理国故，并把它同鲁迅的讲授小说史相
攀比；这既是对胡适的不理解，更是对鲁迅讲小说史的一种错误
看法。鲁迅的挖掘批判儒家小说，是他担负的五四文学革命任务
的一个有机组成部分，冲锋陷阵，劳绩卓著。他不仅把优秀古典
小说如《红楼梦》、《儒林外史》抬进文苑，而且在当时的反封建
礼教斗争中把古代小说的封建糟粕彻底清除；特别后来鲁迅真正

从儒家手里夺回小说阵地的根本武器，则是马克思主义，标志着反封建已达到新的思想高度。

反儒教的战斗，是《史略》的一条红线。鲁迅最注意的是反儒家思想之作。他不遗余力地挖掘、寻觅中国小说史的这一战斗传统。

他首先发现反儒家小说而且代表广大人民读者力量的是民间文学，宋之话本，并且代替了宋传奇，占领了小说阵地。这我们在前面提出过。

在这里要提出的，鲁迅是个战斗者，决不像胡适那样，只强调语言形式；鲁迅是从中国小说史的占领与反占领的争夺小说阵地着眼，反对了形式主义的庸俗观点。所以，唐代虽已有俗文，但鲁迅断定：其不是宋白话小说之滥觞，就因为其内容"主劝惩"（《史略》第十二篇）；"主娱乐"的宋白话小说决不承袭"文以载道"的衣钵，而是另有源头。

《史略》告诉我们：儒家礼教自宋元以来愈来愈残酷，至清代最甚。然而压迫力愈大，则反抗力愈强，明代的白话小说已开始控诉礼教的吃人暴行，至清代则已走向火辣辣的斗争，尖锐揭发其非人性的本质。有两个典型的资料，我们曾经提出过了，但是珍贵的东西能从许多侧面发出异彩，因此，从反儒的角度，再加以研究阐释，还是很有必要的。

明代白话短篇小说集《醒世恒言》第九卷《陈多寿生死夫妻》，是篇写实的暴露封建婚姻制度吃人的作品，反映出作者的反礼教思想。鲁迅称其"述二人订婚及女母抱怨诸节，皆不务装点而情态反如画"（《史略》第二十一篇），并把这一段作为《史略》的选例。

这篇小说引起重视，是因为白话小说不仅主娱乐以反"文以载道"，而更重要的是：作者开始认识到封建婚姻制度的非人道，关心受压迫、受摧残的广大妇女的悲惨命运，而提出了社会问题。在小说领域作者似乎是首创了以妇女问题为主题的悲剧。

　　继续这一重大主题，与儒家残酷礼教尖锐战斗，为历代受礼教迫害的广大妇女而进行血泪控诉的，则是《儒林外史》。第四十八回描写道学家王玉辉为提倡节烈逼死亲生女儿，亲手制造了一个惨绝人寰的悲剧。自以为可以博得"褒物"而"大喜"，但他终于经受不住这个悲剧与"喜剧"交织起来的环境的考验，它像一把尖刀直刺这个儒者的灵魂，拷问出了他的真的人性："当入祠建坊之际，'转觉心伤，辞了不肯出来'，后又自言'在家日日看见老妻悲恸，心中不忍。"吴敬梓对这一良心与礼教冲突之尖锐刻划，博得了鲁迅"殊极深刻"之高度评赞（《史略》第二十三篇）。

　　因此，我们说，在反儒家小说战线上，鲁迅及其《史略》有两大贡献：一是他的战斗矛头，集中指向当时尊孔读经、表彰节烈的当道；二是他分析评赞反儒小说，则是为新文学创作提供范例。

　　5. 为保卫新学科而斗争

　　五四时期研究古典小说并取得成就的主要有两位新文学运动战士，一是作为主将的鲁迅，另一个是胡适。五四初期虽属同一战线，却并不完全一致。新文学运动的分歧，不在我们的讨论范围之内；在研治古典小说领域，却因观点、方法和目的的对立而结果大异。胡适的一些小说考证，当然不可全部抹煞；但从宏观角度，它的确严重影响了中国小说史学的创建。这就不能不引起鲁迅与胡适之间的学术论争。真理愈辩愈明，因之它对于这一新学科的确立与巩固，就大有裨益。

　　①鲁迅与胡适的早期交往

　　由于两人都是新文学战线的战友，而又是研治古典小说的同好，因此最初他们在学术上是有交往的。

　　鲁迅研究中国小说史，发现一个重要规律："没有冲破一切传统思想和手法的闯将，中国不会有真的新文艺的。"（《坟·论睁了眼看》）这就是说：作家必须革儒教特别是理学（道学）的

（"劝惩"思想与"大团圆"手法）命，否则中国小说史就没有发展。五四时期的鲁迅，在实践上，从来也不是祖国文化遗产的否定论者，他只是主张文化的不断批判继承与革新，并且认为新的也必须有一个成长过程；他的一部小说史就显示了这一客观规律，并反映了他的学术观点。胡适根本不研究小说史，他只是出于某种意图，孤立地用历史考据方法，一种最古老的"小说即史"的观念，追求真人真事，以满足其"历史癖与考据癖"（《阿Q正传》序）。他们之间的根本分歧就在这里。

但鲁迅虽反对胡适拿小说当历史考证，却也受到胡适的一定影响。如鲁迅承认《红楼梦》是作者的自叙传，直到西安讲学时，还说：大部是自叙传。

作为艺术品的小说，能否作历史性的考证？回答是"可以"，而且"有必要"。但只限于作者姓名以及作品产生的时代之类。这是因为中国古典小说一向受鄙视，作者惧文网，既不敢公开署名，甚至取材时事而假托前朝故事（如《儒林外史》）连著作的时代也模糊了；至于那些特殊的作品（如《金瓶梅》），直到现在也没考出作者是谁？连《醒世姻缘传》鲁迅也作过考证。但这些考证只是为了帮助加深对作家作品的理解，以及艺术问题的探索。为了这种探索，不妨考证人物故事的原型，西方的理论批评家也曾对《茶花女》、《少年维特之烦恼》等下过这种功夫，但绝不许把两者划等号。因为艺术形象是现实人物、事件的变形，考证只是为艺术经验探索服务。所以鲁迅并不一般地反对胡适的小说考证。他肯定胡适解决了《红楼梦》的作者是曹雪芹、贾宝玉的原型是作者自己这一问题。

既然两人在古典小说研究中存有某种共同点，而又在同一文学革命阵营中，所以在五四初期是有学术交往的。鲁迅在《史略》中公开声明采取了胡适一些小说考证成果，甚至某些观点。同时也无私地（并未公开发表的）向胡适提供了小说研究资料。如胡适对于一百回的《西游记》掌握的足资考证的材料很少，大部分是鲁迅提供的。根据有二：一见于胡适的朋友董作宾的文章。董说："善于给小说作考证的胡适之先生，在他的《〈西游记〉序》里面，也不曾提到作者是谁。"（《读〈西游记考证〉》）二是见于鲁迅与胡适的一些来往书信中（可翻阅十六卷本《鲁迅全集》书信致胡适部分，《胡适来往书信集》中也会找到）。

②学术论争

胡适与鲁迅在小说研究上的两个主要分歧点，首先是胡适对中国古典小说抱有一种虚无主义态度；其次在小说观念上，胡适要把作为艺术品的小说还原为史实。鲁迅则保卫小说艺术特征，让它通过艺术功能对读者进行思想教育，并鼓舞读者起来改革社会人生。这两种对立观点，初则貌合神离；久了，便从论争发生分裂。

论争诸点：

第一，在比较文学中，方法与结论的分歧。

胡适对祖国文化往往怀有轻视态度，喜欢夸大外来影响，对本民族文化的创造，有一种自卑感。因而对于中国小说史上的国产著名艺术，往往认为是外来的。如"说话"本是唐宋时代一个专门技艺名词，特别是指宋代民间艺人讲说故事的专名；"说话人"有"话本"，是"说话"艺术之文字底本，盛行于宋而起源甚古。可是在"说话"的起源问题上，就有分歧和争论。

胡适基于上述的学术思想，主张是外来的，是来自印度佛教徒的"转唱"与"唱导"的形式。鲁迅则论证"说话"属于"杂剧"，白话小说"实出于杂剧中之'说话'"（《史略》第十二篇）。关于这个问题可以参考近人胡士莹的《白话小说概论》有关部分。我们现在只想把两人关于孙悟空国籍问题的尖锐斗争，作较多的介绍。

鲁迅在《史略》第九篇，论证了孙悟空是从无支祁演变而来；而胡适在《西游记考证》里，则认为孙悟空从印度来，是进口货。他甚至干脆否认了无支祁的国籍，说它也是外来的。胡适对无支祁本无所知，还是鲁迅在 1922 年告诉他的（《鲁迅书信集》）。但现在，他却作了大胆的假设说："也许无支祁的神话也是受了印度的影响而仿造的。"（《西游记考证》）后来，鲁迅在西安讲学时，作了公开的答复说："我以为《西游记》中的孙悟空正类无支祁。但北大教授胡适之先生则以为是由印度传来的。"接着以三个论据证实了自己的结论之后，批驳胡适的"假设"说："但胡适之先生仿佛并以为李公佐就受了印度传说的影响（按：李公佐小说《古岳渎经》记无支祁故事），这是我现在还不能然否的话。"鲁迅的话是有潜台词的。鲁迅在《唐宋传奇集·稗边小缀》中，对无支祁作了较详的考证。而胡适的《西游记考证》材料贫弱，只善作大胆假设而已。后来，鲁迅曾私下对许寿裳说："胡适对《西游记》却考证不出什么。"（《亡友鲁迅印象记·杂谈著作》）鲁迅这话绝非出于私怨，而是一种客观评价。因为鲁迅曾给胡适提供过这方面的资料，而胡适由于在观点方法上坚持运用实用主义那一套，因而收获甚微。

外来影响问题，是比较文学原则在小说史著作上的具体运用，是属于"影响研究"中的核心问题。谁的论据充分和可靠，谁的观点方法正确，谁的研究成果就丰盛！鲁迅是比较文学家，由于他提出了民族文化特征是构成世界文化的重要因素理论，便创建了有中国特色的比较文学，使比较文学发展到一个新阶段。他在《史略》里，运用比较文学原理解决了许多重大问题，使比较文学成为他小说史学的有机构成部分。

一个重大的学术问题，并不急于作出定论。孙悟空的国籍问题，至今还有人用比较文学方法去研究。但我们认为鲁迅的孙悟空是从无支祁演变而来的结论，却是以丰富与可信的资料做科学研究的结果，他认为这个问题不属于比较文学研究范围。

鲁迅研究中国小说史是立足中国，放眼世界，从而探索其发展轨迹，也就是说，他是运用比较文学的原理方法来进行研究的，他既不对民族文化抱着虚无主义态度，去崇洋媚外，也没有民族自大的排外主义，而是采取实事求是的科学研究。

他当然知道用比较文学的原理方法去探索孙悟空的外国籍并无结果。他是在中国文化土地上替孙悟空寻"根"。当他得出结论，而别人的论证还不能说服他时，他并不轻易放弃自己的研究成果。他对于中国固有艺术产品，决不随便奉赠外国。而对中国引进外来的艺术品，即使中国化了，如果发现有个"外婆"，也决不隐讳。这从他论述六朝志怪小说中的微观比较例子——《阳羡鹅笼》故事，便可说明。这原是一个佛教故事中国化的例子（详见《史略》第六篇）。这是鲁迅的一个大发现，他从这个故事的主题思想上产生疑问，他发现这故事所表现的思想不是中国原有的。从这里打开缺口，经过中外广泛的比较研究，终于找到了印度是它的"外婆"。比较文学中的影响研究，首先抓作品的主题思想，从而发现和解决问题。根据作品的具体情况，是寻祖"根"还是找"外婆"？这要抓问题的实际，而不是迷惑于现象，是鲁迅的一大贡献。鲁迅深刻懂得：要想实事求是地发现和研究问题，必须作宏观与微观相结合的考察研究，才不致落空。规律不是死板的公式或教条，在一株民族文化发展的大树上，不断引进外来养料，改造与吸收以化成新的扶疏枝叶。这当然是个规律，但并不是每一个著名典型或故事，都有一个"外婆"。

第二，在小说观念和艺术标准上之分歧。

胡适向来把小说中的人物故事，看作真人真事。以为这是出于作家个人实用目的。他否认作家"秉持公心"以创造典型。他同鲁迅的论争集中在《儒林外史》上。

胡适从他的小说观念出发，在所著《吴敬梓传》、《吴敬梓年谱》中，一笔抹煞了鲁迅对《儒林外史》的评价。胡适把这部小说的反封建科举制、控诉礼教等战斗内容和社会作用，说成是吴敬梓为了想做官所使用的一种手段。竟异想天开地说：吴敬梓为了养成"不"想做官的社会心理，然后就"不怕皇帝不给你官做了"。这就把反科举的《儒林外史》歪曲成为"干禄"的工具——"求官入门"书。这就必然要反对和否认《儒林外史》的战斗武器——讽刺。说《儒林外史》讽刺得太露骨、浅薄，专采用骂人的材料。同鲁迅对《儒林外史》的"婉而多讽""微辞之妙选"（《史略》第二十三篇），能"穿人隐微"之讽刺力（《变迁》第六讲）等之高度艺术评赞，大唱反调。所以鲁迅在《叶紫作〈丰收〉序》里批评胡适派根本不懂《儒林外史》之伟大。

胡适在提倡文学革命初期，曾一度推重《儒林外史》，并向革命青年推荐。但在五四落潮期，旧势力反扑过来，在尊孔读经声里，他的思想立场变了；马克思主义的宣传，尤其使他害怕，于是他歪曲《儒林外史》，吹捧起散发着浓烈的封建主义味道的《儿女英雄传》来。

鲁迅在《变迁》开端语里曾说，他开小说史的重要目的之一，是想从倒行的、杂乱的作品里，寻出一条进行的线索来。而胡适的颠倒精华与糟粕的小说考证，却把鲁迅已经理清的一条线索，又搞成了倒行和杂乱。当然《史略》是权威著作，是不怕蚍蜉捣乱的。但胡适在当时是有声望的人，他的"考证"也有相当的市场。因此，说他对鲁迅的小说史学进行干扰，也并不夸大，而且这样说还有强有力的证据。

鲁迅为什么推崇《儒林外史》是成功的、空前绝后的讽刺小说？而清末问世的一批批判政治的小说（如《官场现形记》等），鲁迅则名之曰"谴责小说"？这在《史略》第二十八篇里已阐释得非常清楚了。而胡适却在 1922 年写了一篇论文《五十年来中国之文学》，他不但承认这类小说是讽刺小说，而且捧它是"五十年来中国文学的最高作品。最有文学价值的作品"。这就不仅反对了鲁迅的"谴责小说"论，而且贬低了《呐喊》。因为胡适的"五十"指的是 1872—1922，鲁迅的《呐喊》恰恰是 1918 —1922 年的小说集。因此，胡适吹捧这一时期内的在政治上鼓吹改良，道德上主张恢复旧的一套的"谴责小说"为"上品"，便是一箭双雕。既宣传了改良主义，又贬抑了创造"新文学实绩"的鲁迅。

由上可以看出，鲁迅的小说史不但担负着挖掘批判儒家小说的战斗任务，还得保卫这门学科不受假学术成果的干扰，为新文学运动的健康发展铺平道路。

③论争已从学术的转入政治的斗争

鲁迅同胡适的最初论争，主要就是为了追求真理，充实和发展中国小说史学，所以论争时间较长。也正由于鲁迅搞科学研究出于公心，发展祖国的科学文化事业，所以他每得宝贵资料和科学成果，从不据为私有，总是提供公享。而他对于别人的研究成果，只要他认为是正确的，就拿来使用，如在《史略》中，就有数处注明来自胡适的考证。因此，这个治学的态度及其所反映出来的高尚道德，如果被否认和诬蔑，鲁迅就要起而战斗，一定要"不克厥敌，战则不止"。

《史略》这部硕果，完全是鲁迅经过自己的努力耕耘的收获。他以进步的立场、朴素的唯物史观和辩证方法，更利用新的学科（如"比较文学"、"文艺发生学"、"接受美学"等）对自己"废寝忘食，锐意穷搜"来的可贵资料进行科学研究，独创了《中国小说史略》。就因为有了这部名著，才使后人初步探索出他的"小说史学"。

然而一部伟大著作的产生，一方面可以引起学术界的轰动，同时也会让一伙"正人君子"嫉妒、切齿进而造谣诬蔑。《史略》一正式出版，以胡适为首的"现代评论"派的"闲话"家陈西滢便说是抄袭日本人的著作而成（见《华盖集·不是信》等），企图把它一手扼杀，从而中伤鲁迅。事实胜于雄辩，《史略》恰恰在日本翻译出版，并作为大学教材（见《且介亭杂文二集·〈中国小说史略〉日本译本序》）。于是陈西滢"一箭双雕"的阴谋彻底破产。

但"战斗正未有穷期"。蒋介石发动"四一二"反革命政变以后，为了适应政治要求，胡适于1929年写《〈水浒传〉新考》

向革命阵营进攻。鲁迅于1930年发表了《流氓的变迁》。运用历史唯物主义观点，深刻地论述了流氓的变迁史，痛斥了从古到今的依靠其主子势力横行霸道的走狗和奴才，并指出他们的根本立场是一脉相承的，但他们的手段则愈到后来愈卑劣。

通观鲁迅同胡适的斗争是长期的和复杂的。斗争的结果：一方面是政治上的胜利，另一方面则是学术上的收获。《史略》存在的问题得以逐步解决，提高了质量。而这些都是和鲁迅辛勤耕耘马克思主义分不开的。

鲁迅的马列主义修养核心是文论。而这文论也是在复杂的斗争实践中形成。他的《史略》也在他一生的不断修改中完成。同时他的小说史学也真正建立起来。没有马列文论作为指导，就没有上述成就。他说："我有一件事，是要感谢创造社的，是他们'挤'我看了几种科学的文艺论。明白了先前的文学史家们说了一大堆，还是纠缠不清的疑问。"（《三闲集·序言》）那拆穿道学家纪昀的骗局就是一例，足见马克思主义这把解剖刀之利。

鲁迅在《史略》中极端称誉反道学家的小说。纪昀的《阅微草堂笔记》，在当时的鲁迅看来，恰恰就是这样一部理想的小说。因而予以很高的评价。但当他成为马克思主义理论家之后，在研究清代文字狱时，从清代理学名臣尹嘉铨案中，却发现并解决了这个欺骗了他多年的问题。原来清乾隆皇帝讨厌这种"名臣"，因此纪昀"特别攻击道学先生，是那时的一种潮流，也就是'圣意'"。这个巨大的发现，是鲁迅运用历史唯物主义和辩证法，对纪昀其人和他的这部小说作分析，并结合纪昀著书时所处的时代潮流、政治环境等，进行全面的内外考察，才透过现象看到本质，从而戳穿纪昀这个反道学"英雄"的嘴脸：纪昀自己就是道学家，他的排击，完全是逢迎"圣意"。这真是马列主义的巨大胜利！

而鲁迅的贡献还不止于此，他从纪昀的小说打开一个缺口，看到纪昀所主编的《四库全书》中所删除、篡改的那些具有汉民族意识、爱国思想著作的政治阴谋，也正是体现的"圣意"（《且介亭杂文·病后杂谈之余》）。这一公案因与《史略》关系较少，从略。我们在此再度强调的是：马列主义的观点方法不仅帮助鲁迅纠正了过去的错误，而且大大提高了《史略》的质量，使中国小说史学丰富和完整！

二　鲁迅与《山海经》

如果说"我对于中国小说史略的认识"是本书的总论，作为宏观研究的初步理解，则此篇及其以后各篇便是分论。它们是按照《史略》的"史"的序列，选择鲁迅重点研究、评论的许多名著作为专题，作为微观研究之收获。在这里，我们尽可能集中鲁迅有关专题的全部资料，研究学习鲁迅如何运用小说发展规律与评价标准去具体研究某部古典小说作品的实践经验，提出什么创见，获得什么成果，受到什么影响等，并从中接受鲁迅的教育，进一步认识鲁迅的中国小说史学创造性的丰富内涵及其变化。

我们提出过：鲁迅在《史略》中，研究、评价古典小说，主要是为同时代及其以后的读者服务的。因此，有的作品，他虽从现实出发，却为其具体情况所限（如《聊斋》），只能作分析、研究和评价。而对另一些作品，则因其特点而作活的研究，即在科学研究、评价的同时，选择其有用因素，加以吸收、改造和生发，作为自己新文学创作的营养品。

于是就产生了两种"分论"：一是与鲁迅关系较大，受其影响的作品；另一种是未受启发和影响的作品。前一种"分论"，我们题为"鲁迅与某作品"，后一种则题为"鲁迅论某作品"。

《鲁迅与〈山海经〉》便属于第一种"分论"。这一章的研究核心，当然是探索鲁迅研究《山海经》的创见及其对中国小说史的贡献；但也充分注意到鲁迅与《山海经》的种种密切关系，从而说明鲁迅研究小说史所获得的杰出成就，绝非偶然。譬如说鲁迅自幼即热爱《山海经》，他研究《山海经》有个漫长的过程。

在创作上，他颇取材于《山海经》。所以用"与"而不用"论"。而且只有用"与"才能概括起上述的丰富资料，并反映出鲁迅活的研究。下面就以此三点为纲。

（一）从爱好到研究

这是鲁迅对于神话的一个从儿童欣赏到科学研究认识的漫长过程，颇具戏剧性。

"孩子是可以敬服的，他常常想到星月以上的境界，想到地面下的情形，想到花卉的用处，想到昆虫的言语；他想飞上天空，他想潜入蚁穴……"（《且介亭杂文·看图识字》）具有无比丰富的想象力，不断创造充实着他的神奇世界的童年的鲁迅，渴望得到一部神话书，是完全可以理解的，并且有这样的权利。

《朝花夕拾·阿长与〈山海经〉》里描述：鲁迅在十岁时，就"渴慕着绘图的《山海经》"。一个远房的叔祖告诉他："曾经有过一部绘图的《山海经》，画着人面的兽，九头的蛇，三脚的鸟，生着翅膀的人，没有头而以两乳当作眼睛的怪物，……可惜现在不知道放在那里去了。"从此，他就念念不忘于这部书，然而总是弄不到手，没想到他的保姆阿长却给他买来了。她有一天从家里回来，一见面，就将一包书递给他，高兴地说道："哥儿，有画的《三哼经》，我给你买来了！"鲁迅当时感到意外地激动，他说："我似乎遇到了一个霹雳，全体都震悚起来；赶紧去接过来，打开纸包，是四本小小的书。略略一翻，人面的兽，九头的蛇，……果然都在内。"因此，尽管"纸张很黄"，"图像也很坏"，然而"这四本书，乃是我最初得到，最为心爱的宝书"。

这是《山海经》进入鲁迅生活的开始。然而这时他所喜爱的新奇图画，是引起他幻想的信息，而不是对美术品的欣赏，也不是受文字内容（神话故事本身）的激动。

随着岁月与学问的增长，鲁迅开始了研究《山海经》的兴趣。他陆续添购了各种版本的《山海经》："此后我就更其搜集绘画的书，……《山海经》也另买了一部石印的，每卷都有图赞，绿色的画，字是红的，比那木刻的精致得多了。这一部直到前年还在，是缩印的郝懿行疏。"这部"郝疏"是什么时候买的呢？绝不迟于 1916 年 12 月 8 日。因为据《鲁迅日记》，这天他在故乡绍兴墨润堂书肆购的是玉烟堂本《山海经》二册。此外，在 1926 年 10 月 14 日，在厦门大学任教时，又托孙伏园购《山海经》二册。"日记"中虽只有以上两次记载，但已足够说明这样一个重大变化：从最初的着眼于图画，转到学术研究上去了。

《山海经》对于鲁迅有两大重要影响，或者说从这棵老根上发出两枝新芽来，都开花结实，对中国民族新文化有了巨大的贡献。一枝是指的艺术：《山海经》中的图像对鲁迅一生热爱和研究提倡美术，有极深切的关系。譬如说，他提倡民间美术，后来引进革命木刻与固有雕刻相结合为中国革命服务等，因与本"分论"无关，留待另辟研究专题。

现在我们是探索在神话方面鲁迅的杰出贡献。

鲁迅在日本留学时期，即已研究神话学及世界神话，并对祖国文化，尤其小说，有多种贡献。

其一，引进了神话之概念。中国学术一向对神话理解不够，如《四库全书总目提要》还把多神话之书的《山海经》分入小说类。鲁迅在日本留学时期，写的那几篇著名论文，如《人之历史》、《科学史教篇》（均为 1907 年作）、《破恶声论》（1908）等对神话有正确的认识和论断。譬如在神话的起源与性质诸方面，他批评那些"晒神话为迷信"的人，固然是"自迷之徒"（《坟·科学史教篇》）。而把希腊、埃及和印度的神话，看作"解颐之具"，同样也是错误的。因为"神话之作，本古民，睹天物之奇觚，则逞神思而施以人化，想出古异，诙诡可观，虽信之失当，而嘲之则大惑也。太古之民，神思如是，为后人者，当若何惊异瑰大之"（《集外集拾遗·破恶声论》）。中华民族的祖先虽创造了大量的神话，长期以来却认识不足。因此，神话这个概念可说是鲁迅首先向祖国引进的。因此对中国神话之研究起了启蒙作用，而研究成就最大的也是鲁迅。这留在后面专谈。

其二，提出了研究神话之重要性，指出欧西艺文起源于神话。因此，主张欲研究西国人文，必先研究其神话。"不知神话，即莫由知其艺文。"（《破恶声论》）鲁迅在《变迁》第一讲里说中国小说同印度、埃及以及希腊一样，起源于神话，这是个世界文化发展史上的共同规律，因而指出《汉书·艺文志》关于中国小说起源的一个几千年来的错误。鲁迅说："志怪之作，……《汉志》乃云出于稗官，然稗官者，职唯采集，而非创作，'街谈巷语'自生于民间，固非一谁某氏之所独造也，探其本根，则亦犹他民族然，在于神话与传说。"（《史略》第二篇）

鲁迅打破了旧说，是学术上一大贡献。但尚未穷源，艺文到底起源于什么？这时鲁迅的文艺思想还没有达到起源于劳动的高度。不过他能找到文艺的创作萌芽（最早的艺术——神话），在当时就已可贵了。

到 1924 年，鲁迅到西安讲学时，他的文艺思想有所发展。他把神话看作艺文的要素而非起源，"在古代不问小说或诗歌，其要素总离不开神话"（《变迁》第一讲）。把神话看作只是文艺的题材（要素）而非起源，是个巨大的飞跃，但显然还是二元论的。他说："诗歌起自劳动和宗教（重点为引者所加）。"小说则起源于劳动后的休息（《变迁》第一讲）。这后一说法颇近似Grose《艺术起源》中的理论。而鲁迅坚信文艺起源于劳动，抛弃了宗教说，则是受了普列汉诺夫的影响。

其三，鲁迅研究中国神话，发展了神话学。

鲁迅研究神话的一个重要方法，就是运用比较文学的原则方法，解决了许多问题，像纠正小说起源于稗官说。同时他善于结合实际，提出了新的理论。按照一般规律，随着科学文明的高度发展，人类智慧不断丰富提高，神话便不再产生了。可是鲁迅研究中国的具体情况、社会实际，总结出一个新的理论：如果某一民族国家中，社会还没有完全摆脱落后状态，原始思想还较浓厚，譬如"中国人至今未脱原始思想，的确尚有新神话发生"（1925 年 3 月 15 日，致傅筑夫、梁绳袆的信）。虽举例不妥，而理论可以研究。因为它说明了中国许多神话（稍晚的神话往往杂有仙话）传说，如"女娲造人"、"嫦娥奔月"（仙话）等，何以不见于《山海经》，而出现于汉代诸子书中的问题。闻一多先生就认为"嫦娥奔月"故事是晚出的〔见《神仙考》注（八）〕。不死之说（仙话）是战国方士所造。因此，鲁迅的这一理论是有研究价值的。我们之所以这样说，是因为觉得：鲁迅认为"中国人至今（按指 1925 年）未脱原始思想"，实乃由于某些角落的严重落后状态而发的愤激之辞。其实，鲁迅是把神话与迷信分开的。他在 1908 年的《破恶声论》里已经批评把神话视为迷信的错误，在《史略》里也并不把志怪书作为六朝人的神话著作看待。因此，他提出神话可以晚出的论点，是有时代断限的。且神话有自己的特点：它以"神格"为中枢。

（二）从中国神话之不发达说到《山海经》的性质

同希腊、印度的神话比较起来，中国的神话是贫乏的。而包涵神话之大著作也没有。悠久而伟大的中华民族，在神话方面为什么出现这样一种局面？

鲁迅在《变迁》中不承认因受儒家影响而散失说，认为本来就产生的不多。原因有二：其一，太劳苦。中华民族发祥地——黄河流域，自然环境不丰腴，远远比不上希腊。人民为求生而多劳苦，重实际，少幻想。鲁迅有一个观点（到晚年仍坚持着）：小说产生于劳动之余；生活太艰苦了，劳动没有余裕，就没有或少有小说产生。神话是原始人民的小说，"至于小说，我以为倒是起于休息的"（《变迁》第一讲）。这是采的旧说，而其独创见解则是：

其二，"殆尤在神鬼之不别。天神地祇人鬼，古者虽若有辨，而人鬼亦得为神祇。人神涉杂，则原始信仰无由蜕尽；原始信仰

存，则类于传说之言日出而不已"（《史略》第二篇），"于是旧
者僵死，后人无从而知"（《变迁》第一讲）。如神荼、郁垒，因
为有了秦叔宝和尉迟恭便被忘却。

由于产生不多，自然也就不可能有大部头的专书。鲁迅在古
籍中只找到一部《山海经》，但内容比较杂，也不是集录古神话
之专书。鲁迅在《史略》中只介绍其内容，而在《变迁》第一讲
中，则指出"这书也是无系统的"，是比较杂的。鲁迅是从研究
小说起源的动机，去探索神话的产生。又从神话的探索角度去研
究《山海经》的性质。就是说，研究《山海经》是为了探索中国
古神话问题，并进而解决中国小说起源问题。

鲁迅认为《山海经》非一人著作，是经过几个时代的许多人
之手，逐渐汇集补充而成的一部书。此书成因既复杂，流传又久
远，就产生了如下一些情况：一是有些重要的古神话，原有而后
来散失。如鲁迅从《论衡》二十二所引《山海经》中的神荼、郁
垒神话，今本《山海经》里就没有。二是不免羼进一些伪材料，
（即并非神话）因此辑佚与订伪的整理工作是非做不可的。而鲁
迅在这两方面是有贡献的。如前述神荼、郁垒之辑佚，而订伪工
作，鲁迅也有新成绩。在过去的许多《山海经》版本中，以清代
山东荣成人郝懿行的《〈山海经〉笺疏》为最善，但也有错误，
而错误恰恰就出现了郝氏不辨真伪的情况。如郝书收集的"佚
文"部分中，有"李肇《国史补》引此经（指《山海经》）云：
'水暨好为害，禹锁之。名'巫之祈'"。这一段材料，郝氏并作
按语曰："案：《缀耕录》云：'《山海经》水兽好为云雨，禹锁
于军山之下，名无之祁'。"可见郝氏认为这个材料是《山海经》
的佚文了。郝氏对《山海经》的整理研究是不精确的。

鲁迅在《唐宋传奇集·稗边小缀》第二部分李公佐《古岳渎
经》条，在纠正了"郝疏"所收两书中的"佚文"是错误的同
时，更从《山海经》的内容及文字特点上进行了考察，指出：
"验今本《山海经》无此语，亦不似逸文。肇殆为公佐此作（按：

指《古岳渎经》）所误，又误记书名（按：指《山海经》）耳。且亦非公佐据《山海经》逸文，以造《岳渎经》也。"可见，如果不是鲁迅熟读古典小说，而又精研《山海经》的内容与风格，就不可能在"辨伪"上作出如许成就。

然而，鲁迅研究《山海经》的巨大成果，还在于解决了它的内容性质。即解决了《山海经》是一部什么性质的书的问题。

由于《山海经》内容复杂（包括神话、仙话、山川、历史、医药、动、植、矿……），历来对它的性质就持有不同的看法，到现在而奇说更多，未能统一认识。譬如，

《汉书·艺文志》归为刑法家黄老之言。

《隋书》以下，列为地理书。

《四库全书总目提要》认为是古小说。地理说占多数，但也有论争，主"古小说"派就是反"地理派"的代表。不过"地理派"迄今仍占优势。1980 年第 8 期《科学画报》发的一篇《〈山海经〉重新评价》中说，《山海经》真实地记录了世界的山川风物、矿产等。这是今天最典型的地理书说。

《四库全书总目提要》已驳形法（黄老言）之说；对地理书说，和清代地理学家胡渭一样，认为所记山川形势，多无可考，是不真实的。但"地理派"也考证出：有的山川是能找到的。

我们认为，即使有的山川可考，具有部分真实性，也不能断定《山海经》是地理书。因为其内容非常复杂。纪昀的"古小说"的主张是值得重视的。他已看出了《山海经》是多神话之书，可惜当时神话的概念还未输入，他把神话看作小说。但说《山海经》是神话总集也不符合其内容实际，神话概括不了它的全部内容。鲁迅从未说《山海经》是神话专集。那么，鲁迅认为它是一部什么性质的书呢？

鲁迅固然非常重视《山海经》里的神话。但他是以客观态度，从总体出发去研究《山海经》的。因而他发现其中有些材料是相联系的。《山海经》虽主要是记山川风物，但有自己的特

点：记山川则与祭神相联系。而祭神多用糈米。鲁迅说："《山海经》……记海内外山川神祇异物及祭祀所宜，……所载祠神之物多用糈（精米），与巫术合，盖古之巫书也。"（《史略》第二篇）这就是说《山海经》记录山川是与宗教相结合的，即为了宗教活动而记山川，即以记巫的宗教活动为主，是巫书而非地理书。所记山川应是真实的可考的。一些无可考的山川则近于神话或仙话。《山海经》所记的一些其他事物也都与巫的宗教活动相关联。如《山海经》的主要部分《五藏山经》，其记述名山大泽、奇鸟异兽以及草木金石的同时，更重视记述鬼神灵怪。每记一地一神，都附有祠神用物的说明，而特别提出用糈。所以鲁迅才获得《山海经》是巫书的结论。

巫书就是巫觋用以进行降神、祭祀、祈祷以及诅咒等的经典。

巫术有多种多样，祭神用糈（精米）是主要巫术之一。《楚辞·离骚》："巫咸将夕降兮，怀椒糈而要之。"王逸注："椒，香物，所以降神；糈，精米，所以享神"。这是一种巫术，正与《山海经·五藏山经》所载祠神多用糈相合，都是巫术。服菖（或兰草）草以媚人，也是《山海经》所记的一种巫术。《山海经》还记载了不少巫的活动：他们不仅"皆操不死之药"（《海内西经》)，而且有上天的神通（《海外西经》)。

自然《山海经》的内容是丰富的，并不全是巫术。譬如说，《山海经》中有古史。而这些，鲁迅也认为与巫有关系。鲁迅在《汉文学史纲要》第一篇指出：巫书的作者是巫。最初，"巫以记神事"，而逐渐扩大其执掌。因而所写的书也不局限在神事方面了。后来，鲁迅在《且介亭杂文·门外文谈（二）》里把巫的发展过程说得很清楚："原始社会里大约先前只有巫，待到渐次进化，事情繁复了，有些事情，如祭祀，狩猎，战争之类，颇有记住的必要。"于是巫书的内容也就复杂了。《山海经》的内容恰恰正是这样。因而鲁迅说《山海经》是巫书，乃最科学的结论。

现在我们要进一步探索：鲁迅指出多储神话之书的《山海

经》是巫书，有什么目的？意图解决什么问题？

我们认为：鲁迅是要解决巫书与神话的关系，即为什么"中国之神话与传说……《山海经》中特多"（《史略》第二篇）的问题。

鲁迅对于神话与巫的关系指出三点。现在先摘录其原话一段："昔者初民，见天地万物，变异不常，其诸现象，又出于人力所能以上，则自造众说以解释之；凡所解释，今谓之神话。神话大抵以一'神格'为中枢，又推演为叙说，而于所叙说之神，之事，又从而信仰敬畏之，于是歌颂其威灵，致美于坛庙，久而愈进，文物遂繁。故神话不特为宗教之萌芽……"（《史略》第二篇，重点为引者所加。）另摘抄一段"诗歌起于劳动和宗教。……是因为原始民族对于神明，渐因畏惧而生敬仰，于是歌颂其威灵，赞叹其功烈，也就成了诗歌的起源。"（《变迁》第一讲）

从这两段话里，我们体会鲁迅的意见是：一、神话是初民集体创造，巫当然也创造，是宗教的萌芽。二、巫也大量收集、记录神话。三、用于祠神或娱神的神话，多为叙事诗形式。

巫为了祭神需要神话，祭神是最大最高的巫术。需要演唱一些神话故事，其内容多为天地开辟，人类起源，人、神与自然的关系等，用以敬神和娱乐群众。旧中国少数民族地区就是这样。世界上的宗教经典（如《新约全书》、《旧约全书》）最早的部分还保存这类内容。中国古籍中也保存这类神话传说。所以鲁迅在讨论如何搜集中国神话时曾说："上古至周末之书，其根只在巫，多含古神话。"［许广平编《鲁迅书信集》（上），第 66 页］

但必须强调指出：神话虽保存在巫书中，却非迷信之作。它与巫术有质的区别，它有自己独特的价值和意义。这在《破恶声论》中，鲁迅已说得很清楚了。

（三）《山海经》神话传说与鲁迅创作

鲁迅说：文学是战斗的。他的创作是革命文学。然而他的创作却也往往选材于中国古老的神话传说。这是因为中国神话与希腊那些偏重人神恋爱的神话不同，有自己的特点，那就是战斗。如果从鲁迅的创作上溯战斗传统，则滥觞于神话。这也许与中国神话发祥地——黄河流域有关。

鲁迅说："中华民族先居在黄河流域，自然界的情形并不佳，为谋生起见，生活非常艰苦。"（《变迁》第一讲）我们认为这恰恰指出了中华民族神话富有战斗特点的根本原因。生活艰苦，就要同大自然战斗，敢于立志征服它。战斗的性格就敢于反抗任何压迫。由此创造出来的神话、传说，就形成了中国文化的战斗传统的源头。人与自然斗争的神话，像"夸父追日"、"精卫填海"是民族英雄同大自然斗争而带有悲剧性的神话，但蕴藏着坚定的战斗到底的复仇意识。而中华民族是愈战愈强的，"大禹治水"、"夷羿射日"的传说，就是在征服大自然斗争中，我们的民族英雄不断获得的辉煌胜利中产生的。

能征服大自然，就敢于反抗最高主宰的压迫。反抗上帝虽死犹斗的形（刑）天的神话，就是富有革命性、叛逆性、彻底性的英雄的故事。这些神话传说永远鼓舞着历代人民的生活和斗争。复仇女神精卫，死而犹斗的形（刑）天的伟大形象，连著名的和平、静穆的诗人陶潜也受到极大激动，写出了"精卫衔微木，将以填沧海，刑天舞干戚，猛志固常在"之类的"金刚怒目"式的战斗诗篇［《且介亭杂文二集·"题未定"草（六）》]。

后出的一些神话传说，如《女娲补天》，虽不见收于《山海经》，却也继承与发扬了战斗传统，同样为鲁迅所珍视。

对于这宗可贵的遗产，以及由它开始形成的战斗的文化传统，鲁迅不仅作为研究对象，而且继承了这一战斗精神，凝聚成自己性格的核心；更从中选取精华，作为小说、诗歌、杂文的题材进行再创造，从而发扬光大中华民族战斗创造精神。

1. 把神话传说演义为历史小说《故事新编》

鲁迅说，《故事新编》八篇创作，"是神话传说及史实的演义"（《南腔北调集·〈自选集〉自序》）。其中从《山海经》选材的计有：《补天》（除补天、造人两故事外，其他材料皆采自《山海经》）、《奔月》（除嫦娥奔月外，其他皆采自《山海经》）和《理水》（题材主要来自《山海经》）。

从以上三篇的题材看出一个问题：鲁迅为什么不专用《山海经》里的材料，还要集中其他古籍中的神话材料，来进行演义呢？鲁迅说过："得到较整齐的材料，则还是做短篇小说。"（《南腔北调集·"自选集"自序》）这意思是，小说要求丰富而整齐的题材。《故事新编》主要是神话传说的演义，《山海经》自然是首要选材对象。但当它储存的材料不足时，为了满足人物、情节的需要，就不能不采集其他古籍中的材料加以充实。而且这些材料也不能说与《山海经》无关，因为战国、两汉新神话（中有仙话）传说的产生，往往是在旧神话传说的根基上发展的。例如，因为《山海经》里有女娲，便生发出补天、造人的故事；因为有夷羿，便派生出奔月的故事。所以，鲁迅为了使他的人物情节完整丰满，以增强作品的现实战斗力，就以《山海经》里的神话传说为基础，集中了一切与主题思想有关的材料进行演义。

鲁迅演义古神话传说，开辟了现代文学创作新领域——历史小说。他不仅熔古今题材于一炉，尤其重要的是给了古神话传说以新的生命，注入了作者的革命思想情感，使本来具有战斗性的神话传说，含蕴了新的革命内容。特别是熔古铸今的浪漫主义手法，使富有永久魅力的古神话传说，跳动起了时代的脉搏，转化为新型的富有时代战斗精神的历史小说——一株新型的现代文坛上的新花。

其实鲁迅创作《故事新编》，也并非忽视古文化发展的探索。他以历史小说的形式表现与探索人类（特别是中华民族）古文化的价值与意义；探索文化的起源与发展过程。如鲁迅自己所说：他之创作《补天》是"取了茀罗特说，来解释创造——人和文学的——缘起"（《故事新编·序言》）。鲁迅从以《山海经》为中心的神话传说中，看到了中华民族古文化的产生与发展，并予以艺术形象（增加了一部分史实的演义）的表现。这就是这八篇小说的创作动机之一。他从《补天》、《奔月》、《理水》等一系列英雄形象的塑造中，展现了中华民族优秀文化发展史。这是对中华民族文化的真挚歌颂与充分肯定。但对于其中的消极因素也作了无情的讽刺与批判。像《采薇》、《出关》、《起死》等就是对儒、道思想的艺术批判。这些似乎说得远些了，但还是有必要的，也未离题。

现在，我们就专从《山海经》里与《故事新编》有关的神话传说，看鲁迅是怎样选取并且运用到他所创造的作品里去的，做些探索、分析和理解。

在《故事新编》中，与《山海经》有密切关系的有《补天》、《奔月》和《理水》。这三篇的主人公都是英雄人物。他们不仅造人，而且为民造福。这些人物在神话传说中是战斗者，也被鲁迅歌颂为中国历史上的脊梁式的人物，是创造中国文化战斗传统的主角。

先看《补天》。

鲁迅在创作此篇时，是以"女娲造人、补天"为主要情节。《山海经》里虽有女娲，而造人与补天的故事则见于应劭的《风俗通义》和《淮南子·览冥训》。但《补天》在许多细节上，还是较多地直接、间接地来自《山海经》的材料。鲁迅集中有关女娲的故事，目的之一就是歌颂人类的春天。即他自己说的："原意是在描写性的发动与创造。"（《南腔北调集·我怎么做起小说来》）但他更从现实战斗出发，根据女娲造人、补天的神话，并穿插现代生活中的与主题思想有关的细节（这是八篇历史小说的共同特点），以积极浪漫主义手法，成功地塑造了女娲这位有神异创造力的艺术形象。这个形象，正如茅盾所说，是鲁迅"将战斗的情绪和创作的艺术，古代和现代交融成为一而二二而一"（《玄武门之变》序）的成果。因而作品通过对女娲重整乾坤和忘我献身的英雄业绩的描写，热情地赞颂了五四时期冲决"萎靡锢蔽"、创造进取的时代精神。但作者并没有把女娲现代化，失去神话人物的特色，这和作者善于运用神话题材来塑造人物是分不开的。

作者全部采用了《山海经·大荒西经》里有关女娲的材料。女娲补天的故事虽来自《淮南子·览冥训》，但小说描写女娲补天时勇敢地向昆仑山上拿过一株带火的大树来点芦柴积的战斗无畏场面，却是演义的《大荒西经》的"炎火之山"的记载和郭璞赞，以及关于"弱水"记载的郭璞赞（均见"郝疏"引《艺文类聚》）。至于小说对那支向女娲进攻的"禁军"，他们得到利益之后的讽刺描写，正是艺术地演义了《大荒西经》中"有国名曰淑士，颛顼之子。有神十人，名曰女娲之肠，化为神，处栗广之野"的那段记载。这是对现实中颛顼之类的人物的鞭挞。

但是，不管《补天》的现实战斗性多么强，象征意义多么深广，因为作品的基本主题是用艺术形象"来解释创造——人和文学的——的缘起"（《故事新编·序言》）。这就决定了作者必须向女娲神话（包括大量《山海经》的资料）选材并加以演义而成为历史小说。

再看《奔月》与《山海经》。

《奔月》作于1926年岁暮，时鲁迅在厦门大学任教。描写的是夷羿在拯救下民的功业完成之后，却连妻子也失去的一段孤独、寂寞的生活。我们觉得鲁迅也有类似的一段生活。因而羿的身世中似乎有点作者的影子。作者重点写的是羿的孤寂时期，而厦门大学任教的鲁迅也正是从北京反封建的战场上取得连续胜利，远走厦门岛过着孤寂的生活的时日。夷羿遇到弟子逢蒙的暗算，鲁迅则遭受他的弟子高长虹的恶毒攻击。夷羿的爱妻奔月，鲁迅的爱人去了广州（粤）。可见鲁迅创造夷羿形象及其孤寂处境是有非常复杂的动机：既缅怀中华民族英雄们创造的辉煌文化，也歌颂了为民造福的古代英雄无私的精神，而又在英雄身心里洒落上一点个人的情怀。

然而，高瞻远瞩的鲁迅，创作《奔月》首先通过夷羿探索中国历史进入农业时期的文化特色：夷羿射日是为保护农业，歌颂我们的祖先战胜了自然灾害，而进入了新历史时期。夷羿是个民族胜利的象征，却又是个带有悲剧色彩的英雄。

夷羿不是昏乱的人主后羿。他是古传说的英雄，是个神性的人，他造福人间。《山海经》里有四处记载关于他的传说，然而没有嫦娥奔月的故事。这个故事初见于《淮南子·览冥训》，产生较晚。（闻一多先生认为是战国时代的产物。我们在前面提过：中国的神话传说产生的时期拖得较长，而且往往有连续性。鲁迅把它们完整地结构起来，以奔月为主情节，展示了带有悲剧性的英雄形象——夷羿。）

和创作《补天》的情况一样，是把《山海经》及其他先秦古籍中有关夷羿和嫦娥的资料集中使用的。但塑造羿的个性却是根据《山海经》。在《山海经》里，羿因对人民有殊勋，被称为"仁羿"。"仁"字历来有许多不同解释。但我们认为"爱人"说最为妥切，因为《山海经·海内西经》记载：西王母所居的昆仑山，高万仞，百神所在，所居金碧辉煌，还有开明兽守门，以为"非仁羿莫能上冈之岩"。郭璞注得好："言非仁人及有才艺如羿者不能得登此山之冈岭巉岩也。"鲁迅在《奔月》中，全力塑造的羿的"仁"的个性，就是以《海内西经》为根据的。

《山海经》里有关夷羿的记载，基本上都为鲁迅所采用。就是不见于《山海经》的有关资料，如羿请不死之药于西王母（见《淮南子·览冥训》，鲁迅在小说里改西王母为道士）、逢蒙杀羿（见《孟子·离娄》及《韩非子·问辩》。鲁迅改为羿战胜逢蒙）、夷羿射日（见《淮南子·本经训》。近人袁珂认为《庄子·秋水》成玄瑛疏引《山海经》"羿射九日，落日沃焦"，疑即《山海经》佚文。见《中华文史论丛》第二辑，1979，第74页。）等资料，鲁迅通通集中塑造人物，充实情节，并且较多地插入了现代生活细节；但这一切都服从羿的个性。如羿战胜了背叛而又想杀害他的逢蒙，却并不致其死命，这便是"仁"。为了小说主题思想的需要，鲁迅对嫦娥的性格有所改造，但对羿的个性有所加强，他晚景虽然悲凉，却不忘战叫。他不仅渴望新的战斗生活，而且处处表现其"仁"的胸怀。

"仁"是《山海经》中有关羿的记载的集中表现。或者说，是对"仁羿"的讴歌。鲁迅虽集中了古代许多有关资料，但却以"仁"为基调，加以丰富发展（演义）。因此，就必然对一些题材予以改造生发。像羿与逢蒙的关系，旧说都是"逢蒙杀羿"，而《奔月》中的羿，则战胜了逢蒙还饶他一命，以显羿之"仁"。同时沉重打击了自古迄今的一切忘恩负义之辈。逢蒙影射现代青年高长虹，而高长虹则是个现当代的逢蒙。

古神话传说中也没有羿射月的故事。而鲁迅在《奔月》中却增加了这个细节并作了充分描写，这就不仅从射日的场景中，再现了羿当日的雄姿，而且从羿的曲折的感情矛盾中，拈出"爱"的本质。之所以这样说，是因为鲁迅描写夷羿怒射月亮失败后，又打算再向道士求药，以便追赶到广寒宫去与嫦娥重聚。他的思想感情似乎转了一百八十度的弯，其实是可以理解的。爱情是个复杂的东西，在性爱上，爱与恨可以相互转化。整篇小说描写羿与嫦娥的关系，就是诚挚的爱，因而这个大转弯是真实的，是"仁"的一个侧面。鲁迅从许多侧面的描写塑造这个传说中的英雄，他虽有超凡的大本领，但毕竟是人，有人性。所以鲁迅喜欢《奔月》，把它选入《自选集》。

最后看《理水》与《山海经》。

《理水》的主角是大禹。在复杂内容的《山海经》里，禹既是神话人物，也是历史人物；其实，这些历史人物传说性很大，因此，禹是传说中的英雄。鲁迅在《变迁》中指出："从神话演进，故事渐近于人性，出现的大抵是'半神'，如说古来建大功的英雄，其才能在凡人以上，由于天授的就是。……这些口传，今人谓之'传说'。由此再演进，则正事归为史，逸史即变为小说了。"（《变迁》第一讲。重点为引者所加）基于这一理论，鲁迅在《理水》把大禹看作历史人物加以创造，但他却也大量采用了《山海经》里有关禹的神话传说。这个高妙的艺术手段，的确值得我们注意和学习。

虽采取许多有关大禹的神话传说，却把这个人物写成一个历史人物，这是此篇小说的人物特点。那么《补天》和《奔月》中的人物就没有各自的特色吗？我们经过比较研究，觉得除了鲁迅的艺术手法是多样化之外，他写《故事新编》还有一个重要的创作动机，从而决定了他选取和运用《山海经》的题材的角度和方法，去塑造性质不同的人物。《补天》中的女娲，是以"神格"为特色的神话人物（当然鲁迅不是在写神话，而是创造浪漫主义现代文学作品）。《奔月》中的羿，则是作者想象创造的古传说中的（半神半人）的英雄。《理水》中的大禹，则为历史人物的再现。我们认为，鲁迅想把这部历史小说写成一部形象的民族文化发展的展览史。人物性质的变化演进，反映了我们祖先创造文化发展的过程：他们不断战胜和控制大自然，从狩猎进入农业社会的光辉历程。中华民族的文学也从神话、传说的浪漫主义走向现实主义的萌芽……从而展现文学演进之迹。

以上是我们的臆说，但从《故事新编》本身也的确看出这种内容，鲁迅在本书《序言》里，的确说过他创作《补天》的动机，是以艺术形象"来解释创造——人和文学的——的缘起"。但其他论据则全靠作品本身来显示了。不过我们觉得这种挖掘还是有意义的：不仅说明鲁迅对自己的民族文化一向尊重其精华，还可说明为什么从人的角度来塑造大禹的问题。

鲁迅怎样具体运用《山海经》的神话传说来塑造历史人物大禹呢？

首先讨论一下鲁迅为什么珍视和采用这些材料的问题。旧说禹著《山海经》。鲁迅认为不可信。他以为书是集体著作，并且是在较长时间内逐渐积累而成的。不仅从"上古至周末"（许广平编《鲁迅书信集（上）》，第66页），甚至"秦汉人亦有增益"（《史略》第二篇），而这时期仍有神话产生。这就是说，《山海经》中有关禹的全部资料，都是神话传说。（在这里应该指出的是：有关禹的资料古老丰富，而《山海经》虽非禹的著作，但对大禹却是歌颂的。鲁迅正因它歌颂了禹，所以认为非禹作。）大禹在鲁迅的心目中自然是中国脊梁式的人物，因此尽量采用。还应指出一个更重要的原因：《山海经》不仅歌颂禹的功绩，而且所记录的资料，非常具有说服力，是鲁迅写《理水》的骨干材料。如《海内经》记载了"洪水滔天"的时代，禹父治水失败、禹成功的过程。这个故事并不为《山海经》所独有，也见于其他古籍，如《尚书·禹贡》篇。而鲁迅之所以独选《山海经·海内西经》，就因其记载材料丰富、细致和曲折，情节完整而利于塑造人物。像禹父鲧窃帝之"息壤"神话，《禹贡》不载，至于禹改"湮"为"导"的治水方法，也独见于《山海经·海内西经》。这个材料非常重要，表现了禹的智慧是治水成功的关键。鲁迅对此作了极力的描写与称誉，并说这是禹同群众商量的结果，从而增强了禹与群众的亲密关系，成功地塑造了一个为民众服务的领导者的巨人形象。

尤其值得指出的是：鲁迅采用神话传说资料来塑造大禹，是为了形象再现人类文化的演进过程（痕迹）、人定胜天的发展史。我们的祖先与大自然，特别是水患作了长期不懈的斗争：从精卫填海的悲剧神话开始，发展到"湮"，再改进到"导"，这才战胜了自然，反映了人类与自然在斗争中智慧的成长；从盲目的斗争到认识水的性格，头脑逐步科学化，能因势利导，成为洪水的主宰者。大禹的功勋就在这里，形象的光辉正由此发出。这一文化史的发展，《山海经》都记载下来，其资料的价值也在这里。这就是鲁迅取来塑造大禹的必然理由。

然而也必须指出：《理水》写于1935年。鲁迅是以马列主义观点，艺术处理大禹这个君主形象的。因此，他在称赞禹的同时，也提出了一个过去历史上往往出现的一个重大问题：环境、地位一旦有所变化，权力愈来愈集中，英雄人物也会逐渐脱离群众，甚至走向独裁。

现在我们回到中心问题来探索：既然《山海经》里这些神话、传说题材非用不可，那么鲁迅用什么艺术技巧，把一个神话传说人物，改造生发为历史人物呢？

鲁迅在《理水》大量采用了有关鲧和禹父子两人的神话。但他采用了与《补天》、《奔月》截然不同的艺术手法。作为历史民族英雄的大禹是智者，有科学的创造性；他强调实地考察，他相信和依靠人民的力量，所以他不相信也不承认他爸爸鲧死后变成"三足鳖"的胡说，把它作为谣言来看待和批判，包括有关他自己的一些传说在内，通通向群众辟谣。

这真是一种高妙的艺术手腕，作者虽大量引用了神话传说，却不湮没禹这位人民英雄形象，也不使古代环境成为神话世界；而是写活了古代社会。

《理水》尽管大量取材于《山海经》，却也和《补天》、《奔月》一样，并不全部来自《山海经》，有时使用一点郭璞注或赞，像《理水》是以大禹治水神话为框架的，但也吸收郭注为建筑材料，如对文化山上一群学者的讽刺描写，说他们的生活全靠奇肱国用飞车运粮食来维持的细节，就是从《海外西经》"奇肱之国"条郭注"其人善为机巧，以取百禽；能作飞车，从风远行"拿来演义而成。《理水》取材上的另一特点，则是大量融入了现代生活细节，这就是文化山上大批文化人的物质生活与文化生活的描写，几乎占了全小说三分之一篇幅。他们古意盎然地争论着大禹是虫还是什么？甚至是否存在？就这样作为大禹出场的铺垫。这也是《理水》的特色之一。

以上三篇，尽管鲁迅创作《故事新编》选材已超越了《山海经》的记录范围，但鲁迅所重视的还是《山海经》的题材。《补天》、《奔月》或《理水》的主要人物，都是出自《山海经》，凡是起关键作用的题材，如羿"仁"的个性，大禹"导"的科学创造精神，无不根据《山海经》。或者说《山海经》提供的资料，常常起着决定性的作用。

2. 《山海经》与鲁迅旧体诗

鲁迅的创作常常选材于《山海经》，但视文体的需要，而采取不同的艺术处理方法。如小说创作用演义法，而在旧体诗里，则把《山海经》里的神话传说，熔铸为各种艺术形象，赋予其新的时代意义，从新意境中抒发作者的革命激情。如《题三义塔》诗（1933）的主题思想是通过一个鸽子（日本人称作鸠）的命运，一面控诉日本侵略军的侵略，鼓舞中国人民的斗志，一面希望中日两国人民结成维护和平、反对侵略的联合战线。

诗的主角是鸠，在那个特殊时代的政治背景和地理环境中发生的鸠的故事，使鲁迅很容易想起《山海经·北山经》的"精卫填海"的神话，并加以改造生发，于是吟成了《题三义塔》诗，其第五、六两句："精禽梦觉仍衔石，斗士诚坚共抗流。"这是点睛之笔，斗志昂扬，寄意深远！

鲁迅之所以从"鸠"的故事，联想到精卫的故事，除了祖国遭受隔海相望的日本帝国主义残酷侵略之外，还因为鸠的形状像精卫。《山海经·北山经》记载："发鸠之山，其上多柘木，有鸟焉，其状如乌（郝懿行疏：《太平御览》四十五卷引此经，'乌，作'鸠'）。文首白喙赤足，名曰精卫，其鸣自詨（叫），是炎帝之少女，名曰女娃。女娃游于东海，溺而不返，故为精卫。常衔西山之木石，以湮于东海。"而鸠和精卫的故事也有某种的显隐相似之处。因此鲁迅以高度艺术想象力，用浪漫主义手法，把鸠化成精卫（复仇的战斗女神）。以为鸠的死，不过是精卫作了个短梦，梦觉之后，仍然继续衔石以填东海。于是通过歌颂精卫精神，以抒发中国人民向日本帝国主义者抗战到底的革命精神，并希望日本革命人民同中国人民团结起来，共同抗击法西斯逆流！

　　在这里，我们还想谈一下鲁迅以"精卫填海"神话入诗的另一原因，鲁迅非常喜欢这个神话，因为精卫富有复仇的战斗精神。甚至影响到他的性格。他常说，人被压迫了，为什么不战斗。文学是战斗的。这是鲁迅一贯的思想人生态度，应该说是中国人的骨气！因此，他珍视"精卫填海"神话，这个神话代表了中华民族征服大自然的决心和愿望，具有永久的魅力。鲁迅也重视民间传说《女吊》，把她写成了散文。也把复仇的民间文学《三王冢》，演义成《铸剑》。把黑衣人塑造成一个敢于反抗压迫，善于为人民复仇的典型，宣扬了为群体不惜牺牲自我的高贵品德。而现在，在《题三义塔》里，歌颂复仇女神精卫，则体现了鲁迅的国际主义精神，这是鲁迅复仇思想的发展。"精卫填海"神话，由于鲁迅的改造生发，产生了崭新的艺术创造，精卫成为伟大的艺术象征。

　　3.《山海经》的神话传说也被炼成了匕首和投枪——的钢

　　鲁迅的杂文是匕首和投枪，是最锐利的战斗武器。其中常常选取《山海经》的神话传说，作为全文的点睛（钢）之用，使之更加锐利地戳透敌人的胸膛。而神话的战斗生命也得以延续，其永久的艺术魅力，也给杂文以"石蕴玉而山辉，水怀珠而川媚"之妙。

　　《山海经·海外西经》有这样一个神话："刑（形）天与帝至此（此二字疑衍？）争神，帝断其首，葬之于常羊之山；乃以乳为目，以脐为口，操干戚以舞。"这位至死不屈的反抗英雄，早就给鲁迅以深刻印象（见《朝花夕拾·阿长与〈山海经〉》），因而当鲁迅在特定情况下，构思他的杂文主题时，这个神话就来到鲁迅的笔下参加战斗。例如，在《坟·春末闲谈》里，鲁迅把刑（形）天作为人民永不屈服的象征，讴歌人民也像刑（形）天那样"死也不肯安分"，对反动统治阶级的镇压，永远奋起反抗的革命精神，从而鼓舞当时受压迫的人民起来反抗。

　　鲁迅说，历代反动统治者，最怕奴隶们有反抗思想，而思想是在头脑中的。因此，奴隶总管总希望奴隶们没有头脑，却仍能为之服役。这样就天下太平，不闹乱子了。但事实上是办不到的。《山海经》里就有一种怪物叫刑天，这个怪物虽没有头，却仍能"执干戚而舞。"刑天的这种行动连隐士陶潜都被感动得作诗赞美。可见阔人的天下是一时难得太平的。

鲁迅在这里不仅称美刑天的反抗精神，而且指出反动统治者的蒙昧主义（无头主义），终归是无用的。"无头也会仍有猛击。"人受压迫了为什么不反抗！世界上自古以来，奴隶们的无数次的起义，就充分证明了这一点。

鲁迅曾在一场美学理论的战斗中，也间接地运用"刑天"和"精卫"神话作为战斗武器。那是三十年代中期，朱光潜宣传"静穆"、"超然物外"的美学观，并主要以陶渊明为代表。说陶潜"悠然"、"闲适"，是个纯然追求并且已达到炉火纯青的"飘逸"诗人，劝诱人们逃避现实斗争，去追求这种美学境界。熟悉这段现代历史的人都知道：那是个"围剿"与反"围剿"残酷的阶级斗争的时代，提倡"超然""闲适"的美学追求，麻痹革命人民斗志，已经是严重错误了；何况朱氏为了自圆其说，片面夸大甚至歪曲陶氏的思想性格，也是学术上不严肃。

因此，鲁迅首先在学术研究，尤其美学领域里发动了对朱氏的论战。鲁迅向来就否认陶潜是个单纯的隐逸诗人。早在1927年，鲁迅就从许多论据中获得结论："由此可见陶潜总不能超于尘世，而且于朝政还是留心，也不能忘掉'死'，这是他诗文中时时提起的。用别一种看法研究起来，恐怕也会成一个和旧说不同的人物罢。"（《而已集·魏晋风度及文章与药及酒之关系》）

这就是说，熟读《陶靖节集》，以历史唯物主义和辩证唯物主义观点方法研究陶潜，完全可以得出陶潜是个具有复杂性格的人物的结论。鲁迅指出：陶潜并非整天和平宁静地"采菊东篱下，悠然见南山"。有时也很摩登，愿意化成爱人的鞋子（指《闲情赋》）。"就是诗，除论客所佩服的'悠然见南山'之外，也还有'精卫衔微木，将以填沧海，刑天舞干戚，猛志固常在'之类的'金刚怒目'式。在证明着他并非楚天整夜的飘飘然。……我每见近人称引陶渊明，往往不禁为古人惋惜。"〔《且介亭杂文二集·"题未定"草（六）》〕

鲁迅是第一个全面正确评价陶渊明的人。这一方面是由于鲁迅运用科学方法，而陶渊明对"精卫"和"刑天"的态度，则是鲁迅研究和评价陶渊明的政治标准的重要内容。鲁迅指出，陶渊明不仅较深地理解这两个神话人物的战斗意义，而且还通过讴歌来抒发自己的政治感慨。

可见，这两个神话，在过去中国文学史上的影响就比较大，而一旦到了无产阶级战士鲁迅手里，经过改造和生发，就发出更大的战斗力量。既揭发了"静穆"、"超脱"的美学理论是些骗人瞎说，也解决了文学史上长期存在一个"飘逸"假象——陶潜。

鲁迅从童年到晚年，始终没有停止过对《山海经》的研究，因而有了一些重大的贡献。例如，发现了《山海经》的重大价值之一，是保存了许多中国古代神话和传说，并解释了为什么"中国之神说与传说，……《山海经》中特多"（《史略》第二篇）的问题。

马克思在《政治经济学批判》导言里说："任何神话都是想像和借助想像以征服自然力，支配力，把自然力加以形象化。"因而它能够吸引人们的喜欢，并且最好的神话具有"永久的魅力"。而《山海经》所保存的神话大多数恰恰就是这样：像《夸父追日》、《精卫填海》等，而"刑天舞干戚"的神话，更反映了两种社会势力的斗争。这些很早就给鲁迅以深刻的印象，且影响到他的思想性格。随着鲁迅思想在战斗和学习中不断发展，特别当他成长为一个马克思主义者之后，这些神话传说的内容也愈来愈为鲁迅所理解，并作了深刻阐发和创造性的运用，树立起古为今用的典范。

《山海经》产生较早，"然秦汉人亦有增益"，"而盛行于晋"。但由于时代、阶级等的局限，长时期没有人深入探讨它的真正价值。直到清末，长妈妈把它送给童年的鲁迅，被作为"最心爱的宝书"之后，鲁迅才从神话的角度，从事对《山海经》作科学研究，指出它的内容性质，发掘出一些有价值的内容，并结合现实的战斗需要，不断用自己的心血加以灌溉，于是这些古老的神话传说，获得新的生机，发芽、开花，放射绚烂的光芒，结出累累的新果实。

三　鲁迅与《世说新语》

（一）一部中国早期特有的古典文言短篇志人小说之代表作

一个民族的某种文学现象，只有把它纳入世界文学体系，同其他民族文学相比较研究，才能显出它的特色，也就愈为世界所注意，从而认识它的价值和贡献。这才算是真正对它有了认识。

世界文学有共同的发展规律，譬如小说都起源于劳动之余，而滥觞于神话。鲁迅说："在古代不问小说或诗歌，其要素总离不开神话。印度、埃及、希腊都如此，中国亦然。"（《变迁》第一讲）此后，神话演化而为传说，并进而产生人神杂糅的浪漫传奇。中国是这样，而继承了古希腊、罗马文化遗产的英、法、德诸国的小说，也是这样。

但中国有自己的国情，小说发展也有自己独特的规律。鲁迅认为中国神话传说发展为两支：正史与小说。他说："正事为史，逸史即变为小说了。"（《变迁》第一讲）试翻开中国最早的史书如《史记》看看，其中的三皇五帝，就多半是些传说人物。直到六朝，历史与小说几乎很难分得清楚。

唐以前，中国古小说，无论是志怪或志人小说，在形式上，是"短书"，也同时是小说的概念之一。在内容上，多琐闻趣事。而最大的共同点是：人们都认为是真实的，即带有史的性质。这在鲁迅的《史略》或《变迁》中或有关论文（如《且介亭杂文·六朝小说和唐代传奇文有怎样的区别？》）中，已多次指出来了。

　　志怪小说是记载人与鬼神仙怪等发生关系的故事，志人小说当然是记人与人的关系事了。但对志怪故事都相信其实有，对志人故事则也严格要求真实。也就是说，两者都带有史的性质，并带有时代、思潮的特色。志怪作者多文人，而志人作者全是文士。志怪者感于鬼神之灵验，而志人者则含有文学因素，然而都是写史。在六朝时代，几乎同时产生了志怪与志人小说，并且发展而成为两条主干，在中国小说史上交相辉映。

　　志怪与志人两种小说几乎同时产生，主要是受到释、道（道士）社会思潮的影响。而志人小说产生的直接背景，则由于"释道互扇而流为清谈"。即出现了士大夫清谈的风气，名言隽行的社会生活风尚。而被好事文人搜集选择艺术地记载下来。所记录的纯是魏晋以来的中国现实社会生活，主要是士大夫生活。而不像志怪那样，也从印度输入了许多佛教故事。

　　志怪小说的产生，是中国巫风与佛教盛行时代，神话、传说的演变、印度故事之输入，以及民间故事之流行的结果。鲁迅说是"文士之传神怪"、"释家之明因果"与"方士之行劝诱"（见《史略》目录，第五、六篇细目）的结果。这些都可视为志怪小说创作之动机。

　　而志人小说之产生是好事文人之选记士大夫之生活轶事，是全新的东西，是志怪系统的突破。

　　鲁迅研究中国小说史，始终坚持一个重要的朴素的历史唯物主义原则，即着重把小说的产生与当时的政治、社会生活，以及时代思潮等联系起来考察。鲁迅认为志人小说之产生有其适宜的土壤，这就是魏晋南北朝时代，士大夫的清谈生活。这是中国独特时代产生的，其他时代社会背景里是产生不出这种志人小说的。所以鲁迅批评那些后代摹仿者说："生在现代底人，生活情形完全不同了，却要去模仿那时社会背景所产生的小说，岂非笑话？"（《变迁》第二讲）

　　鲁迅论魏晋时代士大夫的情况说："汉末士流，已重品目（品评人物之优劣高下），声名成毁，决于片言，魏晋以来，乃弥以标格（风度）语言相尚，惟吐属（谈吐）则流于玄虚。举止则故为疏放，与汉之惟俊伟坚卓为重者，甚不侔矣。盖其时释教广被，颇扬脱俗之风，而老庄之说亦大盛，其因佛而崇老为反动（排斥），而厌离于世间则一致，相拒而相扇，终乃汗漫而为清谈。渡江而后，此风弥甚"（《史略》第七篇）。

　　鲁迅这段话，是探索了有关"清谈"的两个问题：一是"清谈"由品目转化而来；一是"清谈"以释、道（家）哲学为内容。而他在《变迁》（第二讲）中，则强调指出了产生"清谈"的政治原因："汉末政治黑暗，一般名士议论政事，其初在社会上很有势力，后来遭执政者之嫉视，渐渐被害，如孔融、祢衡等都被曹操设法害死。所以到了晋代底名士，就不敢再议论政事，而一变为专谈玄理；清议而不谈政事，这就成了所谓清谈了。"

　　时代政治与社会思潮等客观环境决定了魏晋士大夫的生活风习。其一是"清谈"，其二便是"奇特的举动"。这两点是主要的。

　　"清谈"是什么？

　　亦称"清言"或"玄言"。其主要特点是把儒家也老庄化了，即以老庄思想解释儒家经义（如何晏的《论语集解》）摒弃世务，专谈玄理。"玄"到一种"飘渺恍惚之境"。如"阮宣子见太尉王夷甫，夷甫问老庄之异同（按：《世说新语·文学篇》作"老庄与圣教同异"），宣子答说：'将毋同。'夷甫就非常佩服他，……但'将毋同'三字，究竟怎样讲？有人就是'殆不同'的意思；有人说是'岂不同的意思——总之是一种两可、飘渺恍惚之谈罢了。"（《变迁》第二讲）但也有具体的东西，如品评人物。这就是鲁迅所说的"清谈"由"品目"演变而来。所以清谈仍保留这种风气，但有变化：不涉及政治批评，而谈人物内在美，却也影响到人物的升迁。这种风气可以从《世说新语》中看到。

　　与"清谈"相联系的是"奇特的行动"。内容很复杂。鲁迅在《变迁》第二讲里，选取《世说新语》中两个典型例子，以概括其全部。

> 阮光禄在剡，曾有好车，借者无不皆给。有人葬母，意欲借而不敢言。阮后闻之，叹曰："吾有车而使人不敢借，何以车为？"遂焚之。（《德行》篇）

> 刘伶恒纵酒放达，或脱衣裸形在屋中，人见讥之，伶曰："我以天地为栋宇，屋室为裈衣，诸君何为入我裈中？"（《任诞》篇）

像刘伶的这种不守礼法、轻视世俗的处世态度，也是受当时政治、思潮的影响的结果。鲁迅说：

> 从汉末到六朝为篡夺时代，四海骚然，人多抱厌世主义；加以佛道二教盛行一时，皆讲超脱现世，晋人先受其影响，于是有一派人去修仙，想飞升，所以喜服药；有一派人欲永游醉乡，不问世事，所以好饮酒。

服药的结果是"扪虱而谈"；饮酒的结果是"放浪形骸之外，醉生梦死。"因而"奇特的举动，玄妙的清谈"，就是晋人的思想生活态度，也就是晋代社会面貌（引文均见《变迁》第二讲）。

于是好事文人"或掇拾旧闻，或记述近事，虽不过丛残（亦作残丛）小语（按：即'短书'，琐闻逸事之类），而俱为人间言动，遂脱志怪之牢笼也"（《史略》第七篇，重点为引者所加）。独树一帜。

但志人小说虽与志怪小说同处一时代背景，受其影响，却又有自己的渊源和发展轨迹。

1. 吸收前人成果，加以改造生发，因而又表现自己的特点

鲁迅说："记人间事者已甚古，列御寇韩非皆有录载。"（《史略》第七篇）。鲁迅在这里指出先秦诸子书中的寓言，

认为它是记人间事的渊源。但它们却并不独立，而是作为诸子论文中一个故事性的比喻，用来说明一个道理。从论文中独立出来，摆脱寓言的公式，以记实或史的角度，作艺术性的记人间真人真事，虽篇幅短小也独自成章，且成专著的，"则实萌芽于魏而盛大于晋"（《史略》第七篇）。发展到南朝刘宋贵族刘义庆（403—444）的《世说新语》问世，不仅是集大成、成体系，而且是志人小说的代表。

最早的志人小说，是晋袁彦伯（宏）的《名士传》，书已散失，据《世说新语·文学》记载：

> 袁彦伯作《名士传》成，见谢公（安）。公笑曰："我尝与诸人道江北事，彦伯随著书。"

但据梁刘孝标在本条下注，以为《名士传》只记载魏晋名士的故事，品目也另有标准，性质不同于《世说新语》。所以《史略》第七篇没有提它，而认为《语林》、《郭子》（均见鲁迅所辑《古小说钩沉》）等不仅开《世说新语》之先河，而且《世说新语》还从中选取了许多篇，并予以艺术加工和生发。

《语林》是本什么样的书呢？鲁迅说：

> 晋隆和中（362），有处士河东裴启，撰汉魏以来迄于同时言语应对之可称者，谓之《语林》，时颇盛行，以记谢安语不实，为安所诋，书遂废（详见《世说新语·轻诋篇》）。后仍时有，凡十卷，至隋而亡，……（《史略》第七篇。重点为引者所加）

根据鲁迅简介，则其性质近《世说新语》。鲁迅《古小说钩沉》中辑有一百八十余则。在这里值得注意的是：志人小说强调史实，一有虚构，或所记不实，便失却价值。说明史的性质很强，因此对后世起了两种不良影响：一种是束缚了小说创作的生命力——虚构，另一种是给读者灌输了小说是真人真事的概念，产生了后来许多不利的影响。

《语林》以后，还有已佚的性质相同的郭颁的《魏晋世语》及郭澄之的《郭子》。（鲁迅《古小说钩沉》有辑佚本《郭子》）《语林》《郭子》皆为《世说新语》之先导，而性质不同且问世较早的《笑林》，也给《世说新语》以相当影响。鲁迅说："《笑林》三卷，后汉给事中邯郸淳撰。……《笑林》今佚，佚文存二十余事（按：有《古小说钩沉》辑本），举非违，显纰缪，实《世说》之一体，亦后来诽谐文字之权舆也。"（《史略》第七篇）《世说新语》的《排调》、《纰漏》等篇，其内容的确是记载的嘲笑、戏谑、可笑等言行，鲁迅评论此等记载是"一资一笑"，似乎是受到《笑林》影响的。

从上可见，《世说新语》是部集大成之书，因而有代表性。

2. 《世说新语》成书后，还有一个逐步完善的过程

鲁迅在《史略》第七篇，全面评介了《世说新语》。

> 宋临川王刘义庆有《世说》八卷，梁刘孝标注之为十卷，见《隋志》。今存三卷曰《世说新语》，为宋人晏殊所删并，于注亦小有剪裁，然不知何人又加新语二字，唐时则曰新书，殆以《汉志》儒家类录刘向所序六十七篇中，已有《世说》，因增字以别之也。《世说新语》今本凡三十八篇（按：三十八篇问题，后当另加探索），自《德行》至《仇隙》，以类相从，事起后汉，止于东晋，记言则玄远冷俊，记行则高简瑰奇，下至缪惑，亦资一笑。孝标作注，又征引浩博。或驳或申，映带本文，增其隽永，所用书四百余种，今又多不存，故世人尤珍重之。然《世说》文字，间或与裴郭二家书所记相同，殆亦犹《幽明录》《宣验记》然，乃纂缉旧文，非由自造：《宋书》言义庆才词不多，而招聚文学之士，远近必至，则诸书或成于众手，未可知也。

以上所引鲁迅评介《世说新语》的一大段话，内容极为丰富而有分量，我们有如下几点体会。

其一，志人小说产生的最早著作是《语林》，类似的书相继出。《世说新语》对前此的志人小说有继承关系，是集大成之书，有代表性。

其二，鲁迅说《世说新语》是个选本。在这里说它是"纂缉旧文，非由自造"，而在《集外集·选本》中干脆说它是个选本，多选自《语林》等诸书，虽有修改、生发，但事实的框架不动，而且认为可能是文士集体之作。近人周一良氏［作《刘义庆评传》，见《中国历代著名文学家评传（一）》］同意这个看法并且加以论证。他以为沈约（上距刘义庆之死，只七十余年）所著《宋书》刘义庆本传中，刘所著书目中无《世说》，因此认为此书为集体编写，但认为是在刘义庆的指导下而成书。这就是说，《世说》是体现了刘义庆的指导思想的（这点很重要，后面拟作探索）。

其三，关于《世说》的内容，鲁迅说它不仅记录了魏晋士大夫的瑰奇之行，更有玄虚的清谈，还有一些笑料。但鲁迅未指出品目这一重要内容，也许认为属于清谈之内。品目、传神都可包括在清谈中，也联系到政治。清谈虽不谈政治，却往往片言立致通显，像前面提到的阮宣子因回答老庄与圣教之异同曰"将毋同"，王夷甫便辟之为掾是典型的例子。

其四，刘孝标的注很重要，他是《世说》的功臣。其对原文的"或驳或申"，说明《世说》虽强调真实，而记载仍有讹误，而孝标注给它增了真实性，是对原文作过考核的。而《世说》另一缺点是记录不够充实，孝标注则予以引申和补足。因而孝标注同时也起到对《世说》的批评作用。注的功劳是使《世说》成为一部完善之书。

其五，鲁迅是充分注意到《世说》的完善过程的。除了考察孝标注的两种作用外，对于晏殊的进一步整理《世说》的功绩，也是肯定的。因为晏删并十卷为三卷，对孝标注亦小有剪裁。所以，鲁迅很重视《世说新语》的各种版本，目的是通过版本来研究《世说新语》成书之后的逐步完善过程。

鲁迅首先考证《世说新语》这一书名的由来。说它在唐时还叫《新书》（按：敦煌残本就名《新书》。据周一良考证：宋初仍称《新书》。）

《世说新语》初为八卷本，已不存。刘孝标注之分为十卷本，已佚。后来的三卷本，为宋人晏殊整理前两版本而成。而晏本今已不见。但宋绍光八年（1183）有董弅（芬）刻本（1962年中华书局影印），是从晏殊本出来的。为今存者的最佳本。宋淳熙十五年陆游刊本，书虽不存，而明嘉靖乙未吴郡袁褧（尚之）嘉趣堂有重雕本。书分三卷，每卷又分上下。清道光间浦江周心如纷欣阁又重雕袁本，稍有刊正。光绪间王先谦又据纷欣阁本传刻。

袁本，今中华书局有《四部备要》本，系铅字翻印。商务印书馆《四部丛刊》本，系影印袁褧嘉趣堂本。鲁迅即藏有袁本。（见1913年10月30日《日记》）

袁刻本附有董芬跋及陆游跋。董跋云："余家旧藏，盖得之王原叔家，后得晏元献（殊）手自校本，尽去重复，其注亦小加剪裁，最为善本。"这大概就是鲁迅所说晏殊整理过《世说》的根据。

晏殊对《世说新语》的整理、"删并"可能是由于原文芜杂，而对于"注"的小有"剪裁"，则可从唐写本《世说新书》与袁褧刊本相比较中略见一斑。先介绍一下唐写本："唐人称《世说新语》为《世说新书》。日本旧家藏有唐写本《世说新书》残卷，上虞罗氏曾影印行世。全书当为十卷本，与《隋书·经籍志》所著录的《世说》刘孝标注卷数相同。此本只存《规箴》、《捷悟》、《夙慧》、《豪爽》几篇，文字远胜于宋本。"（余嘉锡撰《世说新语笺疏》凡例）此唐写本，今由北京文学古籍刊行社翻印行世。今比较唐写本与袁褧刻本如下：

唐写本《世说新书》第十一《捷悟》

第一条，"杨德祖为魏武主簿……"

注："……然所白甚有理，初虽见怪，事亦终是，修之才解，皆此类矣。为武帝所诛。"

袁褧刻本《捷悟》第十一

第一条注："然以所白甚有理，终亦是。修后为武帝所诛。"

袁刊本虽非董刊本，然亦略见晏殊"剪裁"原则：删繁就简。故鲁迅谓之"小有剪裁"。

至于鲁迅所说《世说新语》从《德行》至《仇隙》，"今本凡三十八篇"是个什么版本？值得研究探索。因为今所见本，凡从《德行》至《仇隙》者，皆为三十六篇。而此数字并非鲁迅笔误或印刷错误。据《鲁迅日记》，鲁迅先后凡收藏三种版本：

1912 年 7 月 30 日"至琉璃厂购明袁氏本《世说新语》一部四册"。1922 年 2 月 4 日，"又买《世说新语》四册，湖南刻本也。"1926 年 9 月 24 日，"得三弟信，二十四日发，并书一包五种，十九本，共泉四元四角"。其中有《世说新语》六本，未记何种版本。

以上三种本，目前是否都在北京鲁博？其中有无三十八篇的一种？尚待调查。现据北京文学古籍刊行社出的唐写本《世说新书》残本中的宋汪藻《世说新书叙录》（并见董芬刻本卷首），说宋代《世说》门数不一，有三十八篇本。说"邵本于诸书外，别出一卷，以《直谏》为三十七，《奸佞》为三十八"。但鲁迅所说之版本最末篇为《仇隙》。则似乎又非鲁迅所指。

鲁迅所说三十八篇本，是有根据的。宋晁公武《郡斋读书志》、清《四库全书总目·小说家》类，都说《世说新语》"分三十门"。

这个问题也引起了郭豫适的注意，在他所著《中国古代小说论集·〈世说新语〉门数小考》说："宋时旧本有三十六篇本、三十八篇本、三十九篇本，后来流传下来的是三十六篇本。三十八篇本及三十九篇本未流传下来。"并说:"明清以来,通行的《世说新语》皆从此袁褧刻本,均为三十六门,从未见过三十八门的。"据此,我们拟作如下设想:鲁迅也未见过三十八篇本,但他采用了旧说。目前所能见的,虽都是三十六篇的,而不同版本且流存的仍然不少,不独见于馆藏,就是私人购藏的,如作家孙犁,他个人就藏有较多的版本(见 1987 年 1 月 25 日《光明日报》所刊他的《买〈世说新语〉记》)。而且随着《世说新语》研究之开拓,版本也日臻完善。如 1983 年中华书局出版的余嘉锡撰,周祖谟、余淑宜整理的《世说新语笺疏》就是其一。鲁迅究竟见过多少版本,我们不得而知。他翻阅版本的目的有二:一是掌握《世说新语》成书后的完善过程,二是供校勘之用。

六朝的,无论是志怪或志人的小说,散佚甚多。鲁迅为了研究中国小说史,对此下了巨大的辑佚功夫。他主要从许多类书中,辑出许多佚书,虽然不可能完整,但成果可惊,都收在《古小说钩沉》中。这本书可以说,隋以前的散佚小说,全收入了。

鲁迅辑录古佚小说的目的:尽量恢复六朝小说的全貌,并从中挖掘出一些规律来。如他把辑成的《语林》、《郭子》与《世说新语》作比较之后,有两大收获。一是发现了《世说新语》成书之近源。它大量吸取前人的同类著作,而成为集大成之作,为志人小说之代表。二是与上相联的一个发现:《世说新语》是个选本,而非创作。

从以上我们可以看出鲁迅对《世说新语》是多么熟悉、热爱以及研究之深入,因而所受影响也大。在思想与艺术上它给予鲁迅的影响,将作专门(尤其在艺术经验方面)论述,现在我们随便举几个小例子:《世说新语》中那些生动的小故事或"冷峻"之言,就时常在鲁迅的笔端跳跃。在鲁迅的杂文和书信中,信手拈来,不但妙笔生花,而更常常化为打击论敌的子弹。《而已集·文学和出汗》中,批评梁实秋的文章糟糕得"都令人毛骨痉挛,汗不敢出"。这最后一句出自《世说新语·言语篇》钟会所说的

"战战栗栗，汗不敢出"。鲁迅拿来嵌入他的讽刺语中，自然得使读者感觉不出，真是融到了绝妙之境，"冷峻"之极。

（二）鲁迅研究《世说新语》的硕果

1. 少小爱好魏晋文章

据周遐寿（周作人）的《鲁迅的故家·五十二藏书》记载：他们家藏有《四库提要》的子、集两部分，曾给鲁迅以很大影响。而《四库提要》"子"部的"小说家"类，就有对《世说新语》的评介。又据寿洙邻先生回忆："镜吾公常手抄汉魏六朝古典文学，但鲁迅亦喜阅之。……其抽屉中小说杂书古典文学，无所不有。"［寿洙邻：《我也谈谈鲁迅的故事·读书时代的鲁迅》，《鲁迅研究资料（三）》］

童少年时代的鲁迅，熟读六朝文学名著、志人小说《世说新语》是完全有可能的。当然这还只是个推论。但鲁迅在去南京求学之前，就已熟读《世说新语》，并吸收其中著名故事锤炼入诗，则是有真凭实据的。因为 1901 年 2 月 18 日，鲁迅从南京回家过寒假时，所写《祭书神文》中，就有"绝交阿堵兮尚剩残书"之句。其中的"阿堵"故事就来自《世说新语·规箴》篇中王夷甫"口未尝言钱字"的记载。

鲁迅对于刘孝标注也是比较熟悉的，并用以解决了一个比较重要的学术问题：朱育的《会稽土地记》是部什么性质的书？一向被认为是部传记。但鲁迅有所怀疑。在用《世说新语·言语篇》孝标注中所引用的《土地志》里的两条材料与朱育书中有关部分作比较之后，鲁迅认为：孝标注虽未提《土地志》撰者姓名，但两者固是一部书。此《土地志》"盖即育记"。从而证明了朱育书是一部地理书。且指出："《唐志》以为传记者，失之。"（以上引文均见鲁迅《辑录古籍序跋集·朱育〈会稽土地记〉序》）此外，鲁迅的辑佚工作，有时也依赖孝标注中所提供的材料。如所作《嵇康集佚文考》，其中关于孙登的逸文，也使用

《世说新语·栖逸篇》孝标注肯定下来（《鲁迅全集》第 10 卷，第 48 页）。"从一斑略知全豹"，由上便可知鲁迅对《世说新语》（包括刘孝标注）熟悉和研究的深度。

2. 何时开始研究《世说新语》

我们探索过鲁迅在童少年时代，即接触和喜爱《世说新语》，但这只是欣赏，而作客观地科学研究，似在他从日本回国时期，即从 1909 年开始，因为他在此时开始整理中国古典小说。据周启明《鲁迅的青年时代·鲁迅与歌谣》记载：鲁迅自 1909 年 6 月自日本回国后，至 1912 年，辑成《古小说钩沉》。因而鲁迅不会不研究记载与故乡有关的山水人物风俗等的，而且早于热爱的《世说新语》。但鲁迅却并没有做《世说新语》的辑佚工作。这可能是由于有人做得比较完备了，如清人王先谦所刻的思贤讲舍本《世说新语》中，就附有叶德辉从唐宋类书中辑录出来的《世说新语佚文》。鲁迅也可能作过抽查的。

但鲁迅却作了更重要的研究工作，而且取得成果。如我们已提到过的，他发现《世说新语》是个选本，而非创造，以及它成书后还经过了一个完善的过程。

当然这些，还只是鲁迅研究《世说新语》的表层收获。现在我们要探索鲁迅研究《世说新语》，特别是当他成为马克思主义者后的巨大研究成绩。

3. 《世说新语》的内容性质问题

鲁迅在《史略》里指出，六朝小说，无论是志怪或志人的，都被看作是真实的，有"史"的性质，特别是志人小说。在《史略》第五篇里，他说，志怪小说在作者的心目中，"并非有意为小说"。"盖当时以为幽冥虽殊途，而人鬼乃皆实有，故其叙述异事，与记载人间常事，自视固无诚妄之别矣。"这个观点，一方面是研究六朝社会思潮的结果，同时也有史实的根据，如志怪小说家、著《搜神记》的干宝，就被称为"鬼之董狐"（《世说新语·排调篇》）。在《变迁》第二讲里，鲁迅且指出志怪小说被视作事实的观念统治人心很久。唐传奇兴，虽然作者开始有意为小说，鬼狐在其笔端供驱使，可是到了后晋刘昫撰《旧唐书·艺文志》，却仍"把那种志怪的书，并不放在小说里，而归入历史的传记一类"。可见这种观念之顽固。鲁迅解释：此与志怪小说作者的创作动机有关，说他们"所写的几乎都是人事"（《且介亭杂文二集·六朝小说与唐代传奇文有怎样的区别?》）。这就显示了志怪小说的特点，即它产生于神道支配人心的时代，因而必然被看作是事实。而且羼有外来志怪故事而中国化一部分，也强调了这一观念。它在内容上与志人小说有严格的分野。

那么什么时候志怪小说才被视为小说呢？鲁迅说志怪类"一直到了宋欧阳修才把它视为小说，归到小说类里"（《变迁》第二讲）。这颇值得重视，应看作是一次思想解放。志怪小说从此由历史传记观念中脱离出来，也就是说，改变了"史"的性质，被赋予小说的新观念。小说史也相应起了变化。

但鲁迅后来，又根据新材料，认为时间应在唐代。至少在唐魏征修《隋志》时，已经视志怪类为小说。他说，从晋到隋"那时所视为小说的是什么，有怎样的形式和内容"，完全不知道。"现存的唯一最早的目录只有《隋书·经籍志》，……但所录小说二十五种中，现存的却只有《燕丹子》和刘义庆撰《世说新语》合刘孝标注两种了。"（《且介亭杂文二集·六朝小说和唐传奇文有怎样的区别?》，重点为引者所加。）由此看来，唐代有的史家已视六朝小说无论志怪或志人的，都是小说了。

志人小说（可能有志怪成分）被视为小说，这个概念似乎从汉已开始。无论称之为"小道"或"残丛小语"，并无"史"的概念，而是街谈巷语。但在六朝时代却被视为有史的性质。其主要原因是好事文人记录魏晋名人轶事，既然是有名有姓的真人，而且是显宦或名士，他们的言行就不能虚构。所以裴启《语林》记谢安不实，其书便废。可见其求实精神是第一位的。直到唐魏征修《隋书》，以《世说新语》为代表的志人小说，才被视为小说，摆脱了历史性质。从此六朝小说专有了小说的概念并长期传递下来，无人再去注意甚至根本不知道六朝小说曾在一个长时期内具有"史"的性质。而鲁迅研究中国小说史，发现这个性质并且提出了它的演变过程，不仅说明了小说史的变迁，而且反映了中国社会思想发展，这真是他的"小说史学"的一大贡献。

鲁迅发现志人小说有真人真事的特点以来，始终坚持这个看法。从《史略》开始一直到他回答文学社问，都是如此。他说，志人小说"好像很排斥虚构，例如《世说新语》说，裴启《语林》记谢安语不实，谢安一说，这书即大损声价云云，就是"（《且介亭杂文二集·六朝小说与唐代传奇文有怎样的区别？》）。《世说新语》这种文史相融的特点，颇有点近似今天的"报告文学"，也许就是远祖吧。因此《世说新语》应该是一部艺术地记录或描叙六朝士大夫生活、作风、内在精神面貌的实录。

但同时，它又是一部文学著作。

鲁迅指出：志人小说的"材料是笑柄，谈资"，这是这类小说产生重要原因之一。"而其文笔是最简洁的。"（《且介亭杂文二集·六朝小说与唐代传奇文有怎样的区别？》）但志人小说的逐步走向华美，似乎是"史"的性质向小说转化的一个重要的、关键性的步骤。鲁迅在《且介亭杂文末编·"出关"的"关"》里说过：假使一个现实的人物，"整个进了小说，如果作者手腕高妙，作品久传的话，读者所见的就只是书中人，和这曾经实有的人倒不相干了"。（重点为引者所加）志人小说所走的途径恰恰就是这样。

我们试将后出的《世说新语》同先出的《语林》或《郭子》作比较，很明显，前一部书是选收了后两书中的一些故事的，但却有增饰与修改的痕迹。加强了描写人物性格和提炼人物语言的艺术力量，这就必然转化成高质量的艺术品。而且志人小说一开始就追求娱目赏心，与作为志人小说渊源的先秦诸子书中的寓言目的不同，寓言具有功利性，而志人小说最初则为了娱乐。这一方面是适应当时读者的需要，同时也是反儒家思想的一种反映吧。所以鲁迅说："若为赏心而作，而实则萌芽于魏而盛大于晋，虽不免追随俗尚，或供揣摩，然要为远实用而供娱乐。"（《史略》第七篇）一句话，志人小说的初期，就注意艺术性，文学味重，而愈来浓度愈大。但是一旦流行起来，它的性质便复杂化。鲁迅所说的"虽不免追随俗尚，或供揣摩"就是指它慢慢产生功利性了。这就是鲁迅所说的《世说新语》已成为求官的入门书了。因为《世说新语》所记，虽是士大夫的玄言隽行，但总离不开生活，也确实有些人因清谈的机会爬了上去。因此，鲁迅说："志人底一部，在六朝看得比志怪的一部更重要，因为这和成名很有关系；象当时乡间学者想要成名，他们必须去找名士，这在晋朝，就得去拜访王导、谢安一流人物，正所谓'一登龙门，则声价十倍'。但要和这派名士谈话，必须要能够合他们的脾胃，而要合他们的脾胃，则非看《世说》、《语林》这一类的书不可。"（《变迁》第二讲）

鲁迅在批判这种意外的社会恶果的同时，却高度称赞《世说新语》的艺术成就，说这书描写"魏晋人的豪放潇洒的风姿，也仿佛在眼前浮动"（《且介亭杂文·病后杂谈》）。

总之，鲁迅对于《世说新语》的内容性质有这样一个总看法：艺术性相当高，而带有史的性质。起初是为供娱乐而写作，而后来则产生了不良的社会功利效果："《世说》这部书，差不多就可以看做一部名士底教科书。"（《变迁》第二讲）

4. 鲁迅对《世说新语》主题思想的探索

由于文艺源于生活，任何一部作品的内容性质都是复杂的，而当它作为信号传递给广大读者时，那就更加复杂了。像《世说》之被"看做一部名士底教科书"，真是作者所初未料及。但任何作品都有主题思想，《世说》是个选本；而选本同样也有选者的意图和选择标准，即有他的主观性。鲁迅于1933年，明确指出《世说》是个选本。他认为选本并不客观，而是有选家的意图的。选家"可以借古人的文章，寓自己的意见。博览群籍，采其合于自己意见的为一集，……则读者虽读古人书，却得了选者意，意见也就逐渐和选者接近，终于就范"（《集外集·选本》）。自然这是鲁迅从选本的主观（选者的选材动机）方面分析的。而一个作品是复杂的，还有它客观效果方面：读者除了受其主观意图的影响外，还可从中得到别的启发，作品越丰富复杂，读者所得越多。因此，鲁迅对《世说》的客观效果方面也注意研究，像刚提到过的，它被当作一部"名士底教科书"，就是它的客观社会效果。当然这是个悲剧。但这个选本里还是提供了许多东西，用别一种眼光看来，还是可以择取消化吸收的。鲁迅对《世说》就是取其精华、剔其糟粕的。

《世说》这个选本有其特点，那就是文士集体编著（选），但也有其选者"意"，那主要就是刘义庆的指导思想。

鲁迅并未指出《世说》的选者是什么学派？但从《世说》编辑体系上，可以看得出来，是儒家学派。选者是从儒家立场进行说教论人的。譬如，选者组织全书为三十六门，一开头就是按照孔门四科——"德行"、"言语"、"政事"、"文学"（《论语·先进》）来编纂的。选材也很明显，"德行"歌颂忠孝；"文学"所收，亦非纯文学作品，而是体现了儒家的文学概念，连老庄哲学也收进去了；"崇礼"第一条，就赞颂君臣之礼；而"任诞"、"简傲"等则是对不守儒家礼法者的批评，把阮籍、嵇康等人的言行收入就是无言的批评。选者还在《德行》篇收入了乐广批评王平子、胡母产国等人脱衣裸体的放达行为说："名教中自有乐地，何为乃尔也。"可见选者批评的是什么，提倡的是什么？态度是很明显的。这就是选者的"意"。

但是《世说》的内容是丰富的。它所选材是真实地记载了魏晋士大夫生活风习，特别是玄言隽行，就不能不真实反映出上流社会生活深度及士大夫精神面貌，因而内容上还是大有挖头。用别一种观点方法去研究，还是会大有所得的。有些研究者正是这样获得丰收。

　　《世说》选者，虽按照儒家思想体系来编纂成书，但正如今天我们对待儒家文化一样，也应一分为二，取其精华。何况选者的思想见解也是复杂的，因而选材有价值者还是居多数。如《德行》篇中，记荀巨伯重义轻生的高贵品德，今天的多数读者都会肃然起敬。因为见死不救，连那逃世的庄周也慨叹。"哀莫大于心死"的事件在今天也屡见不鲜，所以觉得荀巨伯的德行弥足可珍。但《世说》的选者毕竟是封建主义时代的儒教奉行者，以孔子之道为准，决定其爱憎。对阶级壁垒森严的社会现象表示欣赏：如《方正篇》记载刘真长宁肯挨饿，也不愿与所谓"小人"（按：即普通老百姓）共食的故事，选者居然把刘真长列入"方正"之品。此外，选者的奴隶主义立场观点也很强。奴隶主石崇滥杀无辜弱女子宴饮间，选者不是暴露控诉其强暴残忍，而是认为他不节俭，把石崇列入了《汰侈》一门。这一则鲁迅在《史略》第七篇作了列举，表示了他的无言的批判，既批判了奴隶主石崇，也批评了选者的"意"。

　　于此，值得我们注意的是：选者的"意"不独表现在他的编纂体系上，而且表现在他的选材，尤其是对选材的修改上。这点必须指出来。

　　《世说》的选材，虽都是真人真事，有史的性质，但选者出于某种主观动机（意图），常常在尊重史实的基础上，或者说在保全骨架的原则上，对某些选材作一定程度的夸张、渲染和改动。这是与另一有重大影响的选本《昭明文选》不同的一点。《文选》虽是选本，但对所选的文章诗赋等，都绝不作任何的改动。这也许是由于《文选》是文章正统的缘故吧。但因此也就成了《世说》的特色之一，是志人小说的活力，是发展。更重要是从润色修改里还可以发掘出选者更多的"意"。

　　试举两例，可以看出选者通过对选材的润色、修改以体现自己的"意"（对某些人物的不同态度）。

　　《世说·雅量》里有两个人物的著名言行。一个是顾雍接到

儿子死亡消息的表现，另一个是谢安接到捷报时的表现。顾雍的
故事选自《语林》，选者增饰了一个重要细节，揭露了顾雍"雅
量"的虚伪性。谢安的故事尚不详选自何书，但与唐房乔《晋
书·谢安传》、宋司马光《资治通鉴》中有关故事相比较，则删
除了一个重要细节，从而赞美了谢安"雅量"的真实性。选者的
这一增一减，便寄寓了褒贬之"意"。

顾雍的故事《世说新语》只在顾雍知道儿子顾劭死讯之后，
增加了"以爪掐掌，血流沾褥"一个细节，便刻划出了顾雍虚伪
的心理状态：儿子死了，父亲感到悲痛，是人之常情。但在众宾
客面前，"神色不变"。而他的"雅量"又不足，抑制不住内心的
伤痛，以致指爪掐破掌心，血染坐褥。这个细节是真实的，因
此，也就能深刻地揭露了顾雍的"雅量"不足，而且带有讽刺因
素。我们认为选者增添这一细节之"意"，在于维持其衡量人物
的标准，即顾雍违反了"父慈子孝"的准则。

谢安闻捷的故事，也许是搜集的时事。《雅量》篇："谢公与
人围棋，俄而淮上谢玄信至。看书竟，默然无言，徐向局。客问
淮上利害，答曰：'小儿辈大破贼。'意色举止，不异于常。"这
个著名的故事，唐房乔撰《晋书·谢安传》、宋司马光《资治通
鉴》也都有记载。《晋书》较详，文长不摘录；《资治通鉴》卷
一〇五、晋纪二十七孝武太元八年（383）所记内容文辞皆与
《世说新语·雅量》略同，但两书作者的态度同《世说》选者
大异。

《晋书·谢安传》记叙谢安在围棋中答客问之后，与《世说》
的急忙作出的"意色举止，不异于常"结语不同，只继续作了生
动描写，并表示了自己对谢安的评论："既罢还内，过户限，心
喜甚，不觉屐齿之折。其矫情镇物如此。"《资治通鉴》记叙：
"谢安得驿书，知秦兵已败。徐答曰：'小儿辈遂已破贼。'"并未
停笔，虽未加评论，却作了讽刺意味的描写："既罢还内，过户
限，不觉屐齿之折。"

　　我们把这两条材料与《雅量》篇所记相比较，便显然看出，《雅量》篇是有意删去这个细节，并加赞论，表明了选者对谢安是意在尊崇。选者为什么对于谢安，至少在"闻捷"这个故事中，表示尊崇呢？因为他有救国安邦之功。选者对于东晋人的爱国言行，有多处是表示钦佩的。

　　关于选者的"意"，我们从他对人物的批评表扬中，还发现了他的讽刺艺术。这是小说史上的一个重要问题。

　　志人小说，在六朝时期既然作为史看，而史家是有褒贬之权的，故志人小说对现实人物就不能不有所爱憎，既有歌颂，就有讽刺。因此，作为志人小说的代表《世说新语》就不能没有讽刺，而且有的达到"婉而多讽"的境界。如《文学》篇记支道林、许椽共讲佛法，对一些谈禅的名士那种强不知以为知的附庸风雅心理和表演的描写，是颇有讽刺意味的。那些名士听众"但共嗟咏二家之美，不辨其理所在"。真是无花的玫瑰。选者显然对清谈并不赞成，尤其厌倦那群名士的丑态及其心理。

　　《世说新语》选者讽刺锋芒所向，既有标准，也有分寸。譬如对谢安的"雅量"，因许其有救国安邦之功，而删除"屐折"的细节。但有时对谢安，在次要事件上，却不满其"矫情"，而加以微讽。如《排调》篇记："谢公始有东山之志，后严命屡臻，势不获已，始就桓公司马。于时，人有饷桓公药草，中有远志。（桓）公取以问谢：'此药又名小草，何一物而有二称？'谢未及答，时郝隆在坐，应声答曰：'此甚易解，处则为远志，出则为小草。'谢甚有愧色。"但这似乎是个善意的调侃。选者是有分寸的。这些对话也可能是当时的原话，而选者收入《世说新语》则就体现了自己的"意"。也就是《世说新语》的主题思想的组成部分。任何一部作品，不论是作者创作的还是个选本，都是主客观统一体，都有主题思想（作者或选者的"意"），但这个"意"也不可能整个控制住作品本身。由于题材的客观性，有眼光的读者和批评家就能从中分析出新东西来，甚至为作者或选者所始料未及。例如《汰侈》篇记石崇在酒席筵前残杀奴婢的事件，原作者和选者采取的是欣赏态度，而后世读者凡有人道主义者无不愤怒于这个奴隶主的滔天罪行。因而从这一角度来说，《世说新语》更真实地反映六朝时代士大夫的精神面貌、社会本质。

在对《世说》选者的"意"，即作品的主题思想问题的探讨行将结束之际，我们想结合鲁迅的马克思主义观点，来探索一下选者的"意"与魏晋时代思潮的关系是对立还是一致的问题。

魏晋玄学虽说提倡老庄，并与释家合流，但并未与儒家经典（学说）决裂。汤用彤先生在他的《魏晋玄学论稿》第一二七页中，把当时士大夫对"名教"（按指：封建社会的等级、名分和儒家礼教）的态度，分为温和派和激烈派。前者以何晏、王弼为代表，虽不特别看重名教，但也并不公开废弃礼法。何晏虽首倡清谈，但他作了《论语集解》，虽用道家学说来解释《论语》，而儒家学说却也成为玄学中的一个因素。后一派则彻底反对"名教"，完全表现一种庄子学的精神，阮籍、嵇康可为代表。但马克思主义者的鲁迅却透过表面，深入内层研究的结果，认为阮、嵇一派实质上拥护名教，他们打击了繁文缛节，而主张净化和纯化儒教，儒家最根本的东西，像孝亲，阮籍就严格遵守。因此，可以说，当时社会思想的普遍基础，还是以儒教为主流（参考《而已集·魏晋风度及文章与药及酒之关系》）。这是鲁迅巨大的艺术贡献之一。他的分析极为深刻。在这里，鲁迅启示我们：儒学在中国文化史上，是根深蒂固的。就在魏晋那个反礼教的浪潮中，它也只是暂时成为潜流。

因此，《世说新语》的主题思想（选者的"意"）以儒家为主导，是完全可以理解的。《世说》选者也并不完全反对清谈。因为儒学也是玄学的一个组成部分。选者也不一概反对名士，特别是拥护名教的名士，只反对"放达"派。《德行》篇就记载"名教"派与"放达"派的斗争。选者是有所偏袒的。

因此，《世说》选者的"意"与魏晋时代的社会思潮基本一致，是完全可以理解的。

5. 鲁迅论《世说新语》内容的价值

我们几次说过，《世说》的主题思想局限性很大。但也指出，由于它选材的真实性而且内容丰富多样，我们便可运用"客观思想"的原理，以新的观点去分析研究挖掘出一些比较有价值的东西。①尽管原作者和选者站在封建甚至奴隶主立场，以欣赏的态度描人叙事，但读者从人民革命立场去阅读，它便客观上暴露了反动统治阶级的荒淫与残暴的本质。《尤悔》篇记曹丕残杀亲兄弟；《汰侈》篇记王武子用人乳喂猪。②《世说》反映出了"魏晋风度"。《任诞》篇记刘伶纵酒，让我们看到了士大夫生活脱俗的一面。③它也揭开了魏晋士大夫的虚伪面目。标榜高雅，实地做的却是：相趋相附、相谤相毁的丑事。《雅量》篇记载：在一个饯行会上，名士因争宠而争座次，演出了相斗殴的丑剧。④它也有意识地表扬了一些至今可贵的人和事。《自新》篇记周处的改过自新。

但当时的鲁迅在《史略》里，却不作这样的分析与评价。因为他写的是小说史，而不是对作品的具体分析；他只是指出作品的总倾向及精华或特点，交代作品在"史"上的新贡献。甚至对作品的主题思想，如果一般化，他也不作分析与评论，却注意新作品的渊源与影响。这是完全符合"史"的要求的。小说史应该是纵贯古今的宏观或鸟瞰，而不是对作品的重点分析与评论。譬如，鲁迅对《聊斋志异》，只注意它与六朝志怪、唐传奇的渊源关系及其艺术创新价值，而对它的主题思想，完全没有提及。鲁迅对《世说》的内容评论也着墨不多。

众所周知，没有各时代出现的小说作品，就形成不了小说史，但小说史有自己处理作品的特点。我们认为鲁迅在小说史里是完全按照发展规律来对待新作品的。一部作品之被收入小说史，不管在思想内容上还是艺术手法上，总得有所创新，开拓新路，首创新风，才能推动小说史长河滚滚前进。所以凡能进入

《史略》的作品，都是能经得起多种考验的。鲁迅对于《世说》内容价值的考察，是从多方面进行的。第一，鲁迅总是先探索它的创新所在。创新是在史的长河中，以及它产生的特定时代中，与其他作品相比较而得。或者说，在它同其他作品作纵、横的比较中，像求坐标那样来确定这一新作品的历史地位。在文学（小说）史上所谓"新"是一种超越，价值的超越。鲁迅评价《世说》就是从"史"的角度，探索它的超越。《世说》与《语林》等的比较，找到了纵的超越；志人小说与志怪小说作比较，显出了一种横的超越。譬如说，《世说》不仅是志人小说集大成的代表著作，而且对选材往往加以增删润色。而志人小说受到六朝人的特别重视，远远超越了志怪小说。志怪被认为是"史"，是一种迷信。而志人则是重要的史料，真实地反映了六朝士大夫的精神面貌及社会特色。第二，鲁迅紧紧抓住《世说》内容特色而探索其在小说史上的价值。《世说》虽然也歌颂了某些士大夫的美德，如怀忧国事、蔑视权贵、清廉自洁、轻生重义、改过自新等，但鲁迅却紧紧抓住了它的主要内容，并概括为"畸行与清谈"，亦即"魏晋风度"的特点，这在《史略》里即已进行探索，而在《而已集·魏晋风度及文章与药及酒之关系》中则阐释得极为深透。

"清谈"含蕴丰富，也包括对人物的赏誉和品藻等内容。鲁迅说："汉末士流，已重品目（按指：评论人物的优劣、高下），声名成毁，决于片言，魏晋以来，乃弥以标格（风度）语言相尚，……"（《史略》第七篇）这就是说，"品目"不仅是"清谈"的渊源，而且是其内容之一（当然有变化，后详）。所以《世说》中与"品目"有关的篇目较多，如《识鉴》、《赏誉》、《品藻》、《容止》等都是这类内容，是研究和评论人物美的外表与内在精神的。谈玄与新品目相结合便是"清谈"，便是《世说》内容核心之一，也正是对当时社会本质面貌的艺术反映。这正是鲁迅所探索的核心，并且主要在《史略》举例中予以体现。这正如鲁迅说的，选本有选者的"意"，因而选例也应有选者"意"的。所以，鲁迅关于《世说》的举例，是颇富潜台词的。这是《史略》的显著特点（理论与作品相结合）。鲁迅的举例，可以说是"从一斑略知全豹"。而鲁迅所举典型例，也是采用的一种评论方式。这些例能使有眼光的读者见到《世说》的精华或意识到它的局限性。鲁迅有时也对所举例予以总评，或概括出《世说》基本内容特点。如在《变迁》第二讲中，举出了阮光禄焚车、刘伶纵酒放达两例后，即归结说："这就是所谓晋人底风度。"并指出这种风度的社会价值："那时所贵的是奇特的举动和玄妙的清谈。"（重点引者所加）有时也对个别例作批评，如对"三语掾"的故事，指出"清谈"也是一种登龙术（《变迁》第二讲）。但多数例子，全靠读者自己去作多样体会。这种寓评论于举例法，在整个《史略》中是常用的。在这里谈《史略》的举例表"意"法，有点脱离开鲁迅检验《世说》内容价值的第二点了。应赶紧进行第三点，即鲁迅以《世说》提供的真实"史"料为重要依据，从多种视角，对《世说》内容价值，作层层深入钻探开掘的问题。

我们想在这里对《世说》的真实史料问题，多说几句。

《世说》带有两重性，是鲁迅发现的，对于《世说》的"史"的性质，鲁迅非常重视。在研究《世说》内容价值方面，"如矿出金"，鲁迅依靠这"史"料，有了大量收获。应该指出，《世说》的选者，虽把选材加以增删修饰，但他们追求真实，以保护书的生命不受淘汰。它不仅记载了《语林》因记谢安语不实，其书便废的故事（《轻诋》篇）以警惕自己并表白自己材料的真实与可靠，而且记载了刘真长许干宝为"鬼之董狐"的故事，选者虽把它编入《排调》篇，但可见志怪小说也要真实，作为史来写的。同时《世说》"乃纂辑自后汉至东晋底旧文而成的"（《变迁》第二讲）。时代较长，中间不断传抄，难免有讹误，或传闻异辞等情况，所以《世说》中的记事，间有两说并存的现象。这都说明选者追求真实的精神和对读者负责的态度。因此，刘孝标注《世说》才"有驳有申"，使之更臻完善，日趋于真实。

由此可见，《世说》的选材是真实的。后人研究魏晋时期士大夫生活与思想面貌时，没有比它更加可靠的材料了。所以，唐房乔（玄龄）主编的《晋书》，大量引用《世说》材料绝非偶然。更由于《世说》文笔好，便增强了《晋书》的艺术性。二十四史中有两部传记文学味浓，一部是《史记》，另一部就是《晋书》。

然而《世说》的艺术与史料相比，特别在学术研究方面，史料占第一位，鲁迅在研究魏晋风度及文章与药及酒之关系时，常常从《世说》那里取得论据。夸大一点说，从《世说》的真实史料中，提供的士大夫服药与饮酒的生活中，理解了产生那种风度和文章特点的社会基础。譬如鲁迅说："东晋以后不做文章而流为清谈。由《世说新语》一书里可以看到。"证明鲁迅坚信《世说》提供真实史料，以供研究魏晋士大夫生活思想的，还可以从他在1930年给许寿裳的儿子许世瑛所开列的读书单中看到。这个书目里开列了刘义庆《世说新语》，并说从中可见"晋人清谈之状"（《鲁迅全集》第8卷，第441页）。《世说》史料价值之高，于此可见。所以鲁迅把《世说》看作是他研究魏晋士大夫生活特点、生活面貌及文艺活动的重要参考书。他在《魏晋风度及文章与药及酒之关系》中，所用史料采用了《世说》中的，至少有十篇之多。

内容丰富而真实的《世说》，成为鲁迅研究魏晋时代政治文化的重要参考书，使鲁迅探索清楚了许多复杂问题：①从文艺与政治角度来考察《世说》的内容性质。《世说》既是一部以高妙的艺术手段反映魏晋士大夫生活的志人小说，就不能不与当时的政治生活有关。"清谈"与政治结合得很好，士大夫常常在清谈中发现和选拔他们所需要的"人才"。因此，政治不仅是《世说》的内容之一，而且在社会上起到了政治教科书的作用。甚至可以说，它从一部小说变成一部政治教科书。这个看法，鲁迅从《史略》中发出信号，在《变迁》中予以阐释，而在成为马克思主义者以后阐发得就更透彻了。鲁迅在《变迁》第二讲总结《世说》的主要内容为"奇特的举动和玄妙的清谈"。他认为"清谈"不但不排斥政治活动，恰恰相反，是士人的进身之阶。当时著名的清谈人物，如王夷甫、谢安之流，都是权贵，因此，一些士人只要投合他们清谈的脾胃，便"常以寥寥数言，立致通显，所以那时的小说，多是记载畸行隽语的《世说》一类，其实借口舌取名位的入门书"（《且介亭杂文二集·六朝小说和唐代传奇文有怎样的区别？》）。所以志人小说在当时比志怪小说的价值重要得多，这是鲁迅的发现。当然这个价值，今天看来并不光彩，所以鲁迅以讽刺口吻加以叙说。它的社会价值应该在有益于社会人心的内容，这我们虽然不知道，但一些后来的文艺作品还是加以继承与发展，如京剧《除三害》便是周处改过自新的故事的发展，说明了《世说》的有益影响。而《世说》畸行的风气，也颇影响唐代知识分子。②"清谈"是晋代士大夫生活的重要内容，也是《世说》的重要内容。鲁迅从中看到了"清谈"最大的犯罪是"误国"。在中国文化史上，老庄思想在六朝时代成为主导思潮，起了极大的不良影响。特别是庄子的虚无主义、逃世思想和放达行为，如妻死鼓盆而歌、死而不葬，以"天地为棺椁"，颇影响到东晋士大夫的玄言畸行。庄周生前虽有一部《庄子》，但其学说在当时无甚影响，相当寂寞。死后也埋没了很久的时间。两汉人也不研究《庄子》，都没有注《庄子》的。一到魏晋，才发生了"庄子热"。注《庄子》的人很多，庄子思想占据了当时人的身心深处。人们的生活思想、文艺——整个精神文明核心是《庄子》。《庄子》成了清谈家灵感的泉源。从此以后，中国文化上永远打上《庄子》的烙印。任何事物都应持两面看法。说《庄子》完全没有积极的因素也不正确。像任性、自然，不畏权贵，笑傲王侯，"窃国者侯，窃钩者诛"的政治观点，也对后世一些知识分子有影响。但总起来看，庄子思想还是害多利少。

魏晋时代为什么逐渐形成了"清谈"？主要是政治原因。这是个动乱的时代，庄子思想适应了人们的需要。庄子鼓吹逃名逃实、脱离社会人生的无是非的虚无主义，因而成为清谈的主要内容。这就必然受到鲁迅的批判。清谈不仅害政，尤其误国，在当时就有看不惯而与之斗争的人。鲁迅对魏晋名士，除阮籍、嵇康等外，基本上是批评的，并不断揭示其虚伪性。如对刘伶，虽肯定其冲破礼教束缚的一面，却认为他有些放达的表现，完全骗人。说："刘伶喝得酒气熏天，使人荷锸跟在后面，道：'死便埋我'虽自以为放达，其实是只能骗骗极端老实人的。"（《坟·写在〈坟〉后面》）并严责其对后之恶劣影响："然而名士风流，又何代蔑有呢？"有些雅人"也有赤身露体装作晋人的"（《坟·论照相之类》）。

鲁迅对于东晋那些清谈名士，尤其假清谈以济私欲，自命清高，却意在轩冕的名士，极为厌恶，说他们"常以寥寥数语，立致通显"。这些大大小小、从上到下的名士，都是专门利己和为自己的家庭，却不关心国家大事的利己主义者。就以握国家兵柄的大员王夷甫（衍）为例，鲁迅说他"口不言钱，还是一个不干不净的人物，雅人打算盘，当然也无损其为雅人"[《且介亭杂文·病后杂谈（二）》]。

王夷甫的事迹在《世说新语》里占了不少的篇幅。他表面上高雅，骨子里都是极端自私，思想品质非常卑劣，是个极端自利的人物，是清谈误国的典型。他不关心国家安危，对自己的身家性命，却考虑得非常周密。他为自全计，以弟澄官荆州，族弟敦官青州……作三窟之计。《晋书·王衍传》说他好清谈，自命高雅，口不言钱，但念念不忘自身利害。他身居晋朝宰辅要职（太尉），不以治理国家为念，而竭力想在国破后继续保全自己的地位、利益；当他兵败为石勒所俘后，就推卸责任，而且无耻地劝石勒称帝，以图保全自己，最后为石勒所杀。这就是那些清谈名士雅的实质。

　　在这里，应该提出一问题：鲁迅研究魏晋事并不全靠《世说》，但它却非常重要，甚至包括它的缺点。例如，《世说》人多手杂，审察材料粗疏，更为了适应各门类的需要，材料往往出现重复，或人物性格上有矛盾之处。同一名士往往在这一门类里是个受赞美的人物，而在另一门类里却又受贬抑和讽刺。这是个缺点，但材料却是真实可靠的，因而又成《世说》的优点。因为反映出了人物性格的复杂性，于是在研究历史人物或小说人物方面，提供了丰富资料，取得巨大的成果。鲁迅对王夷甫（衍），能够褫其华衮，还其本相，《世说》是有贡献的。

　　鲁迅批评清谈名士，自然表彰反对清谈的人物。魏晋名士也并非清一色的清谈家，王羲之就反对清谈。鲁迅在批评那些清谈误国名士的同时，也肯定和赞扬了东晋那些中流砥柱式的人物，他在《史略》第七篇有些感慨地说：清谈在“渡江而后，此风弥甚，有违言者，唯一二枭雄（按：在这里是种英雄的称誉）而已”。

　　根据《世说》提供的材料，鲁迅在这里是指王羲之与桓温。王羲之曾劝谢安捐绝清谈而关心国事：“今四郊多垒，宜人人自效，而虚谈废物，浮文妨要，恐非当世所宜。”（《言语》篇）《轻诋》篇记载：“桓温入洛，过淮泗，践北境，与诸寮属登平乘楼（按指：船楼）眺瞩中原，慨然曰：‘遂使神州陆沉，百年丘墟，王夷甫诸人不得不负其责。……”这些反清谈的斗争，获得了鲁迅的称誉，尽管《世说》选者并未重视上述材料，把它作为“言语”和“轻诋”来看，但他们选取并保存下来，使鲁迅对“清谈误国”问题有了进一步认识，看到了上层人物对“清谈”的否定和斗争，认清了历史的真面目，察觉到了爱国思潮与复国的行动，《世说》是有贡献的。

　　第四，古为今用。创作是为人生，研究是为了用。这是鲁迅文艺思想的核心。鲁迅研究《世说》可以说终其一生。直到晚年还常常欣赏它的描人叙事的生动内容。《史略》中论《世说》，只是他的前期成果，而愈到后来愈是深透。

鲁迅常常是从现实角度去研究古籍并且吸取其精神到自己的创作中来。例如，反对当时对日妥协投降的政府，而宣传爱国主义，主张抗击日本帝国主义，是鲁迅晚年重要政治思想，从而统摄着他的创作与研究。他也从这一角度去思考《世说》所提供的史料，从而不断有新的发现与较深的理解，并且古为今用，在他的匕首和投枪式的杂文中体现出来。例如《方正》篇记载：陆机、陆云兄弟入晋以后，一个叫卢志的北方士族，当众以轻薄的口吻问陆机："陆逊、陆抗（按：即二陆的祖父和父亲）是君何物？"《简傲》篇记载：二陆拜访刘道真时，刘只是问了一句："东吴有长柄壶卢（按：即葫芦），卿得种来不？"这些记载给鲁迅印象极深，受到启发：历史经验值得注意，时常有相似之处，要好好研究，从而开拓自己的新路。当时日本帝国主义侵我东北，成立伪满洲国，积极推行"以华制华"侵略政策，妄图进一步分割华北、鲸吞全中国时，鲁迅把他总结出来的我国历来的北方侵入者所造成的南北人民对立的历史教训，与当前形势结合起来，于 1934 年 2 月 4 日在《申报·自由谈》发表了题为《北人与南人》的杂文。文章从"二陆入晋，北方人士在欢迎之中，分明带着轻薄"开始，指出"北人之卑视南人，已经是一个传统"。因而劝告南北人民特别在当前民族危机中，应迅速觉醒，亲密团结起来，争取中华民族的彻底解放。这是古为今用，向人民进行爱国主义教育的典范之作。

开卷有益，鲁迅读书极富敏感性，真是一石击起千层浪；而他尤善于结合现实政治情势与社会问题作深入思考。他从不为表面现象所迷惑，总是以透过现象看本质的方法，深入研究理解《世说新语》中的人和事，因而对古历史相似的规律，取得深刻理解，故能熔古铸今，写成跳跃着时代脉搏的卓越杂文，发挥巨大的社会效果。

除了从"二陆"被"轻薄"说开去而外，嵇康之被杀是另一例。一般人只表面地认为嵇康被杀，是由于得罪了钟会。直到鲁迅晚年，仍有人拿这件事来吓唬人说："你不怕么？古之嵇康在柳树下打铁，钟会来看他，他不客气，问道：'何所闻而来，何所见而去？'（按：故事见《世说·简傲》）于是得罪了钟文人，后来被他在司马懿面前，搬弄是非送命了。"而熟悉魏晋事，尤其是研究嵇康的专家鲁迅，从历史的政治斗争规律看问题，就反驳了上述肤浅说法。他说："嵇康的送命，并非为了他是傲慢文人，大半倒因为他是曹家的女婿，即使钟会不去搬是非，也总有人去搬是非的。"（《且介亭杂文二集·再论文人相轻》）这就是说，嵇康的死是必然的，因为其中有尖锐的政治背景。

这就是鲁迅的历史唯物主义和辩证法观点。他懂得历史的本质及其发展的必然性。在司马氏掌握政权，诛杀异己务求干净的晋初，嵇康就难逃一死了。

鲁迅对《世说》内容的探索与评价问题，就暂停于此，另探究一个新问题如下。

6. 《世说新语》对后世之影响

由于魏晋是个特殊时代，士大夫生活奇特——多玄言隽行，所以真实地反映了这个时代生活的《世说新语》，也就引起读者的广泛注意并历久不衰。而其艺术性又较高，篇幅虽短小，而人物逼真，情节生动。因此，鲁迅说："至今尚存，影响也是最广大者，我以为一部是《世说新语》……"（《集外集·选本》）受影响者自然也包括鲁迅在内，但我们将作专论。现在先谈明清以前士大夫在思想、生活及创作上所受《世说》影响。

有人在生活上居然摹仿着享受"魏晋风度"，如因羡慕"阮嗣宗（籍）的听到步兵厨善于酿酒，就求为步兵校尉（按：事见《任诞》篇）。陶渊明的做了彭泽令，就叫官田都种秫，以便做酒，因了太太的抗议，这才种了一点粳。这才是天趣盎然"[《且介亭杂文·病后杂谈（一）》]。就生搬硬套地学起来。可是明代的社会远不同于魏晋，所以"袁宏道（字中郎）在野要做官，做了官大叫苦，便是中了这书（按：指《世说新语》）的毒，误明为晋的缘故"（《集外集·选本》）。此外，在《坟·论照相之类》里也谈道：有些学刘伶放达的雅人，"也有赤身露体装作晋人的"。当然这种现象毕竟不多，但说明"泥古"者仍大有人在。这从文学史上也看得出来。

在中国小说史上，鲁迅指出："《世说》一流，仿者甚众。"但只摹仿，而无创造，因而对小说史的发展毫无贡献。所以鲁迅批评这些仿古之书，说："纂辑旧闻则别无颖异，述时事则伤于矫揉。"（《史略》第七篇）在《变迁》第二讲里，鲁迅更根据文艺源于现实生活、新时代要求新文艺的创作规律，批评了那些连续不断的仿古者，说："晋朝和现代社会底情状，完全不同，到今天还摹仿那时底小说，是很可笑的。"由此可见，在生活上泥古，便要大吃苦头；在写作上不辨古今，误今为古，使出假文章，都是死路一条。

但历史上有个古今相似的规律，长期为封建主义统治着的旧中国更往往如此。因此，如果古今情况有相似之点时，也可以写"新世说"之类的小说。这种历史观与文艺观，鲁迅早期就有所认识。他不仅考察到中国的历史的本质是长期"吃人"，而且是螺旋前进的。他曾说他"惊心动魄于何其相似之甚"（《华盖集·忽然想到之四》）。因而在文学史上，因受《世说》影响，而确从现实斗争出发，作者的才能又是能创新的作品，还是应该肯定。

像明代嘉靖以后，社会矛盾极为尖锐，政局与汉末相似。由于朝政腐败，宦官专权，引起一部分士大夫的不满，于是又出现了"清议"风习；像汉末一样，他们讥讽朝政，裁量人物，自负气节，与大官僚集团相抗。于是基本上反映现实的明士大夫言行的书便出现了。这就是记载明代隆庆以前的轶事小说——李绍文的《明世说新语》。鲁迅对此书是重视的，他不仅购藏（见1929年3月22日《鲁迅日记》），还列入许世瑛必读书目中，并注曰："可见明清谈情况。"其价值就是真实地记载了明代士大夫的思想面貌与生活特色。鲁迅同时也重视明袁褧翻刻的《世说新语》。不仅由于袁氏此书是个好版本，更由于袁氏翻刻的目的，是想作为明人的政治运动教科书。翻刻当然并非创作，但它和李绍文小说一样，起了社会教育作用。

《世说》还为后世小说、戏曲提供大量的题材，如"望梅止渴"、"七步成章"等都收入《三国演义》而加以生发；《剪发待宾》（元秦苟夫作）、《兰亭会》（明杨慎或许时良作）等都从《世说》取材。

《世说》在小说史上的地位，鲁迅予以充分肯定。我们从鲁迅对它的分析、研究评论中，得到如下一个启发：《世说》是志人小说集大成的代表作品。从志人小说的创作动机，到这本选集的问世，长期起着巨大的影响。志人小说最初的写作动机，是为了赏心娱乐，广泛流传以后，除了作为"谈资"外，还成了名士登龙术；明朝有人因热爱《世说》而上当吃苦，但也被作为政治斗争教科书；更对后来的小说、戏曲提供了不少题材。

从接受美学观点看来，一部作品对读者的影响，不但是复杂的，而且随着不同时代和读者的欣赏与理解，而起很大的变化。只有这样，它才是活的，才固住它在小说史上的地位。那么鲁迅是怎样受它的影响呢？

（三）　鲁迅所受《世说新语》的影响

对于自己喜欢的，并且长期研究的《世说新语》，无论在内容或艺术上总会受到影响。我们在这里想探索鲁迅所受积极方面的影响，并且分为两部分：思想的与艺术的。

1. 给鲁迅的思想影响

《世说新语》在思想上给与鲁迅以影响的，不是它的选者的"意"，而是选本中的一些反礼教的人物。例如，嵇康对鲁迅思想（包括美学思想）影响很大，特别是"非汤武而薄周孔"思想与叛逆精神。鲁迅深入研究嵇康，校订《嵇康集》等成为嵇康研究专家，应该是从《世说新语》开始的。此外，张翰（季鹰）的思想，《任诞》篇记载："张季鹰纵任不拘（即，对于礼俗满不在乎），……或谓之曰：'卿乃可纵适一时，独不为身后名耶？'答曰：'使我有身后名，不如即时一杯酒。'"这种思想一为鲁迅所接受，便转化而带有积极战斗的因素。

鲁迅在 1926 年 11 月 18 日致许广平的信中评论了广州举行孙中山诞辰提灯会事。（是在回答同月十一日许广平从广州给鲁迅信，叙说提灯会盛况，还感慨说："大丈夫不当如是耶！"）鲁迅说："中山生日的情形，我以为和他本身是无关的，只是给大家看热闹；要是我，实在是'身后名，不如即时一杯酒'……"（《两地书·厦门——广州》）在这信里，鲁迅引用了张季鹰的话，来表达自己的思想。

我们知道，张季鹰是位反礼教的人物。他这思想有积极意义，就是说：与其身后被奉为儒者，不如生前不受礼教的束缚，自由无拘地生活为好。现在鲁迅继承生发了这一思想，他借评论中山诞辰提灯会，积极地发挥：与其死后举行盛大的提灯会，不如生时做更大更多的革命工作。鲁迅一生正是这样。他只是生前争取多做革命工作，并且要求赶快做。死后遗嘱家人"不要做任何关于纪念的事情"，对敌人"则一个也不宽恕"（《且介亭杂文末编·死》）。这才是革命者的人生态度。

至于阮籍的反礼教行动以及其内心深处拥护儒家思想的尖锐矛盾，给鲁迅以深刻印象。他后来创作的《孤独者》里的魏连殳，这个人物的某些思想性格，就有阮籍的影子。试从孝敬父母来说，这是儒学中的一个重要内容，阮籍、魏连殳都是忠实的实践者。鲁迅虽然批判孔孟之道，但他是个孝顺父母、友于兄弟的革命家，从未批判过亲子间的道德关系。他批判继承和发展了儒家这个学说，他强化了爱与平等的亲子间的这种爱与孝的道德关系——这个人类得以存在和发展与创造的伦理关系；他反对繁文缛节的虚伪形式，强调真挚的爱与敬的新道德。他批判的是那种非人性的、愚蠢的甚至杀人的"二十四孝"。

　　2. 给鲁迅的艺术启示

　　刘义庆的《世说新语》由于出现较晚，有所承传，且出于文人之手，因而艺术性在当时较高；鲁迅称赞它在人物描写方面的成就说："魏晋人物的豪放潇洒的风度，也仿佛在眼前浮动。"［《且介亭杂文·病后杂谈（一）》］这就是说，它把人物写活了，至今仍放射感染力。在那个写人小说尚属萌芽的时代，它竟有这样光辉的艺术成就，实在是个奇迹！因此鲁迅在艺术经验方面受到它的影响，就不是偶然的了。

　　①新的艺术成就

　　鲁迅在《史略》中指出：《世说》是选者"乃纂缉旧文，非由自造"，因而它继承了史传传统。却是一部描人叙事的史料性与艺术性相结合的书，是现实主义之嚆矢，而且富有时代风格："记言则玄远冷俊，记行则高简瑰奇。"（《史略》）这应该是刘义庆汇聚文人合作作了细致的艺术加工的结果。鲁迅在《变迁》第二讲中说：它的文章不如《语林》的"质朴"。这是称赞它在当时的志人小说诸书中有比较高的艺术性。现在我们不妨把《世说》从《语林》或《郭子》等这些早出的小说中所选取的故事同原作相比较，不仅能看出《世说》作者善于作艺术夸张、渲染，而且敢于改造、生发原作。在人物描写上颇有不少创作经验值得后人学习。因而《世说》进入了小说领域，艺术地反映了魏晋士大夫的真实生活及其精神风貌，"浮动"在历代读者眼前。而《语林》等书则由于多是些干巴巴的史料而为读者所淘汰。今举不同情况的两例比较如下：

第一例：王蓝田吃鸡子的故事。

　　《语林》（据《古小说钩沉》本，下同）

　　　　王蓝田食鸡子，以箸刺之不得，便大怒投之地。

　　《世说新语·忿狷》（据余嘉锡《世说新语笺疏》本，

下同)：王蓝田性急。尝食鸡子，以箸刺之，不得，便大怒，举以掷地。鸡子于地圆转未止，仍下地以屐齿蹍之，又不得，瞋甚，复于地取内口中，啮破即吐之。

对于王蓝田的性格，《语林》基本上是简单记事。而《世说》中则作了大量生动细致的描写，而且一开始便点出他的性格，使扩大篇幅、增添细节有了根据，从而使王氏的性格达到了传神的境界。在艺术性上，《语林》简直无法同它比较。《世说》这种夸张而真实、生动的文笔，对后来的小说创作，特别是人物塑造，影响极大。

第二例：顾雍丧子故事

《语林》

豫章太守顾劭，是丞相雍之子。在郡卒。时雍方盛集僚属围棋，外信至而无儿书；虽神意不变，而心了有故。宾客既散。方叹曰"已无延州之遗累。宁有丧明之责邪？"于是豁情散哀，颜色自若。

《世说新语·雅量》

豫章太守顾邵，是雍之子。邵在郡卒，雍盛集僚属，自围棋。外启信至，而无儿书，虽神气不变而心了其故。以爪掐掌，血流沾褥。宾客既散，方叹曰"已无延陵之高，岂可有丧明之责？"于是豁情散哀，颜色自若。

《世说》在这里别无夸饰，只增加了一个关键性的细节——"以爪掐掌，血流沾褥"。这就不仅从歌颂转成讥讽，而且揭示其性格中的矫情成分。这种客观描写的艺术手法，很明显地为吴敬梓所继承与发展。鲁迅在《史略》里评赞说："至叙范进家本寒微，以乡试暴发，旋丁母忧，翼翼尽礼，则无一贬词而情伪毕露。诚微辞之妙选，亦狙击之辣手矣。"

鲁迅总结中国文学发展规律，提出了两部具有深远影响的选本，其一就是《世说》（《集外集·选本》）。《世说》对早于它的一些志人小说，不但选材自由，在艺术上特别注意加工甚至再创造（改造和生发）。而有重大影响的所谓正统文学选本的《昭明文选》则无此自由，它循规蹈矩，而不得增减一字。《世说》虽尊重史的真实，而选材生动，富有文学性。它追求艺术创造，因而含蕴着强大的艺术生命力，所以五四文学革命时期，《文选》一派被作为妖孽打倒了，而《世说》则在鲁迅《史略》中被视为小说珍品。

②塑造人物的艺术贡献

如果说，《世说》善于把从同类小说中选择来的史料，加以艺术化，特别是增加作为艺术生命的细胞的细节，提高艺术质量作为第一个特点，那么作为《世说》第二个特点的，就是作者善于把采访来的题材组织加工，从对比中见性格的艺术手法。这点恰恰为鲁迅所欣赏。"不怕不识货，就怕货比货。"鲁迅一再提倡比较，说这是医治受骗的好方子。而艺术上千变万化的"对比"，是鲁迅创造人物主要的艺术手段之一。

《世说》为了突出或判明某一人物的本质特点，作者往往运用比较方法通过一个或两个细节判明两个相似人物的优劣。鲁迅在《史略》中列举了祖士少与阮遥集的比较：

> 祖士少好财，阮遥集好屐，并恒自经营，同是一累，而未判其得失。人有诣祖，见料理财物，客至，屏当未尽，余两小簏，著背后倾身障之，意未能平。或有诣阮，见自吹火蜡屐，因叹曰："未知一生当著几量屐？"神气闲畅，于是胜负始分。（《雅量》）

《世说》运用比较方法探索人物的思想性格本质，最典型最成功的例子是从管宁、华歆、王朗三人的比较中探索华歆的本质性格。在魏晋士大夫注意研究、评价人物的思想性格和品格，尤其深入探索人物精神面貌的时代风气下，《世说》作者充分注意到人物性格的复杂性，并敢于作多层次的深掘，最后得到人物思想性格中最本质的东西。这的确是一个了不起的艺术贡献。这个艺术经验不仅影响了鲁迅，就是对今天的小说创作也是极可宝贵的，不是有人视之为新方法吗？

《德行》篇里记叙了较多的关于华歆的故事，其中有两则最值得注意：

> 管宁，华歆共园中锄菜，见地有片金，管挥锄与瓦石不异，华捉而掷去之。又尝同席读书，有乘轩冕过门者，宁读如故，歆废书出看。宁割席分坐曰："子非吾友也。"

这显然是个思想品格的比较：管宁高雅，恬淡；而华则羡慕名利，远非管比。但这是华歆思想性格品质的一个层次，华的本质究竟是什么？还得继续深入挖掘，于是作者选择一个乘船逃难的危急故事，拿华歆与王朗作比较：

> 华歆与王朗俱乘船避难，有一人欲依附，歆辄难之。朗曰："幸尚宽，何为不可？"后贼追至，王欲舍所携人。歆曰："本所以疑，正为此耳。既已纳其自托，宁可以急相弃邪？"遂携拯如初。世以此定华、王之优劣。

这固然是在判华、王的优劣，而与前一故事联系起来看，主要则是作者通过多层次，深入探索华歆思想性格本质的问题。在这同一则故事里，就包含着两个层次，最初华歆不肯接纳求乘者，显得过分自私，甚至有点残忍，可是情节发展到危急之际，王朗的劣质衬托出华歆的光辉品德，其高大形象使人须仰视才见。这便是华歆思想性格品德的本质所在。

《世说》在对比华、王优劣的方法中，还向我们提供了一个塑造人物性格的另一艺术经验。在残酷的环境中去考验人物的重要方法，这可算作《世说》艺术的第三特点。

"疾风识劲草"，凡经受住残酷环境考验的，才是"如矿出金"的人物。这种行动（表现）也正是鲁迅所说的"瑰奇"之行。《世说》中不少这种例子。最典型的像：

> 桓公伏甲设馔，广延朝士，因此欲诛谢安、王坦之。王甚遽，问谢曰："当作何计？"谢神意不变，谓文度曰："晋祚存亡，在此一行。"相与俱前。王之恐状，转见于色。谢之宽容，愈表于貌。望阶趋席，方作洛生咏，讽"浩浩洪流。"桓惮其旷远，乃趣解兵。王、谢旧齐名，于此始判优劣。（《雅量》）

这种在残酷环境中拷问到人物的灵魂深处，以比较人物性格品质优劣的艺术经验，是从人们的现实生活逻辑里提炼出来的。这是一个最能真实地、深刻地揭示人物心灵的现实主义方法。《世说》所记多为魏晋士大夫生活。其题材来源有二：一是来自先于它的志人小说，如《语林》、《郭子》之类。二是收集当时的流传轶事，但都经过了筛选和艺术加工，而其艺术手段却深深植根于现实生活之中，特别与当时的"品目（品题，题目）"有关。因为当时士大夫喜欢互相比较品评，他们观察和认识人物的思想性格和品质，也总是喜欢通过对各种不同性质的事件的考察或考验来进行比较研究，而后获得较为正确的结论（《品藻》中这类例子非常集中）。这就成为士大夫生活的重要的有机组成部分，一种上层社会风气。生活转化成文艺，总要经过艺术选择加工、提炼。因之，这种独特的生活规律影响到文艺领域，也就逐步积累成一种塑造人物性格的独特技巧，再加提炼，愈益成熟。因此《世说》的艺术性得天独厚，不仅高于、先于它的同类作品，而且影响后世甚巨。对于这种艺术经验鲁迅虽未直接指明，却充分体现在他的创作实践（后面要谈）里面。

《世说》的第四点艺术经验是：以自然美象征人物的内在精神美。

这个时期人们在研究人的同时也开始认识到自然美；山水诗而外，山水画也逐渐摆脱作为人物的背景而独立。在这个条件下，在六朝人的"品目"中，已出现了以自然美作为人物内容与形式美的象征，对后世的诗与小说创作影响都很大。

"品目"的风尚对六朝文学艺术影响很大，它源于汉末的"月旦评"，但发展而有自己时代特色的内容。我们可以节录李泽厚同志的话说明这个演变过程：东晋时，由于"不再停留在东汉时代的道德、操守、儒家气节的批评，于是人们的才情、气质、格调、风貌、性分（人所禀受于天的本质）、能力便成了最高的标准和原则"，"讲求脱俗的风度神貌，成了一代美的理想"。因而人"必需能表达出某种内在的、本质的、特殊的、超脱的风貌姿容，才成为人们所欣赏、所评价、所议论、所鼓吹的对象。从（三国魏刘邵）《人物志》（论实用人才之书）到《世说新语》，可以清晰地看出这一特点越来越明显。《世说新语》津津有味地论述着那么多精神笑貌，传闻轶事"。而"重点展示的是内在智慧，高超的精神，脱俗的言行，漂亮的风貌，而所谓漂亮，就是以美如自然的外貌体现出人的内在智慧和品格"。（《美的历程·魏晋风度》）

但也应着重指出："品目"并非单纯为了美的欣赏，而是有所为的。也与政治有关，甚至是个积极的因素。一个人，一经名人或权势者的品题，便会"声价十倍"（《变迁》）。因此"品目"是当时的重要社会活动。这类记载在《世说》中便占有较大的分量。像《识鉴》、《赏誉》、《品藻》、《容止》等篇，多是从不同角度记述"品目"轶事的，并且反映出"品目"风习的复杂情形，而且受到人们的极端重视，如晋温峤由于未被评为第一流人物，便难过得失色。（《品藻》）

但无论是单纯欣赏还是带有政治色彩的"品目"，却都往往把人的内在精神美通过自然美表现出来。如果说前者是内容，后者是形式，那么"品目"的最高标准便是内容与形式美的统一。

鲁迅所欣赏的如下两则，颇能充分显示此特点：

世目李元礼"谡谡如劲松下风"。（《赏誉》）

公孙度目邴原："所谓云中白鹤，非燕雀之网所能罗也。"（同上）

《世说》艺术的第五个经验是"阿堵传神"。

用自然美表现（象征）人物内心美和外形美的方法，在人物画里便"英雄无用武之地"了。自然对画中人所起的作用只能是陪衬，如顾恺之画谢鲲，把他放在岩石之中，虽也能体现其"一丘一壑"的思想境界，但毕竟只能作为人物的背景，于是在人物画里，便集中到人物本身，探索如何借人物的形表现人物的神的方法了。

人物画这时已经成熟，并出现了第一个高峰，人物画的成功和最高艺术境界是传神。六朝时代，由于老庄及佛学思想盛行，影响到社会对形神关系的讨论。像范缜有"神灭论"，释慧远有"形尽神不灭论"，还有沈约的"形神论"等，曾引起热烈的争论。而主导思想则是"重神轻形"。但在现实主义人物画里并不轻形，而是"以形写神"达到"气韵生动"（就是要求绘画生动地表现出人物的内在精神气质、格调和风度）的美学理论，便在这个时代被提出来了。

那么，用什么和如何传神呢？顾恺之继承前人的经验，通过自己的实践、总结，在中国人物画史上第一个提出了"四体妍蚩，本无关于妙处；传神写照，正在阿堵中"（《巧艺》）的理论。

顾恺之的画眼睛以传神的思想也与当时的士大夫的"品目"风习分不开。士大夫观察和判断人物也多着重其眼神的表现。如《语林》（《古小说钩沉》本）"裴令公目王安丰'眼，灿灿如岩下电'"。而《世说》以文学语言所记载者更多。因此，可以说"品目"风习对顾氏的传神论不能不起推动的作用。当然顾恺之的理论，主要还是靠了自己的实践经验总结。

根据现有的史料，顾氏以目传神的实践记载有二：一是《建康实录》记载，顾恺之曾在瓦棺寺北殿画一维摩诘像，画讫点眼，光耀月余。它引用了《京师寺记》生动地记录了这一动人故事：顾氏为了还他布施寺僧的一百万钱，便建议寺僧为他准备好一堵白墙，

> 遂闭户往来一百余日，所画维摩诘一躯，工毕将欲点眸子（重点引者所加），谓寺僧曰：第一日开见者，责施十万；第二日开见者可五万；第三日可任例责施。及开启，光明照寺，施者填咽，俄而果百万钱也。

第二个材料见《俗说》：

> 顾虎头为人画扇，作嵇、阮，都不点睛，便送还扇主，曰："点睛便能语也。"

既有丰富的实践经验，再加上"形神"思潮和"品目"风气诸因素的影响，于是顾氏提出了"阿堵传神"论。

"传神"或"气韵生动"，就是要求把人的实在实质、主观气质从眼神上集中表现出来，把人物的眼睛画活，全人也就活了。所以顾恺之主张，画人物的妙处不在形体美、丑的成功，不追求形似，而是决定于把人的眼睛画活（能语）。外在形体姿态是从属的。但这并不意味着忽视形体的真实、生动描绘，相反，是非常注意的。顾氏且首创作出具有高度真实性的维摩诘像，具有"清羸示病之容，隐几忘言之状"（张彦远：《历代名画记》）就是例证。否则点睛也不会说话。但他强调的是传神，靠画活眼睛，眼活则人活，所以鲁迅批判那种脱离基本形态而追求空虚的神似。他批判宋以来的写意画："两点是眼，不知是长是圆，……竟尚高简，变成空虚。"（《且介亭杂文末编·记苏联版画展览会》）关于传神的理论，有些留待后述，在此我们只强调指出，是顾恺之在人物画史上开画眼睛之先河，深远影响到小说创作，并形成

了一种特有的民族艺术传统。

第六个，亦即最后一个好的艺术经验，是《世说》的文字不仅精练、生动，而且富于形象和流动的特色。像前面已提到的《世说》对王蓝田性格描写的文字，真是传神之笔。而人物语言的个性化，在中国小说史上，也是开拓性的。《方正》篇，记叙陆机兄弟拜见卢志时，陆机对他侮辱自己祖先的问话，作了针锋相对的回答；陆云听了害怕，不免埋怨时，陆机说："鬼子敢尔！"一句话便把陆机的战斗性格揭示出来。"高尔基很叹服巴尔扎克的小说里对话的巧妙，以为并不描写人物的模样，却能使读者看了对话，便好象目睹了说话的那些人。"（《花边文学·看书琐记》）《世说》作者似乎显现出这种才能。鲁迅称赞《世说》"记言则玄远冷俊"。特别指出其口语是带有魏晋人神采的。《世说》能以文言文创造出如此成功的性格化语言，对后世文言短篇小说，尤以蒲松龄的《聊斋志异》影响最为突出。

《世说》的艺术并非无谬可纠，但我们主要是挖掘其艺术经验，虽挖掘未尽，论析欠当，可我们觉得《世说》的总体贡献是集中在人物性格塑造上，给后世人物创造开辟出广阔道路，功不可没。所以鲁迅指出："至今尚存，影响也最广大者，我以为一部是《世说新语》……"（《集外集·选本》）

③从"阿堵传神"到"画眼睛"

现在我们主要探索《世说》给鲁迅的艺术启迪问题。《世说》的艺术经验对后世影响之深远，就是到了五四新文学时代，鲁迅开创现代小说也继承与发展着这一光辉的民族艺术传统。而鲁迅特别提出向"画眼睛"这一现实主义艺术传统学习的号召，而且作出了辉煌的成绩。因此，我想主要围绕这一问题，做些探索。

鲁迅在《我怎么做起小说来》里说：

　　忘记是谁说的了，总之是，要极省俭的画出一个人的特点，最好是画他的眼睛。我以为这话是极对的，倘若画了全副的头发，即使细的逼真，也毫无意思。我常在学学这一种方法，可惜学不好。

这段重要话的内容极为丰富："画眼睛"是个技巧，但鲁迅更指的是现实主义的重要内容以及它同自然主义的分野问题。自然主义好比画头发，而现实主义则是画眼睛。

我们已经简略地分析过《世说》作者塑造人物的方法是符合现实主义的基本原则的，是独创的中国现实主义民族传统。而这种特点的产生是和当时社会上的"品目"风习分不开的。人们根据"诚于中而形于外"的一致性观察、研究人的社会性的内在精神风貌的美、丑，比较人物的精神本质特点，以定其优劣。其表现人物内在精神风貌的方法往往是通过典型的自然美予以象征性启示，或者打开人物内在精神面貌的一个窗口，描画人物深邃、丰富的眼神，让人们充分去想象思考。它影响了绘画，也影响于文学，并长期在交互影响中发展，鲁迅就是在批判继承这笔遗产，并受到外来的启发，作了一系列实践后，从而创立了新的自己富有传统的现实主义创作论：画眼睛。

鲁迅在自己的小说里，运用了"画眼睛"法，体现人物内心世界，成功地塑造了许多人物的性格，取得了丰富的异常成功的新经验。而鲁迅更重大的贡献，则是从"画眼睛"的人物肖像技法，深入到对现实主义的理解，作了创造性的发展，把"画眼睛"作为现实主义艺术原则的象征，开拓了新的创作领域，在理论与实践上给后人留下了宝贵遗产。

先看鲁迅是怎样把"阿堵传神"论具体运用到肖像描写吧。

鲁迅说他"忘记"的那个主张"画出一个人的特点，最好是画他的眼睛"的人，就是提出"阿堵传神"论（《巧艺》）、在绘画史上被誉为四世纪最杰出画家的顾恺之（长康），他最早提出了描写人物的内心活动、精神特征的高度写实的传神论。这是中华民族艺术独有的传统。

"阿堵"（在这里指眼睛）为什么能传神？因为眼睛一向被视为人的灵魂的窗口。人的思想情感、精神智慧、品质面貌等，都通过眼神表现出来，顾恺之说眼睛会说话（见前引《俗说》），真是最好的概括。先秦诸子中的孟轲就已研究发现这个秘密。《孟子·离娄》："存乎人者，莫良于眸子，胸中正则眸子瞭焉；胸中不正，则眸子眊焉。"先秦的诗人们也懂得这一道理，他们写人的美也抓住画眼睛这一环节。如《卫风·硕人》"巧笑倩兮，美目盼兮"，正是运用了传神规律。一个"盼"字，便闪现动人的光艳，揭示窈窕的心灵。这些理论与实践也传递给魏晋人，特别是在晋代大画家顾恺之手里而大放光芒。

一般士大夫往往喜欢通过人的眼神来观察和表现人物的内在世界。《世说》多有记述，如《容止》篇："王夷甫往视裴令公病，出语人曰：'双目闪闪若岩下电，精神挺动，体中故小恶'。"所以顾恺之提出"阿堵传神"论绝非偶然，是集许多渠道于实践经验的结果，是中国人物画优秀传统发展的飞跃。

而《巧艺》还叙述了顾恺之以为点睛不易之体验，形易而神难的理论："顾长康道画，手挥五弦易，目送归鸿难。"这说的就是这样一个绘画过程：弹奏者，目送归鸿，感触于心，因而手挥五弦。在描绘这全过程中，描绘出与思想感情相联系的眼神，比起绘出弹琴人的表面动态来，要困难得多。顾恺之在这里指出"阿堵传神"的重要，同时强调了它的不易。克服困难的方法是"迁想妙得"，才能达到"传神"的境界。用现代话来讲就是"生活体验"与"艺术构思。"而鲁迅在这方面是有丰富经验的，他在《二心集·答北斗杂志社问》里作过扼要说明。

鲁迅对顾恺之理论及其实践深有研究、体会，并消化而发展之。他一方面把"画眼睛"作为人物肖像描写的重要手段（这里应该指出：顾恺之的"阿堵传神"虽主要是指现实人物的写生或画像，但也指典型人物的造像，如他绘维摩诘像，《女史箴图》中的诸女史，尤其《洛神赋》图卷等更是出自艺术想象了。但运用的是同一传神原理），如《祝福》里的祥林嫂，鲁迅对于她一生不幸的命运，特别在她所处的特殊境遇中的几个关键时刻，都是描绘她的眼神的变化，并与面部颜色表情等相联系，从而揭示她的思想情感精神的变化。她初到鲁四老爷家里时"只是顺着眼"。当她失去第二个丈夫和孩子，再次"站在四叔家的堂前"时，虽仍"顺着眼"，"却眼角上带些泪痕，眼光也没有先前那样精神了"。然而这些还不是她所遭受的毁灭性的打击。那最后的一击是：当她捐了门槛之后，内心升起一股灵魂解放的喜悦，"她神气很舒畅，眼光也分外有神"时，四婶不但不饶恕她的"罪"，反而宣判了她的死刑："祥林嫂，你放着，我来吧！""这一回她的变化非常之大，第二天，不但眼睛窈陷下去，她精神也更不济了。"当她在鲁镇人家的一片"祝福"声中死去的前夕，她的脸"仿佛是木刻似的；只有那眼珠间或一轮，还可以表示她是一个活物"。在祥林嫂挣扎的一生中，这多次的眼神描写，像一个个生活特写镜头，映出了她内在精神的连环画，勾勒出她心灵上遭受到的愈来愈大愈深的斑斑伤痕！

对祥林嫂的悲剧，作者只结合她生活环境，在关键时候启开她心灵的窗户，让读者揣摩她的内心痛苦，从而塑造了祥林嫂为了争取做人的权利而拼搏了一生的悲剧性格。《祝福》的艺术成就之一，是"阿堵传神"的胜利。

如果说鲁迅画祥林嫂的眼神，只是用各种颜色揭示她的心海，偏于"静"；而鲁迅画《伤逝》中子君的眼神，则是运用文学语言这无所不能描绘的工具之优越性，全力地写了眼神的动势，一种为复杂的、变化迅速的知识分子的思想情感所冲激的动势！当涓生告诉子君已经不爱她时，最初她"只有沉默。她脸色陡然变成灰黄，死了似的；瞬间便又苏生，眼里也发了稚气的闪闪的光泽。这眼光射向四处，正如孩子在饥渴中寻求着慈爱的母亲，但只在空中寻求，恐怖地回避着我（涓生）的眼"。一出被遗弃与求助的、挣扎与失望的、悔与恨与畏惧……的心情，一个复杂的爱的悲剧啃噬和燃烧着读者的心灵。

　　从艺术上，这是"传神论"的一个发展，顾恺之主张："传神"之妙，在有"实对"。"实对"就是眼睛必须面对着实物，即有看的对象。"凡生人亡（无）有手揖眼视而前亡（无）所对者。以形写神而空其实对，……传神之趋失矣。"（《论画》）这就是说，凡生人的动作必有目的。一个人手揖眼视，前面必有对象，才符合生活的真实情形，精神才能生动，也就达到了传神的趋向。而且要求对正："空其对则大失，对而不正则小失，不可不察也。"（《论画》）所以一般正面的肖像画，不容易传神，因为其面前无所对，往往是静态的。祥林嫂主要是正面的肖像画，居然取得传神的成功是不容易的。而子君的眼神则是有所"对"，而且"对"得出神入化：她的"眼光射向四处，正如孩子在饥渴中寻求着慈爱的母亲"，这不仅是"实对"，而是四处求索像母亲那样的爱护与拯救。同时又有所"对"而不敢"对"："她恐怖地回避着我（涓生）的眼。"子君的目光在四处注射的同时，而又恐怖地回避应该注视的对象（涓生的眼），这是传神的独创，是对"目送归鸿"之难的胜利克服，"阿堵传神"的现代化。

　　顾恺之"传神论"影响鲁迅小说创作重大，有时就恰当甚至不自觉地借用了《世说》原话，而天衣无缝。《容止》篇记："王夷甫视裴令公疾，出语人曰：'双目闪闪若岩下电。'"这种象征人物身体内充、精神挺动的眼神，给鲁迅以难忘的印象，因此当他描写古代为民除害的英雄夷羿射月时，在这情节进入高潮中便随手拈来，铸成自己的名句，塑起古意盎然、生动逼真的夷羿雄姿："身子岩石一般挺立着，眼光直射，闪闪如岩下电。"从而突出了夷羿爱与恨相交织的复杂的心灵活动。

　　在鲁迅发展绘肖像之眼神的艺术经验中，我们获得几点体会：第一，鲁迅画眼睛善于捕捉时机，无论是画祥林嫂还是子君以至夷羿的眼神都是在关键时刻、刹那时机捕捉到的。这在《且介亭杂文·从孩子的照相说起》里已阐释得很透彻了。

　　第二点，点睛有主观性、思想性。顾恺之还主张"阿堵传神"要经过"迁想妙得"是强调画家的主观性，他绘的《女史箴图》画卷中的《玄熊攀槛》一幅，从各种人物的表情中，就隐寓着作者的批评和表扬。这就是渗透进作品的思想情感。鲁迅正是这样，总是怀着爱憎的情感去描人点眼的。

　　此外，鲁迅认为传神也不一定点睛，只要抓住人物思想性格的特点就能传神。他称赞果戈理善于给人起名号的本领，并指出中国就有，是传神术的一种，而且源于魏晋之"品目"，也影响古典小说，如《水浒传》等（《且介亭杂文二集·五论文人相轻——明术》）。而鲁迅为自己小说中的人物起名字也贯穿这一精神。当代作家叶文玲认为："鲁迅先生笔下的孔乙己、阿Q、闰土、祥林嫂、单四嫂子、爱姑、四铭……都是被身份性格及命运遭遇'注定'了的不可取代的最佳名子。"（鲁枢元：《创作心理研究·叶文玲创作心理调查十题》）

　　④从"阿堵传神"开拓出具有中国特色和时代精神的现实主义

　　鲁迅的小说创作虽以点睛传神作为一条红线，但并不局限在为人物画像上。他从顾恺之的"阿堵传神"精神，开拓出无限广阔的新领域，形成了他的新的"传神"理论，在创作上不断出现新的突破。他把"画眼睛"提到了现实主义高度，在批判继承民族艺术传统的基础上批判了自然主义，"拿来"了欧洲短篇小说的概念、成果和技巧，建立了具有中国特色的现代化的现实主义。

　　《世说》这部描绘魏晋时代人们生活及精神面貌传神的小说和顾恺之的"阿堵传神"论，给鲁迅以极大的启发，使他深刻认识了现实主义创作方法。他在《我怎么做起小说来》里阐发了"画眼睛"是现实主义创作方法的象征。他认识和采取了新短篇小说的样式来反映广阔而丰富的现实生活。这自然也同大量阅读外国特别是东欧的短篇小说有关。欧洲短篇小说内容与形式的特点是：截取生活的横断面、结构精炼、人少事简，但富有典型性，能从生活的某角展现生活的全貌，揭示生活的底蕴。鲁迅在《三闲集·〈近代世界短篇小说集〉小引》中创造性地提出了短篇小说反映现实生活的特点，对生活整体说来，也是一种类似画眼睛把握世界的艺术创造。他说，短篇小说"只顷刻间，而仍可借一斑而略知全豹，以一目尽传精神"。所以他一生多以短篇小说从生活的各种角度、各个侧面，以"选材要严，开掘要深"的艺术构思，去刻画社会人生的眼睛，不仅"忧愤深广"，且富有时代感和历史感。像《风波》，作者通过江南某水乡特定时代发生的一场小小的政治风暴，看到当时封建势力作全国性的疯狂反扑及其惨败的全过程。这个茶杯里的风暴就是张勋复辟丑剧的眼睛。

广义的"画眼睛"是鲁迅短篇小说的创作原则，也是他的批评标准。他在1933年评论葛琴的小说选集《总退却》时说："这一本集子就是这一时代的出产品，显示着分明的蜕变，人物并非英雄，风光也不旖旎，然而将中国的眼睛点出来了。"（《南腔北调集·〈总退却〉序》）鲁迅在这里提出了小说集应该是时代的眼睛，蜕变时代的眼睛。至今有着指导意义。

而且鲁迅还用"画眼睛"这一现实主义原则去创作杂文形象。他所描写的是时代特产的叭儿狗形象，是概括了"社会上有神似这个东西的人"（《华盖集续编·不是信》）。并且"所写的常是一鼻，一咀，一毛"（《准风月谈·后记》），却得其神髓。他从来也没有说它是谁，却因为画出了这类人物的"眼睛"，便有"自觉其有叭儿狗性的人们自来承认的"（《伪自由书·后记》）。所以鲁迅说："格局虽小，不也描出了或一形象了么？"（《准风月谈·后记》）叭儿狗之多且为害甚烈，是这一时代特征之一，所以鲁迅说他的杂文"当然不敢说是诗史"，然而"其中有着时代的眉目"（《且介亭杂文·序言》）。

鲁迅的创作，特别是小说，不仅画出了时代蜕变中的眼睛，而且独创地画出了几千年来的文化所积淀下来的国民性弱点的眼

睛。《阿Q正传》是表现历史的民族文化心态的作品，阿Q精神
既是古老文化的积淀，又是对那个时代中国国民性弱点的高度概
括；社会结构中各阶层的人物，无不在阿Q身上发现自己的影
子；就在今天也未净除，还得注意疗救。

阿Q是作为国民劣根性的眼睛被画出来的。鲁迅在《集外
集·俄文译本〈阿Q正传〉序》里一再说，他写阿Q，意在"写
出一个现代的我们国人的灵魂来"，"要画出这样沉默的国民的魂
灵来。"可见阿Q这个典型恰恰是窥探国民劣根性的窗口。当然
我们的文化也有光辉灿烂的一面，鲁迅在《非攻》中创造的墨
子，在《理水》里创造的大禹，都是中国脊梁式的人物的代表，
起着"借一斑略知全豹"的作用。

就因为鲁迅把"画眼睛"提到现实主义的深广度，便能开拓
出许多新路。顾恺之的"阿堵传神"论不断有所发展，到梁张僧
繇演变成了"画龙点睛"的神话，对文学创作影响更大。它指的
是作者从整个作品中拈出它的精神，如鲁迅的《祝福》、《长明
灯》之类的小说题名，也应看作是小说的眼睛，是作者创作主题
的高度形象概括，也可说是小说灵魂的窗口，也指的是作者的关
键性的，统摄全局的一种新意境的创造，它给作品以新生命。鲁
迅说他"在《药》的瑜儿的坟上平添上个一花环，在《明天》
里也不叙单四嫂子竟没有做到看见儿子的梦"（《呐喊》自序）
就是为了"删削些黑暗，装点些欢容，使作品比较地显出若干亮
色"（《呐喊·自序》）。我看《在酒楼上》中斗雪的红梅，也正
是"点睛"之笔。这类"点睛"固然是艺术上的，但更重要的则
是思想内容上战斗力的增强，是高度的艺术境界的创造。

画眼睛的道路四通八达，条条大道通向现实主义。

⑤典型环境中的典型性格

最后，我们探索的一个问题是，在残酷的环境中考验人物
性格。

"画眼睛"象征现实主义，有它的具体特殊性。而典型环境

中的典型性格则是现实主义的一个重要原则。前面我们分析过，《世说》是志人小说，它总是把人物与时代社会环境密切结合起来记叙，从而写出魏晋时代社会中士大夫在其特定生活中产生的精神风貌。就是顾恺之画张天师考察其弟子的故事，也注意到独特的生活环境（《画云台山记》）。这些艺术经验和方法也给鲁迅以甚深影响。

《世说》对魏晋时代社会环境有较高的艺术描写，才把魏晋人物写得真实生动而富有艺术感染力。而《世说》塑造人物性格的成功秘诀，是善于以残酷的环境拷问到人物的思想性格并比较而定其优劣。鲁迅在《采薇》中就是这样比较伯夷、叔齐的。两人都是古之圣贤，向来不分高下的。但鲁迅把他们放到许多场合，特别当他们采薇于首阳山下的最艰苦的环境中接受考验的结果是：阿哥远逊于乃弟。而《世说》对于人物的复杂性格，更能予以多层次的开掘，最后得其本质。这就给鲁迅以有力启发。《离婚》中的爱姑，她原是一个性格倔强、不肯服输、不胜不止的人物，可在七大人的作威作福、虚张声势中，当那个逼人的网越收越紧时，她顶不住了，在残酷的环境中，她那早已潜伏在灵魂深处的奴隶根性，上升起来并成为主导，就迫使她向七大人彻底投降了。这才是她的本质性格。

当然鲁迅的这些成功经验，并不完全由于受到《世说》的启发，与鲁迅有关的陀思妥耶夫斯基就善于拷问到人物灵魂的深处，并且《世说》的这一经验也承传自古之史传，但作为志人小说代表的《世说》却是成功的创举，尤其它那简练深刻记叙的特点是充实鲁迅艺术经验的一个重要因素，并且恰恰是鲁迅小说的特点之一。

在我们结束这个题目时，应当着重指出：《世说》的价值，尤其它的艺术价值，为鲁迅所发现并受到启发，从而作为一股源泉继承和发展了民族艺术的优秀传统，使他的小说起了继往开来的作用，甚至在他的小说创作中，还有《世说》中某些人物的投影——像《孤独者》中的魏连殳就含有阮籍的某种精神。

当然鲁迅创立的新的民族艺术，或者说民族艺术传统的现代化，也和吸收外来营养分不开，但鲁迅向来是主张并实践以民族艺术为主干，把外来有用的东西转化成大树枝叶的。例如，他在《我怎么做起小说来》里说："我力避行文的唠叨，只要觉得够将意思传给别人了，就宁可什么陪衬拖带都没有。中国旧日戏上，没有背景，新年卖给孩子看的花纸上，只有主要的几个人……我深信对于我的目的，这方法是适宜的，所以我不去描写风月，对话也决不说到一大篇。"这就是对他的民族传统现代化思想的说明之一。

在鲁迅继承和消化祖国优秀艺术遗产方面，我认为《世说》给予他的启迪是不少的，也就是说，它对现代文学创作有相当的贡献，而它则因鲁迅的整理与发扬，获得了艺术生命力，并化成培养新民族艺术花朵的一掬肥沃的土壤。

四　鲁迅论唐传奇

　　鲁迅对唐代传奇的研究，是他对中国古典小说史研究的重要组成部分。研究的成果，主要结晶为这样两大命题：一是"唐人始有意为小说"；一是唐传奇"实唐代特绝之作。"现分别考察如下。

（一）唐人始有意为小说

　　鲁迅认为，中国小说的源头，虽可上溯到上古神话，但真正把小说作为文学体裁之一的小说来创作，则是唐代才开始的事情。也就是说，唐传奇的出现，才标志着中国小说创作进入了自觉阶段。而先唐小说不过是近代意义的小说出现之前那些包含了某些小说要素的神话传说和稗史琐记。鲁迅称它们为"古小说"，如《古小说钩沉》就是他钩辑的自周《青史子》至隋侯白《旌异记》的先唐小说佚文集。他正是以对先唐小说的这一基本认识为前提，又通过对唐人有意为小说的考察，才得出了"唐人始有意为小说"[1] 的科学命题。

　　鲁迅认为，唐人有意为小说的根本标志之一，就在于他们已把小说美的创造作为创作小说的主要目的。他在谈到仅具"幻设为文"一个特点还不是有意为小说时说：

　　　　幻设为文，晋世固已盛，如阮籍之《大人先生传》，刘

---

[1]　鲁迅《中国小说史略》（以下简称《史略》）细目提要第八篇。

伶之《酒德颂》，陶潜之《桃花源记》《五柳先生传》皆是
矣，然咸以寓言为本，文词为末，故其流可衍为王绩《醉乡
记》、韩愈《圬者王承福传》、柳宗元《种树郭橐驼传》等，
而无涉于传奇。传奇者流，源盖出于志怪，然施之藻绘，扩
其波澜，故所成就乃特异，其间虽亦或托讽喻以纾牢愁，谈
祸福以寓惩劝，而大归则究在文采与意想，与昔之传鬼神明
因果而外无他意者，甚异其趣矣。（《史略》第八篇）

　　"文采"与"意想"，这里都是指小说艺术美的要素。"意
想"，即小说艺术构思的美；"文采"，即传达艺术构思的小说语
言的美。鲁迅的意思是说，唐人有意为小说的根本理由，就在于
唐传奇既不同于晋世之文的"以寓言为本"，也不同于志怪小说
的意在"传鬼神明因果"，其主要创作目的已在对小说美的追求。
鲁迅的这段论述，既有其合理性，也有其偏颇性。其合理性在
于，它明确提出了自觉的小说创作必须将小说美的创造作为明确
目的。因为所谓小说的自觉，其实指的就是这样一种现象：人们
已经认识到附丽于"古小说"上的小说美具有独立价值，从而产
生了创造小说美的明确意识，并创造出一种纯粹的小说美，使小
说从其他意识形态中分离出来，归入文学之林。这里所说的纯粹
的小说美，并非不包含认识、意志等心理要素，只是这些要素与
在"古小说"中时不同，它们已失去了存在的独立性，而仅仅作
为小说美的构成要素而存在，并取得了小说美的"系统质"。不
言而喻，只有当人们已经创造出一种纯粹的小说美时，才能说明
他们已经具有了创造小说美的明确目的。反之，也只有当人们在
认识到小说美的独立价值而产生了创造小说美的明确目的时，他
们才可能创造出一种纯粹的小说美，从而使小说从其他意识形态
中分离出来。所谓有意为小说，也就是带着创造小说美的明确目
的去创作小说。所以鲁迅把创造小说美的目的的有无作为衡量是
否有意为小说的根本标志是科学的。

　　鲁迅这段论述的偏颇性则在于，从文艺思想上来说，他误将"托讽喻以纾牢愁，谈祸福以寓惩劝"等艺术功利目的和"与人以享乐"的艺术娱乐目的绝对对立了起来。如果说这一点在上引的这段话里表现得还比较模糊的话，那么，他在 1927 年关于魏晋文学自觉的言论就可以作为对他的这一偏颇观点的有力印证。他说：提出"诗赋欲丽"的曹丕，"说诗赋不必寓教训，反对当时那些寓训勉于诗赋的见解，用近代的文学眼光看来，曹丕的一个时代可说是'文学的自觉时代'，或如近代所说是为艺术而艺术的一派"。① 很显然，鲁迅直到这时仍然是把"为艺术而艺术"派观点的出现作为文学自觉的标志的，而绝对地排斥"寓训勉于诗赋"的见解。这种偏颇性是他前期美学思想在艺术自觉问题上贯彻的结果。鲁迅前期美学思想有其不够成熟之处，主要表现就是反对艺术创作的功利目的。他认为，艺术"本有之目的"，"在与人以享乐"，"比其见利致用，乃不期之成果，沾沾于用，甚嫌执持"。② 这一思想直到 1928 年才从理论上有了明确的改变，他成为娱乐目的与功利目的相统一的艺术创作目的的论者。他前期在理论上反对艺术创作带有功利目的（鲁迅前期的艺术实践和部分言论与其基本理论主张是有矛盾的），是对封建的"文以载道"说的一种反驳，意在让文艺创作冲破种种因袭的传统意识的束缚，以便更好地为反封建的伟大的功利目的服务，但其理论自身的逻辑，却导致他得出了自觉的艺术创作不应带有功利目的的结论。我认为，既然艺术具有娱乐作用和功利作用，③ 那么，自觉的、有意识的艺术创作也就可以既具有艺术娱乐目的也具有艺术

①　鲁迅：《而已集·魏晋风度及文章与药及酒之关系》。
②　鲁迅：《集外集拾遗补编·拟播布美术意见书》。
③　艺术作品对于欣赏者的基本作用是审美作用。这种审美作用是艺术美以审美方式对欣赏者发生的整体相干效应。它既包含着"与人以享乐"的娱乐作用，也包含着"见利致用"的功利作用。

功利目的。只要艺术家已经认识到艺术美的独立价值①，并从而有意识地进行艺术美的创造，他的这种创造就应当被认为是自觉的艺术活动。因此，鲁迅当时关于自觉的艺术创作不应带有功利目的的见解，是偏颇的。

　　然而，这一理论上的偏颇，并未妨碍鲁迅得出"唐人始有意为小说"的正确结论。这有主客观两方面的原因。从客观方面看，唐代崇尚文辞，文人都想以文学才能见称于世。如鲁迅所指出的，"唐以诗文取士，但也看社会上的名声，所以士子入京应试，也须豫先干谒名公，呈现诗文，冀其称誉，这诗文叫作'行卷'。诗文既滥，人不欲观，有的就用传奇文，来希图一新耳目"。② 因此当时就出现了大量的仅以"显扬笔妙"和"以构想之幻自见"为目的的、缺乏明确倾向的传奇作品。③ 这一现象，正好契合了鲁迅关于自觉的小说创作应排斥功利目的见解，从而促使他得出了"唐人始有意为小说"的结论。从主观方面看，鲁迅前期艺术思想中本来就存在着矛盾，他自己就承认其《呐喊》的创作有艺术功利目的，④ 因而他对于唐传奇具体作家作品所作的判断有时就背离了他的基本理论主张。他将作品"多规诲之意"，而其"意想"却"诡幻动人"的沈既济视为唐传奇八位优秀作家之一，就是一例。⑤ 这也是他能够得出"唐人始有意为小说"科学结论的一个原因。

　　鲁迅之所以能够作出唐人已把小说美的创造作为传奇创作目的的判断，首先是因为他具有敏锐的审美眼光，一眼就看出唐传奇"叙述宛转，文辞华艳，与六朝之粗陈梗概者较，演进之迹甚

---

① 即审美价值，"独立"是相对于实用品或实用文体的直接实用价值而言。
② 鲁迅：《且介亭杂文二集·六朝小说和唐代传奇文有怎样的区别?》。
③ 鲁迅：《史略》第十篇。
④ 参见鲁迅《呐喊·自序》。
⑤ 参见鲁迅《史略》第八篇和《唐宋传奇集·序例》。

明"。① 在谈到唐传奇的一些短篇集时也说："毕竟是唐人做的，所以较六朝人做的曲折美妙得多了。"② 鲁迅还曾将这一变化从文体进步的角度加以论述。他说，唐传奇"文章很长，并能描写得曲折，和前之简古的文体，大不相同了，这在文体上也算是一大进步。但那时做古文底人，见了很不满意，叫它做'传奇体'"。③ 鲁迅这里所说的"传奇体"，实际上就是一种以求美为目的的真正的小说文体，而他所说的六朝那种简古的文体，则实际上仍是以求真为目的的逸史文体。他认为，唐人在"粗陈梗概"的逸史文体的基础上，"施之藻绘，扩其波澜"，从而成就了这种"大率篇幅曼长，记叙委曲"的"传奇体"。④ 这是因为唐人创作小说时"大归则究在文采与意想"。

鲁迅判断唐传奇"大归则究在文采与意想"，除了因为唐传奇具有追求"文采与意想"的普遍倾向外，看到唐代有一部分艺术功利作用较弱的作品出现，也应是一个原因。我认为，根据偏于内容或偏于形式，教育作用的大小等不同，文艺作品可分为艺术功利作用较强和较弱的两大类。唐传奇中艺术功利作用较弱的作品占相当大的比重，如李公佐的《古岳渎经》、白行简的《三梦记》、牛僧孺的《元无有》、薛用弱的《王之涣》等。这类作品犹如风景画、轻音乐，唐人创作它们则更多地重视其艺术娱乐作用。我们固然不应一般地否认那些艺术功利作用较强的作品为自觉的艺术创作，但这类艺术功利作用较弱的作品的出现，却无疑更能说明唐人小说创作的自觉性。因为如果人们仍然仅仅把功利作用视为其创作的目的，他们就不会去创作这种艺术功利作用较弱的作品了。鲁迅正是因为唐代出现了较多的这类传奇作品，才做出了唐传奇"大归则究在文采与意想"的判断。

---

① 鲁迅：《史略》第八篇。
② 鲁迅：《中国小说的历史的变迁》（以下简称《变迁》）第三讲。
③ 鲁迅：《中国小说的历史的变迁》（以下简称《变迁》）第三讲。
④ 鲁迅：《史略》第八篇。

　　同时，鲁迅还很注意唐传奇作家本人有关创作目的的言论。如他在介绍传奇名作家沈亚之生平时，就特别指出他"自谓'能创窈窕之思'"①。这说明作者已经有了创造美的自觉意识。我们还可以为鲁迅的论点举一明显的例证，即唐传奇另一名作家沈既济曾在他的名作《任氏传》的篇末，表示他作传奇是为了"著文章之美，传要妙之情"。这都说明鲁迅关于唐人已具有创造小说美的明确目的的判断是符合实际的。

　　鲁迅认为，唐人有意为小说的另一重要标志是他们已经开始自觉地运用艺术虚构来创作小说。鲁迅曾引用明代小说研究家胡应麟的言论阐述过这一问题。他说："胡应麟（《笔丛》三十六）云，'变异之谈，盛于六朝，然多是传录舛讹，未必尽幻设语，至唐人乃作意好奇，假小说以寄笔端'。其云'作意'，云'幻设'者，则即意识之创造矣。"② 这里所说的"作意"、"幻设"或"意识之创造"，指的就是自觉的艺术虚构。那么，鲁迅把艺术虚构的自觉运用作为有意为小说的重要标志之一是否科学呢？回答应当是肯定的。虽然想象和虚构并非为自觉的艺术创作所独有，但却只有自觉的艺术创作才可能自觉地运用艺术虚构。这是因为，当人们认识到美对于人生具有独立价值并要求创造出一种纯粹的审美对象——艺术时，也就必然要求艺术比其他的审美对象——现实美更美，否则它就失去了独立存在的前提。而要比现实美更美，就离不开鲁迅所说的"美化"（鲁迅认为，"美术云者，即用思理以美化天物之谓"，"所见天物，非必圆满，华或槁谢，林或荒秽，再现之际，当加改造，俾其得宜，是曰美化"③），也就是离不开虚构，这就很自然地唤起了人们对于艺术虚构的自觉。同时，也只有当人们意识到自己所创造的是一种纯粹的审美

---

① 鲁迅：《史略》第八篇。
② 鲁迅：《史略》第八篇。
③ 鲁迅：《集外集拾遗补编·拟播布美术意见书》。

对象而不是认识对象（如史传、新闻等）时，艺术虚构才有可能得到自觉的运用。因为艺术美的创造虽然也要求真，但它所要求的真，是情趣的真，创造的真，而不是事实的真。鲁迅说过："艺术的真实非即历史上的真实……因为后者须有其事，而创作则可以缀合，抒写，只要逼真，不必实有其事也。"① 可以说，自觉的艺术虚构本是创造艺术美的目的所派生出来的艺术创作的特殊法则，所以鲁迅将其作为有意为小说的重要标志是科学的。

　　鲁迅肯定了胡应麟关于六朝小说是不自觉地"传录舛讹"、唐人传奇才是"作意""幻设"的意见，并对此做了认真的比较。他指出，六朝时"还相信神仙和鬼神，并不以为虚构"，所以志怪小说"所记虽有仙凡和幽明之殊，却都是史的一类"，志人小说也还"很排斥虚构"；"唐代传奇文可就大两样了：神仙人鬼妖物，都可以随便驱使……而且作者往往故意显示着这事迹的虚构，以见他想象的才能了"。② 他认为从运用艺术虚构的自觉程度角度，可把唐传奇的创作分成两个阶段。第一阶段，从唐初《古镜记》到牛僧孺《玄怪录》问世之前；第二阶段，从《玄怪录》问世到唐末。第一阶段的特点是，作者虽已自觉地运用虚构，但尚未直接向读者表明。《古镜记》是唐传奇最早的一篇，其是否具有自觉幻设成分，对于判断唐传奇创作是否一开始就自觉运用虚构手法，关系颇大。所以鲁迅特别重视对其本事的考证。结果是，"绩弃官归龙门后，史不言其游涉，盖度所假设也"。③ 其他一些作品，鲁迅虽未逐篇讲其已自觉虚构，但如《白猿传》、《离魂记》、《枕中记》等，以简率的六朝志怪故事为素材，"施之藻绘，扩其波澜"，自觉虚构，不言自明；至于《任氏传》、《李娃传》、《霍小玉传》等，只要一看其描写之精细，不待考证，就可

① 鲁迅：《书信集·致徐懋庸（1933 年 12 月 20 日）》。
② 鲁迅：《且介亭杂文二集·六朝小说和唐代传奇文有怎样的区别？》
③ 鲁迅：《史略》第八篇。

知作者对于艺术虚构，已能自觉运用。因为如果人们还没有意识到小说可以虚构，他们就不会去使用这种文笔精细、记叙委曲的小说文体了。鲁迅曾以清代学者纪晓岚的小说意识和小说创作说明过这一问题。纪晓岚指责蒲松龄取法传奇的《聊斋志异》：其书"燕昵之词，媟狎之态，细微曲折，摹绘如生，使出自言，似无此理，使出作者代言，又何从而闻见之，又所未解也"。[①] 鲁迅批评他说，"所以他的《阅微草堂笔记》竭力只写事状，而避去心思和密语"，[②] "完全模仿六朝，尚质黜华，叙述简古，力避唐人的做法"，[③] "但有时又落了自设的陷井，于是只得以《春秋左氏传》'浑良夫梦中之噪'来解嘲。他的支绌的原因，是在要使读者信一切所写为事实……如果他先意识到这一切是创作，即是他个人的创作，便自然没有一切挂碍了"。[④] 鲁迅认为，蒲松龄是自觉的小说家，懂得小说可以虚构，所以能够"用传奇法，而以志怪"；[⑤] 而纪昀则仍以小说为"述见闻"[⑥] 的文体，"要使读者信一切所写为事实"，所以只能运用六朝简古的文体。也就是说，对于艺术虚构的自觉，是产生这种描写精细的"传奇体"的认识基础。但当时或后代的一些学者，囿于传统的小说观念，不明此道，仍以对待"古小说"的态度来对待这些作品。他们对《古岳渎经》不厌其烦的考索就是一例。所以鲁迅特别指出，无支祁故事"流传不绝，且广被民间，致劳学者弹纠，而实则仅出于李公佐假设之作而已"。[⑦] 第二阶段在虚构的自觉程度上又有了新的进展。其特点，正如鲁迅所说，"作者往往故意显示这事迹的虚构，以见他想象的才能"。最能体现这一特点的传奇有两篇：一是牛

---

① 转引自鲁迅《史略》第二十二篇。
② 鲁迅：《三闲集·怎么写》。
③ 鲁迅：《变迁》第六讲。
④ 鲁迅：《三闲集·怎么写》。
⑤ 鲁迅：《史略》第二十二篇。
⑥ 转引自鲁迅《史略》第二十二篇。
⑦ 鲁迅：《史略》第九篇。

僧孺的《元无有》，一是无名氏的《东阳夜怪录》。这两篇传奇中的贯穿人物分别叫作"元无有"和"成自虚"。这显然是受了司马相如《子虚赋》中贯穿人物"子虚"、"乌有"命名方式的影响，而后来《红楼梦》中的贯穿人物"甄士隐"、"贾雨村"的命名方式则又受了这两篇小说的影响。我认为，《元无有》、《东阳夜怪录》这一命名方式本身虽不值得大加称道，但它们显托空无，却是中国小说创作已开始自觉虚构的显证。这两篇作品但仅凭这一点，就足以在中国小说史上占一席之地。遗憾的是，它们的价值却长期没有得到应有的肯定。人们给予它们的只有贬抑。如胡应麟在评价传奇作品时就说："如《毛颖》《南柯》之类尚可，若《东阳夜怪》称成自虚，《玄怪录》元无有，皆但可付之一笑。"① 第一个发现它们的小说史价值的是鲁迅。他在介绍牛僧孺的传奇集《玄怪录》时说："其文虽与他传奇无甚异，而时时示人以出于造作，不求见信；盖李公佐李朝威辈，仅在显扬笔妙，故尚不肯言事状之虚，至僧孺乃并欲以构想之幻自见，因故示其诡设之迹矣。《元无有》即其一例。"② 他还针对胡应麟的贬抑反驳说："特《夜怪》一条，显托空无，逮今允成陈言，在唐实有新意，胡君顾贬之至此，窃未能同耳。"③ 鲁迅之所以重视这两篇传奇的价值，正因为它们是唐代小说自觉的宣言书。

　　首先是唐传奇作家把小说美的创造作为小说创作的明确目的；其次是他们对实现这一目的的手段（艺术虚构）已能自觉运用。鲁迅就是以先唐作家非有意为小说为认识基础，又通过以上两个方面的考察，才得出了唐人始有意为小说的科学结论。这既是他对唐传奇研究的重大贡献，也是他对中国小说自觉进程研究的重大贡献。

---

① 胡应麟：《少室山房笔丛》第三十六卷。
② 鲁迅：《史略》第十篇。
③ 鲁迅：《唐宋传奇集·序例》。

（二）唐传奇实唐代特绝之作

鲁迅研究唐代传奇文，得出的另一重要结论，便是唐传奇"实唐代特绝之作"①。这一命题的含义是，唐代在传奇文这一小说品种的创作上取得了其他时代无法比拟的成就，因而唐传奇也就成了唐人的"拿手好戏"之一，成了他们的一"绝"。人们常说楚辞、汉史、唐诗、宋词、元曲、明清小说，其实就是指这些不同的作品在各自时代取得了空前绝后的成就，从而成为各自时代的"特绝之作"。不过在鲁迅看来，唐代的特绝之作除唐诗之外，还应加上唐传奇，就像汉代的特绝之作除了汉史之外，还应加上汉赋一样。明清小说虽然从整体上看较为发达，但其中的传奇文却远不能与唐代的传奇文相比拟。

鲁迅所说的传奇文，是指一种以传人事之奇为主的文言短篇小说。它不包括以志鬼怪为主的、用"粗陈梗概"的逸史体写成的志怪小说。自然，基本上是"用传奇法，而以志怪"的《聊斋志异》也不属于它的范围。因此鲁迅所说的传奇文，实际上是由三个部分组成的。除了他谈的较多的唐宋传奇外，还包括"文题意境，并模唐人"②的明代传奇文。唐传奇实唐代特绝之作，就是他对唐、宋、明三代传奇文作了比较后得出的关于唐传奇创作成就的总评价。

那么，鲁迅又是以怎样的标准，唐传奇有怎样的创作特征而给予它如此高的小说史地位的呢？鲁迅认为，唐传奇堪称"唐代特绝之作"，主要是因为它具有一种宋、明传奇所缺乏的"飞动之致"。③这里所说的"飞动之致"，指的是情感、感知、理解、意志、想象等艺术的各种心理要素得到了充分的、自由的、有机

---

① 鲁迅：《史略》第八篇。
② 鲁迅：《史略》第二十二篇。
③ 鲁迅：《唐宋传奇集·序例》。

的发挥，从而使艺术作品显示出的那种自由舒展、无所拘束、
"翩若惊鸿、婉若游龙"的审美特征。在鲁迅看来，唐传奇能够
独具"飞动之致"，主要应从这样三个方面寻找原因。

　　第一，唐传奇创作上较少受到外在观念、外在功利目的的束
缚和干扰，艺术创作得以按自身的特殊规律进行，因而作品呈现
出一种宛如从胸中流出、自然真挚的特点。所谓外在观念，这里
指外在于作者生活感受的封建伦理观念。所谓外在功利目的，这
里指外在于作者创作冲动的封建伦理教化目的。根据封建伦理教
条，出于封建伦理教化目的去编造情节、塑造人物形象，是古代
不少小说的共同特点。鲁迅称这类作品为"教训文学"。他对这
类作品十分鄙视。他之所以鄙视它们，厌恶其封建伦理的虚伪、
严酷固然是其重要原因；但那还只是就伦理思想而言，如果从文
艺思想来说，这类作品违背艺术创作规律，则应为其主因。1927
年，他在批评当时有些作品时曾说："发抒自己的意见，结果弄
成带些宣传气味的伊孛生等辈的作品，我看了倒并不发烦。但对
于先有了'宣传'两个大字的题目，然后发出议论来的文艺作
品，却总有些格格不入，那不能直吞下去的模样，就和雒诵教训
文学的时候相同。"① 可见鲁迅所说的"教训文学"，从创作上
看，指的就是那种按着外在观念、外在功利目的创作出来的作
品。鲁迅认为，"好的文艺作品，向来多是不受别人命令，不顾
利害，自然而然地从心中流露的东西"。② 因为艺术创作是对现实
美的感受与对艺术美的创造相统一的过程，它虽然并不一般地排
斥理性观念，甚至还要以理性、观念为辅助，但理性、观念必须
以感知为基础，与情感相一致，它也不一般地排斥功利目的，但
功利目的必须以审美感受为基础，与创作冲动相契合。只有做到
理性与感性、目的与冲动相统一，艺术创作才会具有一种"自然

---

　　① 鲁迅：《三闲集·怎么写》。
　　② 鲁迅：《而已集·革命时代的文学》。

而然地从心中流露"的特点，或如大江奔腾，或如小桥流水，无论畅流无阻，还是迭宕沉郁，都会给人以内在的自由感、流动感。否则，将创作视为外在观念的图解，把艺术看成外在功利目的的婢女，生编硬凑，就只能写出矫揉造作、死气活样的"教训文学"。

在鲁迅看来，宋传奇就是一种典型的"教训文学"。宋代理学泛滥，士习拘谨，以"文以载道"为旗帜的儒家唯用主义的文艺路线统治了文坛。因此宋代正统文艺大都显出实用、拘谨、迂腐的面目。传奇创作也不例外。譬如乐史的《绿珠传》，其中告诫连篇，喧宾夺主，严冷之气逼人，令人不堪卒读。鲁迅批评说："宋时理学极盛一时，因之把小说也多理学化了，以为小说非含有教训，便不足道。但文艺之所以为文艺，并不贵在教训，若把小说变成修身教科书，还说什么文艺。宋人虽然还作传奇，而我说传奇是绝了，也就是这个意思。"① 在这方面唐传奇与宋传奇恰好站成对蹠："唐人小说少教训；宋则多教训。"②

前面说过，艺术功利作用较弱的作品在唐传奇中占相当大的比重。这类作品思想性不强，也较少诉诸人们的理解，但在这部分作品中，"神仙人鬼妖物，都可以随便驱使"，作者的生活情趣得以广泛显现，笔墨得以自由挥洒，为读者创造出一个个可以赏心悦目的艺术幻境。或人虎相变（如《张逢》），或呼风唤雨（如《李卫公靖》），或见梦升仙（如《三梦记》），或趣事异闻（如《王之涣》），都写得瑰丽多姿，妙趣横生。宋代刘贡父曾赞叹这类作品说："小说至唐，鸟花猿子，纷纷荡漾。"③ 确实道出了它们的妙处。这类作品的创作较少受到外在观念、外在功利目的的束缚和干扰，是显而易见的。唐传奇中还有一些思想倾向较

① 鲁迅：《变迁》第四讲。
② 鲁迅：《变迁》第四讲。
③ 转引之汪辟疆《唐人小说·序》。

强烈、艺术功利目的也较明确的作品，如沈既济的《枕中记》、《任氏传》，李公佐的《南柯太守传》，陈鸿的《长恨传》、《贾昌传》，蒋防的《霍小玉传》，白行简的《李娃传》，等等。这些作品中的观念，大都来自作者的生活实感，而不是封建伦理教条的演义；其功利目的，也大都是寄慨讽世，有感而发，而不是盲目地去做伦理教训的工具。它们的参与不仅没有造成创作的心理障碍，反而增强了作品的思想深度和艺术感染力。因此这些作品在艺术上取得了相当高的成就。如任氏、李娃、崔莺莺、李益、步飞烟、霍小玉等人物，都写得鲜明生动；再如《任氏传》中任氏为苍犬所获后的人亡物在、郑子的见物伤情，《李章武传》中李章武与王氏子妇的依依泣别，《霍小玉传》中霍小玉饮恨而终，《李娃传》中郑生的沿路行乞，《飞烟传》中步飞烟的鞭下从容等场面，也都写得哀怨凄切，感人至深。有时即使有外在观念的参与，他们的创作也不囿于这些观念。如果生活和情感的逻辑与这些观念发生矛盾，他们便宁肯违背这些观念，而不肯违背生活和感受。最明显的例子有《李娃传》和《莺莺传》。《李娃传》篇末作者给李娃以古先烈女的评价："倡荡之姬，节行如是，虽古先烈女，不能逾也。"但作者并没有按一个"烈女"的观念去塑造人物形象。作品中的李娃，是一个练达、世故而又善心未泯的妓女。她深知世态炎凉，懂得她与郑生之间不过是嫖客与妓女的关系，她的结局总归是秋扇见捐。为长久计，她不得不顺从李姥欺诳郑生。但她对痴情于自己的郑生并非没有眷恋和爱慕，只是感情服从理智而忍痛割爱。她并不曾逆料郑生会遭到其父的鞭挞和遗弃，当她后来听到郑生沿街乞食、其声甚苦时，负疚之心强化了她的同情和爱情，于是"连步而出"，拯救郑生于垂死之际。作者写出的是一个复杂、矛盾、真实的性格化典型。所以鲁迅称赞说："行简的文章本好，叙李娃的情节，又很是缠绵可观。"①

---

① 鲁迅：《变迁》第三讲。

《莺莺传》为"元稹以张生自寓，述其亲历之境"。① 作者虽然为了名利前程的考虑，忍痛割舍了自己所倾慕的女子。但那段生活却给他留下了极深切的印象，既使他常常感到留恋而终于用文字加以追忆，又为了自我慰藉和解脱"始乱终弃"的道德谴责而不得不在篇末用"女人祸水论"来文过饰非。然而可贵的是，他毕竟没有按"女人祸水论"去塑造人物，编造情节。他的创作，仍然遵循着生活的真实和感受的真实，从而写出了莺莺这样一个封建社会大家闺秀的成功典型。所以鲁迅虽曾批评这个作品"篇末文过饰非，遂堕恶趣"，却仍然肯定它"时有情致，固亦可观"。② 宋代洪迈曾激赏这类作品，说："唐人小说，不可不熟，小小情事，凄婉欲绝，洵有神遇而不自知者。"③ "神遇而不自知"，指的就是这些作品具有一种"妙在有意无意之间"、"自然而然地从心中流露"的特点。

通过对这两类作品的剖析来看，唐传奇的创作确实较少受到外在观念、外在功利目的的束缚和破坏，所以鲁迅讲"唐人小说少教训，"他曾说过，宋代传奇文由于"多教训"、"好劝惩"，所以"飞动之致，眇不可期"。④ 那么，在他看来，与宋传奇"多教训"的创作特点相反的"少教训"的创作特点，也就是唐传奇具有"飞动之致"的一个重要原因了。

第二，唐传奇作家能够自觉地摆脱稗史成文和真人真事的拘束，大胆地进行艺术虚构，艺术创造力得到了充分的发挥，从而使作品获得了一种浑然一体、气韵生动的艺术特征。鲁迅认为这也是唐传奇具有"飞动之致"的一个重要原因。他把宋传奇创作上的"摭实而泥"作为其"飞动之致，眇不可期"的原因之一就

① 鲁迅：《史略》第九篇。
② 鲁迅：《史略》第九篇。
③ 洪迈：《容斋随笔》。
④ 鲁迅：《唐宋传奇集·序略》。

是最好的证明。① 宋人作传奇，以学问为尚，摭拾旧文，拘泥史实，缺乏艺术想象，作品犹如折了翅膀的飞禽，给人以平实呆滞之感。鲁迅曾批评乐史说："至《绿珠》《太真》二传，本荟萃稗史成文，则又参以舆地志语。"② 在谈到《流红记》时也说："宋人作传奇……拾旧闻附会牵合以成篇，而文意并瘁。如《流红记》，即其一也。"③

　　第三，鲁迅认为，唐人具有雄大的魄力和豁达的气度，也是形成唐传奇"飞动之致"的一个十分重要的原因。鲁迅对此虽然没有直接说明，但只要联系他对唐代社会和唐代文艺的总体认识来看，这一点便没有疑义了。鲁迅对唐代社会有较好的印象。在《坟·看镜有感》一文中他表达了这样的意见："汉唐虽然也有边患，但魄力究竟雄大"，具有"豁达闳大之风"，与宋以后社会的"衰弱过敏"，"特多繁文缛节"，"特有许多禁条，许多避忌"大不相同。他认为，文艺作品是作者"思想和人格的表现"，④ "有精力弥满的作者和观者，才会生出'力'的艺术来"。⑤ 所以他对唐代文艺也十分推崇。曾盛赞唐诗说，"我以为一切好诗，至唐已被做完，以后倘非能翻出如来掌心之齐天大圣，大可不必动手"，⑥ 又称誉长安昭陵上的唐代雕刻，其"办法简直前无古人"，⑦ 并以为"唐代线画"也"流动如生"。⑧ 在他看来，文艺具有熏人的"国粹气味"（即不敢正视现实、有所讳饰等特征）是从宋代开始的。⑨ 如果把他对唐传奇的论述纳入他对唐代社会

① 鲁迅：《唐宋传奇集·序例》。
② 鲁迅：《史略》第十一篇。
③ 鲁迅：《唐宋传奇集·稗边小缀（八）》。
④ 鲁迅：《热风·随感录四十三》。
⑤ 鲁迅：《集外集拾遗·近代木刻选集（2）·小引》。
⑥ 鲁迅：《书信集·致杨霁云（1934 年 12 月 20 日）》。
⑦ 鲁迅：《坟·看镜有感》。
⑧ 鲁迅：《坟·看镜有感》。
⑨ 鲁迅：《书信 350909 致李桦》。

和唐代文艺的总体认识当中，我们对他关于唐传奇具有"飞动之致"的观点就会有更清楚的理解。就是说，在鲁迅看来，"飞动之致"也是唐人那"雄大的魄力"、"豁达闳大之风"在传奇小说创作上的体现。这主要表现在以下两个方面：其一，唐代统治者讳忌较少，文网较宽，传奇创作少有来自外力所造成的心理障碍，敢于描写时事，不讳本朝之过。鲁迅说："唐人大抵描写时事；而宋则极多讲古事……大概唐时讲话自由些，虽写时事，不至于得祸；而宋时则讳忌渐多，所以文人便设法回避，去讲古事。"① 在考证取材唐太宗杀兄弟建成元吉、生魂被勘事的变文《唐太宗入冥记》的写作时代时也说："讳其本朝之过，始盛于宋。"② 事实也的确如此。在较有名的宋代传奇中，除柳师尹的《王幼玉记》和未敢署名的《李师师外传》外，大多为托古之作。而唐传奇单篇四十多篇，专集四十多部，大多描写时事，几乎没有托言古事的；而且下自娼妓，上至皇帝，都可诉诸楮墨。至于一般文人的风流韵事写进小说的例子，更是比比皆是。陈鸿的《长恨传》、《贾昌传》，笔锋所向，直指本朝皇帝之过，而作者不必隐姓埋名，仅此一斑，便足以看出唐人的笔墨是何等自由了。

其次，唐传奇作家自己也大都魄力雄大，具有自信心，敢于正视惨淡的现实，因而所作传奇也不乏悲剧之作。我们知道，中国古典小说戏曲创作有一个俗套，即"始或乖违，终多如意"，结局往往是人为的"大团圆"，悲剧作品十分罕见。鲁迅认为，这是"怯弱，懒惰，而又巧滑"的中国人"不敢正视人生，只好瞒和骗"的结果。③ 而唐传奇的情况则有所不同。如《霍小玉传》、《莺莺传》、《任氏传》、《李章武传》、《长恨传》、《飞烟传》、《贾昌传》、《崔书生》、《湘中怨解》、《秦梦记》等，可以

---

① 鲁迅：《变迁》第四讲。
② 鲁迅：《史略》第十二篇。
③ 鲁迅：《坟·论睁了眼看》。

说都是优秀的悲剧作品。鲁迅曾就这方面将唐传奇与后代一些作品进行过比较。如他批评宋传奇《谭意歌传》时就说："秦醇此传""殆窃取《莺莺传》、《霍小玉传》等为前半，而以团圆结之尔。"① 在谈到《莺莺传》对后代的影响时也说：后代的许多戏曲，"全导源于这一篇《莺莺传》。但和《莺莺传》原本所叙的事情，又略有不同，就是：叙张生和莺莺到后来终于团圆了。这因为中国人底心理，是很喜欢团圆的，所以必至于如此"。② 这说明鲁迅注意到了唐传奇与宋以后作品在这方面的区别。

从这两方面可以看出，唐代社会具有的那种雄大的魄力和豁达的气度，就使得唐传奇具有了一种反映现实、无所讳饰的特点，这也是形成其"飞动之致"的一个原因。

以上我们按着鲁迅的指点，从三个方面论述了形成唐传奇"飞动之致"的原因。这些原因，有的属于文人的艺术见解和文坛好尚，有的属于社会政治状态、文化氛围和人们的精神状态。由于这些原因，唐传奇的各种心理要素就得到了有机的、充分的、自由的发挥，从而形成了一种气韵生动、舒卷自如、无所拘束，被鲁迅誉为"飞动之致"的审美特征。鲁迅在谈论这个问题时较多的是拿唐传奇与宋传奇比较，而很少提及明传奇。这是因为在鲁迅看来，明代传奇"文题意境，并抚唐人，而文笔殊冗弱不相副"，③ 缺乏"飞动之致"是不言而喻的。

鲁迅一向认为，文艺创作应当"自然地从心中流露"，作家应当"知道作品大抵是作者借别人以叙自己，或以自己推测别人的东西"。④ 因而可以抒写、缀合、想象、虚造，应当"敢于如实

---

① 鲁迅：《唐宋传奇集·稗边小缀（八）》。
② 鲁迅：《变迁》第三讲。
③ 鲁迅：《史略》第二十二篇。
④ 鲁迅：《三闲集·怎么写》。

描写，并无讳饰"，①"直抒所信"，"放言无惮"。② 他对这些形成
"飞动之致"的基本条件极为重视，因而也就将"飞动之致"的
有无视为衡量艺术作品高低优劣的根本标准。他就是以此为标准
宣布宋以后传奇文"好劝惩，撼实而泥，飞动之致，眇不可期，
传奇命脉，至斯以绝"。③ 因此我认为，鲁迅提出唐传奇"实唐代
特绝之作"的命题，主要是因为它具有宋、明传奇所缺乏的"飞
动之致"。这一命题的提出，既指明了唐传奇在唐代文学中的重
要地位，也指明了它在传奇文中的重要地位。这无疑又是鲁迅对
中国小说史研究做出的一大贡献。

　　以上我们重点探讨了鲁迅提出的两大命题。除此之外，鲁迅
对于唐传奇的分期、渊源及其对后代各类作品在题材、文体等方
面的影响，也有一些宝贵的意见。限于篇幅，这里没有涉及。仅
从上述可以看出，虽然由于鲁迅前期文艺思想上的矛盾性和复杂
性，给我们理解他的小说史观点带来一定的难度和困惑，但总的
说来，他关于唐传奇的见解是精辟而又独到的，只要我们认真加
以研究，一定获益匪浅。

① 鲁迅：《变迁》第六讲。
② 鲁迅：《坟·摩罗诗力说》。
③ 鲁迅：《唐宋传奇集·序例》。

五　鲁迅论《三国志演义》

鲁迅对于《三国志演义》的思想倾向、人物典型的类型化塑造，乃至《三国志演义》的思想倾向与创作方法的矛盾，都有精辟的论述。探讨鲁迅对《三国志演义》的研究，将会看到鲁迅思想鲜明的现代特色。

（一）鲁迅论《三国志演义》的思想倾向性

作为历史小说，《三国志演义》在反映三国时期的历史面貌时，鲜明地表现出"尊刘贬曹"的思想倾向性。这种思想倾向性，既体现在对历史进程的把握上，也体现在对历史的认识、对历史事件的描述以及对历史人物的塑造之中。鲁迅对《三国志演义》"尊刘贬曹"的思想倾向性的认识是独特的。

鲁迅早在《小说史大略》中，就指出《三国志演义》是"文杂以臆说"，后来又指出《三国志演义》"论断颇取陈裴及习凿齿孙盛语，且更盛引'史官'及'后人'诗"。① 他认为，《三国志演义》"尊刘贬曹"的思想倾向性，与"史官"和"后人"（即三国之后的封建文人、民间的广大群众，特别是宋元以来的讲史小说家）的思想有密切联系。也就是说，《三国志演义》在认识历史、评价历史和把握历史进程的方式上，与"史官"及"后人"是基本一致的。其主要特征是：善于用偏于伦理观念和

---

① 本文所引用的鲁迅言论，除注明外，其他均引自《中国小说史略》《中国小说的历史的变迁》。

道德情感的方式，反映历史面貌，褒贬历史人物，对历史进程作伦理的思考。

中国封建社会的史官，在认识历史方面，多以儒家"善"的观念为尺度。在儒家看来，人类社会之所以有别于动物世界，根本原因就在于人类社会有"礼教"的规范，有仁义道德。因而对世界和历史的认识，带有浓厚的伦理道德意识色彩。自司马迁以来，中国封建社会的史官治史之宗旨，都有所谓"上明三王之道，下释人事之纪，别嫌疑，明是非，定犹豫，善善恶恶，贤贤贱不肖，存亡国，继绝世，补弊起废，王道之大者也"① 的特点。古代文人的审美意识多以政治伦理为核心，尤其是小说家，特别注重小说在伦理道德上的惩戒善恶作用，主张小说"喻世""警世""醒世"，有补于世道人心，并以表现人格的榜样力量，歌颂圣王和理想人格的高尚精神与道德情操为小说的创作宗旨。

正是从整个封建社会的思想史高度上来考察，鲁迅发现，"尊刘贬曹"思想是儒家奠定的汉民族以伦理为中心的群体意识的表现。因此只有从国民性的角度进一步深究，才能从根本上把握"尊刘贬曹"思想的本质特征。

鲁迅认为，以伦理为中心的群体意识渗透在史官的思想观念之中。尽管史官们在认识历史时会出现不同的意见，例如，一般认为陈寿是"尊曹贬刘"的，习凿齿是"尊刘贬曹"的，但是二者用伦理观念把握历史的方式、认识历史的出发点则是一致的。也就是说，"尊刘贬曹"作为一种群体意识，已经深深地渗透在人们的思想、观念、情感、行为方式和思维方式之中，通过在民间的广泛传播，在时空中不断地蔓延开来，成为一种固定的认识与评价三国历史的思维定式和价值标准。鲁迅指出《三国志演义》让人看了之后，会产生"见刘胜则喜，见曹胜则恨"的情感变化，其作用主要是激发起人们的道德情感，使之在伦理观念上

---

① 司马迁：《史记·太史公自序》。

保持其"善"的真诚与纯朴。因此，它以伦理思考替代历史思考，以伦理的认识替代对历史的本质把握，以伦理主义替代了历史主义。正是从这个意义上，"尊刘贬曹"思想不是要求人们在理论上去探讨、争辩难以认识和解决的历史课题，而是在现实社会中，在人们的愿望、情感和心理意识上如何反思历史，总结历史的经验教训。这样，"尊刘贬曹"思想终于形成了一个以伦理实践为特征的思想模式，具有极普遍的可接受性和付诸实践的有效性。

鲁迅认为，罗贯中感到《三国志平话》中的"报施之理，似亦不爽"，故弃而抛之。而罗贯中排斥《三国志平话》中单纯的因果报应思想，确立"尊刘贬曹"为《三国志演义》的主导思想，正是儒家"仁政"的政治伦理思想的体现。罗贯中以"仁政"为政治理想，并认为历史是一种乱治相间的循环过程和善恶殊死较量的记录。罗贯中把君臣、父子、朋友、兄弟的关系，熔铸成一种共同的政治理想和永恒的人伦之情，以寄托他追求圣君明主、希望天下久治太平的"仁政"理想。因此，罗贯中以"尊刘贬曹"作为认识与把握三国历史的思想方式，就顺从了汉民族以伦理为中心的文化—心理特征。①

罗贯中在《三国志演义》中强调了一个"德"字，认为"天下土地，惟有德者居之！"他以德为尺度而不是单纯以所谓"刘姓"或"非刘姓"的标准，来反映刘曹之争。对于刘姓的汉献帝、刘表、刘璋等碌碌无为之辈，罗贯中并不赞颂。他之所以赞颂刘备，正因他"有仁有德"，是理想的君主榜样。当然，以"德"作为评价历史人物的标准，罗贯中对于刘备某些缺"德"的方面也进行了描写。如刘备抛阿斗时，他就引"史官"诗云：

---

① 鲁迅认为，《东坡志林》谓"至说三国事，闻刘玄德败，频蹙眉，有出涕者，闻曹操败，即喜唱快。以是知君子小人之泽"的民族文化心理，在罗贯中那里得以进一步发展。

"无由抚慰忠臣意，故把亲男掷马前。"显然这有一种责怪的意味。但是，作品总的倾向是赞颂刘备的。而对于曹操，作品总的倾向是贬斥的，因为曹操缺的是"德"。尽管他是"一世之雄"，然而终归有才而无德，不是"上报国家，下安黎庶"，而是"志不在社稷"，"假忠欺世"。所以，罗贯中更多的笔墨是揭露了他的"奸诈"，痛斥他"可使我负天下人，休使天下人负我"的极端利己的人生哲学。那些有德的历史人物，即使是不可改变的悲剧结局，罗贯中也要让他们"显圣"或在仙境中"大团圆"，鲁迅说这是"别设瞒局"，"死后使他成神"①。

与"德"相联系，"尊刘贬曹"的另一特色是突现了"刘"的"忠义"。从桃园结义到刘备为关、张殉义举兵伐吴的悲剧结局，作品着重渲染了刘、关、张的"忠义"品质，展现出他们之间肝胆相照的情谊。这种由伦理准则和道德情感所决定的"忠义"思想，也是积淀在民族心理中的一种群体意识。遵循它，必为人们赞颂；违背它，必为人们谴责。因此，作品所表现的"忠义"就构成了"尊刘贬曹"思想丰富的伦理内涵。

鲁迅从思想史的角度论述《三国志演义》"尊刘贬曹"的思想倾向性，是准确地把握了它的实质与特点的。"尊刘贬曹"作为一种凝结着伦理观念和道德情感的群体意识，一方面与儒家的"仁政"思想相一致，另一方面又与人民的政治愿望与道德情感相吻合，并在特定的历史条件下，发挥出积极作用。元代杂剧中的"汉家"、"刘家"、"复仇"等，都表现了当时"人心思汉"、"恢复汉室"这种对于汉民族来说具有象征性的思想感情。这说明由来已久的"尊刘贬曹"思想，在特定历史条件下，代表整个汉民族的思想意识，发挥着积极作用。但是，由于罗贯中以伦理主义替代历史主义，用"尊刘贬曹"的思想解释一切历史现象，把握历史进程，就不可避免地要本末倒置，无法对历史进程作出

---

① 鲁迅：《坟·论睁了眼看》。

公正而客观的判断，构成其严重的思想局限性。

（二）鲁迅论《三国志演义》史实与虚构的关系

长期以来，人们对历史小说史实与虚构的关系认识并不一致。一种意见认为历史小说应与历史记载完全相同，不能有虚构的成分。[①] 另一种意见认为历史小说不同于史书，应有一定的虚构成分。[②] 前一种意见显然是以史家的眼光抹煞了历史小说的艺术特性，后一种意见也囿于历史小说应有多少史实、多少虚构的机械确定，未能把握问题的实质。针对这种情况，鲁迅通过对小说发展的历史考察，并根据现代新型历史小说的理论和创作实践，力图从历史小说的创作观念、艺术特性等方面，探讨《三国志演义》史实与虚构的关系。

从罗贯中对历史小说的认识上看，鲁迅认为他的历史小说创作观是矛盾的：罗贯中一反《三国志平话》等以虚构为主的创作倾向，而强调"编次"史书，排比史实，言必有据。然而他又要用"尊刘贬曹"的伦理倾向认识与评价历史，希望所表现的是一部"刘胜曹败"的历史小说。因此，这种创作方法与主观意图所构成的内在矛盾（这种矛盾不是从艺术效果上来确定的），导致了作品史实与虚构之间的矛盾，即鲁迅所说的"据旧史即难于抒写，杂虚辞复易滋混淆"。

罗贯中的历史小说创作观，承袭了传统的小说观念。传统的小说观念，受史家纂史的影响，多把小说看成是"正史之补"。[③] 鲁迅说，唐代之前，历史与小说不分，人们把小说记叙的事件"统当作事实，……而归入历史的传记一类"。唐代虽开始有意作

---

① 修髯子说历史小说应"羽翼信史而不违"（《〈三国志通俗演义〉引》）。毛宗岗要求"真而可考"（《读〈三国志〉法》）。

② 王圻说历史小说"惟虚故活"（《稗史汇编》），谢肇淛说"事太实则近腐"（《五杂组》）。

③ 林瀚：《〈隋唐志通俗演义〉序》。

小说，但史家的影响并未消失，到宋代又不断加深。鲁迅曾指出宋人多"讲古事"，其方法是"摭实"。① 相对来说，宋白话小说中纂史的影响少一些，但好景不长，正如有的研究者所说："纂史传统影响甚巨，因而许多明朝的历史小说可以认为是对说话传统有意识反动而写的作品。"② 因此，人们注重用史家纪实的笔法来写小说，习惯于以史家的标准来要求小说，特别是历史小说。就对作家的主体意识而言，这正是导致罗贯中据史而作的创作观念的内在原因之一。《三国志演义》从"说三分"的讲史演变而来，在各方面都不同程度地受到了《三国志平话》的影响，唯独在史实与虚构的关系上，罗贯中"实是看不过虞氏一类的评话的荒诞而始发愤依据史传而改作《三国志通俗演义》"。③ 于是，删除《三国志平话》中荒诞的故事，将所表现的"直接以陈寿的《三国志》为蓝本"。

　　当然，三国时期历史的特点和民众对于历史小说的欣赏心理，也强化了罗贯中的这种创作倾向。三国风云变幻，故事性强，富有传奇色彩，这给创作带来了活力。鲁迅说："三国底事情，不象五代那样纷乱，又不象楚汉那样简单；恰是不简不繁，适于作小说。……再有裴松之注《三国志》，甚为详细，也足以引起人之注意三国的事情。"历史本身的特点也会使作者将注意力过多地放在史实上面，不自觉地少虚构或不虚构。民众对历史小说的欣赏，在当时大多还是出于了解历史知识的心理。鲁迅指出："我们国民的学问，大多数却实在靠着小说，甚至于还靠小说编出来的戏文。"④ 平话一类的讲史小说，由于离奇的虚构，无

---

① 鲁迅：《古籍序跋集·〈唐宋传奇集〉序例》。

② 夏志清：《中国古典小说导论》，《中国古典小说研究》，上海古籍出版社，第8页。

③ 郑振铎：《〈三国志演义〉的演化》，《小说月报》第20卷第10号，1929年。鲁迅也说过，平话等"其病在于虚事铺排多"。

④ 鲁迅：《华盖集续编·马上支日记》。

历史真实可言，艺术性也不高，难以满足人们获得历史知识的心理。当时的文人从民间文学中引起创作兴趣，并将讲史一类的故事纳入历史真实的轨道，以适应民众的要求。于是，《三国志演义》一类的历史小说就出现了，普及于民间，人们把它当作通俗的历史书籍来读，以获得历史知识。

正是在这种创作观念的指导下，罗贯中的据史而作就与《三国志平话》过度与不合理的虚构形成了鲜明的对比。罗贯中不但在历史进程的大轮廓上照历史原貌描述，而且连作品中许多历史事件的细节、人物对话、长篇檄文、诏旨、奏折等莫不照抄史书。[①] 由于迻录史书文字过多，一部《三国志演义》就很像是《三国志》纪事本末了，从而导致了"据旧史即难于抒写"的局面。

但是，罗贯中的这种创作观念又受到"尊刘贬曹"的思想倾向的影响，于是他违背恪守史实的初衷，而去改动史实，甚至虚构史实的细节。其主要方法是：（一）保留《三国志平话》中像"桃园结义，一类的虚构情节。（二）改动史实，如改刘备怒鞭督邮为张飞怒鞭督邮等。（三）根据史实的影子，增饰某些历史事件的细节，如"三顾茅庐"、"赤壁之战"等。对于出自思想倾向的需要杂以虚辞本身，鲁迅并没有指责。但鲁迅认为，作者既然要"编次"史书，又要根据思想倾向的需要杂以虚辞，这就矛盾了，从而产生了"杂虚辞复易滋混淆"的现象。

不过，排除了罗贯中恪守史实又杂以虚辞的创作观念的矛盾因素，它正是一种以"以文运事"为主、以"因文生事"为辅的历史小说创作的新方法。鲁迅认为，《三国志演义》不像后来的历史小说那样"拘牵史实，袭用陈言"，"拙于措辞"、"惮于叙事"。在这个意义上，鲁迅肯定了这种创作手法在小说史上的积极作用，认为《三国志演义》"仍旧能保持其相当价值"。

① 如卷一杨赐等人的对话，均移录《后汉书·杨震传》附《杨赐传》与同书《蔡邕传》中杨与蔡的对话；又如诸葛亮的《出师表》，均直接摘自史书。

与此同时，鲁迅也认识到这种创作手法的历史局限性，即由于在创作观念上过分强调恪守史实，限制了艺术想象和虚构的空间，从而给创作带来了较大的束缚。鲁迅说："《三国演义》是否出于创作，还是继承，现在固不敢草草断定。"不过，就罗贯中创作观念上的矛盾性来说，至少有一点是可以断定的，就是罗贯中对于历史小说和历史科学的认识还处于一种混沌的模糊状态，其有意识地创作历史小说的程度还不高。例如，罗贯中把裴松之的注所引的《列异记》、《搜神记》的例子，也看成史实，① 其实这当中有许多荒诞的成分。甚至罗贯中的"杂以虚辞"也还没有完全达到"自为"的程度。马克思说神话是"一种不自觉的艺术方式"，② 即神话中的想象与虚构还处在"自在"阶段。《三国志演义》中的"虚辞"虽不能完全说是处在"自在"阶段，但或多或少地带有"自在"的性质。其特征是用来增饰，而非很自觉地按照艺术创作的美学规律来创作历史小说。很明显，鲁迅从作者的主体意识中找到了这种创作观念矛盾的根源，即缺乏对历史小说艺术特性的透辟认识与理解。

鲁迅认为，"历史和诗歌小说是两样的"，前者"是纪事"，而后者则"以独创为贵"。③ 所谓"独创"，是指作家应对历史进程作本质的把握，使历史小说在历史真实的基础上，遵循艺术创作规律，不受史实的过分拘束，大胆地进行艺术想象、虚构和再创造。因此，创作历史小说不是"编次"史书，而是要用现代意念把握历史生活，在古今"神似"④ 的联系中，"借古事的躯壳来激发现代人所应憎与应爱，乃至将古代与现代错综交融"。⑤ 他高度评价芥川龙之介的历史小说创作，说："他的复述古事并不

① 例如，孙策杀于吉、于吉成神戏孙策之事就出自《搜神记》。
② 《马克思恩格斯选集》第 2 卷，人民出版社，1972，第 113 页。
③ 鲁迅：《华盖集续编·不是信》。
④ 鲁迅：《华盖集·忽然想到（四）》。
⑤ 茅盾：《玄武门之变·序》。

专是好奇，还有他的更深的根据：他想从含在这些材料里的古人的生活当中，寻出与自己的心情能够贴切的触著的或物，因此那些古代的故事经他改作之后，都注进新的生命去，便与现代人生出干系来了。"① 很显然，用现代的意念，在古今联系中表现历史，并给历史注入现代人的思想意识等新的生命，便是鲁迅的历史小说观。于是，历史不再是纯然的客体，而是被主体想象着的属于主体的历史。作家的想象不再为历史事件所全然束缚，整个"历史世界"是去掉过去时态、充满着现代精神的画面。这种历史小说观的自觉程度是非常高的。

鲁迅确立的现代新型的历史小说观，在史实与虚构的关系上也有相应的美学原则。鲁迅不主张对历史"不易了然"地凭空"悬想"，② 而主张充分地熟悉史料。他非常赞成拉斐勒·开倍尔的观点，即"凡历史底作品，不论是什么种类，总必得以学究的准备和知识为前提"。③ 但是，新型历史小说又不拘泥于史实，而可以大胆地想象和虚构。问题的关键在于，新的历史小说观明确了历史小说的艺术特性，就不会出现"据旧史即难于抒写，杂虚辞复易滋混淆"的局面。即使是"多用旧材料，有时近于故事的翻译"，④ 也是按照作家的主体感受和艺术创作规律对史事进行本质的把握的。正如黑格尔所说，艺术家在虚构与真实的徘徊中来把历史"内在的内容配合到现代的更深刻的意识上去"，创造出"一种既真实而对现代文化来说又是意义还未过去的内容（意蕴）"来。⑤

鲁迅不赞成作品专靠事实来取得真实性，否则"一与事实相

---

① 鲁迅：《译文序跋集·〈现代日本小说集〉附录》。

② 鲁迅：《坟·宋民间之所谓小说及其后来》。

③ 开倍尔：《小说的浏览和选择》。

④ 鲁迅：《译文序跋集·〈现代日本小说集〉附录》。

⑤ 黑格尔：《美学》第 1 卷，商务印书馆，1979，第 343 页。

左，那真实性也随即灭亡"。① 鲁迅说："艺术的真实非即历史上的真实，……后者须有其事，而创作则可以缀合，抒写，只要逼真，不必实有其事也。"② 历史小说的"缀合"、"抒写"，指的是在尊重历史本来面貌和把握历史本质精神的前提下，按照历史"会有的实情"来展开丰富的艺术想象和虚构，使表现的历史内容获得审美意义。鲁迅以这种尺度衡量《三国志演义》，指出罗贯中据史而作，基本上没有偏离历史的轨迹，使《三国志演义》再现了三国时期"凡首尾九十七年（184—280）事实"，然而罗贯中想以此来获得作品的真实性，结果有损于作家想象和虚构的应有发挥。胡适曾指责《三国志演义》"拘守历史故事太严，而想象力太少，创造力太薄弱"，"不能算是一部有文学价值的书"。③ 其实，胡适的观点是受到鲁迅的影响的，所不同的是，鲁迅没有单纯片面地指责《三国志演义》虚构本身不好，也没有全盘否定它的文学价值，而是从现代新型历史小说的角度，指出了其创作观念的矛盾，"实多虚少"结果"招人误会"的现象，使人弄不清它究竟是历史著作还是历史小说。鲁迅举例说，连王渔洋这样有名的诗人和学者都"被闹昏了"。当然，鲁迅在探讨的过程中，也忽视了《三国志演义》这种创作方法在客观上对历史小说创作所起的作用，未能看到这种创作方法经过长期的艺术实践之后，已成为与现代新型历史小说创作相辅相成的一种创作方法，并且对《三国志演义》运用这种创作方法所起到的客观效果，也有忽略之嫌。

（三）鲁迅论《三国志演义》人物典型的艺术塑造

任何形态的艺术典型都是共性与个性的统一，但是不同形态

① 鲁迅：《三闲集·怎么写》。
② 鲁迅：《书信集·致徐懋庸（1933 年 12 月 20 日）》。
③ 胡适：《三国志演义·序》，胡适声明作此序时参用了鲁迅的"小说史讲义稿本"。

的艺术典型对于共性与个性又有不同的侧重。艺术典型的发展史表明，受不同历史时期审美理想的制约，艺术典型的美学形态已经历了由古代的类型化向近代的性格化发展的历史过程。在动态的考察中，鲁迅认为，《三国志演义》为当时审美理想的制约所塑造的人物，达到了类型化典型的艺术高度，作为那个时代的产物，它"仍旧能保持其相当价值"。

这种价值表现为《三国志演义》的类型化典型出色地体现了古典主义的单纯、高贵、整一、和谐的审美理想和伦理感化作用，适应了古代读者以伦理认识为特点的审美要求。古典主义在人物典型的艺术塑造上，要求集现实中同类事物的共性来显示出一种理想的美，并在人物典型的塑造之中赋予某种观念，采用由共性到个性的艺术典型化方法，使之以较为明晰的伦理和理性内容直接呈现出来，满足人们伦理判断和知识性认识的要求。古典主义的这种美学原则在东西方的古代艺术中，基本相同，具有一定的普遍性。从艺术效果来看，古典主义的类型化原则，有利于人物形象的纯净、单一和鲜明，正如鲁迅所说："夸张了这人的特长——不论优点或弱点，却更知道这是谁。"①

显然，罗贯中是采用古典主义类型化原则来进行人物典型的艺术塑造的。他采用抽象和样板式写法，强化人物性格的某一特征，突出人物所代表的如仁、忠、奸、智等共性（类型），力图使仁者愈仁、忠者愈忠、奸者愈奸。在形式上，他经过对人物类型的划分和理想的补充，来加以规范性与定型化的描写，并选择人物的容貌、行动、品质中的关键因素，进行具有简练、鲜明和富有形式美的程式化表现，以此来达到直观认识的审美效果。象对诸葛亮的艺术塑造，作者集中了几乎是封建社会中这一类人所具有的全部美德，如超人出众的智慧特征，卓越的军事指挥才能，鞠躬尽瘁、死而后已的忠诚品德，严于律己、宽以待人的高

---

① 鲁迅：《且介亭杂文二集·五论"文人相轻"——明术》。

尚情操等。通过这种类型化的塑造,诸葛亮形象可就真正成为名副其实的"千古第一名相",成为一个完美无缺的好人。

当然,在曹操与关羽这两个人的塑造过程中,客观上有接近性格化典型的趋向。对于曹操,鲁迅是从客观的艺术效果来考察的。他认为,作者"要写曹操的奸,而结果倒好象是豪爽多智"。作品中曹操是一个奸臣,冷酷无情,老谋深算,可他却又有感人的诗人气质,他性格中的两极特征又时有冲突,例如他可以宽恕替袁绍起草檄文、大骂他及他祖宗的陈琳,却无法容忍猜透心思的杨修。这种现象说明,曹操的性格带有某种复杂性,接近性格化典型的塑造原则。对于关羽,鲁迅是从作者的主观倾向上来考察的。他认为,作者"惟于关羽,特多好语,义勇之概,时时如见矣"。就作者的主观意图来看,显然仍是要把关羽塑造成"义勇"一类的类型典型的。然而,由于在实际的塑造过程中,客观上遵循了关羽性格的发展逻辑,写出了他性格丰富与复杂性的特点,不时地显示出性格化的特征,使之具有较丰富的性格内涵。

鲁迅指出,"义勇"是关羽性格的主导特征。围绕这个特征,作者展开了多层次、多侧面的描绘,展现了他勇中的义、智中的义、情中的义、骄中的义。例如鲁迅选择的"温酒斩华雄"和"华容道释曹"两段情节,前者是在特定的情势和氛围当中,突出了关羽的神态、威仪和勇武的内在精神,把他"勇武绝伦"的性格凸显在众人之上;后者则是在一个尖锐的矛盾冲突环境中来显示关羽的"义",并通过心理描写来展现他内心世界激烈的矛盾冲突,即在义与仇、义与恩的矛盾斗争中,把他的"义"渲染得丰富多彩。不仅如此,作者还写出了他性格的另一面——刚愎自用与骄傲自负。如写他到东吴的屡次轻蔑态度;写他听说马超归蜀要去比武;还写他视黄忠为老卒,表示不与其为伍等。关羽的骄气发展到了极点,失掉了荆州,不仅身亡,也断送了整个刘备集团的利益。从此可见,义使关羽有时重私情而忘大利,勇使他时而居功骄傲,犯下无可挽回的过失。这种多层次地展现关羽

"义勇"的特征，就使他的性格呈现为一个比较丰富而复杂的整体。但是，从总体上看，曹操和关羽的形象塑造都没有从本质上突破古典主义类型化典型塑造的美学原则。尽管他们的性格呈多层次的复杂趋势，然而他们的性格的多层次冲突，更多的还是一种外在的冲突，是一种平面的并列结构，而非性格内在的两极冲突。

按照古典主义类型化典型塑造原则，类型化典型在当时来说，具有一定的积极意义。像集仁厚于刘备一身，就寄托了当时人们盼望好皇帝的理想；集智慧与忠贞于诸葛亮一身，则体现了人们对智慧与忠贞的向往；集古今奸诈于曹操一身，所揭露的是暴君奸臣的丑恶面目。在艺术上，类型化典型易于认识与把握，鲁迅说，所谓"人物的分类"，是用来"表示出这角色的特征"，目的是使人们能直接"从脸相上辨别这人的好坏"。① 此外，类型化典型一旦塑造成功，就作为某一类人物的范本，而产生较大的艺术伦理效果，就象马克思在论述古希腊艺术时所指出的那样，它们"仍然能够给我们以艺术享受，而且就某方面说还是一种规范和高不可及的范本"。②

在艺术典型的动态考察中，鲁迅看到，随着社会的发展，类型化典型的时代已一去不复返。对于艺术典型的审美要求，人们已不再满足于单纯的类型化典型，而是要求更全面、更深入、更完整地来探讨和把握人的全貌，了解每个人真正独特的个性。近代浪漫主义和现实主义的兴起，适应了人们这种审美要求。它冲破了古典主义类型化典型的美学规范，着力标榜个性，强调表现人物个性特征的丰富性与复杂性，并力图通过个性来表现深刻的社会内容。因此，随着审美意识的变化，类型化典型就必然要让

---

① 鲁迅：《且介亭杂文·脸谱臆测》。

② 马克思：《〈政治经济学批判〉导言》，《马克思恩格斯选集》第 2 卷，人民出版社，1972，第 113 页。

位于性格化典型。在新的美学原则面前，类型化典型也日趋显现出它不可避免的历史局限性。站在近代美学思想的高度，用新的审美标准，鲁迅对《三国志演义》人物典型的艺术塑造，作了更进一层的艺术分析，对它的历史局限性也进行了深刻的美学批评。

　　鲁迅以为，历史小说塑造历史人物，仍然存在一个正确看待历史人物的问题，这是艺术典型真实性的前提。如果单纯地囿于伦理观念，对历史人物作道德评价，尤其是把艺术的审美原则也局限在狭小的伦理观念和道德情感的范围内，以为历史只是一些主善主美的完人和一些奸诈伪善的坏人之间的斗争，只要发泄了道德上的爱憎，就可以塑造出完美无缺的好人或奸诈透顶的坏人，显然是过于天真和简单化了。鲁迅以曹操、刘备等人为例说："譬如曹操他在政治上也有他的好处，而刘备、关羽等，也不能说毫无可议。"又说："曹操是一个很有本事的人，至少是个英雄。"① 鲁迅主张只有全面看待历史人物的，才有可能正确地断定历史人物的是非功过，把握住历史人物性格的本质特征，以便真正地把历史人物写活，写成"真"的人物。鲁迅说《红楼梦》所塑造的人物是"真"的人物，即是说《红楼梦》对现实生活和人物，采取的是性格化的典型塑造方法。作者的审美理想不再表现纯净的伦理色彩，而是以艺术家的感受真实地再现生活，以艺术家的直觉反映生活关系的内在法则。因此，《红楼梦》的人物典型，就具有更高的美学价值。但是，罗贯中出于"尊刘贬曹"的思想，把历史人物分成忠、奸、仁、智、勇等几种类型，并在艺术塑造中进行任意的神化、美化或丑化，结果使所塑造的人物出乎情理，导致失真。

　　失真的主要原因，鲁迅认为在于作者一味地"任主观方面写"，从而塑造出一些"出乎情理之外的人"。他以刘备和诸葛亮

---

　　①　鲁迅：《而已集·魏晋风度及文章与药及酒之关系》。

为例，指出作者是"欲显刘备之长厚而似伪，状诸葛之多智而近妖"。

历史人物的艺术塑造，仍然离不开历史固有的事实。据史书记载，历史上的刘备有宽厚仁慈的一面，也有作为"枭雄"那种玩弄权术、伪善狡诈的一面。然而作者没有把属于历史人物真实的性格内涵作为艺术表现的对象，而是按照伦理的观念，夸大了前者，竭力要把刘备塑造成一个仁厚的好君主的典型，以完成作者的伦理使命。例如作品多次描写刘备的哭态，以显示其"仁厚"；写他厚爱部将，掷亲子于地；又写他不肯称帝，多次表白要宁死不做不仁不义之人；更为荒唐的是，为突出他的仁厚，作者还精心安排猎户杀妻供食的骇人听闻的细节。罗贯中把刘备宽厚仁慈的一面，夸大到与现实失去必然联系的地步，使之失去了作为历史人物所应有的历史真实性，反而给人们一种"似伪"的印象。

诸葛亮是作者全力塑造的理想人物。他是智慧的化身，也是一位圣而不可知之的神人。作为神的那种先知先觉、高大完美，并能以超然之力主宰一切的特征，几乎都可以在诸葛亮身上找到。毛宗岗说诸葛亮出场"如闲云野鹤之不可定"，"如威风祥麟不易睹"。在罗贯中眼里，诸葛亮之所以杰出，不仅在于他有超人出众的智慧，同时还在于他能窥知天意，能够按天意来主宰人间的一切。作者描写了他七星坛祭风、祁山驱六丁六甲、五丈原襄北斗等实属荒诞不经的情节，并且把他患病殒身说成是天意，大肆渲染其神奇，结果出现"近妖"的现象。当然，罗贯中也写出了诸葛亮性格光彩的一面，如"草船借箭"、"失街亭"、"空城计"等几个精彩的片断，使他所代表的智慧类型鲜明突出。不过作者同样未能在整体上把握住诸葛亮作为历史人物所应有的全部性格特征，使之因伦理的需要而失去人物性格应有的丰富性、复杂性和历史真实性。

应该指出的是，长期以来，人们总把《三国志演义》的这种艺术倾向，看成是浪漫主义，其实这是一个误解。依据鲁迅的批评和他对浪漫主义的理解，《三国志演义》这种艺术倾向基本上没有超出古典主义范围。古典主义与浪漫主义都主张塑造理想人物，但前者的理想人物多抹上伦理的光彩，着眼的是人物的道德品性。正如十七世纪英国古典主义批评家德莱登说："戏中的英雄必须不是个恶棍，即是说，要想引起我们怜悯的角色必须有合乎美德的倾向。"① 而后者的理想人物多是以确立自我为目的。它强调个性的美学价值，着眼的是自我意识和意志能否实现，能否以自我组织的方式去面对社会的挑战。因此，浪漫主义的理想人物，如鲁迅称赞的拜伦笔下的该隐、康拉特等，都是以个体的灵与肉的冲突和个体与社会的对抗，来形成人物性格的复杂多面特征的。尽管浪漫主义的理想人物，形态上不同于现实中的人，却是符合人物性格真实的，即是基于对现实的真切感受，按照人物性格的逻辑来进行理想塑造的。鲁迅认为，这些人物虽神奇，但不失之于真，同时个性鲜明，并且"通世故"、"近人情"，"纵使写的是妖怪，……在人类中也未必没有谁和他们精神上相像"。②

　　《三国志演义》也不是现实主义的。现实主义要求在典型环境中塑造典型人物，主张在各种复杂的社会现实关系中，按照人物自身发展的性格逻辑来真实地描绘人物的行动和揭示其成长过程。正是基于现实主义典型塑造的原则，鲁迅不仅批评了《三国志演义》"任主观方面写"的艺术缺陷，同时也指出了由此而来的另一缺陷——人物性格的单一化与绝对化。

　　鲁迅比较了《三国志演义》与《红楼梦》，认为《红楼梦》打破"传统的思想和写法"，不再囿于古典主义那种偏于伦理观念和道德情感的艺术审美方式，而是"敢于如实描写，并无讳

---

① 德莱登：《悲剧批评的基础》，《西方文论选》上册，上海译文出版社，1988，第 310 页。
② 鲁迅：《且介亭杂文末编·〈出关〉的"关"》。

饰"，不像《三国志演义》那样，好人绝对的好，坏人绝对的坏。作者既把重心放在人物个性和性格的丰富与复杂特性之上，又注重性格本身的发展和内在所蕴含的意义，使人物既是独特的"这一个"，又是具有普遍意义的完整世界。例如林黛玉，不仅显示出她质本洁来还洁去的个性特征，同时又超越她性格的本体，体现出对人生有常与无常、对人的纯真生命的普遍探求，具有十分典型的人生价值意义。相反，《三国志演义》出于伦理观念，在主观上将人物分成绝对好人和绝对坏人两种类型，从而导致了人物性格的单一化和绝对化。这在作品中主要表现为：定型的人物性格，缺少性格发展的波澜；人物共性（类型）相对突出，个性不鲜明，而且在性格上没有发展。鲁迅指出，这"在事实上是不对的，因为一个人不能事事全好，也不能事事全坏"。这种艺术倾向不能全面地认识一个人的性格特征，也不利于多层次、多向性地展现人物性格内在意义。单一化与绝对化的人物，从价值上来判断，仅是一个平面镜，仅能反射出社会生活的一个面。由于它为伦理观念所制约，也缺乏现实人物那种杂复杂的心理感受和冲突，往往成为"以绝对的恒物和石头般的英雄姿态出现的英勇与邪恶的精华"。[①] 这种人物不是独特的"这一个"，也无法"显示着灵魂的深"，[②] 而是象恩格斯所批评的那样，将人物表现得"太完美无缺"，结果是将人物的"个性就更多地消融到原则里去了"。[③]

　　总之，正是基于近代美学思想的历史高度，鲁迅才得以用新的审美标准来对《三国志演义》类型化典型作动态的考察，进行历史与美学的分析和批评。用句形象化的语言来概括，就是在人物典型的艺术塑造上，鲁迅所主张的是《红楼梦》化，而非《三国志演义》化。应该说，这是鲁迅独特的贡献。

[①]　车尔尼雪夫斯基：《生活与美学》，人民文学出版社，1959，第 76—77 页。

[②]　鲁迅：《集外集·〈穷人小引〉》。

[③]　《恩格斯致卡·考茨基》，《马克思恩格斯选集》第 4 卷，人民出版社，1972，第 453—454 页。

六　鲁迅论《水浒》

从整体上来把握鲁迅论《水浒》的精神，就会感到鲁迅的论述是一个不可割裂的系统。我们可以对这个系统做这样简略的表述：《水浒》是由宋江"为盗"的事实在民间产生的"奇闻异说"及其"辗转繁变"的结果。但是，《水浒》之"盗"，并非农民起义，而是绿林侠盗——"侠之流"，是墨侠、汉侠向《三侠五义》等侠义小说中的侠客变迁的一个环节，因而显出愈趋末流的特点。而中国的"市井细民"（乃至广大的"小百姓"）之所以对任侠义士那么津津乐道，就是因为他们盼望侠客义士能够作为一种政治力量来为他们的经济目的和政治目的服务。而《水浒》浓重的浪漫传奇色彩，也只有从鲁迅所说的民间"奇闻异说"对宋江"为盗"的事实的变形、《水浒》所描写的"侠之流"（在文学史上，描写侠士的作品最容易带有传奇色彩）以及为细民写心等方面，才能得到正确解释。

（一）鲁迅论《水浒》好汉是"侠之流"

《水浒》描写的究竟是一群什么形象呢？是农民起义的英雄吗？鲁迅在《三闲集·流氓的变迁》中论及《水浒》人物时说："'侠'字渐消，强盗起了，但也是侠之流，他们的旗帜是'替天行道'。"在鲁迅看来，《水浒》所描写的并不是农民起义，而是"有'侠气'的人""为盗"，是"侠之流"——"侠盗"。

鲁迅关于《水浒》好汉是"侠之流"——"侠盗"的论述，一直没有得到学术界应有的重视。在我们的教科书中，《水浒》

好汉一直被称作农民起义的英雄。但是，如果对《水浒》的描写对象从总体上来把握，而不是片面地引申，或者从偶然出现的一两句诗以及随意拿来的"不计其数"的小喽啰作结论，那么，占去《水浒》多半篇幅的，是对于鲁智深、林冲、柴进、晁盖、吴用、宋江、武松、李逵、石秀等豪侠、义士形象的描写。他们或文吏、武官，或地主、教书先生，或浪迹江湖的游民、小牢子，或贵族……只凭江湖上一个"义"字，就把他们牢系在一起。他们或私放罪犯，救人之急；或仗义疏财，扶危济困；或锄强扶弱，除暴安良；或路见不平，拔刀相助。他们的侠义性格也大半粗豪，轻文尚武，不拘礼法，豪荡使气。然而他们的侠义性格和行动却往往为社会所不容，被逼上梁山，于是梁山泊便成了他们行侠仗义、劫富济贫的基地。所有这些，都是任侠义士的豪举，怎么能说成是农民起义？

　　首先，说宋江等是农民义军，就并无史籍上的根据。史载宋江"起河朔"，[①] 但渡河而"寇京东"时，侯蒙上书说宋江军才只三十六人，即"江以三十六人横行齐魏，官军数万无敢抗者，其才必过人"。[②] 或曰，三十六人是将领，但是，宋代官军的无能是历史上少有的，以三十六将率大军抗数万官军，也显不出宋江等过人的才能，何况"三十六人"是与"官军数万"对比而言的。从宋江等在北宋统治中心附近骚扰却并未引起统治者应有的重视等方面看，侯蒙说宋江军只有三十六人的话，也入情入理。宋江等"转略十郡"，采用的是与官军周旋的流动战术，而且自始至终人数也不见增加，最后被张叔夜募来的"死士"千人所降。因此，我们认为：宋江等三十六人想必是一伙武侠人物，凭着他们众人一心的义气，豪荡使性的气概，高超绝人的武功，灵活机动的战术，使数万官兵也奈何不了他们。鲁迅说："宋江是

---

① 《宋史》卷 353 《张叔夜传》。
② 《宋史》卷 351 《侯蒙传》。

实有其人的，为盗亦是事实，关于他的事情，从南宋以来就成社会上的传说。"① 南宋离北宋宣和年间不远，这些传说也当有其真实的成分。南宋罗烨《醉翁谈录》所记的说《水浒》人物的话本，大都在朴刀、杆棒类，如《青面兽》在朴刀类，《花和尚》《武行者》在杆棒类。今人钟元凯认为："宋元话本中'朴刀'、'杆棒'一类的公案小说，就是以侠客义士为主角的。"② 尤其值得注意的是，民间对武侠人物一向有着一种特殊的崇拜，而《水浒》正是由宋江"为盗"的事实在民间产生的"奇闻异说""辗转繁变"的结果。如果把宋江等说成是农民义军，就使人难以理解：历史上那么多次的农民起义（包括宋代），为什么独有宋江辈得到了那么广泛的传扬——被写成诗歌，绘成图象，编成短篇话本、杂剧，最后汇集成大部的《水浒》？联系到民间对《三侠五义》等侠义小说的嗜好，以至续书绵绵不绝，不更能说明梁山泊英雄是些什么人物吗？鲁迅常常把《水浒》与《三侠五义》等相提并论，原因也就在这里。

　　有人把《水浒》的主题思想归结为"忠义"。实际上，"义"是贯穿始终的主导思想，而"忠"则是聚义之后逐渐加浓的。《水浒》称道的"义"，主要是侠士之"义"，而非儒家之"义"。在儒家那里，"义"与"利"是冲突的。孔子说："君子喻于义，小人喻于利。"③ 而侠士之"义"与"利"却并不冲突。鲁迅认为"墨子之徒为侠"，"墨子之徒"认为"义，利也"。④《水浒》中的"义"与"利"也是统一的，三阮等为了过一天"成瓮吃酒，大块吃肉"的生活，愿意出卖一腔热血，被吴用称作"最有义气"。正因为儒家的"义"与"利"是冲突的，所以儒家把贫

---

① 鲁迅：《中国小说的历史的变迁》第 4 讲。本文所引鲁迅言论，除注明外，其他皆引自《中国小说史略》《中国小说的历史的变迁》。

② 钟元凯：《唐诗的任侠精神》，《北京大学学报》1984 年第 4 期。

③ 《论语·里仁第四》。

④ 《墨子·经上第四十》。

寒之士却能安分守己，不为利而"犯上作乱"看作"义"的极致，而把"分人以财"看作小恩小惠。孟子说："分人以财谓之惠。"朱熹解释说："分人以财，小惠而已。"① 相反，因为侠士之"义"与"利"并不冲突，所以侠士把"分人以财""济人贫苦"看作"义"的极致。墨子认为，"贵义"的人，须做到"有力者疾以助人，有财者勉以分人，有道者劝以教人"。② 而在《水浒》中，仗义疏财、济人贫苦的侠士领袖宋江、柴进，也分外受好汉们的崇拜。儒家既把贫而安分守己看作"义"的极致，实际上也就是要求每个人内省自律，以维护"君君臣臣、父父子子"的"礼"。孟子说："无礼义，则上下乱。"朱熹解释说："礼义，所以辨上下，定民志。"③ 而侠士之"义"，则包括锄强扶弱，惯打不平，等等，墨子的"强不劫弱，贵不傲贱"，④ 即是侠士之"义"。《水浒》好汉锄强扶弱，惯打不平，为了江湖义气，可以"犯上作乱"，可以打击官府，乃至射死使臣。因此，《水浒》中的"义"，一方面是联结好汉们的纽带，江湖中"义"字当先，是好汉们关系的最高道德规范；另一方面，"义"又使好汉们仗义疏财，扶危济困，路见不平，拔刀相助。

刘大杰认为，《水浒》中的"义"是侠士之义，而"忠"则是儒家之忠。⑤ 实际上，侠士也讲忠。儒家的"忠"是为了维护"礼"的，即臣民要忠于天子，奴才要忠于主子——"君君臣臣，父父子子"。而侠士之"忠"则是由"义"感化而来。孟尝君"食客数千人，无贵贱一与文等"。⑥ 魏公子往请贫者侯嬴，"侯生摄敝衣冠，直上载公子上坐，不让"，而"公子执辔愈恭"。⑦

---

① 朱熹：《四书章句集注·孟子集注卷五》。
② 《墨子·尚贤下第十》。
③ 朱熹：《四书章句集注·孟子集注卷十五》。
④ 《墨子·天志上第二十六》。
⑤ 刘大杰：《儒侠合一的投降派宋江》，《人民日报》1975 年 1 月 26 日。
⑥ 《史记·孟尝君列传》。
⑦ 《史记·魏公子列传》。

这样，侠士才肯为养客者效命尽忠。可见，侠士之忠是侠士之义的一个重要方面。头两次招安之所以失败，就因为朝廷不把梁山好汉当人看。第三次招安之所以成功，就因为朝廷对待梁山好汉几乎与养客者对待宾客相似了。值得注意的是，宋江等受招安之后，也不同于一般的官军，还是百人一心，以义为重，甚似一个替朝廷捕盗捉贼的侠客集团。至于杨志对梁中书、武松对施恩、李逵对宋江的忠，就更是侠士之忠了。因此，不加分析地把《水浒》中的"忠"都说成是儒家之忠，也失之偏颇。

《水浒》中的宋江，是集孟尝君"卿相之侠"和朱家、郭解一流"布衣之侠"的特点之大成的豪侠形象。一方面，宋江具有朱家式的民间行侠的特点："人问他求钱物，亦不推托。且好做方便。如常散施棺材药饵，济人贫苦，周人之急，扶人之困。以此山东、河北闻名，都称他做及时雨。"另一方面，宋江又有孟尝君一流"卿相之侠"的特点："但有人来投奔他的，若高若低，无有不纳。便留在庄上馆谷，终日追陪，并无厌倦。若要起身，尽力资助，端的是挥霍，挥金如土。"以此，江湖上的豪客义士见了他无不下拜。这些豪客连大宋皇帝都不怕，却拜在宋江脚下，就是因为宋江能用义气感化人。当关胜、呼延灼等"威武不能屈"的将门之后被宋江的义气感化而情愿归降时，宋江的"纳头便拜"就如魏公子的为宾客执辔相似了。因此，梁山泊甚似一个招纳江湖任侠义士的处所。宋江口称对朝廷并无二心，但为了兄弟们的义气却不惜兴师动众，打击官府。这就是为什么梁山好汉能百人一心，情愿为宋江效力。

《水浒》着墨较多并极力歌颂的柴进，正是孟尝君一流的"卿相之侠"。孟尝君不惜钱财招纳宾客，"食客数千人"；柴进"门招天下客"，"专一招接天下往来的好汉"。孟尝君招致"亡人有罪者"；柴进嘱咐店家："如有流配来的犯人，可叫他投我庄上来，我自资助他。"林冲在刺配沧州的路上投奔他，受到了他的礼拜和接济；杀了陆谦、富安，又在柴进庄上避难，柴进还修书把林冲送上梁山。石勇把柴进抬到大宋皇帝之上，连宋江也点头暗许，因为宋江犯罪，也曾去投奔这个"见世的孟尝君"。藏命匿奸、私通盗寇，正是任侠趋人之急的豪举，是与一般道德观念不同的侠士之道。

把李逵看作革命农民的代表，也是一种误会。李逵一出场，就是个小牢子，性格凶顽好杀，并想去投奔"义士"宋江。刚一见面，宋江就给了李逵十两银子。吃酒的时候，宋江特意要在李逵面前放个大碗。发觉李逵肚饥，宋江立刻叫"大块肉切二斤来与他吃"。李逵闯下祸，赔礼赔财都由宋江来。是义气感化了李逵，李逵才成为宋江的敢死者。在他眼里，"你做得皇帝，偏我哥哥（宋江）做不得皇帝？"这种不把皇帝放在眼里，而情愿为对自己有大恩施大义的人效死的言行，不正是侯嬴、荆轲和田七郎等侠客的言行吗？因此，如果说宋江是梁山泊"招贤纳士"的豪侠领袖，那么，李逵是诸侠中最忠于宋江的侠士。当然，李逵还有民间行侠的一面，他的崇拜宋江，也因为宋江是民间行侠的典范，当他发觉宋江民间行侠的特点已失，他也会对宋江反目。譬如他听说宋江抢了刘太公的女儿，竟砍倒了梁山的杏黄旗，逼迫宋江把女孩交给刘太公。而李逵的为宋江效死和要杀宋江，都是他侠义性格的典型表现。

武松是《水浒》中典型的浪迹江湖的游侠，武松一出场，就是柴进门下的食客，但由于柴进不识人，他又想投奔宋江。杀嫂之后他被刺配孟州，因激怒差拨，无视管营，本来性命难保，但由于施恩的暗中保护，不但没有遭打，反而美酒佳肴管待他。是施恩的恩义感化了武松，武松才"醉打蒋门神"，为施恩夺回快活林。而张蒙方并非宋江、柴进一流任侠，只为他表面上称武松是个"敢与人同生同死"的"男子汉，大丈夫"，对武松关怀备至，甚至要把"心爱的养娘"给武松做妻室，武松便感恩戴德，"为他捕盗"，结果误入圈套。孙二娘的蒙汗药骗不过武松，一个赃官的小花招就蒙骗了武松，这就典型地表现出游侠的特点：他们急于有人用他们。在《水浒》中，武松比杨志更可爱，是因为武松的豪侠性格比杨志更鲜明突出。杨志虽也粗豪，但毕竟拘谨了些，他杀了牛二去出首，主要是怕连累众人；而武松则是豪荡使气，他杀了潘金莲、西门庆到县里出首，血溅鸳鸯楼在粉壁上写下名字，都表现了英豪敢为的气度。因此，武松是《水浒》中塑造得最成功的游侠形象。如果说武松近于聂政一流侠士，那么鲁智深则是朱家式的轻财好义、锄强扶弱的侠僧。听说金翠莲被郑屠强占又被赶出来，还要为他卖唱赚钱，智深立刻凑了十五两银子让金氏父女回家。然后，不顾丢官坐牢，三拳打死了镇关西。为僧之后在去东京的路上，听说山寇要霸占良家女孩，智深躲在洞房中把小霸王狠狠教训了一通。高衙内调戏林冲娘子，智深要打他三百禅杖。林冲被刺配沧州，智深一路暗随，在野猪林救了林冲，并一直护送到沧州附近。尤其为救打抱不平的史进，智深单身闯入虎穴，竟至于被擒。在《水浒》民间行侠的诸侠中，鲁智深是塑造得最成功的典型之一。

《水浒》中的其他好汉，如石秀、晁盖、林冲、史进、刘唐、朱仝等，也都具有浓重的"侠气"，并有豪侠的义举。比较而言，《水浒》中"侠气"较淡的是吴用。但是，吴用与诸葛亮等军师不同，他没有称霸中原的雄心，他要杀得官兵片甲不留，只是为了更体面地受招安而已。当宋恩不如辽恩的时候，他竟有弃宋就辽之心，"士为知己者死，女为悦己者容"，不正是他的写照吗？宋江死后，吴用痛哭流涕地缢死在宋江墓前，更是侠义之举。当然，以吴用之才，本可建功立国，象李逵说的"做个丞相"；然而由于他处于侠的系统之中，他就只能成为智侠。《三侠五义》中的智侠，还不及吴用更有"侠气"。

《水浒》中的人物是"侠之流"，不仅符合作品实际，而且也是《水浒》作者的意见。《水浒》称宋江"声名不让孟尝君"，还称宋江为"豪侠"。《水浒》正文中说柴进是"见世的孟尝君"，诗词中把柴进与孟尝君相比的处所就更多了："招贤纳士胜田文"，"人间今见孟尝君"，"礼贤好客为柴进，四海驰名小孟尝"。《水浒》称武松为"江湖任侠武都头"；赞石秀为"豪侠"："路见不平真可怒，拔刀相助是英雄。那堪石秀真豪侠，慷慨相投入伙中。"朱全私放了宋江，《水浒》赞道："不是朱家施意气，英雄准拟入天牢。"朱家，正是《史记·游侠列传》中"趋人之急，甚己之私"的游侠，《水浒》在这里一语双关。还值得注意的是，《水浒》好汉相互称"义士"，张贴告示自称"义士"，甚至连道士、朝臣也称他们为"义士"。在话本小说中，侠士与义士往往具有同等的含义。在后来的《三侠五义》等侠义小说中，"侠"与"义"也是相提并论的。

从《水浒》的本事、主题、人物形象的分析到《水浒》作者对笔下人物的看法，都证明了鲁迅论断的正确：《水浒》好汉是"侠之流"——"侠盗"。实际上，天都外臣的《〈水浒传〉叙》就称梁山好汉"有侠客之风，无暴客之恶"。刘廷玑说：《水浒》"尊尚者贼盗，未免与史迁《游侠列传》之意相同"。黄人也说"《水浒》之写侠"，并认为《水浒》"特取史迁《游侠》中郭解一传为蓝本，而构成宋公明之历史"。由此可见，鲁迅关于《水浒》好汉是"侠之流"的论述，是对于前人研究成果的继承和发展。

（二）鲁迅论《水浒》好汉作为"侠之流"的特点

鲁迅的特殊贡献，在于进一步把《水浒》好汉放到侠的变迁的链条上，与墨侠、汉侠以及《三侠五义》等侠义小说中的侠客进行了比较，从而指出了《水浒》之侠愈趋末流的特点。鲁迅对儒道互补的中国文化传统基本是否定的。鲁迅在中国传统中寻找能够融汇到现代思想中的生力因素，惟有墨家。鲁迅说："我们从古以来，就有埋头苦干的人，有拼命硬干的人，有为民请命的人，有舍身求法的人，……虽是等于为帝王将相作家谱的所谓

'正史'，也往往掩不住他们的光耀，这就是中国的脊梁。"① 鲁迅在许多文章中指责中国人无主义，无执信，无特操，是只以现世的富贵荣华为求的个人主义者，而墨子及墨子之徒却颇有点"为他"的精神。墨子"劳身苦志，以振世之急，……而脱屣利禄，不以累其心"。② 他尊"形劳天下"的大禹为"大圣"，"使后世之墨者，多以裘褐为衣，以跂蹻为服，日夜不休，以自苦为极"。③ 墨子之徒孟胜说："受人之国，与之有符。今不见符，而力不能禁。不能死，不可。"④ 于是赴死者有八十五人。因此，鲁迅说："惟侠老实，所以墨者的末流，至于以'死'为终极的目的。"⑤

汉初的朱家还有墨侠以自苦为乐的遗风："家无余财，衣不完采，食不重味，乘不过牸牛"；"振人不赡，先从贫贱始"。⑥ 到了武帝时的郭解，已有退让的君子之风。降而至于班固《汉书·游侠传》所记的武帝之后的游侠，几乎无一不交通权贵，甚至学经传，受皇帝之封，做朝廷的大官，替朝廷捕盗。他们往往是以"侠"作为进身的手段，博取现世的享乐和富贵。因此，鲁迅在讲完了墨侠之后，说："到后来，真老实的逐渐死完，止留下取巧的侠，汉的大侠，就已和公侯权贵相馈赠，以备危急时来作护符之用了。"⑦

《水浒》中的"侠之流"，虽行墨侠之义，但并不反对儒家之义。他们追求的是现世的享乐和富贵，根本没有墨侠埋头苦干的精神了。他们可以反抗或投降同一个政府，更没有墨侠舍身求法的精神了。他们为了接受招安竟至于用打劫来的财物向达官贵人

---

① 鲁迅：《且介亭杂文·中国人失掉自信力了吗》。
② 孙诒让：《墨子间诂·墨子传略第一》。
③ 《庄子·天下篇》。
④ 《吕氏春秋·上德》。
⑤ 鲁迅：《三闲集·流氓的变迁》。
⑥ 《史记·游侠列传》。
⑦ 鲁迅：《三闲集·流氓的变迁》。

送礼，使他们为民请命的精神丧失殆尽。特别是豪侠领袖宋江的言行，被打上鲜明的儒家烙印。他"自幼曾读经史，长成亦有权谋"。开始他并不想从绿林这条路爬上去，并把这说成是不忠不孝。然而，摆在他面前的，却是非亲不用的苦果，以致到了而立之年，不但没有爬上去，反成了罪人，于是，隐藏在他内心的不平以及走绿林之路的念头又借着酒兴泄露出来。他上梁山后，便认定了"借得山东烟水寨，来买凤城春色"这条路，这正是汉侠谋官的一种手段。《水浒》中的"忠"愈来愈偏向儒家之忠，宋江的"替天行道"也就愈加偏向替天子修补乱了的"条例"。《水浒》好汉已被纳入忠奸的斗争中，宋江终于变成了"君教臣死，臣不敢不死"的忠臣。因此，鲁迅说："他们所反对的是奸臣，不是天子，他们所打劫的是平民，不是将相……一部《水浒》，说得很分明：因为不反对天子，所以大军一到，便受招安，替国家打别的强盗——不'替天行道'的强盗去了。终于是奴才。"①

　　鲁迅从中国小说变迁史和侠客变迁史两个角度，进一步指出了《三侠五义》《施公案》《彭公案》等清代侠义、公案小说的渊源就是《水浒》。这些小说中的侠客，也似《水浒》人物一般粗豪，除暴安良，扶危济困，行侠斗武之际，虎虎有生气。宋江"仗义疏财"，"只是周全人性命"；丁兆惠见一老丈"衣不遮体"而要寻死，便应许他"三四百两银子"；鲁智深三拳打死强骗民女的郑屠；卢方斗杀抢掳民女的严奇……因此，鲁迅说《三侠五义》等小说"所叙的侠客，大半粗豪，很象《水浒》中的人物，故事实虽然来自《龙图公案》，而源流则仍出于《水浒》"。就叙事体式来说，《三侠五义》也象《水浒》，具有话本小说的特点，如叙事中特多"话说""单说""你道……""原来列位不知……""闲言少叙""有话即长，无话即短"。因而鲁迅说："《三侠五义》及其续书，绘声状物，甚有平话习气，……是侠义小说之在

---

① 鲁迅：《三闲集·流氓的变迁》。

清，正接宋人话本正脉，固平民文学之历七百余年而再兴者也。"

　　鲁迅认为："《三侠五义》为市井细民写心，乃似较有《水浒》余韵，然亦仅其外貌，而非精神。"《三侠五义》虽然揄扬侠义，然而却弥漫着儒家"礼义"的浓厚气息。同是仗义疏财，《水浒》好汉往往慷慨解囊，豪爽无比；《三侠五义》中的侠士则大都用盗来的银两买个侠名，自己仍不失为豪富之家，或地方一霸。同是打抱不平，《水浒》好汉往往是奋不顾身；《三侠五义》中的侠士却要稳妥的后路，巧滑之性，随处可见。同是剪除奸恶，《水浒》好汉并不对政府抱有幻想，义勇之状，往往可爱；《三侠五义》中的侠士却往往借助清官的判决。《水浒》好汉敢于诽谤天子，撕毁圣旨，射死使臣；而《三侠五义》中的侠士却供皇上当"御猫"老鼠一般玩耍，并以此自鸣得意。《水浒》中的小人物也都是个人命运的挣扎者；而在《三侠五义》中，那些小人物连名字都要带个"忠"以表示对主人忠心耿耿，别无二心。譬如展忠、倪忠，偌大年纪还要给小主人下跪叩头。倘有二心，如李保，便要遭到不幸，乃至受死。这样，小奴才忠于大奴才，侠奴才忠于清官奴才，所有奴才的忠都朝向"聪明不过"的帝王，就使《三侠五义》等侠义小说成为奴才的教科书。因此，鲁迅说："满洲入关，中国渐被压服了，连有'侠气'的人，也不敢再起盗心，不敢指斥奸臣，不敢直接为天子效力，于是跟一个好官员或钦差大臣，给他保镖，替他捕盗，……他们出身清白，连先前也并无坏处，虽在钦差之下，究居平民之上，对一方面固然必须听命，对别方面还是大可逞雄，安全之度增多了，奴气也跟着加足。"①

　　《三侠五义》等侠义小说中，侠客的"出身清白，连先前也并无坏处"，正是与《水浒》中的"侠之流"的重要区别。《水浒》的大量篇幅是描写任侠义士们怎样不容于社会，表现了对社

---

① 鲁迅：《三闲集·流氓的变迁》。

会的一定的批判精神。在对社会进行批判的广阔画面中，高俅这个市井中的无赖，只因踢得好脚气球，被端王看中，端王即皇位便任他做殿帅府太尉。他一到任，只为一点小仇便赶走了克己奉公的教头王进。他的螟蛉之子更是仗势欺人，"专一爱淫妒人家妻女"。他的叔伯兄弟高廉，靠他当了知府，在高唐州"无所不为"。高廉的妻舅殷天锡，又依仗高廉的权势，"横行害人"……可以说，《水浒》是一幅以血缘、宗族关系为基础的中国政治的讽刺画。《水浒》之侠大都是在乱了"条例"而当政的"大盗"横行时，起而赈济百姓，剪除"大盗"，扶助弱小。他们敢于"指斥奸臣"，打击西门庆、毛太公等恶霸，剪除高廉、贺太守等赃官。他们敢"起盗心"，相聚梁山，"劫富济贫"，把几次征讨他们的官军打得大败。因此，鲁迅认为，他们虽然是"侠之流"，却与《三侠五义》等侠义小说中"心悦诚服，乐为臣仆"的侠客不同。鲁迅指出："《水浒》中人物在反抗政府，而这一类书（指清代侠义小说——引者）中底人物，则帮助政府，这是作者思想的大不同处。"而正是在打击豪强、"劫富济贫"、"反抗政府"等方面，梁山义军与农民义军具有某些相似的特点，这就是鲁迅为什么常常把梁山义军与农民义军一并论列。

　　不难看出，鲁迅否定《水浒》好汉的话，是把《水浒》之侠与墨侠、汉侠比较之后而发的；而肯定《水浒》好汉的论述，则是把《水浒》之侠与《三侠五义》等侠义小说中的侠客比较之后而发的。无视鲁迅的这两种比较，而抽取其中任何一种比较的结论，从而认为鲁迅对《水浒》好汉绝对肯定或绝对否定，都是片面的。"文革"前的《水浒》研究者，着重强调了《水浒》好汉"反抗政府"的一面；1975 年之后的一些学术文章（除去别有用心的御用文章），则强调了宋江等"终于是奴才"的一面。两者在对《水浒》好汉的褒贬上是对立的，但在否认《水浒》好汉是"侠之流"一点上又是一致的。鲁迅则把《水浒》好汉放在侠的变迁中，辩证地论述了《水浒》好汉的"反抗政府"和"终于是奴才"。当然，从总体看来，鲁迅对愈趋末流的《水浒》之侠是不满的。因此，鲁迅坚决反对把《水浒》中的造反与现代革命随意比附。鲁迅指出："拉旧来帮新，结果往往只差一个名目，……说《水浒》里有革命精神，因风而起者便不免是涂面剪径的假李逵。"①

（三）《水浒》为谁"写心"

《水浒》"为市井细民写心"，是从鲁迅《中国小说史略》论述《三侠五义》的一段话中"逆推"出来的："《三侠五义》为市井细民写心，乃似较有《水浒》余韵，然亦仅其外貌，而非精神。"我们认为，就这一句话而言，当然可以有不同的解释；但是，倘要论文，最好是顾及全篇。鲁迅说："宋一代文人之为志怪，既平实而乏文彩，其传奇，又多托往事而避近闻，拟古且远不逮，更无独创之言矣。然在市井间，则别有艺文兴起。即以俚语著书，叙述故事，谓之'平话'，即今所谓'白话小说'者是也。"鲁迅认为，《水浒》就是在宋元口传和短篇话本等的基础上"缀集"而成的。而"侠义小说之在清，正接宋人话本正脉"。因此，在鲁迅看来，《水浒》和《三侠五义》都是市井间发生的小说，是说话的直接产物，也都"为市井细民写心"。可见，"市民说"者在"农民说"者占统治地位的时候，注意到了长期被人们忽视的鲁迅对《水浒》与市井细民关系的论述，还是难能可贵的。

但是，鲁迅所说的"市井细民"，是指城市中以手工业者和小商小贩为主体的小百姓，并不象"市民说"者所说，连西门庆那样的恶霸、卢俊义那样的富豪也包括在内。尤其不同的是，鲁迅从《水浒》中看到了小市民的"偷生"，②而"市民说"的一些同志则看到了"市民阶级"的反抗。他们认为，武松斗杀西门

---

① 鲁迅：《集外集·〈奔流〉编校后记》
② 鲁迅：《二心集·现代电影与有产阶级》。

庆，"蕴含有一种在描写杨志、鲁达等英雄行为时所缺少的强烈的愤懑和无比痛快的情感，其原因就在于，它是一种市民阶级自身的反抗"。① 然而人们要问：鲁提辖拳打"市民"郑屠的时候，那种"强烈的愤懑和无比痛快的情感" 就少于武松斗杀西门庆吗？不可否认，武松斗杀西门庆，是蕴含有一种"强烈的愤懑和无比痛快的情感"，然而这并不是因为"它是一种市民阶级自身的反抗"，恰恰是"市民阶级"没有力量反抗，而幻想武勇兼备的侠义之士来除掉图奸害命的恶霸。"市民说"想把宋代市民打扮成宋代特有的属于未来的"市民阶级"，但实际上《水浒》所反映的市民意识，并没有突破封建的善恶是非标准。因此，我们认为，必须把鲁迅所说的《水浒》好汉是"侠之流"与鲁迅的《水浒》"为市井细民写心"联系起来考察。历史上，除了孟尝君等"卿相之侠"外，"布衣之侠"大都与"市井细民"有着千丝万缕的联系。鲁迅认为，"墨子之徒为侠"，而墨子与墨子之徒就与手工业小生产者有密切的关系。其他"如聂政、朱亥、剧孟、郭解之流，都大大小小地经营着市井商业"。② "若说标准的游侠是一回甚么事，那就可以说他们是城郭中流动而顽强的闾里细民。"③ 汉代的京都大赋和以后一些吟咏都市的古乐府也常常提到游侠。因为侠士能够"趋人之急"，"赈人不赡"，"以德报怨，厚施而薄望"，所以很受市井细民的欢迎。但是，汉代以后，史书对侠客就很少记载了。这表明，随着儒家的独尊和国家机器的愈趋完善，具有无政府色彩的侠士却在减少。而数量增多的小市民，不堪统治者的经济剥削和达官贵人、豪绅恶霸的人身欺侮，却又无力反抗，只能盼望、幻想有宋江、鲁智深那样仗义疏财、勇打不平的侠义之士来救助自己，这才是《水浒》"为市井细民

---

① 参见《水浒新议》，第 147 页。
② 《沫若文集》第 15 卷，第 74—75 页。
③ 《论汉代的游侠》，《文史哲学报》（港台），1950 年。

写心"的实质。

但是，"市民说"的同志无视鲁迅《水浒》"为市井细民写心"的实质，却孤立地引用《水浒》中的几句话，从而认为《水浒》具有"一种'现代平等要求'的朦胧的萌芽"。① 因为在他们看来，中国的"市井细民"与欧洲中古的市民阶级一样，"这个阶级在它进一步的发展中，注定成为现代平等要求的代表者"。② 相反，具有完全的现代观念的鲁迅，从来就没有在中国的市民文学中发现现代观念。鲁迅认为："清乾隆中，《红楼梦》盛行，遂夺《三国》之席，而尤见称于文人。惟细民所嗜，则仍在《三国》《水浒》。"然而，鲁迅认为打破"传统的思想和写法"的是《红楼梦》，却并非《水浒》。尤可注意的是，学术界一般认为，中国的资本主义萌芽是在《水浒》成书一百多年后的明中叶才出现的，早于《三侠五义》等侠义小说的问世约三百年。但是，鲁迅认为《三侠五义》等侠义小说"为市井细民""写"的并非"自由、平等"之"心"，而是"乐为臣仆"之"心"。因此，很难设想，"现代平等要求"的朦胧思想会出现在资本主义萌芽产生一百多年前的"市人小说"《水浒》中，又在资本主义萌芽出现三百年后的市民小说《三侠五义》中消失了。

我们知道，《水浒》版本越早，就越接近话本，越能体现"市井细民"的意识。但是，为"市民说"的同志乐于引用并试图证明具有"现代平等要求"萌芽的一篇四六"八方共域，异姓一家……"始见于百廿回的"袁刻本"七十一回。早于"袁刻本"的"天都外臣本"和"容与堂本"七十一回的这篇四六，都与"袁刻本"的不同。可见，"袁刻本"是用"八方共域"这篇四六换掉了"容与堂本"一类百回本的四六，而改换者则是杨定见、袁无涯之流。有趣的是，合于封建正统思想的田王二传也

---

① 《水浒新议》，第14页。
② 欧阳健、萧相恺：《〈水浒〉"为市井细民写心"说》，《水浒新议》，第23页。

是杨、袁插增的。而且"袁刻本"这篇四六的结尾"休言啸聚山林，早已瞻依廊庙"，较之"天都外臣本""容与堂本"那篇四六的结尾"休言啸聚山林，真可图王霸业"，不是更合于封建正统吗？诚然，"天都外臣本""容与堂本"也时常出现为"市民说"的同志乐于引用的"四海之内，皆兄弟也"，但是这句话却是从《论语》上来的。难道孔子之徒子夏也具有朦胧的"现代平等要求"？就作品实际来看，宋江等对小百姓、小喽啰、任侠义士、朝廷大臣和天子等并非同等看待的。鲁迅说："山泊中人，是并不将一切人们都作兄弟看的。"① 又何谈朦胧的"现代平等要求"！"市民说"的同志对中国的城市和市民未加细密的分析，便将欧洲中古"城市共和国"里的市民拿来作简单的比附。欧洲中古的城市是经济性的、生产性的，是工商业者的共和国。从11世纪欧洲城市兴起的时候开始，市民们便结成统一战线向封建主反抗，以争取城市的独立和自由。而中国的城市是政治性的，是封建政权的各级统治中心，消费人口大量集中，手工业产品和商人的贩运货物基本上为城市所吸收。中国的工商业者只能在天子王侯、贪官污吏以及豪绅恶霸的经济剥削和政治欺压下苟延残喘，从来就没有作为一种独立的政治力量与封建政权抗衡过。在中国，从大城市中的天子、王侯、将相，小城市中的各级官吏，到乡村中的族长、绅士等，构成了一个金字塔般的大家族式的统治结构。因此，马克思说："亚细亚的历史是城市和乡村无差别的统一。"② 如果说，明清两代沿交通要道兴起的工商业城市为资本主义萌芽创造了一定的条件，那么在宋元时代连这种条件也不具备。因此，吴承明指出："像《东京梦华录》《清明上河图》所描绘的繁荣景象，只不过反映封建经济的高度发达而已。"③

---

① 《鲁迅全集》第12卷《340324 致姚克》。
② 《马克思恩格斯全集》第46卷，上册，人民出版社，1979，第480页。
③ 吴承明：《关于中国资本主义萌芽的几个问题》，《中国资本主义萌芽问题论文集》。

《水浒》主要是在宋元市井间形成的小说，怎么会产生"现代平等要求"的朦胧思想？

正因为"亚细亚的历史是城市和乡村无差别的统一"，所以鲁迅虽主张《水浒》"为市井细民写心"，但也并不排斥《水浒》为广大的"小百姓""写心"。鲁迅说："社会诸色人等，爱看《双官诰》，也爱看《四杰村》，望偏安巴蜀的刘玄德成功，也愿意打家劫舍的宋公明得法；至少，是受了官的恩惠时则艳羡官僚，受了官的剥削时便同情匪类。"① 如果细读鲁迅的《中国小说史略》和《中国小说的历史的变迁》，就会发现，鲁迅在讲到《水浒》和《三侠五义》等小说是谁的愿望的表达时，用了"市井细民""细民""平民""人民""民间"等不同的词语。这种概念运用上的不严格，正表明了鲁迅在《谈金圣叹》中，为什么认为宋江等的"劫富济贫"，体现了广大"小百姓"的愿望。

《水浒》"为市井细民"并广大的"小百姓""写心"，有着深刻的社会历史原因。在自然经济状态下，个体农业、手工业的力量是很有限的，他们经常遇到这样那样的困难，需要得到这样那样的帮助。但这种帮助一般是相互的，其道德准绳便是"义"。得到别人帮助而不帮助别人的，便是"不义"。而专门扶助别人，替别人打不平，铲除"不义"的，便是一般意义上的"侠客""义士"。在中国古代，广大小百姓深受地主的剥削、土豪劣绅的欺压，特别是小市民往往直接受到达官贵人的欺负和勒索。他们也就盼望有侠客义士来替他们打抱不平。特别是在宋代，政府实行按资收税的同时，又实行"不抑兼并"的政策，虽然这对工商业的发展、城市人口的增加有很大的作用，但事实上被兼并的大都是个体农民，而流入城市的人口又要受到王公贵族、贪官污吏的直接欺压。因此，仗义疏财、除暴安良的侠客也就为广大的小百姓所称道。而小市民之所以有着更强烈的崇拜侠客的心理，是

_____

① 鲁迅：《华盖集续编·学界的三魂》。

因为他们在城市中要受到贵族、官僚、地主、恶霸的直接欺负和勒索，远途谋生时又要受到乡里恶霸的欺负。这恰恰说明了中国的"市井细民"得不到经济和政治上的保障，只好幻想一种超现实的政治力量来为自己的经济目的和政治目的服务。因此，"市民说"的同志夸大市民意识与农民意识的区别，是不得鲁迅的话的真谛的。

当然，鲁迅从《水浒》中并非只看到"细民"的偷生。《水浒》时代的"细民"虽然不能用自己的力量来"反抗政府"，但毕竟敢于希冀有"侠盗"来为自己打不平，"反抗政府"。但到了清代，市民所盼望的为自己打不平的侠客，连"盗心"也不敢起，只好"媚悦政府"。因此，鲁迅说："《三侠五义》为市井细民写心，乃似较有《水浒》余韵，然亦仅其外貌，而非精神。"鲁迅还认为《三侠五义》等侠义小说的流行，标志着"民心已不通于《水浒》"，标志着的"《水浒》精神在民间之消灭"。但"市民说"的一些同志却说："在鲁迅看来，《水浒》的精神就在于'为市井细民写心'。"① 这无疑也是"对鲁迅原意的篡改"。鲁迅认为，与《三侠五义》相比，"《水浒》精神"就是敢于"为盗"和"反抗政府"的反抗精神。"《水浒》精神之消灭"是清廷"威力广被，人民慑服"的结果："时去明亡已久远，说书之地又为北京，其先又屡平内乱，游民辄以从军得功名，归耀其乡里，亦甚动野人歆羡，故凡侠义小说之英雄，在民间每极粗豪，大有绿林结习，而终必为一大僚隶卒，供使令奔走以为宠荣，此盖非心悦诚服，乐为臣仆之时不办也。"

必须指出的是，《水浒》故事从发端、形成、成书到出版，经过了口传、说话、文人加工等阶段，并历经宋元明三代，因此《水浒》为"细民"的"写心"也是复杂的。鲁迅认为，《水浒》中的"招安之说，乃是宋末到元初的思想，因为当时社会扰乱，

---

① 欧阳健、萧相恺：《〈水浒〉"为市井细民写心"说》，《水浒新议》，第22页。

官兵压制平民，民之和平者忍受之，不和平者便分离而为盗。盗一面与官兵抗，官兵不胜，一面则掳掠人民，民间自然亦时受其骚扰；但一到外寇进来，官兵又不能抵抗的时候，人民因为仇视外族，便想用较胜于官兵的盗来抵抗他，所以盗又为当时所称道了"。"至于宋江服毒一层，乃明初加入的，明太祖统一天下之后，疑忌功臣，横行杀戮，善终的很不多，人民为对于被害之功臣表同情起见，就加上宋江服毒成神之事去。——这也就是事实上缺陷者，小说使他团圆的老例。"①

---

①　《鲁迅全集》第9卷，人民文学出版社，1981，第324—325页。

七　鲁迅论《聊斋志异》

　　清代康熙年间，出现了一部以富有人情味的鬼狐花妖为主角的文言短篇小说集，就是蒲松龄的《聊斋志异》（以下简称《聊斋》）。这部书于 1679 年初步完成时，即有抄本流传，1740 年始出版。《聊斋》是中国所独有的，世界文库中尚未见这种作品。其影响之大，不独在国内极其普遍，即凡有井水饮处，没有不读或不知道《聊斋》的；而在国外流传也是既远且广，即"《聊斋志异》自上个世纪末外文译本流传海外，迄今（1981）约有十三种语言（按：有人说是十八种语言）的三十多种译本"（《蒲松龄研究集刊》第 3 辑，第 288 页）。这充分说明它是世界文库中的珍品之一。但它并非自天而降，它是作者从现实出发，继承古典小说遗产，广泛吸取选择民间文学，付出巨大创作劳动的，是一生心血之结晶。因而《聊斋》代表了文言短篇小说的第二个高峰。

　　作为中国小说史上文言短篇小说第一高峰的是唐代传奇，但后来衰落。到了明代嘉靖年间，"唐人小说乃复出"。其传奇内容为当时文人所重视并仿作，风靡一时，但未能产生成功之作。到了清初，"专集之最有名者为蒲松龄之《聊斋志异》"（《中国小说史略》第 22 篇）。

　　《聊斋》源远流长，它上承六朝志怪和唐传奇而有所独创，其艺术成就、艺术魅力至今仍被视为珍品。然而第一个发现它的艺术独创和价值，并从而确定它在中国小说史上显著地位的乃是鲁迅。而发现并不那么容易，得付出艰苦的劳动和斗争。

（一）　研究《聊斋志异》的过程

鲁迅对中国小说史上任何一部重要作品，向来是坚持认真、慎重和科学研究的态度的。他总是广泛搜集有关资料，并加考证，辨其真伪。在他的进步世界观指导下，以其卓越的文艺理论和艺术实践素养以及科学标准，对作品进行深入分析挖掘和严格评价。特别从小说史角度，用比较的方法，考察其主题思想和艺术上的新成就，以及它在当时的社会效果。除探索其渊源外，还注意其对后世的影响，然后才给它以应有的历史地位。鲁迅对于蒲松龄的《聊斋》就是这样，他是经过了一个较长期的辛勤劳动过程，才作出自己的科学结论的。

鲁迅 12 岁就读过《聊斋》。周启明说：他们"家中原有两箱书，……也有些小说，如《聊斋志异》"（《鲁迅的少年时代》，第 119 页）。不过那时的鲁迅主要是从欣赏角度来读它。所以，直到他开始讲授中国小说史课时，对《聊斋》的研究尚不充分，未能深刻认识到它在中国小说史上的重要地位，以及它在国外的影响（1880 年即有英译本了）。

因此，在 1921 年"写印本"《中国小说史大略》（可参考单演义教授整理的《鲁迅小说史大略》，陕西人民出版社，1981）中《唐宋传奇体传记》的篇末，鲁迅只附带介绍了一下《聊斋》，只给了"清蒲松龄作《聊斋志异》；亦颇学唐人传奇文字，而立意则近于六朝之志怪。其时鲜见古书，故读者诧为新颖，盛行于时，至今不绝"寥寥四十余字的评介。当时《中国小说史大略》极简略，自然不能多给篇幅，但评介的内容也实在有些单薄，反映了鲁迅对于《聊斋》只作了初步研究。不过必须指出："初步"并不意味着"草率"，和对其他重要作品一样，鲁迅研究《聊斋》，从搜集资料到获得研究结论，他主要是靠自己辛勤劳动的，很少依傍别人的成果。

首先在资料上，"皆摭自本书，未尝转贩"（《小说旧闻钞》，人民文学出版社，1952，序言）。当鲁迅讲授小说史时，蒋瑞藻的《小说考证》已于前一年（1919 年）出版，但鲁迅并不依靠它所提供的材料。因为一方面鲁迅早已着手整理资料，同时经过检查，认为蒋氏之书缺点太多。鲁迅说"昔治理小说，于其史实，有所钩稽。时蒋氏瑞藻《小说考证》已版行"，但由于它"并收传奇（按：此指戏曲），未曾理析，校以原本，字句又时有异同"。这就是批评《小说考证》既分不清小说与戏曲之别，且抄写又多错误。因此，鲁迅全凭自己亲手搜集抄录："凡值涉猎故记，偶得旧闻，足为参证者，辄复别行移写。"（以上引文均见《小说旧闻钞》序言）而且"锐意穷搜"，已到了"废寝辍食"（《小说旧闻钞》，再版序言）的地步。值得我们注意的是，为了寻觅晋唐以来文言短篇小说的发展演变之迹，从中考察《聊斋》在这一轨道上的地位，鲁迅除了比较六朝志怪、唐传奇志怪性诸篇与《聊斋》有关篇目，以见其继承创新之迹外，还大量搜集了与《聊斋》同时及其前后的文言短篇小说集如《剪灯新话》《剪灯余话》《夜谈随录》《阅微草堂笔记》等的有关资料，一并收入《小说旧闻钞》中。这些劳动成果反映出鲁迅从研究《聊斋》之角度进行广泛开拓与逐步深入。

　　鲁迅什么时候正式研究《聊斋》？他在《小说旧闻钞》再版序言中说："《小说旧闻钞》者，实十余年前在北京大学讲《中国小说史》时，所集史料之一部。"可见鲁迅在 1920 年开讲小说史时，即已正式研究《聊斋》了。

　　搜集整理资料，就是研究的开始，而且是重要的开始。资料的辨伪就是重要研究，这在后面专谈。就是选择、淘汰资料，也要高明的眼光、科学的态度与方法。譬如，为了便览，鲁迅把重复的材料淘汰了。但却有例外，如对《水浒》《聊斋》《阅微草堂笔记》等的资料，虽重复而仍保留下来。因为它能反映一种重要情况：这些小说的取材，多来自民间。类似的故事流传比较广泛，大同而小异，所以各种文人笔记中所记载，便出现了重复现象，故鲁迅特加保留，使读者可见"俗说流传之迹"（《小说旧闻钞》，序言），以及文人对故事的"札记臆说之多"。这说明这些小说有广泛而雄厚的社会基础，所以受到鲁迅的重视，并破格保留了这些重复的资料。

鲁迅对于所搜集来的资料，不但有所选择，而且作了细致的辨伪工作。他在所收资料之末，往往加以考证性的"案语"。这些"案语"都是在丰富资料的基础上，经过比较研究和周密思考而获得的科学结论，从而成为对《聊斋》作整体研究的结构材料。这就是资料范围内的研究，不仅重要而且价值很大。

现在，就看看鲁迅在资料辨伪方面的具体贡献。

自《聊斋》问世并风行以来，就产生了一些流俗传说，且有的影响较大，还往往见诸文人笔记。如传说王士祯（渔洋）要以重金购《聊斋》原稿，遭到作者拒绝的故事。最有代表性的文人笔记是《三借庐笔记（十）》，它记载说：《聊斋》书成，"阮亭（渔洋）闻其名，特访之，避不见，三访皆然。先生尝曰，'此人虽风雅，终有贵家气，田夫不惯作缘也。'其高致如此。既而渔洋欲以三千金售其稿，代刊之，执不可"。这个故事显然是在扬蒲抑王，其实也歪曲了蒲。鲁迅研究古人实事求是，对此种流俗传说，颇不置信。因而在文末说："案王渔洋欲市《聊斋志异》稿……事，最为无稽，而世人偏艳传之，可异也。"（《小说旧闻钞》）针对这种无稽之谈，前人已从蒲、王两人的著作风格上作了比较，结论是"此说不足信"（《小说旧闻钞》，第93页）。赵清曜从王渔洋的人格上，加以驳斥："渔洋……主骚坛者数十年，天下翕然宗之，何必与《聊斋》争之。"（三会本《聊斋志异》，上海古籍出版社，"各本序跋题辞"）可见鲁迅从爱护蒲、王出发，经过实事求是的科学研究，他的"案语"有力地澄清了事实真相，既还了蒲氏以真面目，也为渔洋昭雪。而鲁迅这个"案语"对后世《聊斋》研究者也影响极大，被奉为圭臬。如近数年来，主要从蒲、王两人的交游角度进行研究，力证此俗说之非者，大有人在：象侯岱麟《蒲松龄与王世祯》（《读书》1979 年第 6 期）、袁世硕《蒲松龄与王士祯》（《文史哲》1980 年第 6 期）都连续论证和阐发了鲁迅"案语"的正确性。以上便是鲁迅有关《聊斋》资料研究之一例。

"读其书，不知其人，可乎？"所以鲁迅为了深入研究《聊斋》，对于蒲松龄的生平史料也尽可能加以搜集。他说："今所见关于蒲氏事迹之文，尚有张元所撰墓表，附《聊斋文集》末，及《淄川县志》之《蒲松龄传》，在吕湛恩《详注聊斋志异》卷端。李桓《耆类微》（四百三十一文艺九）'蒲松龄'下，所录，亦止《淄川县志》及张维屏《诗人征略》引《山左诗钞》；惟末有注云，按蒲先生又著有《省身录》、《怀刑录》、《历字文》、《日用俗字》、《农桑经》等书。"（《小说旧闻钞》，"聊斋志异"条末"案语"）值得我们注意的是：这时鲁迅虽限于条件，所掌握的蒲松龄生平著作材料尚未能全备，而上述资料却已能帮助他断定：除《聊斋》外，蒲松龄再没有第二部小说。他的犀利的学术眼光，帮助他对《骨董琐记》或《梦兰琐笔》所记"鲍以文云：留仙尚有《醒世姻缘》小说"一则资料，进行辨伪。不但在《小说旧闻钞》里不收，在《史略》里不讲，且在 1924 年 11 月 26 日用玩笑的口吻对《醒世姻缘》的作者提出了自己的看法。这年11 月 26 日，鲁迅写信给钱玄同说："尝闻《醒世姻缘》其书也者，一名《恶姻缘》者也，孰为原名，则不得而知之矣。间尝览之，其为书也，至多至烦，难乎其终卷矣。然就其大意而言之，则无非一报应因果之谈，写社会家庭之事，描写则颇仔细矣，讥讽则亦或锋利矣，较之《平山冷燕》之流，盖诚乎其杰出者也，然而不佞未尝终卷也，然而殆由不佞粗心之故也哉，而非此书之罪也夫！若就其版本而论之，则窃尝见其二种矣。一者维何？木版是也，其价维何？二三块矣。二者维何？排印是耳，其价维何？七八毛乎。此皆名《醒世姻缘》者也。若夫明版，则吾闻其语矣，而未见其书也。假其有之，或遂即尚称《恶姻缘》者也乎哉?"

鲁迅在这信里,一方面不认为《醒世姻缘》乃蒲松龄之作,同时说它是明人之作。但继《史略》后出的一些中国文学史,尤其一些小说史,却相信了胡适的考证,说蒲松龄著《醒世姻缘传》,直到1978年北京大学中文系部分师生编著的《中国小说史》出版(北京人民文学出版社),才抛弃了胡适的观点,指出:"《醒世姻缘传》相传是明代末年的作品。"并大量引用了鲁迅致钱玄同的那封信里的话作为根据,且认为那些旧说"论据不足"。

以上是鲁迅关于《聊斋》资料的收集与考证的累累成果之一例。此下,我们想从《史略》的版本发展史,看鲁迅研究《聊斋》逐步深入的过程。

鲁迅约在1920年至1921年印发的讲义《中国小说史大略》为"写印本",是最早的小说史讲义。讲义虽印发,鲁迅仍继续深入研究。整个小说史是这样,《聊斋》也是这样:他继续搜集史料,屡易其讲稿。如1923年3月23日《鲁迅日记》记载:"上午往高师校讲。至直隶书局买石印《夷坚志》及《聊斋志异》各一部。"鲁迅把搜集来的资料,经过刻苦钻研,校勘辨正,不断修改增补原讲稿,乃有铅印本《中国小说史大略》之诞生(在北京大学出版组用四号铅字排印的讲义,时间约在1923年10月至1924年3、4月)。这个本子的内容大致同新潮社排印本《中国小说史略》(上卷1923年12月、下卷1924年6月出版)。

《中国小说史大略》的写印本与排印本比较起来,后者篇章增多,材料丰富,尤其对一些作品的评价,更有显著的不同。这些变化充分说明,从讲义"写印本"到新潮社出版的《中国小说史略》是随着鲁迅研究成果的屡丰,不断更订和充实、提高,而且是经过重新组织和编写的一个发展结果。

在版本的屡次更新,或者说在版本的不断发展过程中,《中国小说史略》的诞生,显示了鲁迅研究中国小说史的一个飞跃!单从鲁迅研究中国小说作家作品成果方面看,也是一个典型的飞

跃。鲁迅在小说史讲义的最初"写印本"中，对《聊斋》的评介
只给了四十余字——这我们在前面曾经提过。而到了《史略》
里，就设立了专篇（第 22 篇），题为《清之拟晋唐小说及其支
流》。且对《聊斋》作了较大篇幅的评论（比原来的四十余字，
约增为二十倍，引文且不计在内），总结了《聊斋》艺术独创经
验，并给以相当高的评价。尤其用比较方法，在艺术特色方面，
经过与同类诸作比较，得出了《聊斋》在中国文言短篇小说发展
史上，为继唐传奇之后的顶峰之作的结论。

　　这就充分证明了，鲁迅研究《聊斋》的艺术特色和成就，具
有创造性的理论阐发和卓越的贡献，以至后来的《聊斋》研究
者，不付出巨大的劳动，几乎无法超越。

　　这些问题，让我们留待后面具体阐述，现在应先指出的是：
尽管鲁迅离开中山大学以后，不再教书；更由于文化战线的紧张
战斗，也不可能有更多的时间去研究小说史，但鲁迅对这一研究
项目却未能忘情。一有机会，他还是继续搜集有关资料，并且由
于掌握了马克思主义思想武器，偶然研究一个问题，便成果辉
煌，震动学术界。

　　以《聊斋》为例，鲁迅于 1936 年致内山完造信云："《社会
日报》载：'文求堂出版的《聊斋志异别传》已到内山书店。'
确否？倘确，请代买一册。"［《鲁迅书信集（下）》，人民文学出
版社，第 1245 页］这是对《聊斋》新版本的购求，同时得新也
未忘旧。过去绘图本的《聊斋》给他以深刻印象。他曾于 1935
年 5 月 22 日致孟十还的信中说："欢迎插图是一向如此的。记得
十九世纪末，绘图本的《聊斋志异》［按指：《绘图聊斋志异图
咏》，清光绪十二年（1886）同文书局石印本。1982 年左右中国
书店翻印］出版，许多人都买来看，非常高兴的。而且有些孩子
还因为看画，才去看文章……"［《鲁迅书信集（下）》，人民文
学出版社，第 817 页］这大概就是鲁迅肯定的《聊斋》较理想的
版本，所以他多年来念念不忘。

至于重大问题的发现与研究，及其在中国小说史上的杰出贡献，尤其纠正鲁迅自己过去错误结论的，便是对纪昀及其作品《阅微草堂笔记》的评价问题！

鲁迅曾经在《史略》里，把《聊斋》与《阅微草堂笔记》作过对比研究。虽然认为《聊斋》在艺术成就上居绝对优势，但对《阅微草堂笔记》的思想内容则颇加称誉。直到 1924 年到西安讲学时，对纪昀及其作品继续作了更高的称美。只有当鲁迅掌握了马克思主义之后，才以科学观点、方法，从时代政治、思潮以及作者的生平思想入手，对《阅微草堂笔记》作重新研究，便褫下作者的华衮，撕毁小说的画皮。原来纪昀"特别攻道学先生"是出于迎合乾隆皇帝的"圣意"。"倘以为他秉性平易近人，所以憎恨了道学先生的黥刻，那是一种误解。"（《且介亭杂文·买〈小学大全〉记》）这个结论不仅使《聊斋》在明清文言短篇小说史上，改变了它原来的地位，即从思想内容到艺术独创，独占鳌头；而且使这一阶段的小说史恢复了真实面貌。这是鲁迅生前研究《聊斋》的一杰出贡献，它对后世小说史的研究具有指导意义。

（二）《聊斋志异》体现了继承与创新规律

众所周知，创作应有动机，缘事而发，因而必须有题材，但更要充分发挥作者的主观能动性、创造性。作品不仅反映出作者的创作个性、学术修养，而且鲜明地体现出作者对现实的爱憎态度。即使取材于历史，也必听到时代的声音。

蒲松龄也服从这一规律去创作他的《聊斋》。《聊斋》的取材极其广泛，而其来源又俗说纷纭，莫衷一是，只有到了鲁迅研究《聊斋》时，才基本得以澄清。

鲁迅在这方面的研究方法及其成果是有特色的。

其一，从纠谬中提出自己的新看法。

多年来流传着一个关于《聊斋》题材来源，颇有趣味，因而极占优势的俗说：《三借庐笔谈（十）》记载，蒲松龄“作此书时，每临晨，携一大磁罂，中贮苦茗，具淡巴菰（按：日语，烟草）一包，置行人大道旁，下陈芦衬，坐于上，烟茗置身畔，见行道者过，必强执与语，搜奇说异，随人所知，渴则饮以茗，或奉以烟，必令畅谈乃已。偶闻一事，归而粉饰之”（转引自《小说旧闻钞》）。这个故事，虽然生动，但鲁迅并不相信。它丑化了作者，把蒲松龄描写成一个“断道”者。自然这个故事是想说明《聊斋》题材来自民间传说。鲁迅并不忽视这一来源，但另有根据。鲁迅只相信蒲松龄自己说的话。蒲氏在《聊斋自志》中说，因为四方同人听说自己著《聊斋》，多“以邮筒相寄，因而物以好聚，所积盖夥”。这就是说，《聊斋》题材的来源主要是亲友所寄赠，或“是多由他的朋友那里听来的”（《变迁》第6讲）。《张诚》，作者就说是听来的，因感动而成篇。而这些邮寄或听来的故事多为民间传说。

有的研究者，还认为《聊斋》中有些篇目，是作者加工改造了同时或比较略早的文人之作而成，因而把它看作《聊斋》题材的又一来源。如孙菊国《略论〈聊斋〉对前人作品的加工与改造》一文所述（赵景深主编《中国古典小说戏曲论集》）。其实这完全是一种误会。诸书所记故事中，有些大致相同的现象，并不说明谁抄或改编了谁的，它只能说明一些流传的民间故事，由于时间和地域的原因，往往大同而小异，许多文人收入自己的文集（也许还要加工）时，便出现了一定的差异性。《聊斋》题材的吸取自然也属于这种情况，因而它的某些题材和当时其他笔记小说有类似处，绝不能说蒲松龄的某些小说是从同时代人或稍前的文人文集中选取题材而加工改造而成。民间故事传说浩如瀚海，蒲松龄没有必要面临江河而掘井！鲁迅也从未这样指出过。

其二，但鲁迅却从史的角度，即《聊斋》的继承创新角度，用比较方法，发现了《聊斋》题材的一个重要来源。

《聊斋》之富有艺术活力，或艺术生命力，与它大量吸取民间故事传说为题材大有关系，这是文学发展的一个重要规律。"不废江河万古流"，蒲松龄坚持小说史的继承发展规律，不管自觉还是不自觉，毕竟是实践了的，因而才产生《聊斋》独有的艺术光彩。但这是为鲁迅所发现的："然书中事迹亦颇有从唐传奇转化而出者（如《凤阳士人》《续黄粱》等），此不自白，殆抚古而又讳之也。"（《史略》第 22 篇）这末两句是说：《聊斋自志》并没有明言这类题材来源，是鲁迅研究发现的，并且异常重视它。因为从这里找到了从六朝志怪到清初说鬼狐的创作过程中，以《聊斋》为代表且达到新高峰变化嬗递之迹，这是鲁迅的一个重大发现。

　　总之，鲁迅不信蒲氏"强执路人说故事"的俗说。鲁迅总结《聊斋》题材的来源主要有二：一是从亲朋那里听来或邮寄来的；二是"有许多是从古书尤其是从唐人传奇变化而来的"（《变迁》第 6 讲）。且据以定蒲氏及其《聊斋》为清代小说四大流派代表之一——"拟古派"。所谓"拟"有摹仿的意思，但又不仅如此，其中有创新，且以创新为主，故形似而质异。这应看作继承与创新的关系。"拟古"就是指"拟六朝之志怪或拟唐朝之传奇而言"（《变迁》第 6 讲），它含有继承的内容。但也有人因《聊斋》题材多为民间故事传说，不同意称之为"拟古派"（如杨柳的《聊斋志异》研究）。

　　我们首先认为鲁迅重视《聊斋》对民间故事传说的大量吸收，因为这类题材使《聊斋》具有了丰富的生命力，从而显示了中国小说史发展的一个重要规律。我们曾指出过，鲁迅非常重视这个规律和运用这个规律，《史略》里处处有所体现；后来鲁迅在《门外文谈》里又明确提出了这个规律，认为"旧的文学衰颓时，因为摄取民间文学或外国文学而起一个新的转变"。《聊斋》作者又实践了（不管是有意识还是无意识）这一规律，并取得辉煌成绩。

　　但鲁迅却仍把它列入"拟古派"。不过，必须强调指出，鲁迅一点也没有贬义。恰恰相反，是肯定了《聊斋》在继承中创新的作用。小说史上的任何一部名著总要发挥三种作用：继承、创新和对当时及后世的影响。《聊斋》的继承，使它源远基厚；创新由于汲取了民间文学，使它开拓了新风向。这就是它在中国小说史上的地位和作用。

鲁迅总结《聊斋》的创新，以为从内容到形式起了一个新的变化。虽然在内容性质上主要是志怪，在形式上主要是唐传奇的志传体，但却不是生搬硬套，而是有机新变。鲁迅用八个字概括为"用传奇法，而以志怪"。完全是一种新的融合创造，崭新的艺术品种。所以，鲁迅虽把《聊斋》列入"拟古派"，却肯定其继承与创新，因而一再使用"转化"或"变化"一词说明《聊斋》是从内容到形式的继承与创新，是一种流动与发展，从旧变新。"拟古"决非"泥古"，亦非"复古"；而是志怪与传奇相结合的文言短篇小说创造所达到的新阶段，是《聊斋》新开拓的道路。

注意一个著名小说故事人物的长期演变，是研究小说史的一个重要内容。中国古典小说内容讲史者固多，即非讲史，也往往取材于古代著名故事。譬如《嫦娥奔月》、《白蛇传》或《杨家将》等，这也许是中国小说史上的一个可贵的民族传统吧。这种演化显示了一个继承与创新的规律，所以鲁迅在他的《唐宋传奇集·稗边小缀》《小说旧闻钞》等书里注意收集的这类演化资料也较多。其目的之一，就是用以观察研究某某故事人物在各时代里的变化，探索小说发展规律。资产阶级的学者虽早已注意了历代相同故事人物的演变，但主要是为了猎奇，最多也不过是探索故事的成长，便再也无能为力了。这是由于他们手里没有历史唯物主义武器，也不懂唯物辩证法，因而不知道文艺有反映（能动地反映）现实的特性，便不能解释：古代人物故事一旦为各时代作者所采用，熔铸成新作品时，由于作者思想感情的倾注，它就孕育起各时代政治、社会生活、思潮特征。这是因为任何素材只是个客观存在，永远也转化不成文艺作品；题材已渗透着作家的主观成分。文艺作品是作家的独创，虽然创作源于生活，作家从生活里孕育创作动机，从生活里选取题材，但作品为作家特有的个性、世界观、美学观、生活经验以及艺术修养等形成的创作个性所决定；同时作家在创作过程中也不能不注意读者的欣赏、批评标准和趣味。因而人物、故事虽老而内容常新（这就是演化和演化的原因）。它在各个历史阶段中，既打着各时代社会的烙印（可以从中看出历史的年轮），也显示着各时代各种作者、读者的心理倾向，从整体上则反映着创作变化轨迹。

鲁迅在他的《小说旧闻钞》中就注意搜集这类演化的资料，但有关《聊斋》的却亦不多。主要是靠了自己的博学多识和对于古典小说的熟悉，才发现了《聊斋》与六朝志怪、唐传奇总体上的血缘关系。找到了以《聊斋》为代表的文言短篇小说，从内容到形式的嬗递之迹。蒲松龄在《聊斋自志》里虽说"才非干宝，雅爱搜神"，只承认继承志怪精神；但未明确说明他的创作里，有的人物故事取材于古代。

鲁迅的这一发现，使《聊斋》源远，使六朝志怪与唐传奇流长，增强了《聊斋》在小说史上的地位。因而引起多数《聊斋》研究者的浓厚兴趣，特别是近几年来取得较大成绩。如当代人聂石樵《〈聊斋志异〉本事旁证》（《蒲松龄研究集刊》第1辑，齐鲁书社）发现《聊斋》题材与后来著作的关系，说明《聊斋》的流长。蒲松龄创作《聊斋》的贡献，即源远流长的艺术生命力，在于他善于创新。他向过去选取题材，敢于输入时代气息及胸怀不平之气，以充沛激动的感情，用丰富的天马行空式的艺术想象创造力，推陈出新，多借幻境，以达批评社会、批评文明的目的。梦幻固是一种战斗艺术，但也与大量吸取民间文学有密切关系。因为民间文学往往多魔幻色彩，干宝的志怪小说集《搜神记》就多民间文学成分。所以干宝在当时被戏称为"鬼之董狐"（《世说新语》）；而私淑干宝的蒲松龄则自称"异史氏"。因此，借为鬼狐花妖作传，或通过梦幻之境，以抒"孤愤"就是必然的了。而这也恰恰是一种创作传统的继承与发展。如"黄粱梦"这个著名故事的长期发展就是这样：较早期的唐传奇作家沈既济写《枕中记》，其中的人物故事取材于《搜神记》；但沈既济却根据自己的现实人生经验和政治社会观，对原题材加以改造生发，就创作出能反映现实或干预生活的新作品。鲁迅说《枕中记》的社会作用，是"在歆慕功名之唐代"，由于作品的艺术功能——故事"诡幻动人"，又因"既济文笔简练"，其"规诲之意，……尚为当时所推重，比之韩愈《毛颖传》"（《史略》第8篇）。

蒲松龄继承了这一母题和规诲精神而予以发扬，便创作了《续黄粱》。主题思想比《枕中记》深刻得多。他主观上批判权臣"欺君误国"，客观上则揭发封建政治腐朽、官场黑暗。

在这里，有一个问题值得人们注意：这类古老的故事为什么还能引起蒲松龄的选取和再创造的兴趣？因为这类故事本身富有生命力，它经过了历史的无数次筛选，还能保留下来，犹如一颗颗饱满的种子，一遇到合适的土壤和水分，就发芽、抽条。它的生命力在于这些艺术框架，其人物和情节等具有永久性和普遍性。在中国长期的封建社会中，古今之事往往有惊人的相似。鲁迅说："秦汉远了，和现在情形相差已多，……至于唐、宋、明的杂史之类，则现在多有。试将记南宋、五代、明末的事迹的，和现今的状况一比较，就当惊心动魂于何其相似之甚。"（《华盖集·忽然想到之四》）这就是形成这些艺术框架的基础。基于生活和思想，蒲松龄向过去寻找和选择某个框架；而这个框架（这颗饱满的种子）一到蒲松龄的手里（有了适合的土壤和水分）就可以借古人的酒杯，浇自己的垒块，抒愤懑泄"孤愤"，或寄寓什么思想和希望，虽然并不都是高明的。

所以，小说史家弄清某类或某一著名故事在各历史阶段的演变过程，来龙去脉，可以从其演化史上，看出它所反映的各历史阶段的政治、社会特点及其变化；还可解释各时代作家的创作习尚和读者的标准与兴趣。因此，鲁迅发现《聊斋》与六朝志怪、唐传奇的渊源关系，对小说史研究有所贡献，同时提高了它的史的价值。

鲁迅还从中国古典小说的小说观念的变更上，来研究《聊斋》的继承与创新。

关于小说观念的改变，鲁迅在《史略》与《变迁》里已经指出，但最明白的是在他的晚年。他说六朝的志怪书，"在六朝当时，却并不视为小说"，是当作真人真事看待的。因为"那时还相信神仙和鬼神，并不以为虚造，所以所记虽有仙凡和幽明之殊，却都是史的一类"（《且介亭杂文二集·六朝小说和唐代传奇文有怎样的区别？》）。到了"唐代的传奇文可就大两样了：神仙人鬼妖物，都可以随便驱使；文笔是精细曲折的，……作者往往故意显示着事迹的虚构，以见他想像的才能了"（《且介亭杂文二集·六朝小说和唐代传奇文有怎样的区别？》）。这是小说观念的解放：从史实的观念转化成虚构的观念了；小说不再是记实，而是虚构创造。蒲松龄继承了唐传奇开拓的这个小说新观念，在小说创作上得以展其才华。

必须指出，六朝作家并非不善于想象和描写，像阮籍写的《大人先生传》，陶渊明写的《桃花源记》都是著名文艺作品；但他们不用于写神鬼妖物，因为那是小说（历史）。鲁迅说，其实六朝人之视为创作的，"倒和后来的唐传奇文相近"（《且介亭杂文二集·六朝小说和唐代传奇文有怎样的区别？》），因此在艺术性上，它是唐传奇的渊源之一；而《聊斋》作者又通过唐传奇继承过来这笔遗产，但却在继承中（从内容到形式）有了飞跃的发展。这就是说，《聊斋》在艺术上也源于六朝，但非志怪领域。更由于小说的旧观念被冲破了，作者在继承与创新上有绝对的自由。《聊斋》的志怪内容，也没有丝毫史实的气味。但其发展表现在哪里呢？前面说过，唐传奇至宋而衰，明末虽复出，并影响了当时的创作，即文人往往为侠客、童奴，以至虎狗虫蚁作传；

但"明末志怪群书，大抵简略。又多荒怪，诞而不情"（《史略》第22篇）。只有到了清初的《聊斋》才有了艺术上的飞跃，特别在人物铸造上取得杰出新成就。鲁迅赞蒲松龄的生花妙笔，能"使花妖狐魅，多具人情，和易可亲，忘为异类"（《史略》第22篇）。它不仅不再是史实，而且远远超越了前此神魔类小说，是一种革新！从《聊斋》开始，才出现了花妖鬼狐带有人的个性而又不脱离动、植物形质的美的艺术形象。这些形象与过去的有显著不同。象已提到过的沈既济的《任氏传》，虽然把狐精写成带有人情味，并爱情专一，但作者是历史家，从史的角度来写小说，强调历史真实；所以，小说一开始就交代，任氏是个狐妖。令读者不安，未免大煞风景，严重削弱了艺术效能。而吴承恩《西游记》里的"神魔皆有人情，精魅亦通世故"（《史略》第17篇）。它也与蒲氏所塑造的有质的差异：《西游记》里的妖魔的本性是以吃人为业——兽性，吴承恩写的是妖而不是富有人情味的人或美的化身。孙悟空与猪八戒是《西游记》里最成功的形象，现实生活中也有他们的影子，但作者仍然把他们当神话人物来写，是齐天大圣、天蓬元帅而非凡夫俗女。

而《聊斋》里的众多鬼狐花妖，不但具有各种神美的形体，而且从小说的开端或者说从她们的出场，就是作为人来精心塑造的，注入真挚的感情，往往达到典型高度。生活气息扑面而来，给读者以无限美感享受，激起读者的丰富想象力。

蒲松龄在《聊斋自志》里说他自己热爱作品的人物，是有所寄托，寓有深意的。鲁迅对于其中所说的"情同黄州，喜人谈鬼"，间接解释说："东坡先生在黄州，有客来，就要客谈鬼，客说没有，东坡道：'姑妄言之！'……撒一点小谎，可以解无聊，也可以消闷气（重点为引者所加）。"[《且介亭杂文·病后杂谈（四）》] 所以蒲松龄自说爱鬼狐"情同黄州"是颇有潜台词的，且往往以"异史氏"对人生世事作出评论。

这是因为，蒲松龄生活在旧社会里，穷困潦倒，一生坎坷，自然对现实社会产生自己的看法，他有憎，也有美的理想与愿望。于是他只有把在现实里做不到的，借艺术世界以抒愤懑，或实现自己的愿望。但艺术要求真实，即要求可信性与合理性。这就需要特殊的题材，即魔幻与现实相结合的题材和浪漫表现手法。于是作者以花妖鬼狐与人的生活关系为题材，而且绝不轻易暗示其神异性，只有当生活的矛盾不可解决时，才借其神通，出之以浪漫主义手段，使情节得以顺利进行或达到圆满。所以蒲松龄是站在现实大地上，面向人生，创造了"用传奇法，而以志怪"，熔志怪、传奇于一炉的创作方法，创造了"聊斋体"新品种，从而达到了文言短篇小说奇峰。《聊斋》所志之怪，并非活剥六朝小说，而主要是大量吸取当时活在民间的故事传说作为创作题材，从而获得新血液的源源输入，产生了充沛的生命力。"传奇法"并非史家如沈既济那种追求史实之法，而是虚构《聊斋》人物的新艺术手段。

　　而这些还仅仅是组成他的艺术武器的零件。他的创作，总是以纯熟的技巧，丰富的艺术想象力，激荡的感情，塑"《聊斋》人物"，铸幻实相生的情节，借抒孤愤和实现理想，从而取得战斗的胜利。而最大贡献就是创新！

　　这不能不进一步探索《聊斋》的创新与吸收民间文学的关系问题了。在继承中所以能够创新，有两种力：一种是作者自身努力，另一种是吸收了民间文学，《聊斋》尤其如此。蒲松龄著作《聊斋》，大量选取了民间文学的精华，付出了劳动，改造生发成为自己的作品。文贵独创，而缘事而发则是独创的基础。《聊斋》的名篇，往往是受到民间故事的激发而产生，其中涵蕴着他自己的生命。《聊斋》诸名篇常常是这样创作出来的。如《张诚》，作者在结尾中说："余听此事至终，泪凡数堕。"因而执笔以飨读者："不知后世亦有善堕如某者否？"民间文学不仅滋养了作者的艺术创新生命力，更具有积极的教育意义。

　　蒲松龄创作《聊斋》的全部活动，尤其受益于民间文学，其显著成就充分证明了小说史上的一个规律：这就是鲁迅说的，民间文学"偶有一点为文人所见，往往倒吃惊，吸入自己的作品中，作为新的养料。旧文学衰颓时，因为摄取民间文学或外国文学而起一个新转变，这例子是常见于文学史上的"（《且介亭杂文·门外文谈》）。这段话，我们从鲁迅重视《聊斋》吸取民间文学作为主要题材的角度时，曾经引用。现在我们为了以《聊斋》这部小说集的整体创作过程及其在小说史上的显著地位，来证实鲁迅提出的这个发展规律，必须再度引用。

先鸟瞰我们的文言短篇小说史吧：唐传奇文至宋而衰微，明代文人虽有仿制，并无起色；只有到了清初的蒲松龄，由于他大量选取了民间文学为题材创作了《聊斋》，文言短篇小说史上才起了一个新的转变。这段小说史有力地证明了鲁迅总结的这个发展规律的科学性。我们也再三说过：题材并不就是作品，需要作者改造生发创新，付出巨大的劳动，呕心沥血，经过孕育，才能呱呱坠地，成为作者的儿女。因此，我们有必要具体考察《聊斋》吸收民间文学的实际，以及如何作艺术处理（创新）的情况。

鲁迅指出，《聊斋》题材"多由他的朋友那里听来的"（《变迁》第6讲），其中主要就是民间文学。蒲松龄在《聊斋》的许多篇小说的结尾，往往声明提供题材者。如《肖七》是"董玉玹谈"。《狐梦》则记录来源非常详细："康熙二十一年腊月十九日，毕子与余抵足绰然堂，细述其异。余曰：'有狐若此，则《聊斋》之笔墨有光矣。'遂志之。"这些鬼狐故事正是来自民间的集体创作。蒲氏吸取来改造生发，寄托愁愤（按：蒲氏诗作题为《十九日得家书感赋，即呈孙树百、刘孔集》中有句云"新闻总入鬼狐史，斗酒难浇磊块愁"可证）。尤其值得我们注意的是，蒲氏往往把听来的民间故事传说，同他从六朝志怪或唐传奇所选择来的题材融合起来，创造新篇，如《莲花公主》；作者还往往把历史人物或古仙话人物与民间故事人物相结合而铸新品，颇富时代气息，如《聂政》《嫦娥》，使《聊斋》绚烂多彩。

由于蒲氏善于"拟古"和汲取新的滋养，敢于推陈出新，《聊斋》就源远流长，雅俗共赏。长期风行的名著，代表了文言短篇小说的新高峰，而且正走向世界。

（三）深入开掘《聊斋志异》的艺术经验

1. 绝口不谈思想性

我们想从鲁迅对《聊斋》思想性的看法说起。蒲松龄在《聊斋自志》里说自己的小说集为"孤愤之书"。在他的一些涉及《聊斋》内容的诗文中，也总是强调并非游戏之作，而是写人生问题。如："人生大半不如意，放言岂必皆游戏？"（《同毕怡庵绰然堂谈狐》）这就是说，他创作《聊斋》的总动机，是对现实人生的忧患，有感而发，有为而作。近几年来，一些《聊斋》研究者开始注意这方面的研究，而且有的对《聊斋》的思想内容评价较高。

但鲁迅却无论在《史略》或其他著作中，从未论及《聊斋》的思想性。这是否意味着全部否定呢？我们找不出这样的根据。对于这个问题，我们想从几个方面进行探索。

首先，写小说史虽也评论作家作品，但无须从思想到艺术作全面评论。而是选取其特点，为小说史的流变起作用，或结异果、开新风的发光点加以阐释，不必面面俱到。所以鲁迅只盛赞《聊斋》的艺术独创，并因而给它以小说史上应有的地位就够了。鲁迅对《聊斋》的思想价值，不着一字，并不意味着轻视或否定。《聊斋》的主题思想可以分为许多类别，譬如说知识分子问题、妇女问题等。我们认为在知识分子问题类里，蒲松龄对一些在封建科举制度下培养出来的可怜虫（包括他自己）或灵魂极端肮脏丑恶的知识分子，时作辛辣的讽刺与抨击，虽缺点很多，自相矛盾，但应看作开《儒林外史》之先河。这点鲁迅是看得出来的，却并不指出它。

其次，我们认为鲁迅运用另一方式具体肯定了《聊斋》的一些名篇；而这方式就是通过作品选例以显示选者的看法与评价，这个理论我们在前面已作阐释了。现在看具体的吧：蒲松龄为被压迫的女性鸣不平的战斗思想，在《聊斋》里占了相当大的比重，且多名篇。鲁迅在《史略》的《聊斋》选例中，就有两篇。其一，是《狐谐》。它的主题思想是为广大受侮辱与被破害的女性扬眉吐气。狐女的形象极为可爱。她极善于辞令、颇机锋。小说文体近于戏剧，几乎全用对话。作者就是利用人物语言来塑造狐女并获得成功的。诙谐是她的语言特色，她舌战中善于运用辩证艺术，欲擒先纵，随时把对方引入她的彀中而不自觉。她利用在座的轻薄文人爱拿妇女取笑的心理，先作自我嘲笑，然后反戈一击，取得绝对胜利。在多次哄堂大笑中，她使轻薄文人狼狈不堪，从而揭示出她的战斗性格。至于有人认为《狐谐》意在提倡妇女解放和男女社交自由的民主思想，因而获得鲁迅的欣赏，这不免溢美。因为当时的蒲松龄还达不到这样的思想高度。

其另选例是《黄英》，主角也是女性。主题思想比较丰富：她不仅从事生产，自食其力，而且艺菊售菊，也不失为风雅士！作者还提出了今天仍然值得深思的一个家庭，甚至社会问题：妇女经济独立，不仅不靠丈夫养活，而且养活丈夫，这是妇女真正独立、男女真正平等的唯一基础，是妇女真正解放的道路。鲁迅在《娜拉走后怎样》和小说《伤逝》里几次指出妇女解放必须取得经济权的问题；蒲松龄自然见不及此，然而他描写了这样的人物故事，并加以赞美，便不能不肯定其思想之开拓性、艺术上的创新。《狐谐》中狐女的为妇女辈扬眉吐气，只痛快于一时，而黄英的为妇女辈扬眉吐气，则是为她们立大业。今天也值得深思，夫妻之间谁养活谁的问题，至今也没有得到很好的解决，只是表现形式变了。譬如说，丈夫要求妻子为他牺牲，仍然是大男子汉主义，视妻子为奴隶。因此，离婚者有之，抱独身主义也不乏例。蒲松龄在几百年前，就描写妇女反其道（封建主义的妇女之道）而行之，批判大男子汉主义，颇不简单。我们认为以上两

例，是鲁迅对《聊斋》思想性的无言分析与评价。但不是从总体
上表示自己的看法。

我们还觉得《聊斋》所流露的某种进步思想，对鲁迅也有一
定影响。象《于去恶》的主题思想，指出一些知识分子把参加科
举当作猎取功名的敲门砖，讽刺表面严肃的科举考试，实质上孕
育了一批"乌吏鳖官"。鲁迅在《现代中国的孔夫子》里所总结
与批判的"敲门砖"弊害，就有可能受到《于去恶》及《聊斋》
其他篇主题思想相近的作品的影响。

但尽管如此，我们总觉得鲁迅在总体上对《聊斋》的思想评
价不高。我们认为，主要因为蒲松龄的旧思想负累过重，在挣扎
前进中，往往出现矛盾和混乱，步履愈来愈艰难。甚至犹如一只
受惊的苍蝇飞了一圈之后，又回到原点去搓它的手、搓它的脚。
譬如，《聊斋》虽揭露科举之弊，也讽刺了知识分子的积弊，一
度走在《儒林外史》的前头；但他却又常常借科举中式为穷苦秀
才扬眉吐气。

鲁迅也认为蒲松龄是儒家，《聊斋》从未讽刺批判道学家。
当然严厉批判过贪官污吏，连阴曹地府也贪赃枉法，但他把希望
寄托给关圣帝君和清官身上。整个《聊斋》没有一篇悲剧性作品。

《聊斋》从内容到形式皆优的作品不多，大都是良莠杂糅。
因为作者毕竟是封建时代的知识分子，各方面的局限性很大，世
界观中充满了矛盾。象前面所说的，他虽讽刺科举场里的可怜
虫，而他所爱的穷困知识分子，却又往往借科举中式以扬眉吐
气，尤其在作为解决人生矛盾的关键问题时，科举中式几乎是唯
一的道路。《胡四娘》《凤仙》《颜氏》《镜听》等，充分说明他
并不真正认识科举之弊，并未同科举彻底决裂；相反，常常加以
美化。他攻击科举的出发点，是自己充当过科举场上的败北者。
当然，我们也并不因此，而全部抹煞他攻击科举的小说，揭发还
是深刻的。我们认为蒲松龄的这类主题思想的作品，在中国小说
史上虽有开拓之功，却不可能同吴敬梓的那种"公心讽世"，坚

持反科举的创作立场、态度相比的。

作者的思想矛盾，还表现在妇女问题上：一方面鼓吹男女恋爱自由（《连城》《阿宝》），但又赞成父母之命的"美满"婚姻；既歌颂女权（《黄英》），却又拥护多妻制（《小谢》）。

而这一切矛盾的根源，则在于他的世界观的核心是儒家。蒲氏除宣传因果报应（《江城》）的佛家思想外，儒家思想在《聊斋》里则占主导地位。许多篇的主题思想都是宣传孔孟之道。他的长孙蒲立德还因此在《聊斋》跋中，以祖父的《聊斋》"以劝以惩"为荣。而这恰恰是鲁迅批判的对象。鲁迅在《史略》中，强烈批判了自宋以来名教中人的劝惩之作，指出：此种作品根本不能称之为小说。宋人白话小说，受到鲁迅称美的原因之一，就是它以"娱心"冲破了"劝惩"的枷锁。

鲁迅对《聊斋》的思想性从不直接加以褒贬，在《史略》中却盛赞同类著作《阅微草堂笔记》的反道学精神（按：这个复杂的问题，前面已谈），这正是对《聊斋》儒学思想批评的一个曲折表现。

但鲁迅却并不因此而不给《聊斋》以小说史上的地位；相反，地位相当显赫，因为它有突出的艺术贡献！我们在前面已经指出过：鲁迅对中国古典文学史的评价，固然重视新的意想（想象创造的新意境），同时也崇尚其文采。他每遇到意境不高或内容陈腐而文采鲜美又有社会影响之作，仍然肯定它在文学史上的地位。像屈原、宋玉、司马相如等诸家之作，虽然缺乏战斗性，却仍承认他们"在文学史上也还是很重要的作家。为什么呢？就因为他究竟有文采"（《且介亭杂文二集·从帮忙到扯淡》）。作为文学史的一枝的小说，当然也作如是处理；但鲁迅还是掌握分寸的：他认为《荡寇志》的艺术性并不弱于《水浒传》，由于它的思想反动，便只能让它坐在被告席上受审。而象《聊斋》那样思想上比较复杂，总体上还是益多害少之作，鲁迅便因其有特殊的文采而加以珍视，并作了较高评价，还总结其创作经验。

鲁迅说："《聊斋志异》虽亦如当时同类之书，不外记神仙鬼狐精魅故事，然描写委曲，叙次井然，用传奇法，而以志怪，变幻之状，如在目前（按：指真实情景，富有生活气息）。"（《史略》第22篇）这就是鲁迅概括的《聊斋》文采特色。在这段话里，最值得人们注意的是"用传奇法，而以志怪"。这是从总体上概括出蒲松龄文言短篇小说艺术创作的新探索、新开拓、新贡献。

什么叫"传奇法"？

鲁迅认为，唐传奇作家独创的艺术经验，主要是塑造人物的新经验。首先，认为"神仙人鬼妖物，都可以随便驱使"（《且介亭杂文二集·六朝小说与唐代传奇文有怎样的区别?》）。即把它们当作虚构的小说人物，根据主题思想的要求而加以塑造，让它们担任各种角色。其次，人物故事也趋向细腻、曲折而完整。鲁迅说传奇文的"文笔是精细的，曲折的，……所叙的事（按：指情节），也大抵具有首尾和波澜，不止一点断片的谈柄；而且作者往往故意显示着这事迹的虚构，以见他想像的才能了"（《且介亭杂文二集·六朝小说与唐代传奇文有怎样的区别?》）。

蒲松龄继承、运用和发展了"传奇法"，创造出了"说妖鬼多具人情、通世故，使人觉得可亲"，而又"描写委曲，叙次井然"的《聊斋》新篇。而这新篇，主要就新在志怪（理想的妇女形象）上。不仅六朝作家作品望尘莫及，也远远超越了唐传奇。然而"用传奇法，而以志怪"的新开拓，还有更为丰富的内涵，有待进一步开发。

2. 艺术经验

① 《聊斋志异》运用的是什么创作方法

《聊斋》在创作总倾向上，是属于哪种创作方法？似乎尚无权威性的定论。鲁迅也从未明确指出过。但我们从《聊斋》本身作分析研究，以及参考鲁迅论六朝志怪、唐传奇与《聊斋》的继承创新关系上加以探索，是可以接触到鲁迅的看法的。

　　我们先从唐传奇的创作方法进行探源。

　　鲁迅指出，"传奇者流，源盖出于志怪"（《史略》第8篇），这就一语道出了它的浪漫精神。传奇不仅"搜奇记逸"，且复"文辞华艳"（《史略》第8篇）。今天我们分析唐传奇的人物情节，浪漫主义情调甚浓，这就是鲁迅所说的"传奇法"。也正由于此，才为蒲氏所继承并加以创造，而成为"用传奇法，而以志怪"的新创作方法。这个方法是浪漫主义的。

　　现在我们从分析《聊斋》来探索吧。

　　《聊斋》写人与人的矛盾的作品很少，而写人也往往带有神异成分，如《田七郎》；它的主角主要是神仙鬼狐花妖精魅。这些怪与人发生的关系，主要是爱情生活，从而产生曲折的故事。由于这些怪富有人情味，所以情节的矛盾冲突、悲欢离合，都基本上符合人的生活逻辑发展。之所以说"基本上"，是因为在情节发展过程中，往往有不可克服的阻力而借精魅神力推动，作魔幻式的发展。这是现实主义所做不到，也不愿做的。蒲松龄这样做是为了游戏？不，他在严肃地进行创作，是在写人生，并有所寄托。他想把在现实生活里做不到的，在艺术世界里实现或圆满解决，所以他不能选取现实主义。何况蒲松龄的创作题材也推动着他，于是他选择了浪漫主义的路，并且自己加以创新。这就是在他小说的情节发展过程中遇到不可能解决的矛盾，或达不到的愿望时，鬼狐花妖却以超人的神力顺利解决或实现。正是由于得到圆满解决的矛盾或问题有相当大的普遍性，即人们在现实生活中常常遇到而不能克服，那些描写成功之作具有较强的感染力，极易使读者进入他的艺术世界，即使鬼狐花妖已显现其神力，"知复非人"，却仍然忘为异类，觉得和易可亲。如狐女施舜华解张鸿渐于缧泄之危（《张鸿渐》），霍桓得神仙之助而娶青娥（《青娥》），作者的浪漫主义已臻神化之境。

　　蒲氏笔下的精魅不仅有神力，而且能生儿育女，无异于常人。真如鲁迅所说："出于幻域，顿入人间。"（《史略》第22篇）

至于箸化嫦娥（《崂山道士》），向天空手招彩船（《彭海秋》），却又以寓惩罚现实丑恶作归结，说明其魔幻仍以现实生活为根基，但却铸起了一个颠倒宇宙规律的奇妙世界。异彩纷呈、光怪陆离的意境，使广大读者获得无限满足，忘却人间苦味，乐不思蜀。

这种普遍的艺术效果，一方面是由于作者以浪漫主义充分发挥其丰富多彩的艺术想象创造力，善作新奇的幻想而升华为艺术品；更重要的，则是与作者的思想、生活经验相紧密联系。作者对生活有爱憎，也有愿望与理想。他以魔幻的艺术形式，借精魅之力去干预生活，改造生活，实现其人生美满设计。又因所选取题材具有较大的普遍性，能体现广大读者的心理，故使读者普遍得到精神满足。

蒲松龄这种思想及艺术创作特征，或者说他的创作个性，很符合高尔基所说的那种浪漫主义精神。高尔基认为浪漫主义作家的"这种思想的特征是对现实的极端不满，而显然宁肯弃现实而取幻想与梦想，它企图把个人提高于社会之上，企图证明个人乃是神秘力量的渊源，赋予个人以神奇的能力，依照作者所仅仅认识的民间故事和传说里那些英雄的典型来描写活人"（高尔基：《俄国文学史》，缪灵珠译，第 71 页）。我们认为蒲松龄的思想特征、创作精神（他只是把个人的神力、传说中的英雄的豪侠气熔铸在精魅身上）、艺术特色等基本上就是这样。但我们在前面已经说过，蒲氏的思想境界虽并不高，不过亦不影响他运用浪漫主义。否则他就没有言论自由。因为清初文网很密，他只有在幻境或梦境中才能说真话。

浪漫主义和现实主义一样，也是以现实为基础，蒲氏深懂得这一点。所以他虽大胆想象和极度幻想，但他在把天堂、仙境、地府和人间捏合在一起时，总是以人世间的生活轨道去结构他的艺术世界。他总以理想人物为标准来塑造他的精魅（可称作《聊斋》人物）。他的绝大多数鬼狐花妖的仪态固然美，而性格善良，有一颗美的心灵，爱情专一，且有侠骨。以其超自然之力，毫不疲倦地为善良的人们赴汤蹈火，排难解纷。从而抒发了作者的"孤愤"，完成了他的人生理想设计，鼓舞了读者对人生的希望。

这就是鲁迅所概括的《聊斋》作者真正获得了自由的积极浪漫主义创作方法。

②作者有一双万能上帝的眼睛

作家描叙人物故事，一般用两法。一个方法叫作"第一人称"或"第一身"，即由小说中的一个人物"我"来向读者进行小说内容的描叙。但并非作者自己，而是小说中的一个人物，由"我"向读者描叙其所历、所见、所闻，不得超越此范围。中国古典小说，从唐传奇开始，即已用此法。另一个方法叫"第三人称"或"第三身"，即用"他"来描叙。"他"并非小说中人物，而是像茶馆里的说书人。在用文字写成的小说里，描人叙事的这个"他"，就是作者自己。"他"什么都知道，不仅人物之间的私房密语，就是人物个人的隐秘"他"也知道。他能直接揭示人物心灵深处的奥秘，作深刻的心理描写。唐传奇的作者并不有意识地明确这两种方法，且由于还受史观的影响，不敢创用打开心扉法；而《聊斋》却破壳而出，大胆使用了心灵探胜术，大大解放了作家的艺术生产力。如《娇娜》中的娇娜，当她为孔生开刀割疮之际，作者挖掘孔生的心理活动，就极微妙，从而把人物刻划得真实而有深度。这是"传奇法"的一个重要发展，也有可能给曹雪芹以艺术启示。

但一个新事物诞生往往受到阻力，新事物多在斗争里苦壮成长。当蒲松龄以第三人称并且以灵魂探胜艺术创作出《聊斋》，风行于世以后，却被有历史观点、主张用史实精神写小说的人诬为"失真"。

鲁迅说，当《聊斋》问世，风行约一百年，"摹仿赞颂者众"的时候，却有"直隶献县人纪昀出来和他反对了，纪昀说《聊斋志异》之缺点：一是体例太杂。就是说一个人的作品中，不应有两代的文章的体例，这是指的《聊斋志异》中有些长的文章是仿唐人传奇的体裁，而又有些短的文章却像六朝志怪。二是描写太详。这是说他的作品是述他人的事迹的，而每每过于曲尽细微，非自己不能知道，其中有许多事，本人未必肯说，作者何从知之？"（《变迁》第6讲）

关于纪昀批评《聊斋》的第一个"缺点"，鲁迅早已指出这一现象产生的原因，并不认为是个缺点。他说："至于每卷之末，常缀小文，则缘事极简短，不合于传奇之笔，故数行即尽，与六朝之志怪近矣。"（《史略》第22篇）也从未加以批评。相反，却加以赞语"偶书琐闻，亦多简洁"，也能使读者"耳目为之一新"（《史略》第22篇）。

对于纪昀批评《聊斋》的第二点，鲁迅在《史略》与《变迁》里，均未加评论。只指出两人所走的创作道路不同。《聊斋》是小说创作，真正的艺术品；而《阅微草堂笔记》则"托鬼狐以抒己见"，忽视艺术形象，"过偏于议论"（《史略》）。事物从比较中见真假、见优劣，鲁迅在这里实质上已指出《阅微草堂笔记》是概念化之作了。

至于纪昀在创作上的理论错误，一直到了鲁迅住在广州白云楼上，写文章反驳郁达夫片面强调"私小说"创作论（郁氏主张使用第一人称叙述方法创作自传体性质的小说，才取得真实）时，才联系到了《聊斋》作者因用第三人称叙述法而引起论争的问题，肯定了蒲松龄，批判了纪昀的主张。

鲁迅从小说创作的形象思维过程，对使用第三人称的叙述法的优越性，作了深刻的阐发，纠正了从纪昀到郁达夫的创作论的偏颇，但也并不贬抑第一人称的叙述方法，而是看具体情况而定。正象他自己的小说创作一样，两种叙述法都运用了，且都获得成功。

鲁迅指出：蒲、纪两人都要求创作的真实，然而纪昀却把写小说与写历史两种截然不同的方法混淆起来了，也把两种叙述法混淆了。纪昀所强调的，实质上是写历史的记实方法，排斥了文艺创作第三身叙述方法的心灵探胜。纪昀认为只有用史实，即所见闻才能写出真实，才能获得读者的信任。这种理论在现代文学中，也是有代表人物可寻的，即郁达夫。他把第一身叙述法局限为作者的自身经历。他这种理论受日本"私小说"派的影响，与纪昀的史论结合起来，形成了自传体小说创作论。所以，鲁迅肯定蒲松龄写作方法，批评纪昀开倒车而且自相矛盾的理论，是有现实意义的。

　　什么叫"真实"？哪种叙述方法写出来的人物故事才是真实的？不用说蒲松龄、纪昀不能回答，就是30年代的作家也并非人人掌握得住。

　　住在广州白云楼上著作的鲁迅，他的文艺观已进入马克思主义领域，他对于艺术真实和历史真实的分野，愈来愈清楚。而当时有的作家，甚至文艺理论家也不充分理解。譬如徐懋庸，鲁迅在1933年还教导他："文艺的真实即非历史的真实，……因为后者须有其事，而创作则可以缀合，抒写，只要逼真，不必实有其事也。"（12月20日致徐懋庸）

　　小说并不靠一件干巴巴的事实来感人，而是靠了作家的艺术想象力去虚构创造，靠血肉丰满的人物在艺术世界中的矛盾冲突，即曲折的情节来感动读者，而这种虚构的成功，足以使读者有逼真之感，同主角共忧患、共安乐。不论是现实主义还是浪漫主义作家，要想把人物写活，特别是通过灵魂探险，总喜欢运用第三人称的客观描述法。这个方法能给作家创作以极大自由。他们不仅看到、听到人物之间的密语，而且能深入人物内心，直接揭示其心灵活动；即便是天上的神仙，地下的鬼魅，山林的花妖狐鹿，湖海的水怪……作者也能漫游其心海情天，窥其隐秘。因而西方作家们把"第三人称"描述法，誉之为"万能上帝的眼睛"。而作家所以能生长这双眼睛，并非由于生有特异功能，鲁迅一语道破说："作品大抵是作者借别人以叙自己，或以自己推测别人的东西。"（《三闲集·怎么写》）由此可见，作品虽是现实生活的艺术反映，而作家的主观能动性极其重要。因此，"第三人称"的客观描述方法，只是从形式（外部空间上）看，实质上主观性极强。所以作家在创作过程中，才能睁开万能上帝的眼睛。这是作家乐意采用"第三人称"描述法的主因。

但客观决定主观，作家要想生一双这样的"眼睛"，他必须坚持深入生活，接触观察种种人物，并加以揣摩，即揣摩自己和别人的诸心理状态，因为人心有相通处。更要不断提高作家自己的艺术修养和培养丰富的艺术想象力，大胆虚构创造，条件一旦成熟，即可让一个少年化作一只鹦鹉飞到所爱的身边（《阿宝》），让一个受侮辱和被损害的少女化成一条龙，去攫取仇人的首级（《博兴女》），让一个贪图功名富贵的少年去做黄粱梦（《续黄粱》）……这也不会使读者感到"失真"；相反，读者在艺术世界里感到真实而可信。鲁迅说，成功的艺术作品，"即使有时不合事实，然而还是真实"（《三闲集·怎么写》）。《聊斋》中的名篇，可以作为这个结论的注脚。因为即使象《聊斋》那样描叙的"人"和事，也是现实生活的艺术升华，仍在情理之中，由于可信而真实，才能给读者以美感享受。所以鲁迅说，《聊斋》虽写鬼狐花妖精魅的"变幻之状"，也仍真实生动，"如在目前"。

作家有选择题材和虚构人物故事的自由。但有一个艺术创作法律不能违背，那就是"理顺情当"。作家只要严格服从这一原则，虽写镜花水月，也是真实的。本来绘画艺术就是个幻影，文学作品是个幻境。然而假中见真。蒲松龄懂得创作小说的规律，虽非自觉却喜用"第三人称"的叙述方法，写成了浪漫主义的《聊斋》，取得重大成就。而纪昀却死守"史规"，当然也不认识"万能上帝的眼睛"是创造艺术真实的重要手段。因此，他集中全力"攻击蒲留仙的《聊斋志异》就在这一点（按：指'万能上帝的眼睛'）"上（《三闲集·怎么写》）。

纪昀攻击说："两人密语，决不肯泄，又不为第三人所闻，作者何从知之？"因此，他的《阅微草堂笔记》"竭力只写事状，而避去心思和密语。但有时又落了自己所设的陷阱，于是只得以《春秋左氏传》的'浑良夫梦中之噪'来解嘲。他的支绌的原因，是在要使读者信一切所写为真实，靠事实来取得真实性，所以一与事实相左，那真实性也随即灭亡"（《三闲集·怎么写》）。

蒲松龄则怀着自己的人生设计、艺术匠心，以真挚的爱憎情感，用"万能上帝的眼睛"，创造了"假中见真"的艺术珍品《聊斋》。不管蒲氏描写怎样的幻境，什么样的人物，只要有人的思想情感，"诞而有经"的情节，一句话"理顺情当"，都能使读者从幻中见真，因为这是人类共有的心态。所以《聊斋》不仅风行全国至今不衰，而且为不同民族国家的读者所喜爱。只有真实的艺术品，才能给读者以美感享受。鲁迅说，读者的"幻灭之来，多不在假中见真，而在真（按：指史实）中见假"（《三闲集·怎么写》）。因此，纪昀的创作论及其"真中见假"之作，遭到了彻底的失败。

③ "《聊斋志异》人物"的独创经验

鬼狐花妖精魅，从六朝志怪进入《聊斋》担任主角之后，起了质的变化。首先，从害人的精魅，化为"多具人情"的理想人物。唐传奇中如《白猿传》《古镜记》等尚留有六朝志怪余痕，而到了《聊斋》，除极个别的如《画皮》《黎氏》外，都颇具人情味了。这些人物善良任侠，爱情专一，品德高尚………是作者理想人物的现身。如狐女红玉（《红玉》）、花妖香玉（《香玉》）、施舜华（《张鸿渐》）……真是明珠一串，美不胜收。但他们虽使读者"忘为异类"，可毕竟又不是人，我们可称之为"《聊斋》人物"。作者又是怎样塑造的呢？

这种人物除了按照人的观念来塑造而外，还用了"偶见鹘突"法，使读者"知复非人"。这个手法的内涵是多层次的。

a. 作者把"《聊斋》人物"的非人特质（从外形到内质）与人的思想性格品德融合无间，但又对其非人的形与质从美的角度上有所暗示。细心的读者，可以从他们的人性、人情、仪态等美中，"偶见鹘突"之处：花姑子身有异香，且复姓章（《花姑子》）；陶生善艺菊而豪饮（《黄英》）；绿衣女善歌而声低细，喜着绿衣而细腰（《绿衣女》）……然而这些富于人性，却含有动、植物形与质的"《聊斋》人物"，由于作者首先是把它们作为人来写的，而且写的是理想人物，因此不但写其心灵美，而且将其特异的形与质也作为一种人体美来精心雕塑。使读者只觉得他们"和易可亲"，就是现了原形之后（陶生化菊，绿衣女化蜂……）"知复非人"了，也仍然恋恋不舍，"忘为异类"，亦希望其复化为人。蒲松龄的艺术魅力之大，征服了古今中外读者。

b. 是指在情节发展中，"《聊斋》人物"突然显示了超自然的神通或灵异，如阿英有分身术（《阿英》），使情节起了波澜，这是一种"偶见鹘突"的情况，亦常见于各篇。

c. 是指在小说结尾时，"人物"突然现形（《葛巾》），情节虽达高潮而结束，然余意不尽，使读者产生一种依依不舍之情。在唐传奇中也有近似的手法，如李公佐的《南柯太守传》，而其现形则在梦醒之后，才"知复非人"。蒲松龄很少借梦境来写人与精魅的关系，而主要是把他们安排在日常生活环境里活动，因而"偶见鹘突"自然而真实。这与唐传奇比较起来，是一种艺术独创。刚才说的李公佐的小说之"偶见鹘突"是在梦醒之后；还有一种情况，也是在情节结束时，但远逊于《聊斋》的艺术。象沈既济的《任氏传》，虽也因任氏现形为狐而结束，但作者开头即交代了"任氏，女妖也"，声明他是在为狐妖作传，因而难收"鹘突""拍案惊奇"之妙。而《聊斋》则不如是，作品开端，精魅即以人的面貌出场，在情节发展过程中或到结尾处，才"偶见鹘突"，让读者"知复非人"。"《聊斋》人物"的这种独创特点，能使读者"出于幻域，顿入人间"。

"《聊斋》人物"也在典型环境里成长。

近几年，"《聊斋》热"开始以来，有人批评蒲松龄"往往忽略了时代环境和人物性格的描写"。我们认为作者还是注意了的，否则就会损害了人物的真实。婴宁（《婴宁》）就是一位在典型环境中成长起来的少女，她自由、任性、天真，而最突出的是爱笑。这同她所生活的环境的培养是分不开的。作者往往以残酷的环境去考验"人物"，从而发展了"人物"性格，小谢、秋容就是（《小谢》）。

蒲松龄还有一个塑造人物比较成功的艺术手段，是人物语言的个性化。

《聊斋》里的小说，比较突出的一个特点，是人物对话多，而且各有自己的个性，即使最一般的角色也往往如此。如《邵女》中的媒婆能说会道，就很典型。使读者由听说话知其人，已经不容易了；而《聊斋》的难能可贵处，它是部文言短篇小说，但这并未限制住作者提炼人物口语个性化的创作才能。鲁迅说过："删除了不必要之点，只摘出各人有特色的谈话来。"（《花边文学·看书琐记》）蒲松龄应该也是这样；但他把文言口语尽量加以通俗化，便能使读者从人物的对话里认识其性格，想象其模样。

我们可以从《聊斋》手稿《辛十四娘》篇的辛十四娘的口语的修改，看到蒲松龄提炼人物口语的艺术手段及其用心。

修改前：

> 女（辛十四娘）曰："如欲我留，当从今闭户绝交游，勿浪饮城郭。"生谨受教。

修改后：

> 女曰："如欲我留，与君约，从今闭户绝交游，勿浪饮。"生谨受教。

这里的"当"字含有命令的口气，不符合辛十四娘的温婉性格。

故改为相劝的口吻，删除"当"，增"与君约"三字，这样就突出了人物个性特点，收到了传神的效果。

提炼人物个性化的口语是个复杂的劳动，不仅要注意人物本身，还应广泛研究人物思想性格与社会地位、教育等有机联系。如黄英（《黄英》），读者只听她说："陈仲子毋乃劳乎！"一句话，就对她有了较深的理解。因为这句话既表现了她的幽默风格，也突出了她的知识分子特色。而这和她所处的环境、教养等是分不开的，不然就没有这等胸襟。

"《聊斋》人物"的特色及其塑造的独创艺术经验，就谈这些。现在探索《聊斋》艺术的另一贡献。

④幻实相生的情节

性格决定情节，有了上述"《聊斋》人物"的性格，才产生这种幻实相生的情节。有人说，《聊斋》的情节是奇异和巧合。我们觉得"奇异"则诚然，"巧合"则未必。鲁迅也从未这样批评过。《聊斋》受唐传奇影响，在结构上仿纪传体。小说一开端就让主角出场，接着就交代人物的乡贯以及生活环境，尤其着重指出人物的性格特点。于是跟着其他人物的上场，以主角个性为中心展开情节。这一格式是古典文言短篇小说的传统，公式化了。而优点却是实践了个性决定情节，而情节又展示性格的创作规律。且作者注意人物性格的复杂性，并追求情节的完整，即"大抵具有首尾和波澜"（《且介亭杂文·六朝小说和唐代传奇文有怎样的区别？》）。而这种波澜多由于魔幻所推动。鲁迅称赞《聊斋》情节的特色是魔幻与现实相生，并且非常自然熟达。"描写详尽而委曲，用笔变幻而熟达。"（《变迁》第6讲）而这种魔幻之来，并非巧合，而有必然的发展。譬如，西湖主（《西湖主》）最后嫁给陈生是为了报恩，而这在小说开头即有伏笔。

魔幻与现实相生构成情节，是《聊斋》情节的最大艺术特点之一。它是魔幻、现实、民间文学三者的有机统一。民间故事传说往往含有魔幻与现实相结合的两种成分。《聊斋》的小说，在一般情况下，情节的开端与发展写的是现实人生的进程，自然也有矛盾，但当发展到不能以人力解决时，"《聊斋》人物（主要指鬼狐花妖精魅）"便以超自然的力量排难解纷，取得圆满结束，或进入魔幻世界再生波澜，从而形成一种幻实相生、离奇多变的情节。而这种情节，在《聊斋》诸篇中占大多数，乃成为该书的重大特色之一。

但必须注意，幻实相生是《聊斋》情节的总体特色，而非公式化。试作微观考察则是变幻多姿的。在提炼情节上，蒲松龄有丰富的艺术经验。现在我们归纳几点如下。

其一，"悬猜手法"。

小说通过人物之间的矛盾，产生了一个使读者最关心的重大的急待解决的问题。譬如说，生和死的挣扎，却并不立见分晓，而是悬荡或起伏在希望与毁灭的连续交叉中进行，吸引力无比强大，使读者怀着一种焦急期待的心理，随着情节的变化发展而忧喜交并，备受煎熬，急欲知道，却又悬猜不着，因而坚持阅读下去，几乎废寝忘食。象《西湖主》的情节就是这样。小说写陈生与西湖公主结婚之前，以小道具"红巾"组织起来的曲折多变的情节，真是波澜起伏，险峰迭起，动人心弦，结果虽出意料之外，却在情理（小说开端即有伏笔）之中，是幻实相生（实中生幻）的有机结合体，绝无巧合痕迹，乃是天衣无缝。明伦在《西湖主》"夹评"中，颇得作者构思精髓。（请参阅三会本《聊斋志异》）

这种"悬猜手法"在《聊斋》诸篇中虽所在多有，但由于作者善于量体裁衣，根据人物性格及题材的差别，而作匠心独运。如《葛巾》写常生与葛巾之邂逅，虽然也曲折波澜，使读者亦忧、亦喜、亦惊，充分调动了读者期待心理的积极性，但却是"好事多磨"型的，与《西湖主》中陈生所处的那种震撼人心、安危莫测、大起大落的情势，是不可同日而语的。但这两篇的共同之点，都是幻实相生，并且幻从实出的情节。

可见幻实相生这种情节及其艺术经验的内涵极其丰富，它的千姿百态、异彩纷呈之美，刚才已举一类而附两例。

其二，借神力解决不可克服的矛盾问题。

我们一再说过，幻实相生的情节，由于在情节发展中遇到非人力所能克服的矛盾，必须依靠精魅的神力来圆满解决，便产生了作为《聊斋》小说的特异情节；这有点象老套子，但有一支"变幻而熟达"的笔的蒲松龄，却才气纵横，常常"从心所欲不逾矩"地有新创造。他的"《聊斋》人物"就非纯属精魅，也有人（当然是极少数），但生有异禀。在遇到不可克服的矛盾时，也能以超自然力予以解决。因而这也是幻实相生的情节，而且是典型的情节。

《促织》就很典型。县官向成名催逼促织，成名被打得皮开肉绽，好容易捕得一头，却被小儿子弄死。儿子惧责也投井自杀了。在山穷水尽时，发现一头善斗的促织，于是一路进贡到皇宫，官员受赏，成名也分得一杯残羹。当情节进入高潮时，却发现促织乃成名之子精魂所化。当然这是个幻实相生的情节，但解决矛盾的不是靠精魅，而是靠人的神力，可说是一种新开拓。它的特点是现实性极强而富战斗性。如鲁迅所说："变幻之状，如在目前。"且有极高的艺术真实性。

其三，幻实相生中的艺术辩证法。

现实生活中，总是存在善与恶、光明与黑暗、生与死的斗争，往往在福祸互相转化中发展，从而表现了悲欢离合的人生现象，构成成千上万的故事，有的比较完整。于是作家就据以提炼富有辩证艺术的情节，或竟利用半成品而稍加剪裁。蒲松龄听来的一些民间故事，往往就是半成品。其中以《张诚》最为典型。这是一篇充满生死离合、喜极而悲的作品，艺术辩证构思极为鲜明，现实生活辩证逻辑给作者以极大启发。作者不但意识到，而且声明故事是听来的，意即利用了半成品。此篇魔幻成分是虎助一家团聚。因为仍属幻实相生的情节，便不得谓之巧合。本篇辩证艺术安排在情节高潮中，表现情感的对立，生动而真实；心态刻划，殊极深刻。文末作者且上升为理论（异史氏曰）："余听此事至终，泪凡数堕！十余岁童子，斧薪助兄。慨然曰：'王览固再见乎！于是一堕，至虎衔诚去，不禁狂呼曰：'天道瞆瞆如此！'，于是一堕。及兄弟猝遇，则喜而亦堕。转增一兄，又益一弟，则为别驾堕。一门团栾，惊出不意，喜出不意，无从之涕，则为翁堕也。不知后世亦有善堕如某者否？"作者在这里阐发了喜极而悲的艺术辩证法的感人力量，并指出：只有作者先感动，然后写出来的作品才有感染力，还指出情感是艺术功能的原动力之一。可见蒲氏懂得艺术辩证法与艺术功能。所以《聊斋》里含有这类情节的作品较多，但不雷同。首先是由于现实生活本身的辩证多彩，其次才是作者的艺术功力。

《仇大娘》是作者运用艺术辩证法创造成功的名作（含有幻想的成分）。但比起《张诚》来要复杂得多，是另一种类型。如果说《张诚》是作者以真实情感的矛盾对立统一取胜，而《仇大娘》则是作者抓住事物内部辩证发展过程，从事物相互依存的转化过程的规律去提炼情节。由于魏名对仇家的阴谋陷害，而产生的一系列复杂情节，充分体现了人生福祸推移转化的辩证过程。

从以上诸名篇中，我们看到蒲松龄提炼他的多样化的情节时，虽也注意人物性格，但却以编织情节为主。这在《聊斋》里占有较多的篇幅。不过作者还是充分尊重人物性格的。

其四，性格决定情节。

蒲氏不但注意人物性格决定情节，而且有时集中许多灾难与不幸于人物一身，去考验人物性格，或者说看人物怎样行动。更值得我们注意的是：在《聊斋》里也出现了复杂的人物性格（虽然为数极少）。由于情节服从着这种性格，便复杂而多变化。这应看作《聊斋》的幻实相生情节的新贡献。《王成》就是代表，实为可贵，是一株奇葩！小说虽也出现狐祖母，对王成有所帮助，但非主要的，也并未以神力解决不可克服的矛盾。小说所写，可说全是人生实境，王成所遭受的只是一般社会磨难；然而能于平凡中见新奇，吸引力极大。

王成一出场，作者就写他因性格懒惰给一家带来的穷苦与烦恼。"与妻共卧牛衣中，交谪不堪。"但当他偶然拾到一支金钗时，却慷慨还给失主。作者赞他"虽贫，然性介"，说明这一性格因素表现在穷困的王成身上，尤有价值。这是真正的"介"。他有颗宝石般的心灵；但作者同时也让读者认识到王成性格的复杂性，他并非浑身闪闪发光，他懒而介。正因此，他是一个真实的立体人物。

"介难，贫而介尤难。"由于他的"介"受得住、经得起残酷的考验而开始发光，于是他的生活向有利方面转化，而他的懒又使他失去了一线光明。性格自身的对立，决定了情节的曲折。作者写得真实而深沉，生活气息扑人身面。

试看小说：当王成的狐祖母让他去贩葛，嘱他蹑程前进，不误时机，可得微息时，他终因懒而失机，折本十余两，接着余款又全部被窃。当王成陷入极端困顿之中，尤其在"或劝鸣官，责主人偿"的引诱之下，他再次经得起残酷的考验，性格中"介"的因素进一步发扬，使他因此得以交居停主人为友，终得其助而致富。

因为王成性格中存"懒"，作者得以集中许多不幸于其身，也由此考验出王成主导性格之"介"。也正因为"介"而能转祸为福，而"懒"也被逐渐克服了。在人物性格与情节提炼的关系上，作者不仅在性格与情节上取得艺术的双丰收，而且异常突出地塑造了一个真实的永远可贵的"介"的个性。这是蒲松龄歌颂的中华民族的一个优良传统！

然而，由于蒲松龄所写的绝大多数是"《聊斋》人物"，才产生了幻实相生的情节。

其五，是用"鹘突"现形，以组织情节。

蒲松龄虽把"《聊斋》人物"作为人来写，但这些人物却带有动、植物的形与质，而且在情节发展过程中的适当时机，他（她）们就"鹘突"现形，作为作者提炼情节的契机。譬如说，当生活最为美满（也即情节无可继续发展）时，即阿英与甘生婚姻美满（《阿英》），阿纤与三郎结合，"奚家富，三郎入泮"时，阿英便"鹘突"现形为鹦鹉……"知复非人"了。于是情节转折，重起波澜。如果"鹘突"见于篇末，则情节戛然而止。如绿衣女现形为一只绿蜂后，"穿窗而去，自此遂绝"（《绿衣女》）。

其六，鲁迅誉《聊斋》之情节为"叙次井然"，说明其结构之用心。

无论小说内容复杂到什么程度，其情节结构总是若网在纲，有规律可循。从这个角度上看《仇大娘》，它就比较典型。这篇小说篇幅在《聊斋》中算是比较长的，它由几个密切相联系的故事所组成。蒲氏用正面人物（主角）仇大娘代表的姓仇的一家同对立面人物魏名的主要矛盾冲突为纲，穿针引线，把几个小故事有机地组织起来，主情节的发展变化，不仅服从仇大娘的性格，就是有机联系的小故事的发展变化，也从各个侧面显示了仇大娘的性格。蒲氏题小说名为《仇大娘》绝非偶然。

这个情节的网是怎样编织起来的呢？

仇家与其敌人魏名虽属主要矛盾，但并未直接正面冲突。魏名采取阴谋手段陷害仇家。他利用仇家内部不和，乘隙而入。主要情节是仇大娘对残破的仇家予以再造重建。魏名的阴谋陷害活动，是产生主要情节的原动力，并对几个小情节起着穿针引线的作用，从而构成主情节并展示了仇大娘性格。从总体上看，有个大情节在作波澜起伏的运动，但实际上是一些小情节各自在发展变化，可又有机相连，"叙次井然"，宛如北雁南飞。

还是联系一下小说本身吧：仇仲妻邵氏与仲叔尚廉有矛盾，为仇大娘的出场作了较远的铺垫；魏名阴谋陷害仇福的故事，则是仇大娘出场的直接背景。邵氏因与仲叔的矛盾，患病卧床，无人持家，乃为长子仇福毕婚，而仇福受魏名之蛊惑挑唆，结果卖妻逃亡。母病垂危之际，魏名又乘机通知仇大娘回娘家，意图闹个家破人亡。于是仇大娘出场。这个残败的家庭现状，使具有复杂性格的仇大娘，发扬义侠的一面，她为重建家园而开始斗争，这是主情节的发端；至仇禄（次子）尝尽了悲欢离合的人生，则是仇大娘斗争的高潮。仇大娘始终掌握着斗争的主动权，使事物向有利于自己的方面发展，从而展示了她的斗争性格愈益坚强，及其惊人智慧。她不但推动着主情节的流向，而且因势利导，亲手把诸多小情节组织得"叙次井然"。

　　《仇大娘》"叙次井然"的结构，主要取决于作者艺术处理复杂场面、错综事件的能力。他不受史观局限，而又批判吸收其章法。《仇大娘》是一篇具有中篇规模的小说，人物众多，事件纷繁，作者却成功地采用了"倒叙"、"插叙"或"接叙"法，作了有机组织安排，取得结构上的胜利。如仇大娘的出场，虽已作过两层铺垫，但仇大娘为何许人，亦无伏笔，所以她的出场，读者会感到突兀陌生。于是作者采用"先是"开始了倒叙：仇仲有个性格刚猛，且贪得的，已多年不来往的闺女。如果她的性格不这样，魏名就不会向她报信，她也就不会出场了。这不仅文字简洁，行文有力，且大有"山雨欲来风满楼"之势。

　　然而仇大娘的性格是复杂的，母家那种悲惨无告的残酷环境，激发了她义侠刚猛的一面。于是她主动承担起重建家园的重担。许多小故事虽多由仇大娘来推动，可是千头万绪，复杂交织，许多线头都等待着作者去梳理。于是蒲氏采用插叙法，如逃亡之仇福与弟禄在口外相遇，禄资助之还乡，其后的情况，是作者借禄接妻子之契机，插叙了禄还乡后破镜重圆的曲折过程，从而保证了详尽曲折与"叙次井然"的艺术结构。

（四）学习发扬《聊斋志异》的艺术经验

　　本专题研究行将结束之际，必须再次指出，鲁迅认为《聊斋》之价值，主要在艺术成就上，是中国小说史上的一株奇葩！

　　众所周知，任何一个作家的成名之作，都要付出大量辛勤劳动。就是蒲氏的最后一段修改工程，也异常辛苦。在他反复修改过的手稿上，就反映着他的不懈努力：从思想到艺术的不断提高。

　　鲁迅教导青年作者说："如要创作，第一须观察，第二是要看别人的作品。"（《致董永舒》第一信，见 16 卷本《鲁迅全集》第 10 卷，第 165 页）而最好的写作教材，就是这些大作家的手稿。鲁迅说："凡是已有定评的大作家，他的作品，全部就说明着'应该怎样写'。只是读者很不容易看出，也就不能领悟。因为学者一方面，是必须知道了'不应该那么写'，这才会明白原来'应该这么写的'。"那么，怎样才能知道这么写呢？就是"从那同一作品的未定稿本去学习"（《且介亭杂文二集·不应该那么写》）。现在我们有幸发现了《聊斋》的半部手稿，让我们遵照鲁迅的教导去学习吧。

　　在这半部手稿上，我们看到，除了细节之外，改动较多的是人物对话部分。也就是说，在人物口语的个性化上，作者是从观察理解人物到语言与人物性格的关系上，下了功夫的。这方面的例子，前面已经举过；现在另从作者提炼情节的角度，举一个由于增添了一个细节，便画龙点睛似的使主情节活了起来的例子。

　　《水莽草》完稿后，作者增加了"生求茶叶一撮"一个细节，它在提炼情节上，起着生命细胞的重大作用。当祝生"受盏神驰，……吸尽再索"，缱绻难舍之际，要一撮茶叶带走，是完全符合祝生当时心态的。因此，增加这个细节，不但是合情合理的，且增强了戏剧性与真实性，而更重要的是，这个细节自然而有力地把情节向高潮推去：祝生回家发现"茶叶"原来就是水莽草，于是发生一场战斗，生发出祝生与寇三娘的新故事。

　　我们应该不放过这半部稿子中修改的任何一个字，作比较研究，去用心揣摩作者修改时的匠心推敲。鲁迅曾引用过惠列赛耶夫的《果戈理研究》第 6 章里的话说："在大作家的带有修改过的手稿里，简直好像艺术家在对我们用实物教授。恰如他指着每一行，直接对我们这样说——‘你看——哪，这是应该删去的。这要缩短，这要改作，因为不自然了。在这里，还得加些渲染，使形象更加显豁些。”（《且介亭杂文二集·不应该那么写》）

我们应该从《聊斋》里，尤其应该从作者所遗留下的半部《聊斋》手稿里，去接受蒲松龄的这些耐心的指导，并有所创新，提高我们的创作能力，发扬我们优秀的民族艺术传统！

八 鲁迅与《儒林外史》

鲁迅在比较研究世界文学史的发展情况时说："十九世纪以后的文艺，和十八世纪以前的文艺大不相同。十八世纪的英国小说，它的目的就在供给太太小姐们的消遣，所讲的都是愉快风趣的话。十九世纪的后半世纪，完全和人生问题发生密切关系。"① 而18世纪的中国就已产生了不朽的现实主义作品《儒林外史》。它是中国文学史，特别是小说史上的一颗讽刺文学明珠。它标志着中国讽刺文学在封建社会末期已发展到高峰。《儒林外史》的艺术独创性，不仅在主题上具有切中时弊的战斗性，而语言之质朴、精炼与人物铸造上也具有独特风格。因而在小说史上，能一扫虚伪颂美之风，掣起写真实的旗帜，树起了现实主义狙击手的讽刺文学丰碑，显示出它较长久的艺术生命力。而对这部巨著能认识和阐发其真正价值，并从中总结出讽刺艺术经验，且加以继承和发展的，却是中国文化革命的主将——鲁迅。

（一）一部讽刺名著的诞生

前期提倡清醒的现实主义的鲁迅，主张狙击封建固有文明，抨击旧社会。他反对瞒和骗的文艺，要求作家睁开眼睛正视现实，真诚地、深入地大胆看人生，写出自己的血和肉来的文字。② 在这一思想指导下，他研究小说史，从现实主义小说流派的发展

---

① 鲁迅：《集外集·文艺与政治的歧途》。
② 鲁迅：《坟·论睁了眼看》。

中，他发现了这部以杰出的讽刺手法，深刻批判和反对当时以程朱理学为指导思想的八股取士制，并通过"儒林"这人生社会的一角，无情地揭开了这个雍、乾"盛世"的面纱，暴露了它的腐朽、崩溃的历史趋势。

鲁迅认为这样一部巨著的产生，绝非偶然。它既有现实社会的土壤，也有讽刺文学本身一个成长过程，更与作者的一些主、客观条件分不开。

在任何社会里，有了反映人生问题的文学，就有了讽刺文学或其因素，因为它产生于社会上存在缺点的土壤中。《诗大序》说："下以风刺上。"鲁迅认为《诗经》里的《雅》也有讽刺。①专就讽刺小说而论，鲁迅说，从晋开始发展到明代较好的人情小说，虽"描写时亦深刻，讥刺之切，或逾锋刃"，②却并"非于世事有不平"，有的也"诃斥全群"，③但非"旨微而语婉"。④可见，鲁迅对讽刺小说提出严格的标准，并探索到它的发展规律：在思想、立场和态度上，是从私怨、"打诨"向着"公心讽世"发展。⑤在艺术上，是从"浅露"到"婉曲"，真实地描写讽刺典型。到了中国封建社会末期，才从吴敬梓笔下开花。所以，鲁迅高度评价说："迨吴敬梓《儒林外史》出，乃秉持公心，指摘时弊，机锋所向，尤在士林；其文又戚而能谐，婉而多讽：于是说部乃始有足称讽刺之书。"⑥

为什么恰恰在 18 世纪中叶的中国封建社会末期产生了《儒林外史》？

清代统治阶级立国以来，就全力加强了思想统治，大兴文字

---

① 鲁迅：《汉文学史纲要》："至于二《雅》，则或美或刺。"
② 鲁迅：《中国小说史略》第 23 篇。以下简称《史略》。
③ 鲁迅：《史略》第 23 篇。
④ 鲁迅：《中国小说的历史的变迁》。
⑤ 鲁迅：《史略》第 23 篇。
⑥ 鲁迅：《史略》第 23 篇。

狱，无孔不入地、残酷地迫害进步知识分子。这从小品文的命运中也反映了出来。鲁迅说："明末的小品……其中有不平，有讽刺，有攻击，有破坏。这种作风也触着了满洲君臣的心病，费去了许多助虐的武将的刀锋，帮闲的文臣的笔锋，直到乾隆年间，这才压制下去了。以后呢，就来了'小摆设'。"① 与血腥镇压相结合，他们又学了明朝统治者的手段：以八股取士科举制，诱知识分子入彀。使他们长期沉湎在朱注儒家经书中，以致思想僵化，道德堕落，愈趋严重。鲁迅说："我出世的时候是清朝的末年……正是圣道支配了全国的时代。政府对于读书的人们，使读一定的书，即四书和五经；使遵守一定的注释（按：指朱熹注），使写一定的文章，即所谓'八股文'；并且使发一定的议论。"② 这就必然孳生象卧闲草堂本《儒林外史》闲斋老人说的："有心艳功名富贵而媚人、下人者，有倚仗功名富贵而骄人、傲人者，有假托无意功名富贵自以为高，被人看破耻笑者。"所以《儒林外史》真实的"写儒者之奇形怪状，为独多而独详"，这些人除"八股而外，一无所知"。③

　　吴敬梓能写出这部成功之作，鲁迅还从文艺创作的根本规律出发，强调指出："与作者的生活经历、个性、才能等密不可分。"身历康、雍、乾三朝的吴敬梓自幼生活在"名门贵族"之家。但从祖父起开始衰微，到他中年后骤然陷入贫困的境地。在他的家庭败落过程中，他看到了世人的真面目，认识了社会。特别由于亲尝和看到制艺之弊，便产生了蔑视制艺、厌弃功名富贵的思想，促使他满怀愤怒，"抽毫杆击"这个丑恶、腐朽的吃人社会。鲁迅说："敬梓身为士人"，"熟悉其中情形，故其暴露丑态，就能格外详细"。④ 更因作者有支辛辣的笔，就使上层社会，

---

① 鲁迅：《南腔北调·小品文的危机》。
② 鲁迅：《且介亭杂文二集·在现代中国的孔夫子》。
③ 鲁迅：《中国小说的历史的变迁》。
④ 鲁迅：《中国小说的历史的变迁》。

尤其是"士林"生活"穷形尽相"，写出了一部 18 世纪中叶中国"社会"的令人惊异的现实主义的历史。因而它的社会效果就如卧闲草堂本第三回所评："慎勿读《儒林外史》，读竟，乃觉日用酬酢之间，无往而非《儒林外史》。"

（二）主旨之探索

然而《儒林外史》的主旨是什么？不仅古今有不同理解；而且就作者的立场、世界观与创作方法的关系上也存在分歧。

关于此书的主题思想（主旨），有一派主张是反功名富贵。卧闲草堂本的闲斋老人序和增补齐省堂本的惜红生序都这样看。而现代《儒林外史》研究者中也有人认为闲斋老人序中的意见，"是全面概括地阐明了这书的主题"。

其实，作者攻击的主要目标是那块敲"功名富贵"之门的敲门砖。[①] 作者在第一回通过其理想人物王冕的口，批评"礼部议定取士之法"说："这个法却是定得不好，将来读书人既有此一条荣身之路，把那文行出处，都看得轻了。"作者看到一个重大问题：制艺与功名富贵联系的结果，使社会腐朽、霉烂。这才是该书的主旨。当然他还不可能认识社会腐朽、崩溃，是封建制度发展的必然。但作者认识到制艺与社会腐朽的关系，在当时已是认识极高的了。这是由于作者亲身受到毒害而有所觉醒。因此，作者通过对康、雍、乾三朝知识阶层的精神面貌的真实描写，把讽刺矛头直刺以程朱理学为内容的制艺，旁及官僚制度以至整个社会风习。所以鲁迅说："故书中攻难制艺及以制艺出身者尤烈。"[②]

然而胡适却大唱反调，竟把反制艺、蔑视功名富贵的《儒林外史》说成为追求"功名富贵"的书。胡说吴敬梓写《儒林外史》是为了想做官使用的一种手段：为了养成一种"不"想做官

[①] 语见鲁迅《在现代中国的孔夫子》。
[②] 鲁迅：《史略》第 23 篇。

的"社会心理"，然后就"不怕皇帝不给你官作"了。① 且有意把歌颂制艺的《儿女英雄传》美化成为客观上反科举的小说："《儿女英雄传》的大部分真可叫做一部不自觉的《儒林外史》。"② 这就不仅严重歪曲了《儒林外史》的主旨，而且也否定了中国的讽刺文学。

与《儒林外史》主旨相联系的另一分歧：作者创作目的是"反戈一击"还是"补天"？并进而涉及世界观与创作方法的问题。

有人看到《儒林外史》反科举、贱功名富贵，"刻画伪妄""掊击习俗"，就认为吴敬梓也象鲁迅那样，是对旧营垒的"反戈一击"。如有人说："当吴敬梓作为这样一名战士而出现的时候，他便已经和统治阶级对立起来而站在被压迫人民的前哨了。"③ 当然我们要充分肯定这部足称讽刺之书，但他并未站到被压迫人民的一边。

作者不仅是位冲破"瞒和骗"的云雾的文坛闯将，更重要的是敢于向政治、社会开火（尽管作者假托明朝故事，明眼人一看就知道是讽刺时事）。当文网严密的雍、乾两朝，"有人仅仅为对朱熹注释的个别说法提出质疑，……都被定为'异端邪说'，反复追查"的灾难时代，作者竟敢把讽刺矛头刺向"儒林"，揭发制艺之弊；在"雍、乾盛世"诊断出它的恶兆，吴敬梓真不愧是个有头脑的战士！

吴敬梓的清醒的现实主义，不仅表现在敢于撕碎那些君子、山人、名士、侠客……的画皮，而且也表同情于那群中封建礼教之毒而吃人的书呆子。这两种士人，吴敬梓认为都是以理学为指导思想的科举制的产物。他对前者是批判的，而对后者则哀其不幸，怒其不醒。为鲁迅所称赞为"殊极刻深"的关于王玉辉逼女

---

① 《胡适文存三集》卷6。
② 《胡适文存三集》卷6。
③ 《读书》1979年第2期，第92页。

殉夫的情节，是中国文学史上作家第一次蘸着血和泪用艺术形象控诉礼教吞噬妇女的悲剧。"戚而能谐"的风格，正是这样产生的。

作者还积极地向礼教挑战，大胆支持了那些敢于冲破礼教，蔑视虚伪的礼法的约束的人物。他描写"杜少卿夫妇游山"的情节，不独使"两边看的人，目眩神摇，不敢仰视"（卧闲草堂本第33回），甚至使这个本子的评论者也颇有微辞，批评杜少卿"豪荡自喜"，说他"狂"，以至"有瑕"。这一歌颂与反歌颂，反映了在礼教问题上的尖锐冲突。

但也应实事求是地承认：吴敬梓并未同封建社会彻底决裂，他基本上是站在封建阶级立场上，来讽刺同群中的不肖者，目的是加以挽救，从而使这个病入膏肓的社会新生。这从他作品中的"再使风俗淳"的理想设计和歌颂地主阶级的人物都可得到说明。

当然也不可由此就得出另一极端的结论：说他有"拥护剥削阶级，加强剥削阶级的统治"① 思想。并据此把《儒林外史》这部名著，解释成"吴敬梓的现实主义的写作方法使他不得不违反自己阶级的利益，而写出自己阶级必然崩溃的挽歌来"。②

吴敬梓确是站在地主阶级立场上的，但他思想的进步面是占主导地位的，因而他能掌握和运用现实主义的讽刺之笔否定不合理的东西。而他的占次要地位的落后思想却又使他的作品产生了许多败笔。当然《儒林外史》是大醇小疵，但却充分证明作者的创作方法并未胜利。因为现实主义是忠于现实描写的，一离开真实，也就失掉了现实主义。正如果戈理在《死魂灵》第一部里写地主讽刺典型是成功的，"至于写到农奴，却没有一点可取了"。③"果戈里的运命所限，就在讽刺他本身所属的一流人物。""一到创造他之所谓好人，就没有生气。"④ 吴敬梓也是这样：他肯定和

① 陆侃如：《论古典作家的宇宙观和创作方法的矛盾》。
② 陆侃如：《略论吴敬梓和他的〈儒林外史〉》。
③ 鲁迅：《且介亭杂文二集·几乎无事的悲剧》。
④ 见《死魂灵》第2部第2章译后记。

歌颂的人物都不真实或无可取的，"甚至过于矫揉造作"。

鲁迅总结历代讽刺文学的性质有多种。他说："有些貌似革命的作品，也并非要将本阶级……推翻，倒在憎恨或失望于他们的不改良。"[1] 吴敬梓在《儒林外史》里表现的正是一个"较有聪明才力公子憎恨家里的没出息的子弟"。[2] 鲁迅指出，因而吴敬梓的思想是："束身名教之内，而能心有依违。"[3] 他反理学，却皈依"真儒"。他所歌颂的正面人物如虞育德、庄绍光、迟衡山、杜少卿等，都是遵循着"文行出处"的道德规范，具有"礼乐兵农"的政治信念。因而主宰这些人物的基本上是儒家思想。他反对理学的吃人礼教，却又奉行他理想的"真儒"的礼教。

《儒林外史》里的这些矛盾，正说明了作者的世界观与创作方法的一致性。

但也应该着重指出：正由于作者对现实社会有较深刻的认识，产生了改良社会的愿望，他才怀着憎恨，以含泪的微笑对腐朽、罪恶的现实作了讽刺描写，把"盛世"帷幕用力揭开，露出了行将衰亡的封建社会的腐朽、凶残的真面目，"对于敌对的别一群，倒反成为有益"。[4] 这是《儒林外史》在今天的认识价值之一。

（三）"诚微辞之妙选，亦狙击之辣手矣"

现实主义是对现实生活作真实的描写，但作为现实主义的讽刺文学却有自己的特点。首先是取材的特殊性。对否定人物和现象作真实的描写，就是讽刺文学的内容，并从而决定了它的对比、夸张等的艺术方法。

鲁迅对现实主义讽刺文学的标准，要求极严：在思想上，必须"秉持公心，指摘时弊"；艺术风格上，要求"戚而能谐，婉而

---

① 鲁迅：《二心集·上海文艺之一瞥》。
② 鲁迅：《二心集·关于小说题材的通信》。
③ 鲁迅：《史略》第23篇。
④ 鲁迅：《什么是"讽刺"？》。

多讽"。具有这样内容与形式相统一的书，才是"足称讽刺之书"。

鲁迅喜爱并高度评价《儒林外史》，进而受到较大影响。也正因为吴敬梓在创作方法上善于发现和提出社会重大问题，从"士林"突破缺口，用讽刺烈火烧毁现实社会中的假、恶、丑，故鲁迅誉之为"公心讽世"。①

鲁迅向来反对作者"私怀怨毒"而讽刺的动机，也指斥社会上视小说为攻讦之器的歪风。鲁迅所批评的唐初《补江总白猿传》就已开始的"假小说以施诬蔑之风"，② 直到五四未泯。鲁迅警告这类作者说，这会"引读者的思想跟他堕落：以为小说是一种泼秽水的工具，里面糟踏的是谁。这实在是一件极可叹可怜的事"。③ 讽刺文学的目的（也是它的教育价值）在于"公心讽世"。鲁迅在《答〈戏〉周刊编者信》里对"公心讽世"的伟大意义作过透彻的阐发。他认为这样的作者有一个为人生的善机，其文艺思想是为了普遍教育读者而塑造典型。他的艺术品是怀着真、善、美的理想，去否定假、恶、丑。

鲁迅开始创作活动，就主张为人生，并且要改良这人生，就必然对《儒林外史》起共鸣。"公心讽世"是鲁迅给作者吴敬梓的极高荣誉。"公心讽世"的作者意味着具有进步的思想与高尚的人格，才能用讽刺的笔锋写出反映社会真实的艺术品。如果说"秉笔直书"的良史，能记录真实的历史，彰善瘅恶；那么作为小说家的"稗官"就要以艺术之笔创造典型反映社会真实，"足资考镜"。④ "敬梓之所描写者……既多据自所闻见，笔又足以达之，故能烛幽索隐，物无遁形，凡官师、儒者、名士、山人、间亦有市井细民，皆现身纸上，声态并作，使彼世相，如在目前。"⑤ 所以

---

① 鲁迅：《史略》第23篇。

② 鲁迅：《史略》第23篇。

③ 鲁迅：《孔乙己》，"附记"。

④ 东武惜红生：《儒林外史》，序。

⑤ 鲁迅：《史略》第23篇。

鲁迅尊重吴敬梓的思想、人格，赞他的著作是"公心讽世之书"。

《儒林外史》是现实主义讽刺小说。但讽刺并非现实主义所独有，象《西游记》就是"讽刺揶揄，则取当时世态"① 的浪漫主义作品。《聊斋志异》中也有许多讽刺名篇。不过浪漫主义的讽刺特点往往是在奇特的事件中，以幻异的形式，用夸张的手法来嘲笑被讽刺的对象，象《司文郎》那样。现实主义则要求作家直接根据现实生活发展逻辑作客观揭示，而有意偏要提出那些"不合理，可笑，可鄙，甚而至于可恶"的人和事，"加以精炼，甚至于夸张，确是'讽刺'的本领"。② 这些业已司空见惯，谁也不觉得奇怪的极平常的事，"正如无声的言语一样，非由诗人画出它的形象来，是很不容易觉察的"。③ 这正是现实主义讽刺手法。

而《儒林外史》却又有自己的艺术特点：就是"白描"。它的"戚而能谐"的艺术风格，首先为作者的立场思想所决定。当他描写那些丑恶现实，尤其那些社会蛆虫的灵魂时，是混凝着憎恶和苦笑的。他的思想感情比较复杂：既觉得这类人物可笑、可鄙、可憎，但也感到他们是可怜的。"他的讽刺，在希望他们改善。"④ 这正是《儒林外史》值得肯定之处。如果作者"毫无善意，也毫无热情"，他的作品就变成"冷嘲"。所以当时就有"爱之者几百读不厌"，⑤ 而且"读之者，无论是何人品，无不可取以自镜"。⑥

为了探索《儒林外史》在世界文学中的地位，鲁迅运用了比较文学的科学研究方法，他认为它那"戚而能谐"的艺术风格，只有果戈理的"含泪的微笑"能与之相媲美。他们都塑造成功了

---

① 鲁迅：《史略》第 17 篇。
② 鲁迅：《什么是"讽刺"？》。
③ 鲁迅：《且介亭杂文二集·几乎无事的悲剧》。
④ 鲁迅：《什么是"讽刺"？》。
⑤ 黄安谨：《儒林外史评》，序。
⑥ 闲斋老人：《儒林外史》，序。

讽刺典型，他们都希望他们改心向善。然而果戈理也和吴敬梓一样，"所写的理想人物，毫无生气"。^① 但鲁迅批评"《死魂灵》的作者……常常要发一套议论"，^② 而深加赞美了以"白描"为主的《儒林外史》。

鲁迅还把《儒林外史》同五四以前的中国类似讽刺的小说作了全面比较研究，从艺术真实的角度，指出了"是后亦鲜有以公心讽世之书如《儒林外史》等"。

"'讽刺'的生命是真实。"^③ 当然一切现实主义文学样式都要求真实，但讽刺文学特别要以真实为生命。因为它有一个夸张的手法和笑的因素。"张大其词"，就会失真；过于诙谐，便失之油滑。因而作者对生活要诚实，写作态度要严肃，以精炼的语言写出否定的对象的本质，才能"如铸鼎象物，魑魅魍魉，毕现尺幅"。^④ 如果"辞气浮露，笔无藏锋，甚至过甚其辞"，^⑤ 就失去了讽刺文艺上的价值，只能称为"谴责小说"。

讽刺作者对被讽刺者是善意的，因而风格才呈现"婉而多讽"。但他却"大抵为被讽刺者所憎恨"。^⑥ 在《儒林外史》初问世时，就被某些人认为"刻薄"。^⑦ 又因为这部讽刺艺术明珠有"较为永久"^⑧ 生命力，自五四以来，也触着了"所谓有教育的智识者社会"^⑨ 的痛处，就受到帮闲、哈巴狗们的贬抑、歪曲和诬蔑。鲁迅说：自"留学生漫天塞地以来，这部书就好像不永久，也不伟大了。伟大也要有人懂"。^⑩

---

① 许广平编《鲁迅书简》，第 928 页。
② 许广平编《鲁迅书简》，第 823 页。
③ 鲁迅：《什么是"讽刺"?》。
④ 增补齐省堂本，惺园退士序。
⑤ 鲁迅：《史略》第 28 篇。
⑥ 鲁迅：《什么是"讽刺"?》。
⑦ 黄安谨：《儒林外史评》，序。
⑧ 鲁迅：《〈出关〉的"关"》。
⑨ 鲁迅：《从讽刺到幽默》。
⑩ 鲁迅：《叶紫作〈丰收〉序》。

《儒林外史》伟大的讽刺艺术方法在于"白描"。鲁迅说的"有真意，去粉饰，少做作，勿卖弄"的"白描"，是现实主义描写生活真实的一般方法。"无一贬辞，而情伪毕露"则是以《儒林外史》为代表的讽刺文学的白描。鲁迅后来总结《儒林外史》《死魂灵》，特别是结合自己的创作经验，又作了对讽刺文学艺术白描的全面、科学的论述。鲁迅说的"或一群人的或一面的真实"，就是讽刺作者从现实生活中特选的一些人和"在那时却已经不合理……甚而至于可恶"的事。① 这就决定了讽刺文学的内容（"指摘时弊"），同时要求相适应的表现方法：白描。作者怀着爱憎、喜怒的心情，以客观、严肃而认真的创作态度，运用准确、精炼、朴素的语言，或者有些夸张的对选题材作真实描写，让人物自我表演，这就是"无一贬辞，而情伪毕露"。更因为写得逼真、深入，又渗透着希望人物改善的愿望，就产生了"笑"的效果，就出现了"婉而多讽"的风格。

这是吴敬梓的贡献，也是从传统的良史之笔发展而来的讽刺艺术经验的继承与独创。古之良史记事写史的一个准则曰"秉笔直书"，或曰"直书其事"。笔书之事，能在当时所能认识的程度上，力求如实地反映事件的真相。因而既不阿权贵，也不避强御，以达到彰善瘅恶的效果。但由于时代、阶级的局限，这些良史不可能"直书"出上层堕落的本质，也不可能真实反映劳动人民的生活和愿望。"直书"还是为了统治阶级的利益。所以鲁迅指出正史的真实性"正如通过密叶投射在莓苔上面的月光，只看见点点碎影"。② 因而主张看野史、杂记，"自然也免不了有讹传，挟恩怨，但看往事却可以较分明，因为它究竟不像正史那样地装腔作势"。③ 然而野史杂记的真实性，又不如小说。当然"艺术的

---

① 鲁迅：《什么是"讽刺"？》。
② 鲁迅：《华盖集·忽然想到之四》。
③ 鲁迅：《华盖集·这个与那个》。

真实非即历史上的真实，……因为后者须有其事，而创作则可以缀合，抒写，只要逼真，不必实有其事也。然而他所据以缀合，抒写者，何一非社会上的存在"。① 现实主义所要求的正是这种真实。"让我举一个例子。巴尔扎克……他在《人间喜剧》里给我们提供了一部法国'社会'特别是巴黎'上流社会'的卓越的现实主义历史。"② 从真实和社会教育效果的角度理解，汉代以来，就把小说看作历史支流。鲁迅说："《汉志》之叙小说家，以为'出于稗官'，如淳曰：'细米为稗。街谈巷说，甚细碎之言也。王者欲知里巷风俗，故立稗官，使称说之。'"③ 此说对后世作者与读者的影响很大，直到清代，还称小说或小说家为"稗官"。吴敬梓当然也受影响。所以闲斋老人《儒林外史》序说："稗官为史之支流，善读稗官者，可进于史，故其为书，亦必善善恶恶，俾读者有所观感戒惧，而风俗人心庶以维持不坏也。"并直接解释《儒林外史》书名说："曰'外史'原不自居正史之列也。"这就说明了通过"真实"的角度，从秉笔直书的史的"彰善瘅恶"的精神，发展到小说的"善善恶恶"的更为普及的艺术的社会教育作用。吴敬梓是以"稗官"自任，并且就是用这一精神来写他的富有艺术真实的讽刺小说，名实相副地名曰《儒林外史》，"不愿居正史之列"是完全可以理解的。而其所用手法，就是从"秉笔直书"或"直书其事"的史法，发展而为讽刺艺术的白描。

吴敬梓总是运用这手法描写特定环境中的典型细节来塑造人物的。恩格斯说："现实主义是除了细节的真实之外，还要真实地再现典型环境中的典型性格。"④ 吴敬梓正是这样，他创造了讽刺艺术的"细节的真实"的经验。鲁迅认为吴敬梓在塑造讽刺典

---

① 《331220 致徐懋庸》，《鲁迅全集》第 12 卷，第 302 页。

② 《马克思恩格斯选集》第 4 卷，人民出版社，1972，第 462 页。

③ 鲁迅：《史略》第 3 篇。

④ 恩格斯：《给哈克纳斯的信》。

型方面也是再现了"典型环境中的典型性格"："时距明亡未百
年，士流盖尚有明季遗风，制艺而外，百不经意，但为矫饰，云
希圣贤。"① 敬梓所描写者即是此曹。并且"皆现身纸上，声态并
作"，人物真实而生动，因而"使彼世相，如在目前"。从而产生
了较长久的艺术生命力，使鲁迅在辛亥革命以后，还见到他们的
"绵绵瓜瓞"的后代。

　　鲁迅认为"作家的取人为模特儿，有两法"。吴敬梓"专用
一个人"为模特儿法。"《儒林外史》所传人物，大都实有其人，
而以象形谐声或庾词隐语寓其姓名，若参以雍、乾间诸文集，往
往十得八九（详见本书上元金和跋）。"② 可是有人竟据此认为，
鲁迅最初把《儒林外史》看作真人真事之书，到后来写《〈出关〉
的"关"》时，才改正了过来。显然这是不理解鲁迅，也不认识
《儒林外史》的创造典型方法的。在《儒林外史》各本的一些
"序""评"中，就是认识到作者是以真人为原型、真事为题材创
造典型的，黄安谨说："所指之人，盖都可得之，似是而非，似
非而或是。"这就接触到从真人出发去塑造"熟悉的陌生人"；也
正因为是典型的，"无论是何人品，无不可取以自镜"。③ 而增补
齐省堂本《儒林外史》例言第五，还从艺术虚构的角度反驳金和
跋说："窃谓古人寓言十九，如毛颖、宋清传，韩、柳亦有此种
笔墨，……必欲求其人以实之，则凿矣。"又进一步提出"即使
果有其人，而百年后亦已茫然莫识，阅者姑存其说，仍作镜花水
月观之可耳"，从而阐发了以真人为典型的理论。先于《史略》的
旧评论，都已基本接触到了吴敬梓创造典型的方法，而且这些评论
鲁迅是看过的，难道他还把《儒林外史》当作历史书？何况鲁迅在
《阿Q正传》序里已经讽刺了喜欢对小说人物作考据的胡适呢！

①　鲁迅：《史略》第23篇。
②　以下凡见于鲁迅《史略》第23篇者皆略注。
③　闲斋老人：《儒林外史》，序。

　　只有自称有"历史癖与考据癖"的"特种学者如胡适之先生之流"，只根据《文木山房集》的《哭舅氏》诗，便下结论说："他这一位母舅简直是一位不得志的周进、范进。认得了这一位六十岁'抱恨归重泉'的老秀才，我们就可以明白吴敬梓发愤做《儒林外史》的心理了。"这就把"公心讽世"缩成个人目的，把《儒林外史》看成"史书"。所以鲁迅批判说："纵使谁整个的进了小说，如果作者手腕高妙，作品久传的话，读者所见的就只是书中人，和这曾经实有的人倒不相干了。例如，……《儒林外史》里马二先生的模特儿是冯执中，现在我们觉得的却只是……马二先生，只有特种学者如胡适之先生之流，这才把……冯执中念念不忘的记在心儿里。"①

　　吴敬梓创造人物的另一特点，是对被讽刺对象掌握着分寸。对于"士林"中的地主、劣绅以至官僚都撕碎他们的假面，所以鲁迅称他为狙击之辣手。吴敬梓对于他认为有缺点的士人则不一笔抹煞。这就不仅体现了作者的"公心"，更把握住了写真实的现实主义原则。鲁迅批评罗贯中的《三国演义》的人物："描写过实。写好的人简直一点坏处都没有；而写不好的人，又是一点好处都没有。"这就歪曲了现实人物——失真。因为"这在事实上是不对的。因为一个人不能事事全好，也不能事事全坏。譬如曹操他在政治上也有他的好处……"② 当鲁迅拿事实来同《儒林外史》中的"事实"作比较之后，看出了吴敬梓遵循忠于生活的现实主义原则，写出了艺术真实。例如，余大先生是一个被肯定的人物，但他在无为州曾替人家说官司受贿，作者并不为余大先生这一缺点讳，所以我们觉得这个人物是真实的。鲁迅正是从写真实这点上说：吴敬梓的艺术手段"何尝在罗贯中下"。③

---

　　① 　鲁迅：《且介亭杂文末编·〈出关〉的"关"》。

　　② 　鲁迅：《中国小说的历史的变迁》。

　　③ 　鲁迅：《且介亭杂文二集·叶紫作〈丰收〉序》。

（四）继往开来

《儒林外史》问世后，在清代虽产生了很大的教育效果，但在讽刺艺术上由于没有一个作家能追得上它，便成了绝响。

只有到了五四革命时代，它才重放光彩，起了巨大影响。它的艺术生命力，首先由于它所讽刺的社会，直到鲁迅生活的时代还没有起什么重大变化，因而这种"讽刺社会的讽刺，却往往仍然会'悠久得惊人'的"。① 中国确也还盛行着《三国志演义》和《水浒传》，但这是为了社会还有三国气和水浒气的缘故。② 尤其封建思想、变相科举制度、吃人的礼教等还象毒蛇一样缠住知识分子的灵魂，有的吃人，有的被吃。在这样的社会里，由于《儒林外史》塑造典型的成功，它便象一束光辉可使群魔毕现。象范进那样的伪君子及其丑行，鲁迅说："和这相似的情形是现在还可以遇见的。"③

由于鬼蜮世界的存在，《儒林外史》就不能不继续其艺术生命力。"处此境遇，也许会更陷于讽刺和诅咒"④ 的鲁迅，获此"骄凌谄媚摹绘入神，凡世态之炎凉，人情之真伪，无不活现在纸上"⑤ 之《儒林外史》，哪能不视同珍宝，复欣羡其"直书其事，不加断语，其是非自见"的"绘风绘水手段呢"。因而在五四革命前夕，继《狂人日记》之后，写的那篇猛烈抨击封建制度和封建文化的《孔乙己》，塑造的备受科举制度摧残以至完全变成废物的旧知识分子形象，显然是受到了《儒林外史》影响，并结合当时所能看到的人物而创作出来的。当然由于立场、思想的不同，这篇小说无论思想意义上，还是人物创造上都有质的不同。

---

① 鲁迅：《从讽刺到幽默》。
② 鲁迅：《且介亭杂文二集·叶紫作〈丰收〉序》。
③ 鲁迅：《且介亭杂文二集·论讽刺》。
④ 鲁迅：《致青木正儿》。
⑤ 东武惜红生：《儒林外史》，序。

孔乙己和倪霜锋比较起来，前者要细致深刻而又富于时代色彩，并且比"婉而多讽"要"忧愤深广"。

正象吴敬梓多样化地创造知识分子形象一样，鲁迅继孔乙己之后又创造了陈士成。如果说前者是被科举玩弄、抛弃而不觉悟，还是恪守儒家教条，"八股而外，一无所知，也一无所事"，[①]好吃懒做，一至沦为小偷，既可鄙而又可怜的形象；而陈士成则是科举迷梦幻灭，终以身殉的地主知识分子形象。鲁迅创造这两个形象是为了同现实斗争：五四运动前后的中国教育只是卸下科举的外衣，在遗老的头脑里，旧教育制度仍然是根深蒂固，而且在培养其继承人——遗少。《孔乙己》《白光》正是解剖旧教育制度之弊的切中膝理的解剖刀和击中其要害的投枪。

鲁迅还创造了一些新的为《儒林外史》所无的讽刺典型。吴敬梓虽极力攻击理学，并塑造了一些受它毒害的形象，却没有写出理学家的讽刺形象。而这种人物就是在辛亥革命后也仍然代表一股反动力量。鲁迅都把他们推到前台示众：有善于皱着眉心、正在吞噬着祥林嫂的鲁四老爷（《祝福》）；有用卫道者的外衣掩饰起卑鄙肮脏灵魂的四铭（《肥皂》）；有涂上"留心新学问，新艺术"新油彩的封建卫道士、大流氓高尔础（《高老夫子》）；至于精神上受到严重创伤而产生"精神胜利法"的阿Q，以及选取古代反面人物，塑造讽刺典型以刨现代"坏种的祖坟"，发挥古为今用的如庄周之类的讽刺典型。这都是为吴敬梓所未及见或写不出的。

鲁迅所创造的几乎所有的讽刺典型，不仅象吴敬梓那样，严格掌握分寸。如对阿Q是"哀其不幸，怒其不争"，[②]而对各式各样的伪君子则是"一鞭一条痕，一挝一掌血"。至于艺术手段虽也是继承与发扬了"无一贬词，而情伪毕露"的"白描"手

---

① 　鲁迅：《中国小说的历史的变迁》。
② 　鲁迅：《坟·摩罗诗力说》。

法，但在塑造人物取为模特儿上，却受到古代中国绘画、画论的启示，创造了"杂取种种人，合成一个"①的写典型方法。

吴敬梓的讽刺艺术，总起来看，就是蕴藏自己爱憎分明的感情，把主观与客观之间的矛盾集中照射在主人公的活动中，达到喜剧性的顶点。而这个艺术经验是来自生活的。社会生活的样式是丰富多彩的，艺术技巧是历代作家们从生活中观察、摹写、实践中提炼出来并不断积累和发展而成的。又由于作者们的个性和艺术修养等的特点，对于那些"举世为之，而莫有非之，且效尤者比比然也"②的平常事，作"直书其事，不加断语，是非立见"③的描写时，取材的方式、铸造性格的特定需要不同，便产生了多样的表现方法。吴敬梓集讽刺艺术的大成，鲁迅继承过来，发展下去。第一，选取和集中许多喜剧性的细节，逐步深入挖掘人物的灵魂，揭示性格与社会环境的发展变化，象《儒林外史》里的范进、匡超人，《阿Q正传》中的阿Q。第二，揭示讽刺形象灵魂的肮脏最好的方法是细致入微的心理刻划。由于时代、作者个性等原因，吴敬梓主要是让人物自己以行动、对话等方式揭示其心理状态。如严监生看到灯盏里点了两根灯草，不肯断气的一个喜剧场面揭示其悭吝心理。而鲁迅却喜欢让人物作内心独白，尤善拨弹人物的狂想曲；虽略感夸张，却异常真实，能洞见人物的心肝。如《白光》里的陈士成，几乎是全用心理描写法雕塑起来的。他一生追求的是"隽了秀才，上省去乡试，一径联捷上去，……绅士们既千方百计的来攀亲，人们又都像看见神明似的敬畏，深悔先前的轻薄，发昏……赶走了租住在自己破宅里的杂姓——那是不劳说赶，自己就搬的，——屋宇全新，门口是旗杆和扁额，……要清高可以做京官，否则不如谋外放"。这

---

① 鲁迅：《且介亭杂文末编·〈出关〉的"关"》。
② 卧闲草堂本第四回评语。
③ 卧闲草堂本第四回评语。

是明清推行八股取士以来，一切想往上爬的儒生们的典型心理。在明清小说如《聊斋志异·王子安》中就有这种描写。在现实里得不到的，在幻想里暂时获得满足，但也破灭的快而惨。这也是"精神胜利法"的一种表现形式。鲁迅创造性地发展了这一传统。第三，在同一场面里，把矛盾集中在同一人物身上，而富于变化。有的是让人物在自我吹嘘中，"使麒麟皮下露出马脚"，① 如匡超人说五省读书人都供着"先儒匡子之神位"被牛布衣当场点破；有的让人物以美丽的外衣来掩饰其卑鄙龌龊的灵魂，然后来轻轻揭开，如范进守孝不肯用银镶杯箸，却吃大虾丸子。鲁迅小说里的道学家四铭，竟和自己的儿子争夺一个菜心，以及四铭道貌岸然下的卑污好色心理，被四铭太太当场揭破。第四，对比。这是吴敬梓、鲁迅比较喜欢使用的方法。社会生活中，有矛盾就有对比。现象和本质往往有矛盾，如"洋服青年拜佛"之类。讽刺的本领就是真实地揭露这种矛盾。作者用多变化的对比手法，以喜剧形式把各种矛盾揭露出来。象鲁迅指出的"道学先生发怒"的平常见闻，这个镜头被摄进《祝福》就成了塑造鲁四老爷的一个重要手法。至于在情节的发展中作者使用的"前后映带"法，如胡屠户在范进进学和中举时两次不同的贺礼和态度，就是杰出的对比，不仅能深刻揭出胡屠户的市侩性，也反映了当时世态。鲁迅在《理水》中描写的考察大员与禹的矛盾，《幸福的家庭》中现实与"理想"的矛盾等都是成功的对比手法。前者反衬出大禹的思想、性格和品质；后者只用了几幅鲜明对立的画面，就把小资产阶级作者的空洞、庸俗，以及资产阶级"幸福观"的虚伪本质和盘托出。第五，夸张。鲁迅一再指出讽刺作者有一支夸张的笔，但却不能脱离诚实。② 吴敬梓就善于选择典型细节，作合乎生活逻辑的夸张描写。严监生因灯盏里多点了一根灯草，

---

① 鲁迅：《华盖集续编·我还不能"带住"》。

② 鲁迅：《且介亭杂文二集·漫谈"漫画"》。

心痛得不肯死去的细节，极为真实，它入木三分地刻划出地主的"悭吝"性，且暗示出严监生死的主因：一个异常悭吝的人是经受不起一连串大量花费银两的沉重打击的。因而这种夸张是必要的、典型的。至于《阿Q正传》里描写老把总暗夜里带兵捕捉阿Q的那个场面，显然是夸张的。当时有人认为"太远于事理"，后来周作人也说："因为要写得很滑稽，所以与事实是好些不相合的。"发谬论者不但不懂讽刺艺术，也缺乏认识反动阶级虚弱与凶残的本质。鲁迅曾予以明确的反驳，并以段祺瑞反动政府用机关枪对付请愿的学生为例，说明："那时的事，我以为即使在《阿Q正传》中再添上一混成旅和八尊过山炮，也不至于'言过其实'的罢。"因为"普遍认为Romantic的，在中国是平常事；机关枪不装在土谷祠外，还装在那里去呢？"①因此，这种夸张描写既是真实的，也是最有力的讽刺。

根据前面的分析比较，我们又认识到：吴敬梓只是个文坛闯将，而鲁迅则是封建社会的"逆子贰臣"。因此，鲁迅的讽刺小说不但在取材、立场、思想等上与《儒林外史》不同，就在艺术风格上也有创造性的发展。如《儒林外史》表现的是一种无可奈何的苦笑，而鲁迅则是对旧社会的诅咒。这是因为前者意在"补天"，虽然他也看到是徒劳的；而后者则是怒触不周山的英雄。而且鲁迅的讽刺艺术还借鉴于果戈理，当然也比果戈理"忧愤深广"。因而鲁迅的讽刺艺术必然会推陈出新，形成一种幽默与讽刺浑然一体。

鲁迅继承与发展了这一传统。他小说中的幽默，是语言精炼、生动有趣而含意深刻，并与讽刺密切结合，而这与时代社会有密切关系。鲁迅说"在有些'文学家'明明暗暗成了'王之爪牙'的时代"，社会讽刺家"谁高兴做'文字狱'中的主角呢，但倘不死绝，肚子里总还有半口闷气，要借着笑的幌子，哈哈的

---

① 鲁迅：《华盖集·忽然想到之九》。

吐他出来"。① 因此幽默就与讽刺结合起来，使他有一支"又泼辣、又幽默、又有力"并且多变化的笔。我们可以在鲁迅讽刺作品中，听到各种笑声，收到各种不同的效果。第一，是含泪的微笑，或者说"戚而能谐"，但这是作者在对"哀其不幸，怒其不争"的被压迫人民的缺点的描写中呈现出来的。如对阿Q的笑，是希望他改善，感情是沉郁的，并且是白描手法产生的笑的效果，而不是象果戈理那样"常常要发一大套议论"。② 第二，冷冷的尖利的笑，这是为鲁迅所特有的笑声。我们曾经在《铸剑》里听到过。"讽刺乃是喜剧变简的一支流"，而"喜剧是将人生无价值的东西撕破给人看"。③ 鲁迅对敌人的讽刺正是蕴蓄着愤怒的感情，以哈哈的笑声撕破敌人的伪装，面对"一式的点头"，"脱手一掷的投枪"。④

（五）社会主义社会的啄木鸟

"讽刺是永远需要的。"⑤ 社会主义社会文苑里仍然要栽讽刺文艺这棵花。问题是如何正确使用并不断提高它的艺术，更好地为现实服务。

鲁迅在继承与发扬中外古典讽刺文学名著方面取得了辉煌成绩。因而学习他继承与发扬《儒林外史》的宝贵经验，向这部蕴藏量还很丰富的书继续掘进，发展提高社会主义讽刺文学，是重要任务。

鲁迅研究《儒林外史》，认识到作者的立场、态度非常鲜明。他对同一群"常常是善意的"，而且有热情，"他的讽刺，在希望

① 鲁迅：《伪自由书·从讽刺到幽默》。
② 《350824 致萧军》，《鲁迅全集》第 13 卷，第 201 页。
③ 鲁迅：《坟·再论雷峰塔的倒掉》。
④ 鲁迅：《热风·这样的战士》。
⑤ 毛泽东：《在延安文艺座谈会上的讲话》。

他们改善，并非要捺这一群到水底里"。① 这是鲁迅的一个重大发现，发现了创作讽刺文学的一个重要规律：讽刺文学家"公心讽世"，是本阶级的鲠言之臣，他用的是讽刺形象。因此，社会主义的讽刺文艺是属于人民大众的，它有色有香也有刺，是刺向同人民意志和利益相矛盾的假、恶、丑；通过对假、恶、丑的否定的笑，达到歌颂、肯定真、善、美的目的。而其艺术风格"婉而多讽"，因为他是怀着善意与热情，希望他们改善的。

根据历史发展规律，在封建社会里，"有讽刺作者出现的时候，这一群却已是不可收拾，更非笔墨所能救的了"。② 而社会主义讽刺作者则是革命者，是森林里的啄木鸟，它啄食旧社会遗留下来的蠹虫。

鲁迅继承和发展了《儒林外史》的白描手法，并且不断深入发掘。鲁迅曾一再提出讽刺要含蓄，说："明白的读者仍然能够领会到。"③ 为什么"含蓄"的方法而能达到"明白"的效果？王朝闻同志从范进守孝吃大虾子的细节作了挖掘，得到结论：吴敬梓在描写这一场景时，给了"诱导"条件。"正因作者既以县太爷的疑惑作为读者认识上的诱导，又用范进的'表演'作为认识的对象，而且给读者规定了如何认识的途径，读者不能感谢作者信任自己，所以留有余地，对范进为人的思想，作出与作者的判断相适应的判断。""如果没有一定的诱导与规定，读者认识难免自流。"因此以"这一小小的场面和情节"为代表的作品，"对于漫画、相声、笑话艺术质量的提高，就是具备了不可轻视的借鉴价值"。④

让我们向《儒林外史》的讽刺艺术经验矿藏继续深入挖掘吧！

---

① 鲁迅：《什么是"讽刺"？》。
② 鲁迅：《什么是"讽刺"？》。
③ 许钦文：《来今雨轩》，《新文学史料》第 3 辑。
④ 王朝闻：《你还保他呀——讽刺艺术谈》，《文艺研究》1979 年第 1 期。

后　记

　　由于家庭的影响，我自幼喜欢中国古典小说，多少年来兴致不减。大学中文系毕业之后，留校任教，授课之余，想探索古典小说的发展规律和作品的评价问题，乃开始阅读一些小说史之类的著作，尤以学习鲁迅的《中国小说史略》（简称《史略》）及其有关著作为主。学习既久，渐有会心，便广泛涉猎，试开中国小说史课。在广泛搜集材料编写讲稿时，以《史略》为主要参考书。

　　1949年春，在山东大学讲授此课时，迎来了青岛的解放。新中国成立后，我改教现代文学课程（如"现代小说"等），时而寻根到古典小说，如鲁迅的讽刺小说与《儒林外史》之继承创新关系，因而并未完全中止小说史的研究。1962年，因指导研究生撰写题为《中国古典小说评论史》的毕业论文，便更多地接触了一些带有评点的中国古典小说作品。不久，"文革"到来，教学与科研的权利全被剥夺。直至"文革"后期，才被允许参加鲁迅课的讲授。于是，我得以重新精读《史略》，因有了较多的收获，便写成《试论鲁迅〈中国小说史略〉的战斗意义》，初在《文史哲》发表，因受到学术界注意，修改后，于1980年被收入《社会科学战线》编辑部编的《鲁迅研究论丛》一书。

　　1978年开始培养以现代文学为基础、以鲁迅研究为方向的硕士研究生。为他们所开的"鲁迅研究"课的内容，初为"鲁迅文艺思想新探"；1981年后，开始改为为各年级研究生讲授"《中国小说史略》研究"。课程虽老，而内容常新；有的部分虽已在刊物上发表，仍在不断修改。

特别是近年来，新学科（如比较文学、接受美学、文艺发生学等）陆续引进，我在接触中开阔了视野，发现《史略》中含有这些新学科的因素。这一点也不奇怪，因为《史略》是科学著作，在许多方面便能体现这些新学科的精神。这就促使我进一步去钻探鲁迅的"小说史学"，并试图写出心得，就正于专家。

"《中国小说史略》研究"既是为研究生开的课，又是我的研究项目。为便于培养研究生的独立科学研究能力，我让他们从中选题作为毕业论文题目，现在这部稿子中有三篇（《鲁迅论唐传奇》——钱振纲，《鲁迅论〈三国志演义〉》——黄健，《鲁迅论〈水浒〉》——高旭东）是其硕士论文的精华部分。其余全是我写的，有些虽在报刊上发表过，也曾引起同行的关注，这次又作了大的修改。

在全国出版业形势严峻的今天，没有山东教育出版社领导同志的大力支持与关怀，本书是难以问世的。在此特向他们致以深深的感谢。还想借机会感谢山东大学文史哲研究所刘波同志，他对本书给了真诚的帮助。

书稿虽经多次修改，但为水平所限，其中仍会有一些缺点甚至错误，敬请专家同行和读者批评指正。

作者

1988 年 6 月 9 日，于山东大学

编 后 记

收在本文集的是孙昌熙先生独立发表的或署名第一作者的文章，孙昌熙先生署名第二作者的文章没有收入。合著的著作如《鲁迅研究》《鲁迅文艺思想新探》只收入了孙昌熙先生撰写的部分。《鲁迅"小说史学"初探》一书，主要是由孙昌熙先生撰写的，而钱振纲、黄健和高旭东所写的三篇是该书的重要组成部分，为了保持该书的完整性，所以整部书编入文集。

孙昌熙先生在20世纪三四十年代发表过几十篇小说和散文，由于大都发表在当时的报纸副刊上，现在很难找到，只找到一篇小说《枇杷园》，其余的均未找到，这是一件十分遗憾的事。本文集尽量将孙昌熙先生所发表的文章全部纳入，但由于检索搜集手段有限，难免有遗珠之憾。另外，有的文章因时过境迁，已失去其价值，也未收入本文集。

在编辑本文集时，脑海中时常浮现出孙昌熙先生的音容笑貌，当年谆谆教诲的情景如在目前，难忘师恩，本文集的出版是对孙昌熙先生最好的纪念。

山东大学文学院和社会科学文献出版社的领导对本文集的出版给予了大力支持和帮助，在此致以衷心的谢意。感谢责编徐琳琳、刘同辉以及文编郭锡超、李蓉蓉、汪延平的辛劳付出，感谢单钊同学为搜集孙昌熙先生的论著所做的工作。

张学军

2020 年 11 月 9 日

山东大学中文专刊目录

《杨振声文集》

《黄孝纾文集》

《萧涤非文集》

《殷孟伦文集》

《高兰文集》

《殷焕先文集》

《刘泮溪文集》

《孙昌熙文集》

《关德栋文集》

《牟世金文集》

《袁世硕文集》

《刘乃昌文集》

《钱曾怡文集》

《葛本仪文集》

《董治安文集》

《张可礼文集》

《郭延礼文集》

《曾繁仁学术文集》

《中国诗史》（陆侃如、冯沅君）

《诗经考索》（王洲明）

《出土文献与先秦著述史研究》（高新华）

《战国至汉初的黄老思想研究》（高新华）

《蔡伦造纸与纸的早期应用》（刘光裕）

《刘光裕编辑学论集》

《挚虞及其〈文章流别集〉研究》（徐昌盛）

《王小舒文集》

《苏轼诗文评点研究》（樊庆彦）

《中国小说互文与通变研究》（李桂奎）

《中国当代戏曲论争史述》（刘方政）

《中国电影新生代的轨迹探寻》（丁晋）

《莫言小说叙事学》（张学军）

《景石斋训诂存稿》（路广正）

《古汉字通解 500 例》（徐超）

《战国至汉初简帛人物名号整理研究》（王辉）

《瑶语方言历史比较研究》（刘文）

《石学蠡探》（叶国良）

《因明通识》（姜宝昌）